重返盛夏

SUMMER RELOAD

完结篇

见归舟／著

羊城晚报出版社
·广州·

图书在版编目（CIP）数据

重返盛夏. 完结篇 / 见归舟著. 一 广州：羊城晚报出版社, 2023.4
ISBN 978-7-5543-1185-1

Ⅰ. ①重… Ⅱ. ①见… Ⅲ. ①长篇小说－中国－当代
Ⅳ. ①I247.5

中国国家版本馆CIP数据核字(2023)第034946号

重返盛夏 完结篇

CHONGFAN SHENGXIA　WANJIEPIAN

责任编辑 黄初镇　张灵舒
特约编辑 岳弯弯　刘兆兰
责任技编 张广生
责任校对 杨　群
出版发行 羊城晚报出版社
（广州市天河区黄埔大道中309号羊城创意产业园3-13B　邮编：510665）
发行部电话：（020）87133824
出 版 人 陶　勇
经　　销 广东新华发行集团股份有限公司
印　　刷 恒美印务（广州）有限公司
规　　格 889毫米×1240毫米　1/32　印张 10.625　字数 330千
版　　次 2023年4月第1版　2023年4月第1次印刷
书　　号 ISBN 978-7-5543-1185-1
定　　价 48.00元

那年的白泽湖微风习习，小男孩晒得人畜不分，黑不溜秋像块炭一样。

“你老坐这儿干吗呀？”

“喂，跟你说话呢。”

“别哭了，小妹妹，再哭就不漂亮了。喏，这个给你吃。”

Summer Reload

那个夏天，是一切遇见的开始。

冰天雪地里，一群人浩浩荡荡地向火锅店进发。正如数年前，一群穿着校服的学生，大摇大摆地顶着炎炎烈日去吃小龙虾。
十三中附近的门店一如既往地拥挤，白泽湖的风终于吹到了山海路。
Summer Reload

目录

CATALOGUE

第 1 章　过冬天 | 001

第 2 章　玩过头 | 015

第 3 章　烂摊子 | 033

第 4 章　前尘事 | 045

第 5 章　耳旁风 | 059

第 6 章　成年礼 | 074

第 7 章　纪念日 | 088

第 8 章　故相逢 | 101

第 9 章　装不熟 | 119

第 10 章　老毛病 | 130

第 11 章　系铃人 | 142

第 12 章　幸运儿 | 157

第 13 章　失与得　|　172
第 14 章　当年错　|　188
第 15 章　旧了情　|　201

第 16 章　黑历史　|　216
第 17 章　前程漫　|　226
第 18 章　预备战　|　238

第 19 章　青春诗　|　250
第 20 章　新篇章　|　270
第 21 章　假相亲　|　286

第 22 章　如往昔　|　304
第 23 章　夏终曲　|　316
番外　新年快乐　|　327

第1章 过冬天

次日一早，青山派了车来接人。

孟黎一改昨晚的癫狂，眼神呆滞地被送上车，被王嫂带着一起离开了。

昨天叶橙回到客房后，冷静下来思索了很久，觉得事情可能没这么简单。照这个情况来看，陆潇之所以会在下学期离开学校，八成和孟黎的病脱不了干系，而这件事陆尧山也插手其中。那么抛开家暴的真实与否不谈，陆尧山明年是必定会回国的，到时候叶橙应该就能知道到底发生了什么。

叶橙目送救护车离开，问陆潇："你真的不去陪护吗？我可以回自己家的。"

"没事。"陆潇也看着渐行渐远的救护车，说，"我妈从来不让我跟着她治疗，以前我非要跟着去，她反而疯得更厉害。"

叶橙了然地点了点头。他听黄胜安说过，有些精神疾病有特殊的治疗方式，病人本身不希望家属看见。

陆潇已经习惯了这样送走孟黎，来来回回不知道多少次了。

他沉声道："走吧，回去写寒假作业，你不是说冬令营没时间写吗？"

他们报的冬令营在三天后开始，叶橙之前参加过这个机构的夏令营，确实会让人忙得没有心思兼顾学校的作业。

两人边说话边进门，家里的大人走了，只剩下他们俩和一个负责打扫做饭的阿姨。

陆潇问道："这两个星期具体要干什么？围着篝火跟老外互喷吗？"

叶橙嘴角抽搐："差不多是这样的，这个机构讲究一边游戏一边学习，大概率会弄几个沙龙或者派对，然后放任我们自己交流。"

"那很不错，我只和你交流就行了。"陆潇推开书房的门，让叶橙先进去。

叶橙哭笑不得："只跟我交流的话，你还报什么冬令营。"

他们在书桌前坐下，桌子很宽，一人占据了一块地方。

陆潇问题很多："那我们会住在哪里，住帐篷吗？"

叶橙说："根据以往的经验，应该是住酒店，两人一套标间的那种。"

陆潇的心情终于明媚了些许："我可以和你一个房间吗？"

"当然可以，跟老师说一声就行了。"叶橙翻开寒假作业道。

陆潇顾不上作业，趁热打铁地说："那你今天晚上可以来我房间睡吗？"

他的语气就像个黏着大人的小孩儿，叶橙笑着拖长了声音道："可以——"

陆潇满意了，抓起笔开始做题。

书房里一片静谧，只有纸笔摩擦的声音。

这不是他们第一次在一起学习，但陆潇写了两题，注意力就开始分散。他的眼睛在卷子和右手边瞄来瞄去，也不知道自己在胡乱写什么。

叶橙倒是比他专心得多，耳朵里戴着AirPods，专注地做着数学题。

房间里似乎过于热了，陆潇坐不住，在座位上动来动去，被蚂蚁咬了似的。

过了一会儿，他伸手去抓叶橙的耳机，没话找话："在听什么，给我也听听。"

叶橙猝不及防被摘掉一边的耳机，茫然地抬起头，只见陆潇把那个耳机放进了自己的耳朵里。

陆潇本以为他会听一些轻音乐或者白噪音，集中精力刷题。但耳机里传来的是一首还挺老的歌——

最近我和你 / 都有一样的心情 / 那是一种……

零几年的歌旋律和表达都很直白，柔和动听。虽然唱法听起来有些不顺畅，但陆潇还是被狠狠地戳中了。他偏过头去，想聊两句，却见叶橙已经低下头继续写作业。

侧面鬓角半遮住耳朵，因为距离很近，能清晰地看见耳后淡紫色的血管。长长的睫毛偶尔颤动一下，鼻峰挺拔精致，思考时嘴角抿起一个细小的弧度。

这是会监督他学习，不许他堕落的叶橙。

也是会在雪夜里安慰他，和他交换秘密的叶橙。

突然，叶橙像是发现了他在偷看，抬头看了过来。

陆潇被当场抓现行，根本连目光都来不及错开。他慌乱地眨了眨眼睛，以为叶橙要嘲讽他。

然而叶橙只是伸出手，把耳机抢了回来。

“做题不专心，还要听歌，你那六百页到底是怎么刷下来的？”他无奈道。

陆潇不敢吱声，任由他把耳机拿走。

叶橙能看得出来，陆潇的心思不在作业上，只是不知道为什么。他试着问道：“你怎么了，想打游戏吗？要不先来一局再写？”

陆潇想想也行，反正他现在一个字都看不进去。

于是两人放下笔，拿起手机开了一把游戏。

很快，陆潇就发现这个方法行不通。他完全不像以前一样，拿到物资就一顿猛冲。他一直在担心叶橙，一步三回头地担心，生怕叶橙被人打中，生怕叶橙没有物资，生怕叶橙跟不上他。

最后，叶橙都暴躁了：“大哥，你在搞什么啊？刚才那人都‘贴脸’了，你回头看我干吗？”

只有相当想翻白眼的时候，他才会叫人“大哥”。

陆潇又沉默了。

叶橙仔细看了看他，问：“你不想打游戏？还是想看动画片？”

陆潇瞬间愤怒了：“你才想看动画片，能不能别老把我当三岁小孩！”

他忍无可忍地站起身，打开门走到露台外面吹冷风去了。

叶橙一脸莫名其妙，这不就是三岁小孩吗，还不让人说。

三天之后，英语冬令营的机构发来消息，通知他们正式开营。

根据叶橙以往的经验，冬令营和夏令营差不多——找个舒舒服服的酒店，大堂自带小吧台的那种，白天上上课，晚上去夜市吃夜宵。

他泰然自若地告诉陆潇，不用带太多东西，机构都会准备的。陆潇对他的话深信不疑，就只带了几套换洗的衣服，以及手机和游戏机。

早上两人一起出门，光是挑选衣服，就选了半个小时。

叶橙想穿白色的羽绒服，陆潇看了眼自己的衣柜，觉得实在没什么浅色系，于是提议道：“你不能穿那件咖啡色的吗？如果我穿黑色的话，我们俩会很像黑白双煞。”

叶橙莫名其妙：“你不能穿白色吗，干吗要我换？”

他忽视了一个问题——陆潇对于“搭配”已经执着到骨子里了，从学习到穿衣，简直丧心病狂。

叶橙自顾自地把外套穿上，陆潇有点急了："我没有白色的衣服，从来没买过。"

"那你穿黑的呗。"叶橙无所谓地说。

一黑一白两个粽子，确实看着挺滑稽。陆潇只得做出妥协："那你还有其他白色的吗？借我穿一下。"

"没有。"叶橙很果断地说。

陆潇顿感受伤，垂眸思索了好一会儿，最后，忍痛割爱地舍弃了最爱的黑色，穿了件铅灰色外套，勉强看起来没那么违和。

盯完衣服盯配饰。

叶橙在食指戴了一个克罗心的装饰戒，陆潇也立马从行李箱里翻出另一个戴上。叶橙打开盒子挑毛衣链，陆潇十分自觉地拿起自己的项链盒开始翻找。

叶橙终于受不了他了，出声道："你是下定决心要跟我撞衫到底了是吧？"

叶橙实在不能理解陆潇的古怪行为，只觉得陆潇是在挑衅自己。难道是觉得这样穿，就能比他帅吗？就能压他风头吗？

无语。

陆潇没想到自己的小诡计竟然被误解成这个样子，瞬间感到一阵委屈，默默地低下头，柔软的心脏受到了一万点伤害，仿佛南都的天再也不会晴了。他恋恋不舍地把项链放回盒子里，戒指也狠心摘了。

"我说，你能不能不要一副被欺负了的样子。"叶橙实在看不下去了，把戒指和项链扔还给他，"拿去，别弄得好像我不让你戴。"

陆潇立即如愿以偿地把配饰戴好，没再回嘴。

花里胡哨一顿操作，终于出门了。

机构让大家八点钟准时到汽车站，叶橙感到很是疑惑。以前都是在市区内集训的，打个车就到了，今年居然还要坐大巴车去另一个地方。

司机送他们走的时候，不凑巧地遇上了早高峰，虽然已经提前出门，但还是迟到了十分钟。

两人坐上机构安排的汽车时，车上已经坐了十来个人。这次参加冬令营的分有五个班，每个班各自乘坐一辆车。

领队的是个微胖的中年男子，发际线后移，露出一片地中海，名字叫胡海洋。他是南都师范大学的老师，之前给叶橙辅导过英语，和叶橙算是认识。

两人上车之后，胡海洋对叶橙打了个招呼："小叶，好久不见啊，快找座位坐下吧。"他不认识陆潇，便只对陆潇点了点头。

车上的人都好奇地打量他们。

前排的位置被占了，叶橙直接往后排走去，陆潇自然跟他一起，走到后面坐了下来。

坐在他们前面的人忽然转过头来，道："叶橙！真是你，我还以为认错了！"

说话的是一个戴眼镜的男生，看上去一副学霸长相。

叶橙抬起头，发现是之前在附中的同班同学。

"梁墨雨？"他下意识叫出了对方的名字。

其实他并不记得所有同学的名字，可能有的人站在面前，他也不知道叫什么。但梁墨雨和他有些不解之缘。这人是他们班的数学大神，但语文和英语不是很好，经常在总分上惜败于他。

也因为梁墨雨常年位居年级第二，从来不曾超越叶橙，所以大家私底下给他取了个绰号叫"梁老二"。

梁墨雨看了看他，又转动眼珠看了看陆潇，问道："好长时间没看见你了，你转去哪儿了？"

陆潇面无表情地看着他，跩得二五八万似的。

梁墨雨似乎有点好奇，用探究的眼神在他们之间看来看去。

叶橙转学去十三中的事情，本来就很破格，时间久了就在附中传开了。他正觉得疑惑，不明白为什么梁墨雨装不知道，胡海洋就在前面拿起了扩音器。

他"喂"了两声试麦，然后说："大家注意一下，我讲几个事情。"

汽车缓缓启动，逐渐驶离了车站。

所有人都看向他，梁墨雨也暂时结束对话，转过身去专心听讲。

胡海洋扬声道："考虑到大家再过一学期就上高三了，今年我们的模式有所改动。为了培养你们吃苦耐劳、坚持不懈的精神，我们给大家拟定了一个'魔鬼十四天'训练计划。"

他刚说完，车上就开始议论纷纷。

"什么玩意儿，魔鬼十四天？那是什么？"

"啊？我妈帮我报这个班的时候，明明说是去五星级酒店度假十四天啊。"

"哎呀，别担心啦，他就这么一说而已，英语集训能魔鬼到哪里去。"

“不会是一天十张卷子吧，哈哈哈哈。”

这个时候大家还没意识到问题的严重性，都在嘻嘻哈哈。

来参加冬令营的，大部分都是附中、一中和外国语学院这三所学校的，基本上全奔着提优而来，每个人也心知肚明，在座的都是强有力的竞争对手。在他们眼中，一天十张卷子应该算是比较“魔鬼”的训练了。

胡海洋打断了他们的讨论，说：“下面我把这几天的安排发到群里，趁着在车上的时间，你们可以好好看看。”

出发来冬令营之前，胡海洋就给他们拉了个临时群。现在他把图片发在这个群聊里，众人纷纷低下头查看手机。

半分钟后，车上的人都炸开了锅。

“什么鬼，还要军训?!”

“救命，‘野外求生’是什么，‘露营挑战’又是什么……我为什么一个字都看不懂……”

“疯了吗，去应城那么远的地方！我的天！除了每天的辅导班之外，还要训练体能，脑子有泡啊!”

大家一片哀号，叶橙也震惊了，完全没想到机构会来这么一手。

陆潇压低声音道：“‘自己动手做饭’是什么意思，我们不会饿死在那个破地方吧？你不是说会住在早餐供应马卡龙的酒店吗?”

叶橙：“……或许应城也有早餐供应马卡龙的酒店呢。”

说罢，两人同时闭嘴了。

所有人都知道，应城处于南都边陲，是个鸟不拉屎的小镇子，常住人口不超过十万，要是会有这种酒店就见鬼了。

梁墨雨转过来，愁眉苦脸地说：“你们带生活用品了吗？这上面说，每人只提供一定的分量，我感觉完全不够用。”

叶橙本来在和陆潇说话，闻言抬头回答他：“没带，镇上的小卖铺应该有得卖。”

透过座椅的缝隙，梁墨雨对上了陆潇的视线。

陆潇本来正在和叶橙说话，梁墨雨把叶橙的注意力吸引走了，陆潇不想给他好脸色，此时正一脸不满地瞪着他。

梁墨雨被他看得有点发怵，说了句“好吧”就转回去了。

“老师，真的要军训吗?”

“那里能网购吗？我只带了几件衣服,本来想等之后去逛街的时候再买的。”

“老师，那里有水电吗，不会要过原始生活吧?”

众人吵吵闹闹，七嘴八舌地问胡海洋各种问题。

胡海洋头都疼了，举着喇叭说:“具体安排我会发个文档在群里，有水有电，放心吧，不会让你们吃生肉的，过几天就回去了。”

一场风波这才慢慢平息下来，大家还是觉得很“奇葩”，抱怨了足足半个小时。

附近的公路从平缓逐渐变得凹凸不平，汽车上了高速又下来，来回颠簸。车厢摇摇晃晃的，摇得大家昏昏欲睡。

吵完之后，大家逐渐安静下来，有的在打瞌睡，有的在写寒假作业。学霸们总是会抓紧一切碎片时间，用来补觉或者学习。

陆潇早上起得早，感到很困，脑袋点得跟小鸡啄米似的。叶橙看见了，好笑道:“睡一会儿吧，你都困得不行了。”

陆潇迷迷糊糊地“嗯”了一声，彻底没动静了。叶橙生怕他一头栽到车窗上，便伸手掰过他的头，放在自己的肩膀上。

车窗外飘着小雪，江南的雪又轻薄又细碎，落地就化成了泥。

车内回响着忽高忽低的呼噜声，郊区的路颠来颠去，着实算不上有多舒服，可是却让人有一种希望时间永远停留在这一刻的感觉。

叶橙一开始还在听歌刷题，后来坐着坐着也困了，就靠在陆潇的脑袋上打瞌睡。两个人像两只在冬天里取暖的小动物一样，养精蓄锐，准备迎接接下来的战斗。

不知道过了多久，迷迷糊糊中听到胡海洋用喇叭喊:“到了到了，大家都醒一醒！醒一醒!”

车上的人陆续醒来，车窗外的景象已经全然变了模样。

汽车停在镇上的长途车站，外面的设施显得破旧不堪。梁墨雨提着行李箱下车的时候，差点一脚踩到污水坑里。叶橙跟在他后面，非常及时地扶了他一把，他才没有摔在地上。

“妈呀，这是什么鬼地方!”

“好臭啊，怎么还有垃圾堆?”

“说好的星级酒店呢，啊啊啊啊！妈妈，我要回家!”

大家怨声载道。

当然，他们也只是说说而已。这家机构的厉害之处就在于，他们押对过几道高考题和竞赛题。所以，大部分人来这个冬令营都不是冲着上课来的，而是为了机构给的题库。

“坚持一下吧，过两天就去星级酒店了。”

他们认命地拖着行李箱，跟着胡海洋往住处走去。

根据表格上面的安排，前两天他们都住在地方宾馆，从第三天开始，就要进行露营活动。

机构找的宾馆是镇上最好的一家，虽然简陋，但卫生方面没有太大的问题。然而这些尖子生在家里都是娇生惯养的，各种吵着不习惯。

叶橙没听到陆潇抱怨，觉得有点奇怪。

说到底，这次冬令营是他把陆潇坑来的，但陆潇只在刚开始时嘟囔了几句，后来便再也没提过。这要是换了正常情况，不应该早就炸了吗?

但陆潇不仅没炸，还主动提了两个人的行李箱。这种过分的包容，让叶橙越发疑惑，这人怎么突然变得这么心胸宽广了?

胡海洋让他们先熟悉一下环境，下午两点换上军训的衣服，去楼下大礼堂开会。

所谓大礼堂，其实也就是宾馆的食堂。

陆潇终于如愿以偿地和叶橙穿上了“同款”，虽然这个“同款”并不是特别好看。

不知道是出于经费层面的考虑，还是因为买不到正版，机构提供的迷彩服呈现出一种荧光绿色，绿到吓人。这俩人穿出去，还能说勉强靠颜值撑着，其他人走出来集合的时候，那简直就是灾难片现场，如同某地难民饿了三天来抢劫食堂。

五个班的“荧光绿”闹哄哄地坐下，机构的校长开始给他们上课，讲了半个小时的废话，罗里吧嗦没完没了。

陆潇在桌子底下，时不时地用手捣一下叶橙，幼稚得和叶橙的小学同桌有得一拼。

一开始，叶橙没理他，后来被碰到腰上的痒痒肉，忍不住开始反击。两人你一下我一下的，暗戳戳地在桌子下面打了起来。食堂桌上摆放的自取的勺子筷子，都被飞快地扒拉下来，当作交锋的武器。

胡海洋扭头看了他们一眼，眼神警告，班上的教官也看了看他俩。

“别乱动。”叶橙用气声说。

陆潇声音比他还小：“都怪你，非要动作那么大。”

说着还不怀好意地瞅叶橙的脸色，就差把“恶人先告状”写在脸上了。

叶橙咬住嘴唇，在他胳膊上掐了一把：“是你先弄我的。”

于是又开始了新一轮无聊的“斗殴”，不过这次他俩都放聪明了，尽量把动作都放在明面底下，几乎没弄出什么动静。

开完会后，胡海洋和柳教官带着他们出去外面军训。

他们在五个班里是“三班”，班上一共十二个人。宾馆后面有一块空地，权当操场了，三班占据其中一个角落。

柳教官先做了自我介绍，然后让他们挨个儿说一下自己的名字。

轮到叶橙的时候，有几个人朝他看了过来。

柳教官非常老练，瞥见那几个有动静的，问：“怎么，你们认识？”

其他人摇了摇头，说：“不认识。”

“那你们还在队列里面乱动？”柳教官拉下脸来。

大家都不作声了。

他们本来以为这个军训只是走个形式，做做样子就算了。

然而当柳教官把梁墨雨拎出来，让他双腿夹着扑克牌站军姿时，众人才觉得真的有军训那味儿了。

所有人分成两排站军姿。陆潇排在叶橙后面，百无聊赖地研究他衣服上的布料纹路，看着看着，发现他的衣摆破了个小洞。好像是刚才在桌子底下打架的时候，被自己一不小心用牙签戳到的。

陆潇没憋住，“扑哧”笑了出来。

柳教官立马察觉到，板着脸看向他，严厉道：“笑什么笑？很好笑吗？”

陆潇收敛笑容，板着脸说：“报告教官，不好笑。”

他回答的语气过于正经，旁边的人也笑喷了。

这接二连三的，成功地激怒了柳教官。

“这么喜欢笑是吧，”他怒道，“第一排全体都有！向后转——”

第一排的人按照指令做动作，参差不齐地转了过来。叶橙和陆潇正好打了个照面，两人俱是一愣。

柳教官还嫌不够：“第一排，向前三步走。”

一、二、三，叶橙往前走了三步，和陆潇之间仅剩下一个拳头的距离，他的帽檐都快碰到陆潇的鼻子了。

柳教官说：“给我看着对面的眼睛，全都不准笑！”

这一招过于恶毒，很快有人破功了，就被罚到旁边去做俯卧撑。

脸贴脸这么站着，正常人都会忍不住想笑。

叶橙竭力不看陆潇的眼睛，肩膀忍得微微颤抖。不知道陆潇是什么心情，反正他是真的很想爆笑。由于不能低头，他只能尽量视线下移，使劲盯着陆潇的嘴和下巴。

陆潇生气的时候，光看下半张脸就挺有震慑力的，可一旦笑起来，又非常有少年感。叶橙分着神，一时间竟然忘了想笑这件事。

帽檐遮挡视线，他没注意到陆潇的表情。

柳教官的声音传了过来：“每组坚持到最后的人，可以去屋檐底下休息五分钟，观看别人训练！”

好嘛，这种损人利己的事情谁不喜欢，余下的人胜负欲更是拉满了。

虽然是寒冬腊月，但太阳还是挺大的，站久了难免会感到又热又累，尤其他们这身劣质衣服，那叫一个不透气。叶橙悄悄地呼出一口气，嘴边凝结出一小团白雾，像突然吐了个泡泡。

陆潇的嘴角忍不住一点一点上扬，然后就破了功，憋着气哼笑了一声。

柳教官果然抓住了他，道：“陆潇出列！去做俯卧撑！”

“是，教官。”陆潇压了压帽檐，愿赌服输地走出队列。

叶橙便成了这组坚持到最后的人，柳教官对他说：“你去休息五分钟吧。”

叶橙根本不知道陆潇在笑什么，他莫名其妙地走到屋檐下，和另外几个胜出的人站在一起，拿起水壶喝了一口水。

陆潇手掌撑在水泥地上做俯卧撑，长腿绷得笔直，毕竟是打篮球的身板，轻轻松松地就能将肩膀压到最下面。

“你这小子，做得还挺标准的，练过？”柳教官站在他面前道。

“报告教官，平时喜欢运动。”

叶橙正在喝水，梁墨雨走到他旁边，问道：“他和你是一个学校的吗？”

叶橙看了看他，又转回去看陆潇：“嗯，我们同班。”

梁墨雨说：“他人挺好的，故意笑出来，让你来休息。不过看着有点凶，都不怎么跟别人讲话。”

经他这么一说，叶橙才转过弯来。

“他人是挺好的。”叶橙和梁墨雨挺久没接触过了，不知道该说什么，便模棱两可地找了个形容词。

说完之后，他又想起来，陆潇说过自己不喜欢“好人卡”。

但其实叶橙觉得，“好人”不一定是形容一个人善良，也可以是说“即使这个人有不少缺点，但在自己心里也是顶顶好的”。

梁墨雨有点惊讶，道：“我听说过他，虽然不知道他长什么样，但一听名字就有印象了。他是十三中的一哥对吧，所以你转去十三中了？”

旁边的人好奇地看着他们。

叶橙不太喜欢梁墨雨提到十三中时的语气。并不是他敏感，而是见识多了，有些语气一听就能明白说话的人在想什么。

这也不能怪梁墨雨。叶橙知道，在这个冬令营里面，不仅梁墨雨，每个人对十三中的印象都不会好到哪里去。尤其是这些尖子生，如果知道自己在和十三中的人一起集训，绝对跟吃了苍蝇一样难受。

入营之前，他们每个人都填了一份报告，只有胡海洋能看见他们各自的学校。出于某些顾虑，胡海洋也很明智地没有让他们介绍所属学校。

对于梁墨雨这种哪壶不开提哪壶的行为，叶橙没有太计较，只点了点头。

梁墨雨静了静，干笑着说：“不过按你的成绩，转到哪里应该都是第一吧。”

“别的学校不敢保证，但附中和十三中确实都是。”叶橙不动声色地说。

这个“梁老二”立刻被刺中了痛处。自从叶橙离开附中后，他终于得以拿到年级第一的宝座，现在对方故意强调“附中”，他的脸色肉眼可见地白了白。

叶橙对这些所谓的学霸之间的钩心斗角向来很不屑，在他看来，这种行为既幼稚又低级。

话不投机半句多，梁墨雨默默走开了。

下午的训练包括军姿和队列。齐步走的时候，他们班错落有致，大家各走各的。柳教官发怒了一下午未果，到了饭点，硬是拖了十分钟才放他们去吃饭。

在胡海洋的推荐下，柳教官相中了两个小队长，其中就有叶橙。柳教官把两个小队长留下来，告诉他们明天的安排。

陆潇在一旁等着，无聊地用脚尖踢石子玩儿。

等叶橙开完小会，两人一起去了食堂。

食堂里都是人，他们去窗口打了饭，端着餐盘四处寻找位置。正在他们经过三班的桌前时，传来了一阵对话声。

“笑死我了，十三中的跑来跟我们一起集训，他俩没毛病吧？”

“还有那个叶橙，不是之前你们学校的TOP吗，怎么转去‘垃圾场’了？”

“狗屁TOP，我看他跟那臭脸走得那么近，本质就一个喜欢鬼混的吧，靠点小聪明装着一副好学生的样子呗，还不知道成绩怎么考出来的呢。”

那几个人都背对着陆潇和叶橙，只有梁墨雨是正面对着他们。梁墨雨从头到尾一句话没说，在看见陆潇和叶橙后，瞬间瞪大了眼睛。

有个小胖子正说得来劲，忽然被人从身后踹了一脚凳子。

接着响起一个嚣张的声音：“叽歪啥呢，当着你爸爸的面再说一次，来。”

食堂里的人全看了过来，连饭都不吃了。

陆潇一只脚踩在凳子上，那姿势好像下一秒就要把托盘里的饭菜扣到别人脑袋上。小胖子吓得动都不敢动，肩膀微微发抖。

从冬令营启程到现在，陆潇基本上不怎么和叶橙以外的人讲话。他看人的时候也没什么表情，一副爱答不理的样子。下午训练的间隙，小胖子曾经试着和他搭话，问他期末考试的排名，他轻飘飘地扫了小胖子一眼，丢下一句“关你屁事”就走了。

这帮人早在私底下嘀咕陆潇一天了，说他凶神恶煞的，一脸阴沉，像随时要打人一样。这些人在学校都是乖宝宝，交头接耳起来一个个倒是当仁不让，很快大家就得了消息，知道陆潇是十三中的了。

他们怎么也没想到陆潇会当众发火。平时表面和谐惯了，哪见过这么混的小霸王？

一时间，众人纷纷噤声，没人敢答他的话。

陆潇又踢了一脚椅子，发出“咣当”一声巨响。

“说话啊，怎么都哑巴了?”

小胖子抖得更厉害了，连桌子都在晃荡。

梁墨雨看了看他们，沉默地低下头，没有吱声。

靠近他们的另一桌坐着两个他们班的女生，那两人见势不妙，对视一眼，饭也不吃了，同时起身向门口走去。

叶橙直觉她们要去找胡海洋或者柳教官，于是伸手扯了扯陆潇的袖口。陆潇转过头来，皱眉看着他。

叶橙呼出一口气，轻声道:“赶紧找位子吃饭吧，我饿了。”

小胖子颤抖着回过头，像看救命恩人一样看着叶橙。

陆潇的脸色算不上好看，鞋子还踩在小胖子的凳子上。

其实叶橙心里也挺没底的，不知道这家伙会不会听自己的话，毕竟刚才那几个人还提到了自己。

如果他们只是说十三中垃圾，陆潇大概率会当成苍蝇在嗡嗡，懒得跟他们一般见识，但坏就坏在他们说了最不该说的话。

叶橙很久以前就有这个意识了——别人在背后说陆潇，那陆潇只有一半的可能性会揍人，另一半的可能性是当他们放屁；如果他们在背后诋毁叶橙，那么陆潇百分之两百会打得这些人满地找牙。

且不说诋毁，就算是一个部门的下属抱怨了句“叶总好苛刻”，被陆潇听见也是要拉到办公室教育一小时以上的。

叶橙从上次周凯的事就看出来了，不管是过去还是现在，陆潇都见不得别人说他半点闲话。他心里暗暗捏了把汗，有点担心陆潇在这么多人面前为难别人，会被胡海洋批评。

周围愈发安静，其他桌的人掩饰性地朝他们看过来。也不敢明着看，都是借着吃饭的空档看两眼。

叶橙还拉着陆潇的袖口，就在他胡思乱想着陆潇会不会甩开自己时，只听陆潇沉声说了一句:“走吧。”

说完就把脚从凳子上拿下来，看都不再看小胖子一眼，端着盘子往前走去。

——他真的变了很多。

整桌人都明显地松了一口气，互相看来看去。小胖子擦了擦满头的汗，哆哆嗦嗦地拿起筷子。

叶橙看向梁墨雨。梁墨雨刚好抬起头，在和他视线交汇的刹那，不由自主地愣了一下，随即避开了他的目光。

叶橙冷冷地看了梁墨雨几秒，举步跟上了走在前面的陆潇。

两人坐下，饭还没吃两口，胡海洋果然来了。

食堂里一派清静和睦，连闲聊的声音都小了许多，大家的眼睛到处乱瞟。胡海洋看了一圈，来回也没发现什么异常，只好自行离开了。

陆潇把自己盘子里的青椒炒肉分给叶橙，嘲弄道：“这些好学生，还挺喜欢打小报告的。”他明明不吃辣，却还是打了两份辣菜。

叶橙慢慢地吃着，说：“大概是怕你把食堂炸了。你没发现吗，他们都很怕你。”

他本以为陆潇会恼羞成怒，谁知道陆潇冷笑了一声，说：“最好是怕我，少在我面前惹事，不然我见一个揍一个。”

叶橙被他陆潇护食的语气逗笑了，调侃道：“你刚才居然能忍得住没惹事，难得啊，那么听话。”

平常，叶橙这么说的时候陆潇会觉得不好意思，略微羞涩地笑一笑。有好几次，叶橙就是为了看陆潇这个反应，才故意夸他玩儿。

然而这次陆潇没有害羞，反而扬眉道：“表现不错吧，所以你作为甲方，有什么奖励吗？”

叶橙不知道是不是自己的错觉，总感觉陆潇最近变得得寸进尺起来。

“让我想想。”这个叛逆的家伙不能敷衍，他只得认真思考一番。

陆潇并没有继续逼问，只是把菜都堆到叶橙碗里，道：“你多吃点吧。”

他并没有意识到，一向喜怒无常、暴躁不受控制的自己，居然也开始注意不同场合下的不同行为可能带来的后果，开始在意和关心他人了。

这都是叶橙带给他的转变。

第2章 玩过头

吃完晚饭后，胡海洋给他们布置作业，有两套卷子和一篇作文练笔。

这些作业就是很多人梦寐以求的题库。分发完之后，不需要胡海洋再多嘱咐什么，大家自觉开始刷题。

宾馆二楼有个小房间，被暂时改成了自习室。

小镇和都市不同，晚上非常安静，少了窗外的霓虹夜景，多了几分让人心静的氛围。大家回去洗漱过后，不约而同地来到自习室写作业。

叶橙和陆潇坐在最后一排，后背几乎挨着掉了皮的墙。

房间里只有动笔和翻页的声音，空调不断地输送着暖风。

叶橙把手机放在支架上，点开倒计时，开始刷卷子。

这是陆潇第一次近距离观摩他做英语试卷，先前同桌的时候，他大部分时候都是做习题册。

那时候陆潇没有觉得他有多厉害，因为没看见他是用了多长时间刷完半本习题册的。

而此刻，陆潇唯一的想法就是：太牛了，不愧是老子的同桌！

在前面的人全都低头猛写，陆潇自己甚至才写了一面客观题的时候，叶橙已经在草稿纸上写完了三篇英语作文。陆潇只能听见他轻轻翻页的声音，不一会儿就翻一面。

王莉莉曾经说过，作文打好腹稿就直接写。因为她认为大多数人都来不及打完草稿，再誊到答题纸上去。

而叶橙每次都会打草稿，有时候甚至打两遍，侧面说明他的时间绰绰有余。

等叶橙慢悠悠地把草稿誊上答题纸后，陆潇才刚刚写到第二页客观题。

“你也太快了吧……”陆潇难以置信地低声道。

叶橙刚做完一套题，头脑还沉浸在兴奋的状态中，顺嘴回道："你才快，是男人就不能说快。"

"喂，你不文明哦。"

"少装蒜，你以为你很文明。"叶橙不屑道。他也没想到自己会脱口而出，略有点不好意思，只能用这种语气来掩饰不自在。

"我装什么蒜了，我非常文明。"陆潇不依不饶，若有所思道，"怎么，难道你很有经验？"

叶橙警惕地看向他，道："关你什么事，做你的卷子。"

陆潇不爽地哼了一声，低下头继续写题。

时间一分一秒地过去。

陆潇做题的速度不如前面那几个学霸，人家都写完了，他的作文还没动笔。

除了附加练笔之外，卷子上还有两篇作文，这些明天全部要交上去。他只好硬着头皮写，几乎把脑袋里所有的词汇都掏空了。

时间不知不觉已经到了十一点半，前排的学霸纷纷收拾东西回去睡觉。明天上午还有半天的军训，谁都不想把自己搞得太辛苦。

梁墨雨路过他们桌时，停了一下，似乎有话想说，但看了一眼陆潇冷酷到极致的脸，还是默默离开了。

不一会儿，自习室就只剩下陆潇和叶橙两个人。

叶橙写完了没事干，撑着头翻看英语词典，间或发出一点细微的声音。

陆潇打了个哈欠，困得眼皮都掀不开了。

救命，好词穷，世界上为什么要有外语，只学中文不行吗？他忍不住开始揪头发，痛苦万分地咬笔头。

以他的水平和专注力，今天能学到这里已经很了不起了。见他实在是写不动了，叶橙道："想不到就算了，把框架列出来，我就着你的思路帮你改一改。"

"你要帮我改？真的假的？"陆潇瞬间清醒，坐直了身体，眼巴巴地看着他。

"卷子上已经有两篇作文了，再加上这篇，一共三篇，这个练习强度，对你来说确实有点过了。"叶橙伸出手道，"拿来吧。"

像陆潇这种基础不好、短期冲刺的，最忌讳的就是想一口气吃成个胖子。英语作文要想拿高分，得有一个长期的积累过程，短时间内逼迫他不停地写，只会让他失去兴趣和耐心。

叶橙对他的要求是相当循序渐进的。

陆潇立马献上作文本，勾起嘴角道："橙橙，你也太善良了。"

叶橙被他突如其来的称呼给肉麻到了，冷冷地说："叫橙哥。"

"不。"陆潇果断拒绝。

叶橙一边改作文，一边瞟他，道："我心理年龄比你大。"

他是二月出生的，陆潇则是上一年的十月，足足比他大了四个月。但真要算，他比陆潇成熟了可不止区区四个月。

陆潇却非要和他对着干："但是你看起来比我小，而且也没我高。"

男孩子在比身高上，有着在任何年龄段都无法割舍的执着。

叶橙比他嘴更硬："别搞笑了，我们不都是一米八吗，况且身高又不能算什么。"

"你一米七九点五，我一米八五。"陆潇眼底的笑意逐渐加深，提醒他不慎喝多时自曝过的身高，得意扬扬，"你说过的，忘了吗？"

叶橙暗道失策，被这个幼稚鬼抓到把柄，天知道会被惦记多久。

他没再搭理陆潇，三下五除二地把英语作文改好了。为了避免和前两篇出现太离谱的差距，他还特意把长难句拆开写，又顺便帮陆潇检查了一番卷子。

这些全都弄完之后，已经是凌晨十二点多了。

陆潇从坐着变成趴着，注视着他道："这就是奖励吗？"

他趴在手臂上的样子很乖巧，头发被抓得横飞竖直，眼神湿漉漉的，更像小狗了。

叶橙心一软，不自觉地说："当然不是。"

"嗯？那是什么？"小狗似乎有点高兴，抬起眼眸看着他，满眼期待地问。

叶橙想了想，从笔袋里拿出一支红笔，把他的手从脑袋底下拽了出来，红笔笔尖在他的手指头上戳来戳去。

"干吗呢？"陆潇察觉他在乱画，却动都没动一下，很老实地让他画。

"好了，一个小奖励。"叶橙松开他的手，眉眼含着不明显的笑意。

陆潇低头看向指尖，只见上面画了个可爱的笑脸，眼睛是两颗红彤彤的爱心，像极了那个傻兮兮的emoji表情包。

看起来普普通通的小表情，却让他的心情从平地起飞到半空。

原来这是甲方爸爸给他的小红花啊。

叶橙低下头，在自己的食指上也画了一个，然后伸到他眼前:“看，同款。”

陆潇心里受用，嘴上还要嫌弃一下:“嘁！装什么成熟，你比我幼稚多了!”

第二天早上六点，陆潇是被集合哨吵醒的。

他晚上睡得不太好，可能是环境不太适应，有点失眠。标间两张单人床，叶橙在隔壁睡得安稳的呼吸声深深浅浅，让他十分烦躁。

陆潇睁着眼睛，到快三点才勉强入睡。起床时他脑子都迷糊了，以为是在家里，很想让那个哨子闭嘴。

就在这时，一只冷冰冰的带着水汽的手拍了拍他的脸。

“快起床，要集合了。”

大冬天的，刚睡醒就被冰冷的东西触碰，对于陆潇这种起床气很大的人来说，堪称致命。他满脸不爽地睁开眼睛，脏话已经到了嘴边，却在看见叶橙的脸之后默默咽了回去。

叶橙已经洗漱好了，穿戴整齐地站在床边。

算了，除了忍还能有什么办法呢，陆潇沉着脸掀开被子去洗脸。

上午的训练还算太平，班上没人敢和他们两个说话。换个角度来说，这些人自发形成了小团体，和他俩划开了距离。

叶橙对这些习以为常。他在附中待久了，非常清楚这些人和十三中的人有很大的区别。有些人很喜欢抱团，喜欢排挤那些“特立独行”的人。梁墨雨很显然地选择了跟风，不再过来跟他说话。

陆潇对此毫不在意，他压根也没打算跟这些人交朋友，只想和叶橙好好度过这个英语冬训营，顺便没事干捉弄一下对方。

小陆全是这些花花肠子，以至于他都没注意到，自己因为粗心，犯了一个大错。

上午军训结束后，下午的英语培训课程正式开始了。

上课前，陆潇问叶橙要了杯难喝的速溶咖啡。应城的镇上连个咖啡店都没有，好在小卖部有那种几块钱一包的咖啡粉，虽然喝完还是困，但总比困得翻白眼要好。

胡海洋花了一上午时间，把他们的卷子和作文都批改出来了。

小教室里空气闷闷的，他拿着卷子进来的时候，先指挥靠窗的同学打开窗户透气，然后翻开卷子，道："上课之前，先总体说一下这次考卷的情况以及这节课的安排。这张卷子我不会全讲，只挑几个重点的题目，如果有其他问题，你们课后自己来问我。"

他一开口，叶橙就有种回到附中上课的感觉。

提优班和补差班着实天差地别，陆潇也不由得集中注意力，因为哪怕分神一分钟，都有可能跟不上胡海洋的下一句话。

"这次客观题部分有两个满分。"胡海洋说，"一个是叶橙，一个是李南柯。不过这张卷子不算特别难，考满分是应该的。"

底下出现了不小的骚动。

"你不是说叶橙荒废学业去十三中混日子了吗，看起来还是很厉害啊。"

"谁知道他是不是搜答案了，昨天晚上就他和那个一哥留到最后了。"

"李南柯……这个名字好耳熟，是一中的吗？"

"应该吧，好像是第一排戴帽子那个。"

胡海洋继续道："作文方面，着重表扬一个人，叶橙。他的作文我晚点会发在群里，大家可以看看和他的差距在什么地方。"

众人你看看我，我看看你。

客观题尚且可以搜答案，作文可搜不出来，尤其第三篇练笔还是胡海洋的自命题。

"他的遣词造句已经达到了考研英语的水平，词汇量也比你们大部分人要多。"胡海洋很客观地评价，"你们可以看看他用的生词，对比一下自己的简单句和常见词汇。"

胡海洋确实比十三中的老师要眼尖不少。叶橙一直在做考研英语的题目和作文，因此很多用句和高考英语都不是一个级别的。

听胡海洋夸完他之后，下面的人脸色都变得精彩纷呈。

此时，胡海洋忽然话锋一转："但是，我有个疑问想问问叶橙。"

叶橙抬起头，大家也不明所以地看着他。

胡海洋扬起手中的另一张试卷，道："你一个晚上写了四篇作文，不觉得累吗？"

众人都愣住了。

“这篇作文写着陆潇的名字，却是你的字体。”胡海洋说，“你们是不是需要解释一下？”

陆潇这才意识到，他不小心把叶橙的草稿交上去了。

叶橙那手英文太好认了，漂亮飘逸的花体，整个冬令营独一份。

底下笑了起来。

“喊，我就说嘛，蛇鼠一窝。”

“还搞代写，他俩不会都是找的枪手吧，一人一份的那种。”

“很难说哦，我听说十三中考试作弊老师都不管的。”

“真可怕……”

叶橙刚要站起来，旁边的人动了动，起身道：“老师，不好意思，是我昨天偷懒，没写作文。”

叶橙微微愕然，这是他第一次听见陆潇跟老师道歉。

胡海洋抬了抬手，制止了底下的讨论。

“这不仅仅是你的问题，勇敢承认错误是好事。但是我也想对叶橙说，希望你能够用正确的方式帮助同学。”

“我知道了，老师。”叶橙也站起来道。

胡海洋并没有过多为难他们，温和地挥了挥手：“行了，坐下吧，我们开始上课。”

两人坐下之后，陆潇一副欲言又止的样子，最终还是什么都没说。

下课后，胡海洋和昨天一样，留了两套卷子和一篇额外的作文。

这次，陆潇没再让叶橙帮他改作文。他不声不响地坐在后排闷着头写，遇到不会的单词就翻字典。

等到他写完一篇抬起头时，前面的座位已经全空了，叶橙坐在他旁边刷数学“五三”。

“我还没写完，要不你先回去吧。”陆潇出声道。

叶橙小小地打了个哈欠，随口说：“我等你。”

陆潇的声音很低沉：“还是别等我了，什么都要你等。”

叶橙虽然困，但还是敏锐地察觉他语气中的低落。

“怎么了，为什么这么说？”他马上看向对方问道。

陆潇盯着卷子，固执道："没什么。"

叶橙逐渐清醒，把他手中的笔抽走，让他面向自己，认真问道："发生什么事了？"

他专注地看着陆潇，眼中的真挚让陆潇不好意思再逃避。

陆潇咬了咬牙，还是把心里的想法说了出来："我总是需要你停下来等我，学习上是这样，生活中也是这样。如果不是因为我，你应该能和他们相处得很愉快。"

陆潇说得已经算是委婉了，不过叶橙还是瞬间明白了他的心思。

这样的陆潇他太熟悉了，和二十七岁的陆潇几乎一模一样——觉得自己不够优秀，拖累了他。

叶橙其实还挺理解陆潇这种心态的，尤其那时候他们公司全是硕士博士，长久在这种环境下，难免会有压力。

他略微思索了片刻，问道："你真这么觉得？"

陆潇本以为叶橙会安慰自己，却没想到是这样的疑问句，定定地望着对方不知道该说什么。

叶橙说："可是我也这么认为呢，觉得有些时候，我会需要你停下来等我。"

"啊？"陆潇怔住了。

叶橙淡淡道："是什么让你觉得，如果没有你，我就能和他们好好相处？"

陆潇不作声。

"你知道我为什么那么干脆地从附中转过来吗？就是因为我在那里，几乎没有能说得上话的朋友。"叶橙说。

陆潇眼中带着诧异，在他的想象中，叶橙应该是个香饽饽，全校争着抢着和叶橙做朋友的那种。

可他不知道，他见到的并不是真正的十七岁的叶橙。

真正的十七岁的叶橙性格冷僻，不善交际。确实有很多人想和他成为朋友，但他并没有认可这些友情，直到上了大学，步入社会，这种状况才逐渐好转。

所以，当他第一次看见，陆潇被那么多人簇拥着的时候，并不是和别人一样关注和钦羡陆潇帅气的外表，而是羡慕陆潇有一群真正意义上的好兄弟。

叶橙托着下巴道："我这人性格挺古怪的，下属……唔，其他朋友总是受不了我。"

“没有，你很好，我就受得了。”陆潇立马反驳他。

叶橙笑了一下，说：“你算一个，黄胜安算一个，我小时候遇见的小黑炭也算一个。”

“什么小黑炭？”陆潇看向他，疑惑地询问。

叶橙说：“就是以前的一个小邻居，黑不溜秋的。全小区的小孩里面，只有他会来找我玩，别人看见我都绕着走。”

陆潇张了张嘴，这下真的呆住了。

叶橙见他一直盯着自己，以为他不相信小时候没人和自己玩儿这件事，于是补充道：“是真的，以前我不爱和别人说话，那些小孩儿都不喜欢我。”

所以在他短暂的童年回忆里，只有那个小黑炭给他留下过深刻的印象。

当然，主要原因是小黑炭太黑了，过目难忘。

陆潇沉默了片刻，说：“你和那个……小黑炭，后来怎么样了？”

叶橙觉得陆潇的关注点有些奇怪，好奇什么不好，好奇小黑炭。

不过他还是诚实地回答：“他给了我一个芒果。但你也知道的，我对芒果过敏，然后就被送进了医院。后来他估计被家里人教育了，我再也没有见过他。”

被教育个屁啊，那是我搬走了好不好，陆潇心想。

可是一想到叶橙刚才说的话，他又很难说出真相——那样的话，不就等于告诉叶橙，其实他只有自己和黄胜安两个朋友了吗？

叶橙惋惜地说：“其实那件事不怪他的，是我明知道自己过敏，还非要吃。”

“你故意吃的？”陆潇回过神来，看着他。

“嗯，那时候我爸常年不回家，我很想他，就想通过这些引起他的注意。”叶橙哂笑了一下，“简直太蠢了。”

陆潇简直想回到小时候，给当年的自己两个耳刮子，告诉他滚到一边去给我把芒果自个儿吃了。

你一哥狠起来，连自己都打。

“……不蠢，一点都不蠢。”陆潇安慰道。

叶橙勾起嘴角，道：“所以看起来，我也应该谢谢你等我。”

他忍了忍，还是没忍住，抬起手拍了拍陆潇的头。

陆潇的发质偏硬，碰上去有点扎手，皮肤传来刺刺的触感。

“我们扯平了。”叶橙微笑道。

陆潇的眼睫毛颤了两下，放在桌子下面的拳头暗自捏紧，“嗯”了一声。

“快写，半小时之内结束战斗。”叶橙放下手，又打了个哈欠。

陆潇听话地抓起笔，再度投入作文当中。

这一次，他心里没有什么杂念，效率比刚才高了很多，不到半小时就写完了。

叶橙帮他检查了一遍，虽然遣词造句还是很烂，但起码句式比之前丰富了不少，不再动不动就“how are you”或“nice to meet you”了。

不错，有点进步。

第二天上课的时候，不出意外，陆潇又是成绩垫底的那个。不过他不仅没有低落，反而还有点骄傲，因为他同桌再次打败了所有人，稳稳地位居第一。

胡海洋第二次把叶橙的作文当范文，发到了群聊里面，其他人都面面相觑。

叶橙之外，第一天被点名表扬的李南柯也依然保持着第二的位置。

这个人从来不和他们一起玩，也不去食堂吃饭，上完课就回自己房间。从刚见面开始，他就一直戴着帽子，几乎没人知道他长什么样。班里有小道消息，说他好像是某个娱乐公司的练习生。

胡海洋在讲台上激情飞扬地讲课，把课堂气氛带到了高潮。

大家都听得很认真，没有人开小差。

陆潇也奇迹般一连三天都没打瞌睡，尽管这三天他已经睡眠不足到生出黑眼圈了。咖啡更是一天两包，难喝也得喝，他不由得开始怀念之前分外嫌弃的“星爸爸”。

三天后，军训终于到了尾声，冬令营也启动了另一项计划——野外露营。

看来，除了做题之外，机构也在努力地试图搞出一些花样来。露营过后，就会带他们回南都的“五星级酒店”，美其名曰“先苦后甜”。

应城附近有一座山，这次露营的地点就选在了这座山的山脚。

幸好条件没有想象中那么艰苦，帐篷和水电都是机构提前准备好的。

胡海洋号召大家集合，宣布他们需要通过玩英语游戏来获得食材，然后亲自动手生火做饭。

这两天上课的区域是一顶早就搭建好的大帐篷，里面铺着地毯，整得像个蒙古包似的。晚上睡觉的地方是周围的小帐篷，每个帐篷可以容纳两个人。

第一个游戏是“谁是卧底”，每个帐篷派一个人上。

这个游戏在高中生之间很流行，他们在学校都玩过，因此不需要特别说明规则。

叶橙跟着大家走到前面去，六个人站成一排。胡海洋给每个人发了一张卡片，他们需要用英语形容出自己拿到的卡片上的图片内容。

六个人中一共有两个卧底，还有一个“白板”。如果能顺利找出这三个特殊身份的人，其他人就可以优先选择主食。

大家看向手中的卡片，神色各异地打量着彼此。

叶橙没什么表情地放下卡片。

胡海洋对第一个人道：“从你开始吧。”

第一个是梁墨雨，他抛出了几个关键词：圆形的，小小的。

第二个人赞同地点了点头，觉得他可以洗脱嫌疑，并形容这是一种运动。

第三个人磕磕绊绊，一时找不到合适的词语。这个大兄弟慌张得太明显，第一轮就被投出去了。

胡海洋说：“给大家展示一下牌面。”

那人把牌翻过来，果不其然，是“白板”。

众人逐渐掌握了这场游戏的要领，彼此眼神鬼祟地瞥来瞥去。

第二轮，他们又成功地找出来一个卧底，那个人手里拿的是“足球”。

只要再找出剩下那个卧底，另外三人就获胜了。

围观的人都开始期待起来，纷纷为自己的队友加油呐喊。

陆潇已经提前开始挑选主食了。是吃米饭还是馒头还是面条，这是个挺难选的问题。

梁墨雨说：“That is a hitting sport（是一种击打型运动）。”

从头到尾，他基本上没有吸引任何火力，其他人也都是顺着他的思路接下去的。第二个人很是赞同他的描述，说完之后又看向下一个。

现在只剩下叶橙和他后面的人。

叶橙想了想，说：“The sport originated in France from the 14th century（这个运动起源于十四世纪的法国）。”

另外三人交换了一下眼神，有点困惑。

其中一个人小声说：“是十四世纪吗？”

“我记得好像不是吧。”

陆潇根本不知道他们在说什么，但凡语速超过0.5倍的英语他都听不懂，不过他能感觉到这几个人好像在怀疑叶橙。

一个人问："能不能用手机查一下？"

胡海洋笑着说："不可以哦，这时候就要考验知识储备了。"

那人只得作罢。

最后一个人说完，胡海洋表示："可以开始投票了，只要找出最后的卧底，你们就赢了。"

梁墨雨犹豫了几秒，率先指向叶橙，另两个人看了看，也跟票了。

叶橙平淡地瞅了他一眼，没有丝毫慌乱。

"你可以为自己辩解几句。"胡海洋适时开口道。

叶橙说："麻烦一号说说看，你抽到的关键词是什么颜色的。"

梁墨雨看了看其他二人，试探着说："黄色。"

那俩立马转票，指向梁墨雨："我去，原来是你！"

梁墨雨慌了，摆手道："橙黄色，不是纯黄，我说得比较笼统。"

"就是你了啦，墨雨。"其中一个人信誓旦旦地说道。

胡海洋说："都决定投他了是吧？"

"是的！"

"恭喜你们，找出了最后一个卧底。"

先前说话的人笑着翻出底牌："我们都是网球，你是乒乓球吧。"

"……"梁墨雨黑着脸把牌子扔了。

那人拍了一下叶橙，道："多亏你了，兄弟。走，我们去挑主食。"

他刚想和叶橙击掌庆祝，就被另一只手抢先了。

陆潇不动声色地抓起叶橙，强行让他和自己击了个掌，顺便问道："真牛，我们选什么？"

那人的手落了空，尴尬地举在原地。

叶橙被陆潇带着走向摆放食材的桌子，说："要不吃面吧，容易熟一点。"

他和陆潇都是南方人，吃不惯馒头，煮饭的话……鬼知道能不能煮熟。

"好。"陆潇拿了一包挂面。

胡海洋吹了声口哨，吸引大家的注意："第二项比赛马上开始了。"

第二项比赛是两人三足，这也是个简单的游戏。每组搭档按照到达终点的顺序，依次选择菜品和调味料。

胡海洋发的绳子比较细，绑着感觉有点勒。陆潇见状，从书包里拿出发带，弯下腰捆住两人的腿。

叶橙看着前面泥泞的草地，又看了看自己的白色外套，眼神飘忽道："你可千万别摔了，摔了也别连累我。"

"我会让你摔？你看不起谁呢！"陆潇被他激到了，故意用手肘撞了他一下。

"喂！"叶橙的腿被绑住，一时失去平衡，往旁边歪去。

陆潇单手轻轻松松将他扯回来，跟猫科动物玩弄小老鼠似的，笑得那叫一个欠揍。

叶橙顺手给了他一拳："再乱动，小心我揍你。"

陆潇被叶橙揍得眉开眼笑，长臂展开勾住叶橙的肩膀，做好准备动作。

叶橙的胜负欲正熊熊燃烧，和他商量道："一会儿我先迈左腿，你就先迈右腿，然后按照'一二、一二'的口号往前跑。"

陆潇此刻脑子里只有：咦，感觉我似乎又长高了一点哎，抬起下巴就能看见他的发顶了。

"听到没有？"叶橙见他心不在焉，又给了他一拳。

真是个小孩子，老走神。

陆潇胡乱点头："哦，知道了。"

胡海洋吹哨道："预备，开始——"

大家同时从起点冲了出去。

叶橙果断地出左腿，右腿却传来一股拉力，把他拽得差点摔倒。他愤怒地看向陆潇。这家伙刚才根本没听，直接就迈了左腿。

"Sorry，sorry！"陆潇赶紧补救，原地蹦跶一下，调整了过来。

短短几秒时间，他们已经落后了好几名。叶橙憋住一口气，没空跟他计较，张开嘴喊口号："一、二、一、二，左、右、左、右。"

接下来的十几米，居然还算顺利，两人默契地迈着大步，很快就超过了前面几对搭档。

"哇哦，我们真厉害。"陆潇忍不住自夸了一句。

叶橙微微喘着气，觉得跑八百米都没有现在这么累："闭嘴吧你，要不是你，我们现在已经是第一了。"

他们离终点还有十米左右，旁边的一对搭档几乎和他们肩并肩，正是梁墨雨和他舍友。两队之间保持着安全距离，眼看就要超过去了，忽然叶橙被相当用力地撞了一下。

他在奔跑中还要兼顾和陆潇的配合，平衡感约等于没有，当场就膝盖一弯。陆潇反应极快，立即托住他的后腰，堪堪没让他摔倒在地上。

"我×！"他马上停了下来，对着前面爆了句粗口。

作为裁判的胡海洋站在起点处，离这边有段距离，因此没发现出了状况。

陆潇沉下脸，弯腰就去解发带。比个头的赛，他要打人。

"陆潇。"叶橙赶忙叫了他一声，抓住他的手，"先去终点，一会儿再说。"

叶橙的手被风吹得冰冰凉凉，握着陆潇的手使劲捏了捏，眼睛牢牢地盯着他看。

陆潇重重地呼出一口气，这才起身继续比赛。

他们紧跟在第一名后面，拿到了第二。到达终点之后，陆潇二话不说，上去就揪住梁墨雨的衣领，把他拎起来。

"你刚才撞谁呢，眼睛瞎了？"陆潇的脸色冷得可怕。

其他人立马过来劝阻。

"哎哎，怎么回事，别动手啊。"

"他不是故意的，这种比赛难免碰撞嘛，陆潇你冷静一点。"

"叶橙，你没受伤吧？"

叶橙摇了摇头，抓住陆潇的衣角道："算了，我们去挑食材吧。"

梁墨雨面如死灰，憋得脸色发红，支支吾吾："我又不是有意的……"

眼看胡海洋也走了过来，叶橙又碰了碰陆潇："别闹了。"

陆潇"哼"了一声，随手把梁墨雨甩开。梁墨雨站立不稳地摔了一跤，他舍友忙去扶他。

胡海洋皱眉道："干吗呢，比个赛怎么还打起来了？"

叶橙看了眼瘫软在地的梁墨雨，说："没事，老师，只是不小心碰到了。"

胡海洋警告意味地看了陆潇一眼，过去把梁墨雨拉了起来。

挑选食材的时候，陆潇眼神阴沉地把胡萝卜和土豆往篮子里放，那架势仿佛这些蔬菜是他的杀父仇人。

叶橙当然也是明白的，这个梁墨雨估计根本就是看自己不顺眼，前两次是巧合，三番五次来找茬，就是故意的了。

但他没空去考虑自己到底怎么招惹了这个人，他只担忧晚上的饭该怎么办——活了二十几年，他在做饭上的生活技能几乎为零。陆潇就更不用说了，连大葱和韭菜都分不清。

趁着去树林里捡柴火的工夫，叶橙提出了一个建议："我们不如就只吃面吧，不要听胡海洋的做什么炒菜，一锅下进去就完事儿了。"

可陆潇不这么想，他觉得叶橙输了比赛，自己应该做点好吃的补偿叶橙。

"没事，我来炒，我见过王嫂炒菜。"他普通却自信地说道。

"你能行？"叶橙万分怀疑。

陆潇信誓旦旦："必须行啊。"

他们抱着干柴满载而归，把柴火点燃，放进胡海洋准备的炉子里。

其他营地也陆续升起炊烟，袅袅地飘荡在空中。

陆潇往锅里加满水，拿起挂面就要往里扔。叶橙察觉到不对，立即拦住他："水还没开，下什么面！你到底有没有一点常识啊？"

他起码自己做过泡面，知道要等水开了才能煮。

"哦，我忘了。"陆潇掩饰地移开视线，"那好吧，我去洗菜。"

他拿着胡萝卜和土豆去洗，打算做个胡萝卜炒土豆。

叶橙在锅边，等水开了之后把面下了进去。

陆潇洗完菜回来，两人像傻瓜一样蹲在炉子旁边等面熟。

胡海洋背着手路过他们，问道："煮面呢？怎么样了？"

"挺好的。"叶橙违心地说，"老师你一会儿可以来蹭点儿。"

胡海洋看见胡萝卜上没洗干净的泥，觉得还是不要轻易尝试这俩人做的饭。

"我就不吃了，你们加油。"说完，他明智地绕去下一个帐篷了。

陆潇看了眼手表，说："十分钟了，应该熟了。"

他揭开锅盖，一股白气冒了上来，用筷子挑起的面条看着很是软烂。

叶橙也理所当然地拿了碗接着："盛进来吧。"

显然，两人都忘了一件非常重要的事。

煮完面之后，陆潇摩拳擦掌地准备炒菜。

他信心十足地举起油桶倒进锅里，"滋啦——"

倒霉孩子在放油的时候没擦锅里的水，油花噼里啪啦溅得到处都是。

叶橙在旁边喊了起来："盖锅盖！当心别烫伤了！"

陆潇像拿盾牌一样拿着锅盖，还有心情安慰他："别怕别怕，不会炸的！"说罢，将胡萝卜和土豆抛了进去。

确实是"抛"的，间隔距离有个快一米，还有几块土豆掉在了地上。

锅里爆发出一阵巨大的噪音，水和油在一起发生强烈反应。

陆潇不出意外地被油溅到了，烫得嗷嗷叫。幸亏胡海洋没走远，一路跑过来帮他们把锅盖扣上了。

"你没事吧？"见到终于不炸了，叶橙从三米开外走过来查看陆潇的手。

胡海洋又震惊又无语："你们在干吗，想把这里烧了吗？"

陆潇还很不服气："我看我家阿姨就是这么炒菜的啊。"

胡海洋上前揭开锅，里面的土豆和胡萝卜已经变成焦炭了。他痛心道："还不如给李扬他们，简直浪费食材。"说完一脸晦气地走开了。

叶橙和陆潇对视了一眼，或多或少有点尴尬。

"……上面那几块看着还能吃。"叶橙怕他自闭，便用筷子去那坨黑色东西里面挑选好的。

叶橙本身略讨厌胡萝卜，但还是勉强吃了一块。没有盐和酱油，只有一股子焦味，外加胡萝卜里面没熟透的涩味。

他屏住呼吸，对陆潇扯了扯嘴角，鼓励道："不错，挺好吃的。"

陆潇看不下去了，把那锅东西挪到一边，说道："别吃了，还是吃面吧。"

叶橙也没打算再吃第二口，敷衍陆潇的代价太大，他怕自己再多吃一口就要进病房了。

"面应该是好吃的。"陆潇把比较多的那一碗给了叶橙。

叶橙挑起几根面，塞进嘴里。

陆潇期待地看着他："怎么样？"

叶橙感觉哪里不太对，又吃了几根，咳了咳，道："没放盐。"

这就是他俩都忘记的那件非常重要的事。

陆潇屡屡遭遇滑铁卢，低下头忏悔："我以后会好好学做饭的……"

他失落得连头发都耷拉了下去。

其实，他之所以这么抢着想露一手，是因为他偶然发现，叶橙之前总是提到的那个朋友，不仅成熟稳重，还能做一手好菜。

有次点外卖的时候，李俊晓问叶橙吃不吃松鼠鳜鱼，有一家做得特好吃。叶橙当时一边看书，一边顺嘴道："那家有什么好吃的，我认识的一个人做的才叫正宗。"

他难得有这么得意的口吻，李俊晓立刻凑上去八卦道："谁给你做过啊？是你家里人还是朋友？"

"后者。"叶橙坦荡荡地说。

"哇哦！你朋友还会做鱼？好厉害。"李俊晓羡慕道。毕竟谭晓琪连煮饭放多少水都不知道。

叶橙笑了笑说："他做的海鲜也很好吃，像海胆蒸蛋啦，烤生蚝啦。"

陆潇刚好在值日，拿着扫把站在后面，面目全非。当时他想，不就是做饭吗，又不是没有手，学一学不就会了？

然而今天平地翻车，他更加难过了。

叶橙倒是有办法，问隔壁借了点榨菜。两人本来就饥肠辘辘的，就着这点榨菜，把没味儿的面条也吃得一干二净。

临睡前，大家简单用流水洗漱了一下，就各自钻进帐篷里去了。

双人帐篷挺宽敞的，每张床还配了电热毯和睡袋。陆潇是在叶橙后面洗漱的，一进帐篷，就看见叶橙把自己裹在睡袋里，只露出一个脑袋。

大概是怕他们着凉生病，这个睡袋准备得挺结实的，叶橙看起来像是一条长着人脸的胖虫子。

陆潇损他道："你看着像条毛毛虫。"

叶橙翻了个白眼，躺着用手机刷起题来。

陆潇躺下拿了本书看，他床上的电热毯热力强劲，根本不需要钻进睡袋里。

两人在灯光下看书，外面一片寂静，偶尔会有几声犬吠。

叶橙看着看着，没觉得身上暖和起来，反倒越来越冷了。他疑惑道："陆潇，你的电热毯热吗？"

"热啊。"都热得把睡袋放在旁边了。

叶橙坐起来，低头去检查开关："奇怪，我的为什么不热。"

他从床下面抽出电热毯的线，断了。切面十分整齐，一看就是人为的。

两人傻眼地看着那截断掉的线，难怪不热呢。

陆潇安静了几秒，然后猛地翻身起来，披了件外套就出去了。

“你等等。”

叶橙刚叫了一声，就被扑面而来的冷风吹了一脸。实在是太冷了，他裹紧了被子和睡袋，毅然决然滚到了陆潇的电热毯上。

外面传来几声哄闹，伴随着帐篷“哗啦啦”的一阵响动。

叶橙竖起耳朵，警惕地盯着门口。

几分钟后，陆潇回来了。他满脸戾气地把外套扔在床上，身上毫发无损。

叶橙透过缝隙，看见对面帐篷的灯灭了，一副事不关己高高挂起的样子。他问道：“你干吗了？”

“没什么，就把那家伙的帐篷砸了。”陆潇忍无可忍地说。

不用细想也知道是哪个家伙。搞这种小手段，真是卑鄙。

陆潇看了看叶橙，发现对方像个占地盘的毛毛虫一样霸占着自己的电热毯，脸上的表情瞬间明媚了一点。他嘿嘿一笑，用被子一把将“毛毛虫”盖住，然后全身重量压下，隔着被子猛拍了几下。

“好嘛！我去给你报仇，你在这里抢我的床！”

叶橙被压得喘不过气，睡袋又限制了他的行动，无法反击，屈辱地在被子里挣扎。“你够了吧！”闹得火气上来了，叶橙抬起膝盖往陆潇双腿之间重重地撞了一下。

他本来只是想从睡袋里出来，但这一下着实有点使劲了，不像是在开玩笑。

陆潇整个人浑身僵硬地愣在原地。

刹那间，两人都安静了下来。帐篷里鸦雀无声。

“我……”叶橙想找补，却不知道该说什么，好像有点伤人。

陆潇手动了动，伸向他，感觉是想缓和些什么，但叶橙像是躲避一般，下意识地往后缩了缩。

这一缩，让陆潇的心陡然沉了下去。

他们一起经历了这么多事，分享过家庭带来的创伤，描绘过梦想的雏形，在陆潇心中他和叶橙已经是过命的交情。

可叶橙对他的防备心还是这么重。

陆潇眼中玩闹带来的快乐的光芒一点点黯淡下去，最后消失不见。

他冷笑着对叶橙道:“怎么，你觉得我要打你吗？我是暴力狂?”

叶橙一下子就反应过来，知道他是误会了，慌忙想从被子里挣出来:“不是，我其实……”

话还未说完，陆潇已经放开他，躺到旁边那张冰冷的床上。

“你睡那边吧，我睡这儿。”

叶橙张了张嘴，还没发出声音，陆潇就往睡袋里迅速一钻，将头顶用被子遮住，转过身，拿背冲着他。

一系列的动作，行云流水。

完蛋了，好像搞砸了，叶橙心想。

这个年纪的高中生的想法是真的比较夸张,一点点上头的怒意就会被放大，变成关系中的裂缝，然后走向决裂的结局。

叶橙纠结了一会儿，觉得现在再去解释两人一定会吵起来，只能暂时沉默。一阵，他拿起手机开始搜索：如何正确安抚和引导青少年身心。

搜了大概十来分钟，眼皮逐渐撑不住了。

他决定起床之后好好和陆潇谈一谈，便放下手机闭上眼睛，很快就睡着了。

旁边的陆潇才没有他这么心大，又是一夜辗转难眠。

他一方面痛恨自己的性格和脾气为什么那么不受控制，一方面由于被叶橙抗拒，脆弱的玻璃心稀里哗啦碎了一地。

那一刻的叶橙在讨厌他。陆潇坚信不疑。

就算那帮针对十三中和叶橙的混账做出弄坏电热毯这种不入流的手段，他其实也可以像叶橙那样，用更理性更周全的方式去应付，而不是冲上去把人帐篷砸了。

这样真的很像一个暴力狂。

今天一天都是失败的范本，先是没饭吃，又是刚才把叶橙惹烦了。现在叶橙一句话也不和他说，恐怕明天之后连朋友都没得做了。

没错，精神脆弱的陆潇已经把思维发散到和叶橙绝交这一步了。

毕竟谁会愿意和一个一无是处还脾气特别臭的人来往呢。

这样想着，陆潇更难过了，好像喉咙里塞了一团棉花。

他把自己缩成一团，将脸埋在凉冰冰的被子里。

第3章
烂摊子

第二天早上，叶橙是被闹铃吵醒的。

电热毯实在太热，半夜他把被子给踢了，不知道为什么现在又盖在身上。底下的电热毯插头被拔掉了，但被窝里还是很暖和，他都不想起床。

“陆潇，你醒了吗?”他打了个哈欠问道。

无人回应。

“陆潇?”

叶橙艰难地从床上起身，却见对面的床铺空无一人，上面放着一张纸，用他的iPad压着。

他彻底清醒了，匆忙套了件衣服，拿起床上的纸看了起来。

这是陆潇留下的一封信。

本来想等你起来再告别的，但实在是没有勇气。好吧，我承认有些时候，我也会产生逃避的念头，尤其是在我知道你讨厌我之后。很抱歉昨天让你害怕了，也很抱歉让你觉得烦，我为此道歉，不过可能改不了。

谢谢你这段时间给我的鼓励和安慰，越写越觉得难受。

算了，我怕看见你的脸，我连一个字都说不出来。所以我先回去了，让自己先冷静一下，也好好思考以后怎么和你相处。如果你觉得我们之间还有可能保持联络,就来找我好了,如果你觉得连朋友都做不成,那就当没看见这封信吧。

叶橙一头雾水，把这张两百字里有三个错别字的信来回看了两遍，终于明白陆潇什么意思了——敢情这是闹别扭闹到出走了啊。

帐篷里，陆潇的行李箱已经不见了。

他顿时感到哭笑不得——不是，这小子是不是脑子有点毛病啊？

叶橙掏出手机给陆潇打电话，但屏幕显示“呼叫失败”。

这里信号不太好，他只得穿好衣服，走到帐篷外面，准备找个信号好的地方打电话。

刚一出去，就碰上了迎面而来的胡海洋。

“叶橙，你来得刚好，我正要找你呢。”胡海洋立刻开口，脸色看起来有点着急。

叶橙不明所以地问：“怎么了，老师？”

“你奶奶给你打了好几个电话，你都没接，她找你有要紧事。”

叶橙皱了皱眉：“她说是什么事了吗？我这边信号不太好，没接到电话。”

“没具体说，她只是让你给她回个电话。”

距离帐篷营地不远的小树林里，陆潇坐在行李箱上，戴着帽子和围巾，把自己裹得严丝合缝。

头顶的太阳渐渐升到半空中，周围的雪化了一些，林子里传来鹧鸪的叫声。

陆潇冻得双手发红，一会儿揣进口袋里，一会儿又忍不住把手机拿出来反复看。

直到上午十一点多，叶橙也没给他打电话或者发消息。

陆潇难以置信地拍打了几下手机，这玩意儿是坏了？都十一点了，叶橙没道理还没醒啊。

“嗡——嗡——”

手机突然振动起来，陆潇当即一个激灵，差点手一滑把手机掉进雪地里。

他清了清嗓子，“啊啊哦哦”地练声，又冷酷并做作地说了几句“喂，干吗”，然后准备滑开屏幕。

在看清来电显示的时候，他脸上笑容瞬间荡然无存。

片刻后，看着手机上面大大的“黄牛”两个字，陆潇烦躁地接通电话放到耳边，粗声粗气道：“干吗？”

那边传来一个带着应城口音的男声：“老板，你还要票吗？不是说好咱十点车站见的吗？”

“不要了，撕了吧。”陆潇恼火地回道，然后“啪”地挂了电话。

他忍无可忍地从行李箱上站起来，一脚踢飞了旁边的小石子。

真是好样的，叶橙。

一上午对他不闻不问，不过就是仗着他不会真的走呗。小看谁啊！

陆潇整个人都要爆炸了，像只斗败的公鸡一般围着行李箱绕了两圈，最终还是提起行李箱，往回走去。

啊啊啊，怎么就这么没有骨气呢！

他一边暗暗地唾弃自己，一边垂头丧气地回到营地。

这会儿上午的培训课已经上完了，大家正在各自准备午饭。

陆潇推着行李箱站在帐篷外，想着待会儿该怎么面对叶橙。

——冷酷无情地把箱子往里一放，问叶橙为什么不打电话给他？

可是如果叶橙真的在生气，那这样做不就更讨人嫌了？不行，不能这样。

——装作什么都没发生，一切照常地打招呼？

都留了绝交信了，还这么装蒜，叶橙肯定更讨厌他。不行不行。

——梨花带雨似的抽泣，然后咬住嘴唇说自己错了，不该使小性子？

……这个似乎可行！叶橙不是就吃这一套吗，别人一服软他就没辙了。

陆潇立刻行动，使劲儿掐自己大腿的皮肉，痛得眼眶红了一圈。他开始回忆短暂的十几年人生中所有悲伤的事情，加速眼泪的迸发，比如叶橙让他滚出去的手势，比如叶橙厌烦他的眼神……想着想着，就入戏了。

陆潇哽咽得跟什么似的，光打雷不下雨，半滴眼泪也无，然后胸有成竹地掀开了帐篷。

他低头看着鞋尖，期待着叶橙来一句“哟，你还知道回来啊”，接着，他就可以委屈地抬头看过去。

一秒，两秒……足足等了半分钟，也没听见任何动静。

陆潇疑惑地抬起头，在看见空荡荡的帐篷的那一瞬间，彻底傻眼了。

叶橙的所有物品都不见了，比他清得还干净。

这时，胡海洋从外面走了进来。

“陆潇，你上午怎么没来上课？我找了你半天。”他严肃地问道。

陆潇一时半会儿没缓过来，还以为叶橙是找自己去了。

“老师，来不及解释了，我得先去把叶橙追回来。”他言简意赅地说道，放下行李就准备冲去车站。

胡海洋拦住他，道："人家家里有事，你去凑什么热闹。"

"啊？"陆潇回过头看他。

胡海洋说："他家里打电话让他回去，关你什么事，你给我好好上课。"

陆潇："……什么玩意儿？"

叶橙坐在汽车上，一遍又一遍地尝试给陆潇打电话，可依旧打不通，可能是陆潇那边信号也不好。

他跟胡海洋说了要把陆潇找回来的事，胡海洋也马上答应了。

昨晚的事，还是等之后见了面再解释吧。

那边高秋兰的电话又来了，问叶橙上车了没有。叶橙让她放心，并告诉她，自己已经买了去嵊州的高铁票。

高秋兰在电话里慌慌张张的，说话颠三倒四，只让他赶紧请假去嵊州一趟。听起来好像是叶俏俏得了挺严重的病，曲恬去米兰了，只有叶高阳一个人在。

本来叶橙是不想去的，那两个人怎么样，他一点都不关心。但考虑到高秋兰还在那边，万一情绪一激动出个什么事情就不好了，他这才买了回去的票。

颠簸了几个小时后，叶橙又从南都换乘高铁。

高铁上信号断断续续，其间收到了陆潇的微信消息，问他家里怎么了。

克制一下：不清楚什么事，我得去嵊州一趟。

那边沉默了片刻。

嫌疑人X：注意安全。

克制一下：你还在不高兴吗？

嫌疑人X：没不高兴，我一早就回帐篷了。

克制一下：你自己回去的吗？我还让胡海洋去找你来着。

嫌疑人X：那你还要和我绝交吗？

叶橙心想，我什么时候要和你绝交了？不是你要和我绝交吗？

克制一下：……不绝交了，既然你留在那里，就好好参加冬令营吧。

聊天框上显示了将近一分钟的"对方正在输入"。

嫌疑人X：好。

叶橙无奈地摇了摇头，不知道该说陆潇是来得快去得快，还是本身脑子就缺根筋。

经历了一番倒车，叶橙到达嵊州的时候，已经是晚上六点了。

他没时间歇息，打了辆车直奔嵊州市第一医院，刚到医院门口，就看见了站在外面接他的高秋兰。

叶橙推着行李箱过去，高秋兰随即迎了上来。

她看起来疲倦不堪，几天不见，仿佛苍老了许多。

叶橙登时皱起眉头，扶住她，问："到底发生什么事了？"

"小橙，你总算来了。"高秋兰没说什么，而是上前一步抱住了他。

自从叶橙长大之后，她很少会有这样的举动，除非是心情非常糟糕。叶橙着实一惊，搂住她道："到底怎么了，您别吓我。是叶俏俏的病吗，还是我爸身体出问题了？"

高秋兰一靠在他身上，眼睛就湿润了。

叶橙拍了拍她的后背："没事，奶奶，有什么事您跟我慢慢说。"

高秋兰抽泣了好一会儿，才渐渐平复下来。

"我们要不先找个地方坐一下，这里太冷了。"叶橙握住她冰冷的手道。

随后，他们在医院门口找了家奶茶店，叶橙给她点了杯热乎的牛奶。

高秋兰喝了点牛奶，情绪才算慢慢地稳定下来，她眼圈通红地开了口："小橙，你爸爸怕是要撑不住了。"

叶橙脑子里嗡的一声，下意识问道："他生病了？"

奇怪，他记得叶高阳身体倍儿棒，有空当工作狂，有空陪曲恬和叶俏俏环球旅行，只是没空搭理他这个儿子而已。

高秋兰摇了摇头，说："不是他，是叶俏俏。前几天她发高烧进医院，查出了白血病。"

"白血病？"叶橙诧异道。

过去他可从来没听说过叶俏俏有白血病，这也太突然了。

高秋兰面露伤心："然后你爸爸去检查了骨髓配型，结果出了点问题，后来才发现……俏俏不是他的女儿。"

叶橙接二连三地被震惊："什么？"

"他们说血型什么的，我也听不懂，只知道医生说他们大概率不是亲生父女。"高秋兰说道。

叶橙："……啊？"

叶俏俏是叶高阳早年背叛叶橙的母亲，偷情生下的孩子，因为这一点，高秋兰一直都不能接受这个女孩。

现在没想到不仅是偷情，还被戴了绿帽子……叶橙心想，我不能笑。

两人安静了许久，谁都没有说话。最后，还是叶橙打破了沉默:“那他现在还好吗？曲恬呢，回国了没有？”

高秋兰擦了擦眼角，说:“不好，你爸昏厥过去了，正住院打点滴呢。他说要把这件事曝光出去，然后去米兰找曲恬。曲恬电话不接，消息也不回，估计是知道自己干的龌龊事被发现了。”

“可那是她的女儿啊。”叶橙不能理解。

在他的印象里，尽管曲恬跟他没什么话说，但对叶俏俏还是很宠爱的。初中他去给叶俏俏补课的时候，曲恬对她有求必应，要什么给什么。

这也让叶俏俏养成了很多不好的习惯，换句话说就是有点“公主病”。

高秋兰啐了一口道:“那个女人真是恶毒，骗了高阳这么多年，还能指望她有什么儿女心。”

她无奈地继续道:“现在俏俏在住院治疗，你爸也被气得身体抱恙，我一个人实在是顾不过来，这才把你叫回来了。”

叶橙抚了抚她的后背:“您早点跟我说的话，我昨天就回来了。”

高秋兰突然捂住脸，哭道:“小橙，他们真的亏欠你太多了，我其实根本不应该叫你来的。”

叶橙知道她打心底疼爱自己，会从他的角度出发去考虑，这次把他叫回来，应该是实在分身乏术，需要有个人支撑了。

他揽住高秋兰，低声安抚她，心里却有种微妙的怀疑，不知道是不是他的错觉。

以前这些事都没有发生过，在他的记忆里，叶俏俏没有得过白血病，叶高阳也一直被蒙在鼓里。

难道这一回，他改变了什么东西，让这些肮脏的事情都要浮出水面了？

从奶茶店出来之后，两人直接去了医院。

叶橙把行李箱暂时寄放在前台，跟着高秋兰到叶俏俏的病房，推门进去。

叶俏俏住的是单人病房，此时正吃着薯片看动画片。见到他们进来，她的视线落在叶橙身上，立马亮了起来。

“哥哥!”她无比嘹亮地喊了一嗓子。

其实仔细看的话，确实能感觉到，叶俏俏长得并不像叶高阳。

老叶家祖传的冷淡气质她没有，尖锐小巧的下巴她也没有。她一整个都长得圆头圆脑，单眼皮高鼻梁，还剪了个童花头，是不好看也不难看的长相。

叶橙甚至觉得她也不怎么像曲恬，不过他也不知道曲恬有没有整过容。这小孩儿看着体格健硕，很难把她跟白血病这样的重大疾病联系在一起。

叶俏俏比他小六岁，她心里一直觉得叶橙就是神。那种又高冷又漂亮，成绩还好得要命的神，说出去她班上的所有女生都会羡慕自己。

可惜叶橙一直对她冷冷淡淡，她只能在背后炫耀自己有这么个哥哥。

叶俏俏弹起身就想从床上蹦下来：“哥哥，你来看我啦!”

小孩子还意识不到什么是绝症，住院丝毫不能影响她的快乐。

叶橙沉下脸：“别乱动。”

叶俏俏是有点怕他的，听他说别动就真的不敢动，乖乖地待在床上，眨巴着眼睛看着他们。

“果然，还是得你哥哥才能治得了你，”高秋兰摇了摇头，“小橙，你是不知道她吃个饭有多难伺候。”

叶橙向来对这个妹妹爱答不理，可现在看见她纯真的样子，又觉得她有点可怜。

叶高阳是个极其重视血缘的传统男人，而叶俏俏就像一根刺，时刻提醒着他屈辱的过往。

这辈子叶高阳都不可能再对她好了。

现在曲恬又拖拖拉拉的不肯回国，估计连要都不想要她了，这才是名副其实的“爹不疼娘不爱”。

叶橙看向旁边的饭碗，问：“为什么不吃饭?”

“没胃口，我想吃薯片。”叶俏俏噘着嘴说。

叶橙拿起碗筷道：“吃完饭才能吃薯片，否则就一样都别吃。”

叶俏俏的眼睛在他和高秋兰之间转来转去，最终还是拿起了筷子。

高秋兰总算松了一口气，问叶橙：“你吃了吗？没吃的话也一起吃点吧。医院的饭不好吃，先将就一下，明天奶奶给你做别的。”

叶橙点了点头，坐下和她们一起吃饭。

因为叶橙来了，叶俏俏特别高兴，连米饭都多吃了小半碗。把她哄睡下之后，叶橙让高秋兰带着他去了叶高阳的病房。

高秋兰站在门口道："小橙，他要是说什么胡话，你就别理他，当没听见。医生说他最近受不得刺激。"

叶橙示意她放心，推门走进了病房。

房间里，叶高阳双目紧闭地躺在病床上，脸色惨白得跟从古墓里刚挖出来的不腐尸首一样，眼窝瘦得凹陷下去，颧骨泛着病态的红晕，嘴唇干裂得起皮。

"爸。"叶橙走到他面前，平静地喊了一声。

叶高阳睁开眼睛，迟缓地看向他。他开口的时候，声音嘶哑得如同有人往他喉咙里撒了一把沙子："小橙，你来了。"

叶橙觉得他这副要死不活的样子看着分外讽刺，冷笑了一声："为了一个女人把自己搞成这样，值得吗？"

叶高阳的呼吸急促起来。

明明答应过高秋兰不让他受刺激，但叶橙还是忍不住说这些话。

叶高阳咳嗽了几声，抿着嘴不说话。

叶橙由不得他装死，问道："你真的打算联系媒体曝光她？她的公关团队在全国都数一数二，你就不怕她反咬一口，把你置于死地？"

短短几句话，却句句正中要害。叶高阳咳得更厉害了，明显气得不轻。

叶橙冷冷道："能离婚就离婚吧，想通过舆论挽回她，那就是搬起石头砸自己的脚。"

叶高阳被说中心事，面色更加惨淡。

许久，他长叹一声，道："有今天也怨不得别人，都是我的问题，这么多年了都没有看清她的真面目。"

叶橙沉默了片刻，说："你们俩的事我不关心，我只想知道，你打算怎么处理叶俏俏？"他已经想了很久了。

叶高阳的面孔扭曲起来，声音因为愤怒而发抖："我请了最好的护工，你奶奶也说会帮忙照顾她。她的病我会花钱给她治，但我再也不想见到她了。"

叶橙忽然笑出了声。

叶高阳诧异地抬头看向他。

“爸，你还真是——”他拉长了声音，轻轻道，“活该今日。”

叶高阳猛地瞪大眼睛，仿佛不敢相信他会说出这样的话。

叶橙说：“陪了你十几年的女儿，还有等了你十几年的我，其实在你心里也没什么不一样吧？都是想扔掉就扔掉，想捡回来就捡回来的垃圾——可是你不会想到有一天，垃圾也可以选择不要你。”

漂亮的嘴唇里，吐出了最冷漠的话语。

叶高阳以为钱能解决一切，能代替所有欠缺的陪伴和关爱。以前拿钱砸他，现在拿钱砸叶俏俏，却根本不懂孩子真正想要的是什么。

“爸，希望你在孤独终老的时候，不要有后悔的那一刻。”

叶橙说完最后一句心里话，手插在兜里，洒脱地转身出去了。

病房门慢慢关上，里面隐约传来痛苦的咆哮，以及东西落地碎裂的声音。他没有再回头，径直回到了叶俏俏的病房。

这个片区都是单人病房，走廊里静悄悄的。

叶俏俏正躲在被子里看漫画，一听见推门的声音，赶紧将漫画藏了起来。

高秋兰坐在躺椅上，已经打起了瞌睡，头有一下没一下地点来点去。

叶橙随手掀开叶俏俏的被子，毫不留情道：“别藏了。”

叶俏俏发出一声尖叫，仓皇地把被子抢了回来。

叶橙低头看着她，说：“丫头，你没人要了。”

叶俏俏虽然年纪小，但也能察觉出不对。

曲恬已经好几天没接她电话了，叶高阳也不肯见她，只有护工和高秋兰会来照顾她。

她抱着被子，期期艾艾地说：“哥哥……我爸妈是不是吵架了？”

叶橙在床尾坐下，看着她道：“嗯。”

“因为我的病吗？”她忐忑地问。

“一半一半。”

叶俏俏挠了挠头，有点懊恼：“早知道我不生病了，那样他们就不会吵架了。”

听到这句话，叶橙感到一言难尽。她真的跟她那个精明的妈妈完全不一样，又憨又笨，一点都没继承到她妈妈的机灵。

叶橙对智商不高的人没什么兴趣，随口叮嘱她快点睡觉，起身去把高秋兰叫醒了。

他把高秋兰送到陪护病房，给她热了杯牛奶。

老年人睡眠质量不好，又不能吃安眠药，每天晚上睡前都要喝一杯牛奶。

照顾了叶俏俏几天，她自己也累得不行。叶橙把牛奶递给她，说道："我爸不是请护工了吗，你不用一直待在这儿吧？"

高秋兰喝了几口牛奶，靠在床头，说："请是请了，只是俏俏那丫头太调皮，护工管不住她。"

"她跟你作妖？"叶橙说，"明天我过去看看，不能惯着她。"

高秋兰叹道："她还不知道曲恬的事，我也不知道该怎么告诉她。"

说到曲恬，叶橙觉得有些奇怪。他将心里的猜疑说了出来："她当初怀孕的时候，我爸没有察觉到哪里不对吗？"

闻言，高秋兰面露尴尬，道："不是这样的，那时候你还小，估计不记得。她是直接带着俏俏找上门的，后来你爸还去做过亲子鉴定，也不知道怎么给糊弄过去了。"

叶橙更感诧异了："一个女明星怀胎十月，居然没有任何媒体报道过，奶奶，你不觉得很蹊跷吗？"

高秋兰点了点头，道："说实话，我当初也挺不解的，但你爸就像被她迷了魂似的，谁劝都不听。后来你妈妈……又出了那个事，他的心思就更不在家里了。"

叶橙那时候实在太小，压根没有记忆。高秋兰提到他妈妈，他沉默了一会儿。

"算了，这件事只有她本人能解释。"叶橙说，"那叶俏俏现在怎么办？"

高秋兰犹豫地看了他一眼，道："你爸打算休养好了就去国外找曲恬，跟她要个说法。也不知道能不能把她逼出来，我只能暂时帮他照顾俏俏了。"

高秋兰年轻的时候是个护士，连路边流浪的阿猫阿狗都不忍心看着，更别说叶俏俏这么一个活生生的人。虽然她不怎么喜欢叶俏俏，但也不能看着孩子自生自灭。

叶橙皱眉道："我不可能让你一个人待在嵊州。我爸到底在干什么啊？他又不是小孩子了。"

高秋兰说不出话来，只是摸了摸他的头。

房间里安静了片刻，叶橙郑重地说："奶奶，您不能留在这里。不如我们先把她带回南都吧，她需要长期住院，南都的医疗条件也比这里好很多。等我爸处理完这件事之后，再让他自己承担抚养义务，法律上他是不能逃避的。”

“带回南都？你……见到她不会难受吗？”高秋兰看着他道。

叶橙淡淡道：“她住在医院，我也不会经常见到她。记得多问我爸要点钱，医疗费往加倍了报。”

高秋兰一想也合理，但心里还是在意叶橙的感受，开口道：“等回了南都，我找你马叔叔家里帮忙照看她。”

她觉得自己如果三天两头往医院跑，叶橙难免会觉得不舒服。马遥是叶高阳在南都的小学同学，也是住他们家隔壁的邻居，和叶高阳关系向来很铁。

叶橙拍了拍她的手背道：“按你的意思来，别想太多，我不会介意这些小事。”

他妈妈当年也是身患癌症去世的，后期头发掉光，瘦成骷髅，每天都要忍受化疗的折磨，最后实在不堪痛苦，从医院大楼跳下去了。

他想到叶俏俏现在看起来生龙活虎，不知道以后会不会也瘦成他妈妈那样。白血病需要骨髓配型，能不能好起来不仅靠治疗，还得靠运气，能康复的概率太低太低了。

叶橙把高秋兰哄睡下后，打了个电话联系郭律师。

郭律是他妈妈生前找的委托律师，叶橙把这件事的前因后果简单说了一遍。

郭律挺心疼他的遭遇的，才十七岁，母亲已经离世，又遇上这种事。在电话里，郭律约了他回南都后见一面，因为除了叶高阳这件事之外，还有就是叶橙快成年了——等他十八岁生日一过，就可以拿到他母亲的遗产，当然也包括那封信。

叶橙走在去酒店的路上，解决完这些事之后，他的心放下了一半。

快到酒店的时候，他接到了陆潇的来电。

陆潇一整天都在走神，被胡海洋叫到，罚站了好几次，好不容易等到夜深人静，才躲进帐篷里给叶橙打电话。

“喂？”陆潇对着手机小声道。

叶橙也应了句“喂”，然后两个人同时陷入沉默。

气氛有些微妙，尴尬得让人不知道说什么好。

语音通话和文字交流是不一样的。打字的时候，陆潇还能和叶橙问两句有的没的，现在却跟个哑巴一样说不出话来。

叶橙即使身经百战，在遇到这种情况的时候，也感到非常语塞。刚一听见陆潇的声音，他就想到了昨晚的“吵架”，以及那篇赌气意味十足的小作文。

估计陆潇想的更多,为了避免他在那头尴尬而死,叶橙还是勉强先开口:“你在那里学习还顺利吗?”

“……顺利，吧。”陆潇支吾道，继而问他，“你呢，家里出什么事了，要不要紧?”

叶橙看了一圈陌生的城市，叹气道:“一言难尽，我刚从医院出来。”

陆潇吃惊道:“医院？你奶奶生病了吗？你现在和她在一起?”说完，他听见那边传来车喇叭的声音。

嵊州的晚上比南都还要冷，叶橙换了一只手拿电话，把刚才接电话的手收进袖口。

不知道是因为这一天的经历，还是因为人生地不熟的环境，他忽然觉得有点孤零零的，吸了吸鼻子对陆潇道:“我没和他们住在一起。”

病房里只有一张陪护床，不太方便。

陆潇竖起耳朵听他说话，立即道:“你感冒了？怎么回事？你爸把你赶出来了？要不我去嵊州找你吧!”

说罢他就打开某蓝色App开始看票，恨不得连夜“偷渡”，反正这个什么鬼英语冬令营已经让他非常煎熬了。

叶橙忙道:“他没赶我，这件事说来话长，以后见了面再和你说吧。你好好待在应城，既然报了名就认真学完。”

陆潇听懂了他的言下之意，沉默片刻，问道:“你不回来了?”

叶橙说:“我得在这边待几天，估计不会回去冬令营了。”

电话那头再次静了静，然后，叶橙听见陆潇说:“我会好好的，别担心我，你照顾好自己。”

“嗯。”虽然陆潇没有表达什么，但光是他没有闹脾气，没有刨根问底这样的表现，已经让叶橙感到轻松了很多，心里有些温暖。

“嗯，你先挂吧。”陆潇依然这么对他说。

叶橙轻轻挂断，指尖的冷意在短短几分钟内消散了许多。

第4章
前尘事

叶橙在酒店住了一晚，第二天早上，去病房看叶俏俏。

高秋兰说她平时很皮，但每次在他面前都表现得像个乖宝宝。

刚走出电梯，走廊上就传来一阵大呼小叫，夹杂着小孩的哭声。

叶橙听到了其中有叶俏俏的声音，马上三步并两步地走过去。他以为叶俏俏被欺负了，然而事实刚好相反。

只见她正扯着一个小女孩的头发，喊叫道:“让你乱动，你再乱动!”

小女孩尖叫着反抗，用脚踢她。

周围的护士不知道是去值班了还是干吗，走廊上一个大人都没有。

“你们在干什么，还不住手!”叶橙赶紧冲上去制止叶俏俏，一手拎着她后衣领，一手去拽她的手。

叶俏俏抓人家头发抓得死紧，叶橙好不容易才把她的手扯下来。

那个小女孩掉了几根头发,“哇”的一声大哭起来。

“我要叫我爸爸杀了你!”她指着叶俏俏怒吼道。

叶俏俏更生气了，再次伸手去拽她头发，小女孩又惨叫了一声。

值班的护士这才匆匆跑过来，询问道:“发生什么事了?”

叶橙一巴掌拍在叶俏俏的手背上，沉下脸道:“有完没完?”

他面无表情的时候，气场着实很有震慑力，叶俏俏打了一个寒战，瘪了瘪嘴，眼看也快哭了。

“这怎么打起来了，刚才不是还玩得好好的吗?”护士搂过那个小女孩，抬头看了看叶橙,“你是她家长? 也不拦一下。”

“实在抱歉。”叶橙和她打了个招呼，低头瞥了叶俏俏一眼。

叶俏俏抿着嘴，一脸倔强地不说话。

叶橙冷冷地说："还不道歉。"

叶俏俏依旧不吭声，头都要埋到胸口去了。

护士见状，打圆场道："算了算了，都是小孩子，别凶她了。"她抱起小女孩，把小女孩送回自己的病房去了。

等她们离开，叶橙当即转过身，看都不看叶俏俏一眼，自行走向了病房。

叶俏俏慌忙跟上他，生怕他丢下自己不管。

叶橙一进门，就看见地上扔了个粉色的洋娃娃。

叶俏俏小跑着越过他，过去捡起来，死死地抱在怀里。

叶橙环视了病房一圈，发现地上还有几根头发，无语道："你们在这里也打了一架？"

叶俏俏咬住嘴唇，委屈得眼泪直打转。

"我告诉你，这段时间我会经常过来。"叶橙盯着她的眼睛，施压道，"你平时在家里怎么称王称霸我不管，以后这些毛病再被我看见，我不会轻饶你。"

他上一次用这么重的语气说话，还是前几年暑假，叶俏俏把高秋兰种的吊兰烫死了的那次。

叶俏俏嘴角逐渐下垂，终于忍不住哭了出来："我没有主动打架，是她先骂我的，还摔了妈妈送我的洋娃娃。"

她眼泪跟开了闸似的，边哭边打嗝："她说我妈妈偷人，是不要脸的女人，还说爸爸讨厌我不要我了。哥哥，她说的是真的吗？"

叶橙看着她哭得稀里哗啦的小脸，慢慢地皱起眉头。他在原地站了好一会儿，直到叶俏俏已经哭不出来了，才拿了一包纸，抛到她身上。

"别哭了，吵得人头疼。"他说。

叶俏俏抽噎了两下，不敢再哭了。

她和小时候一模一样，谁都不怕，唯独怕叶橙。小女孩总是对长得好的学霸有着天然的崇拜，觉得这种男生才配做自己的哥哥，因此对他言听计从。

叶橙没什么表情地问她："你愿意跟哥哥去南都吗？"

这是他第一次在叶俏俏面前自称"哥哥"，以前她跟屁虫似的跟在他后面喊，他理都不带理的。

叶俏俏愣了几秒，然后毫不犹豫地点头。她答应之后，又小心翼翼地问："所以爸爸妈妈是真的不要我了吗，他们觉得我的病很难治对不对？"

叶橙又开始头疼，他觉得跟她沟通特别累。这种事还是让高秋兰来吧，他在安慰小女孩这种事上实在没有什么耐心可言。

“爸没有不要你，他只是最近身体不好。”他随意找了个借口敷衍道。

叶俏俏对他的话深信不疑，轻轻地松了一口气。

“不过如果你想跟我去南都，我要跟你约法三章。”叶橙说道。

叶俏俏仰头看着他，脸上布满泪痕，像只花猫：“什么两章三章？”

“……就是立规矩，你必须得遵守。”

叶橙恍惚间有一种前段时间面对陆潇的既视感，简直是一模一样的文盲。

叶俏俏认真地点头：“好，那就约三章。”

“第一，吃饭不准挑事，护工给你什么吃什么。”

叶俏俏向来只爱吃肉，蔬菜往往都被挑到一边。为了和哥哥待在一起，她只能忍辱负重地答应了。多吃一筷子青菜，应该也不会吐出来吧。

“第二，不准使唤奶奶帮你做事，自己的事情自己解决。”叶橙说。

叶俏俏的脑袋越来越沉重，机械地继续点头。

“第三，芭比娃娃这些奖励，只有在你表现好的时候，我才会给你买。”

叶俏俏忍不住了：“爸爸每次给我买新玩具，也没要求我表现好啊。”

叶橙冷漠道：“那你去找他好了，正好他躺在隔壁，你可以给他端茶倒水。”

叶俏俏闭上嘴巴，彻底妥协了。

教育完叶俏俏之后，叶橙去隔壁找了叶高阳，把他的主卡拿了过来。

以前叶橙不屑向他开口要这些，但现在不一样了，叶橙早就深刻地明白了钱的重要性。既然叶高阳喜欢拿钱砸人，那自己就伸手接着呗。

拿到卡以后，叶橙毫不犹豫地就近找了个银行，分两次往高秋兰的卡里转了一百万元。他认为这是高秋兰这段时间照顾这两个倒霉父女应得的辛苦费。

然后，他回到医院，把卡还给叶高阳，说：“爸，今日限额了，你明天记得再把叶俏俏的医药费转过来。”

叶高阳被他突然之间的转变惊得目瞪口呆，感觉一口老血又卡在喉咙里。

经过叶橙对叶俏俏一个早上的思想洗礼，到了中午，护工看叶橙的眼神简直像在看天使。她难以置信地向高秋兰汇报：“青菜吃了，秋葵也吃了。没有发火摔碗筷，也没有要求我下楼去给她买钥匙扣……非常，非常乖巧。”

高秋兰心想，还得是叶橙出马，才能制得住她。

叶橙坐在病房窗边的桌子上写寒假作业，手机屏幕上显示着一条消息。

嫌疑人X：你什么时候回南都？

叶橙也说不准，于是把手机晾在那里半天，渐渐地忘了回复。

叶俏俏抱着书走过来，小声说："哥哥，这题我不会。"

她暂时没有办理休学，所以寒假作业还是要写的。

叶橙扫了一眼她的作业，三下五除二地解出来，并给她详细讲解。

"懂了吗？"

"懂了。"

"复述一遍给我听。"

"嗯……"

叶橙淡淡地说："我讲的时候你眼睛瞟来瞟去，看什么呢？"

叶俏俏被他抓包，只好实话实说："我在看那个'笨狗'发的消息。为什么有人叫'笨狗'啊？"

叶橙怔了怔，立马拿起手机反扣在桌上。

"哥哥你讨厌他吗？都不回他消息。"叶俏俏又问。

叶橙黑着脸道："不关你的事，快去写作业。"

叶俏俏道："哦，好吧。"

等她离开后，叶橙才再次打开手机。

他打了几个字，删除，又打了几个字，再次删除，最终发了个"还不确定"过去。

不一会儿，陆潇就回复了。

嫌疑人X：好，知道了。

两天之后，叶高阳买了飞米兰的机票。他这回是不撞南墙不回头，死也要把曲恬抓出来问个清楚。

高秋兰给叶俏俏办了转院手续，又打电话跟老师说了休学的事情。处理完一地鸡毛之后，祖孙三人就买票回到了南都。

叶俏俏是第二次来南都，对周围的一切都充满新奇，但她还没能多逛一会儿就又被送进了医院。

叶橙将高秋兰送回家，然后约了黄胜安去商场。

黄胜安有小一个月没见到他了，搓着手问道：“你把我叫出来，是要给我发新年红包吗?”

“你叫声爹我就给你发。”叶橙说。

黄胜安哭唧唧：“大冷天你让我陪你逛商场，还不给我红包，你有没有心?”

叶橙和他上了电梯，说道：“你之前不是给那个什么素素买过很多礼物吗，帮我参考一下。”

黄胜安震惊得连假哭都忘了：“我去，你交女朋友了？不对，你不是不谈恋爱的吗……”

“给我妹妹买的。”叶橙说。

黄胜安拉长了声音：“哦——你给她买礼物做什么，日行一善吗?”

“我爸给我打了三百万，总得用个三万在他女儿身上吧。”叶橙说。

黄胜安嗷了一声：“富豪！你包养我吧，包养我行不行?”

“滚啊。”

黄胜安黏黏糊糊拽着他半天，又问：“对了，你和那个陆潇很熟吗？我听我舅舅说，上次看见你在他家里来着。”

“你舅舅怎么知道的?”叶橙不解。

黄胜安说：“哎呀，裙带关系啦，我舅舅是开救护车的。”

“……我只是在他家借住了几天。”

“你之前不是说看不上他吗，你俩，真的关系不好?”黄胜安狐疑地打量他。

叶橙心想，最近可能确实有点不太好。

他们到了六楼，先是去玩具区买了几个芭比娃娃。

黄胜安不屑道：“小女孩都喜欢这种，你买一车回去，保准她心花怒放。”

“我又不是追人，买几个当奖励用的。”叶橙说。

他顺带给高秋兰和叶俏俏一人选了一条项链，让店员包装好。两人又买了点其他东西，就提着袋子去等电梯。

电梯门即将打开的时候，忽然有个人在后面叫了一声：“橙哥，这么巧啊。”

叶橙转过身看去，看见了蒋进和江怡蓉。

蒋进顶着一头锡纸烫，打扮得跟个嘻哈歌手一样，江怡蓉则穿着大衣和短裙，笑着对叶橙招了招手。

“嗨，叶橙，好久不见。”

黄胜安认出她是那个春游时“追”过叶橙的女生，震惊地瞪大了眼睛。

“你好。”江怡蓉落落大方地和他打招呼。

四人在门边说了几句话，电梯停了下来。

“你们要下去吗？”蒋进问。

叶橙说：“去负一楼。”

蒋进：“我们去一楼，一起吧。”

等他们走进电梯，江怡蓉才注意到叶橙手上的是芭比娃娃，以及爱马仕的礼物盒。

她貌似不经意地问：“你们来给朋友买礼物吗？粉色的那个娃娃好可爱呀。”

“是啊，给小女生买的。”黄胜安笑嘻嘻地说。

不一会儿，电梯就到了一楼。蒋进和他们挥了挥手，跟江怡蓉一道走出了电梯。电梯门再度关闭，向负一层降去。

江怡蓉立马神情鬼祟地说：“我总感觉怪怪的，叶橙怎么会专门跑来给女生买礼物。”

蒋进思索道：“确实奇怪，如果说首饰是给他奶奶买的，那总不至于芭比娃娃也是吧。”

于是当天晚上，还在应城寒冷的冬令营苦哈哈地做英语题的陆潇，收到了一条消息。

蒋进：潇哥，有八卦，橙哥似乎有点情况。

嫌疑人X：？

蒋进：我今天在商场碰到他，他买了一堆送给小女生的礼物。

嫌疑人X：????

叶橙从商场出来后，和黄胜安在路口分开。他打了个车回家，把送给高秋兰的项链单独拿了出来，其余的都堆放在他自己的房间。

叶俏俏是那种抽一鞭子才动一下的主儿，要是把奖励一股脑儿都给她，她反而没有动力。护工说她今天上网课格外认真，可以先给她个小玩偶尝尝甜头。

叶橙拿了一只小兔子在手上，准备去医院看看叶俏俏的情况。他看到厨房里还有一些剩下的汤，应该是高秋兰给叶俏俏送过去之后留的。

到家之后，手机就接二连三地振了好几次，叶橙抽空看了一眼。

先是一条辅导机构的退款信息，给他退了三分之二的学费。

这几天他们应该露营体验完毕，准备回南都了。可惜叶橙还没来得及享受五星级酒店，就不得不提前退班了。

屏幕亮了亮，又收到一条微信消息。

嫌疑人X：在干吗呢？

叶橙一边走出家门，一边打字。

克制一下：在走路。

嫌疑人X：？

嫌疑人X：还在嵊州吗？

克制一下：不在，你要我给你寄土特产？

过了一会儿，那头又发消息："你回南都了为什么不告诉我？"

叶橙心里瞬间反应过来，八成是蒋进跟陆潇说了今天碰到自己的事情。

他本来打算晚点再跟陆潇说，毕竟人家在应城搭帐篷，省得心不在焉，但没想到被蒋进抢先了。

叶橙想了想，挑了个最安全的回答："我忙着照顾奶奶，一时忘了。"

这条消息让陆潇又安静了三分钟。

第一，忙着照顾奶奶，所以那些芭比娃娃是给谁买的？

第二，"一时忘了"。

叶橙并不知道他脆弱敏感的玻璃心再次受到了莫大的伤害，继续问候他的情况。

克制一下：在那边还好吗，几号能回来？

嫌疑人X：哦。

克制一下：哦？

嫌疑人X：嗯。

克制一下：……什么意思？

嫌疑人X：算了，没事。

叶橙一头雾水，不知道陆潇怎么突然阴阳怪气起来。他赶着出门去医院，便先暂时把手机放进了口袋里。

陆潇蹲在酒店马桶上，等待叶橙主动问他怎么了。然而等了十分钟，也没等到一个字，忍无可忍。

嫌疑人X：你就不问老子别的了？

那头毫无动静。

陆潇犹豫了片刻，还是把这条看起来很暴躁的消息撤回了，重新编辑。

嫌疑人X：蒋进说今天看见你买礼物了。

叶橙还是没回复。

于是他又觉得不妥，再次撤回了。

嫌疑人X：我说没事你就不会再回了是吗？我对你来说就是可以“一时忘记”的人。

……好像有点幽怨，戏过了。

他再次撤回。

——叶橙，你他×的……

陆潇打完这几个字，手机突然振动起来，是胡海洋打电话进来。他手抖了一下，一个没拿稳，手机顺着缝隙滑进了马桶里。

他足足呆了十秒钟，才爆发出一阵惨叫：“啊啊啊啊啊！我去!!!”

胡海洋找了陆潇半天，刚走到男厕所门口，就听见里面撕心裂肺的叫声。

他敲了敲门，严肃道：“陆潇，是你吗？陆潇？我知道是你，别躲了，快出来上课!”

里面一阵手忙脚乱的声音，胡海洋贴在门上，问：“你没事吧？”

陆潇：……

十分钟后，胡海洋拿着吹风机，对着桌上的手机一顿猛吹。

陆潇在旁边快要崩溃了，忍不住问：“它还能好吗？”

“我是个教英语的，又不是修手机的。”胡海洋的白眼都快翻上天了，“你说说你，逃课躲在厕所玩手机，这下倒霉了吧。”

陆潇不忍直视地闭了闭眼睛，心里默默祈祷最后那条没编辑完的消息千万千万不要发送出去。

胡海洋帮忙吹了半天，说：“给，看看还能不能用吧。”

陆潇赶紧拿起手机，按了一下开机按键。屏幕一片漆黑，毫无反应，上面倒映出他绝望的脸。

“老师，这附近有卖手机的地方吗？”他只得放弃了。

胡海洋说：“镇上有个手机大卖场，你可以放学之后去看看。”

“那你能借我一点钱吗？”陆大少爷身无分文，垂头丧气道。

胡海洋冷酷道：“你先把作业补齐再说吧。”

叶橙到了医院，看见陆潇撤回了三条消息，最后给他发了一条——

嫌疑人X：叶橙，你他×的

叶橙不禁回了个问号，那边没有再理他。

这家伙，真是让人莫名来火。

叶橙决定给陆潇一点小小的教训，顺手把他拉进小黑屋，让他在里面冷静一天。

到了住院部后，叶橙先是向医生询问了叶俏俏的情况，然后拎着礼物盒走进病房。

叶俏俏正拿着平板，教高秋兰玩线上斗地主。

“炸弹，我炸!”

“我只剩一张牌了，注意哦!”

系统提示音一波接一波。

“奶奶，你看屏幕的时候戴一下眼镜。”叶橙走进去说道。

还没等他叮嘱完，高秋兰就激动地喊了起来：“哎呀，他只剩一张牌了，怎么办怎么办?”

叶橙：“……听人说话。”

两个人头挤头研究了半天，最终还是输了。高秋兰闷闷不乐地放下平板，这才看见叶橙：“小橙，你来了啊。”

叶橙看向叶俏俏：“我看你玩得挺来劲的，作业都写完了?”

“还……还有两张。”叶俏俏垂下头，不敢直视他的目光。

“现在就写，写完我给你批。”叶橙毫不客气地说。

高秋兰担心战火蔓延到自己身上，默默地从叶俏俏旁边挪开，到沙发上继续研究斗地主去了。

“奶奶，记得戴眼镜。”叶橙再次嘱咐。

“好好，知道了。”高秋兰迅速地拿起老花镜戴上。

叶俏俏在叶橙的监督下写完作业，一边看着他批改，一边坐在床上汇报：“中午吃的食堂，我把青菜吃光了，也喝光了奶奶带的汤。

“没有欺负其他小朋友，我有把玩具分给他们玩。

“说了一次脏话，被奶奶打手心了。”

她的表情不情不愿，就像被逼上梁山一样。

叶橙随手在作业本上打了几个叉，说：“基础知识掌握得太差了，明天继续背《唐诗三百首》，至少背会两首。”

叶俏俏不想背唐诗，但不敢反抗他。过了一会儿，她小声问道：“哥哥，我妈妈什么时候来接我啊？”

叶橙翻页的手一顿，淡淡地说：“等你病好了，她就会来。”

“真的吗？”叶俏俏的眼睛亮了起来，坐直身体道，“那我要赶紧好起来！”

小孩子都很好哄，叶橙把玩偶给她的时候，她顿时开心得什么都忘了。

“这是哥哥给我的第一个礼物哎，我要每天晚上抱着它睡！”叶俏俏抱着玩偶说道。

叶橙让她抱着玩偶午睡，高秋兰也在另一张陪护床上躺下了。他把桌子上枯萎的百合花丢了，准备洗洗瓶子，换一束新鲜的。

病房里的洗手间水声很大，叶橙怕吵醒她们，便去了公共洗漱区。他把瓶子洗干净之后，拿着放在水龙头下面接水。

这时，有两个病人走了进来，是两个年纪比较小的女孩，一路大声闲聊。

“你看今天的热搜了吗？曲恬那条都爆了。”

叶橙的手一颤，水溅了几滴在手背上。

“我还没看，发生什么事了？”

“听说她女儿得了癌症，她不想管了，她老公在到处找她。”

“我去，真的假的？曲恬不是很喜欢她女儿吗，到现在为止都没曝光过正脸照，宝贝得跟什么似的。”

“是真的，她老公好像是个老总，估计有点人脉，好多营销号都转发这条。现在通稿铺天盖地，全是骂她的。”

“那她人设血崩啊，我本来还挺喜欢她的那部古装剧的。”

叶橙基本上一周才打开社交软件两三次，这两天更是忙得完全没空关注。

他把花瓶接满水，迅速离开了洗漱区，回到病房之后，打开社交软件。

热搜第一条旁边有个“爆”字：曲恬弃养身患绝症的女儿。

他点进去，看见有营销号整理了这件事的来龙去脉。评论区一半在疯狂骂曲恬，另一半则是粉丝在给她洗地。

有说她在米兰忙工作，没来得及回国，并没有弃养的；有说营销号没有实际证据，扬言要工作室出面的。

叶橙看了几条，觉得乱七八糟的，随手退了出去。刚退回到热搜页面，就看见热搜第一条底下新增了一条“爆”：曲恬买卖弃婴。

这条以迅雷不及掩耳之势，在一瞬间冲上了前列。

叶橙更是不明所以，点进了这条热搜查看。

里面的热门是一个明显的小号发的，博主声称自己在十几年前为某女星提供了一个“捡到的弃婴”。

根据这个小号明里暗里的描述，这个女明星直指曲恬本人。

小号博主说那个小孩是在一个下大雨的冬天捡到的，浑身湿透了被扔在公共厕所里，右边胳膊上有块红色胎记。

叶橙心里全是铺天盖地的国骂，被这些一个接一个的“大瓜”深深震惊了。

而且先前护士给叶俏俏扎针的时候，他确实看见叶俏俏的右手臂上有红色胎记。

博主又说，当年曲恬很着急地找自己要孩子，说是“再晚就来不及了”。

博主把孩子给了曲恬之后，收了曲恬十万元封口费。

不出几分钟，评论区的网友就互撕起来了，吵得沸沸扬扬。

——这TM不就是买卖婴儿？捡的孩子你还收封口费??

——我了个去，我还以为曲恬是想给自己买个“收养弃婴”的热搜挽回形象，点进来吃瓜给我吃吐了。

——你也不是什么好人吧，不然她为什么找你？@蓝V，这里有人买卖人口不管吗?

——“你是从厕所里捡的”，原来妈妈说的这句话是真的，笑死我了。

叶橙退出热搜，立即打电话给叶高阳，第一次打过去没人接，第二次才接通。

叶高阳的声音疲惫不堪，似乎是感冒了。

“喂，小橙，有什么事?”他喉咙沙哑地问。

叶橙沉默了片刻，说：“我看见热搜了。”

叶高阳明白过来，叹道：“我没事，我现在在米兰，暂时还没找到她人，这件事一定要她本人出面才行。”

叶橙打电话过去，只是想确认一下叶高阳的人身安全，对他们的纠葛没有多少兴趣。

“嗯，那你注意身体。”他说完，就想挂断电话。

叶高阳叫住了他，声音带着歉疚：“这段时间，辛苦你和奶奶了。我前几天心情不好，太钻牛角尖了，是我的错。等我从米兰回去之后，就把俏俏接回来。小橙，谢谢你，爸爸对不起你。”

或许在知道叶俏俏是弃婴之后，他心底的愤怒反而减少了些许。毕竟对他来说，即使是没有血缘关系的陌生人，也比曲恬出轨生出来的要好得多。

叶橙没再发表任何评价，直接挂了电话。

回到病房的时候，叶俏俏正睡得口水横流。肥嘟嘟的脸蛋红润光滑，眼睛微微掀开一条缝，圆滚滚的下巴，的确丝毫不像曲恬。

叶橙帮她把被子盖好，突然觉得她挺可怜的。

与此同时，他又觉得哪里怪怪的。

如果说曲恬把叶俏俏买回来，是为了绊住叶高阳，那现在为什么一走了之，什么都不要了呢？

她要是真的那么爱叶高阳，不是应该痛哭流涕地飞回来忏悔吗？

如果说她是为了叶高阳的钱，那就更扯了，因为她根本不差钱。

叶橙皱着眉，突然想到一件事，难道是和妈妈留下的那笔遗产有关？

上一次，他拿到了他妈妈二分之一的遗产，包括一套房子、一辆车和一百五十万元现金。当然，他当时并不知道还有那封信的存在。

曲恬出现的时间，刚好是他母亲的病确诊之后不久。

他百思不得其解，最后还是放弃思考了。也许当他继承全部遗产之后，才能从中发现端倪。

为了不让叶俏俏留意到热搜，叶橙决定把她的电子产品没收了。可这孩子没有电子产品就活不下去，他只得在微信上找谭晓琪商量。

克制一下：在吗？

谭晓琪：在！怎么啦帅哥？

克制一下：你妹妹小的时候，有没有特别喜欢玩的室外游戏？

谭晓琪：啊？

叶橙以为她不明白自己的意思，又解释。

克制一下：就是小女孩都会喜欢的游戏，适合几个人一起玩的。

谭晓琪：哦哦，就是踢毽子、跳皮筋，还有丢手绢什么的？

叶橙回了个“好”，又看到病房床头柜上空荡荡的花瓶。

克制一下：小女孩喜欢百合吗，还是玫瑰？

那头沉默了一会儿。

谭晓琪：百合……吧。

谭晓琪：橙哥，你给谁买花啊？

叶橙不想和她多说叶俏俏的事，于是敷衍地回复道：一个认识的妹妹。

短短七个字，足以让谭晓琪觉得五雷轰顶。

好暧昧的说法，好渣男的说法，好……啊啊啊，打住，她不能多想！叶橙怎么会是渣男呢?!

可还会玩毽子和皮筋的，该不会还是初中生吧……

她心里七上八下，坐立难安了十分钟。终于，还是忍不住给陆潇发消息了。

谭晓琪：潇哥！在吗在吗在吗在吗在吗？

一分钟后，那边回复了。

嫌疑人X：有事说事。

谭晓琪：大事大事，橙哥身边好像出现了一个不得了的小女生，他跟你提过吗？

谭晓琪发了个“哭哭”的表情包。

又是漫长的一分钟后。

嫌疑人X：?

谭晓琪：他问我女孩子喜欢玩什么游戏，还要给那个女的买花。

谭晓琪：他给别人买过花吗？好像从来没有吧。

谭晓琪说着说着，都有点难过了。

陆潇拿着三百块钱买回来的、连无线网和4G流量都用不了的老头机，双臂举着到处寻找信号，在看见这条消息后，他感觉如同被雷劈了一样。

他在这个鬼英语冬令营，吃苦受累要死要活，培训班上得简直像服兵役。

而叶橙把他一个人抛下跑了不说，现在，还在给小女生买花?!

这个心机的水瓶男！

他冲出去找到胡海洋，果断地说："老师，我要退学，剩下的课我不想上了。"

胡海洋正在批作文，闻言，慢悠悠地看了他一眼："可以啊，让你家长手写一份声明拿来，并且在明天之前给我打电话。"

一说到家长，陆潇的气焰肉眼可见地一点点萎了下去。

他恼火地问："我都成年了，我自己的事情自己可以负责。"

"不能，你是这个礼拜第三个来找我退学的了，要是都退了那不就乱套了。"胡海洋气定神闲，"还有两天就结束了，你坚持一下。"

陆潇恨恨地回到房间。

第5章
耳旁风

叶橙和高秋兰走出医院的时候，一连打了三个喷嚏。

高秋兰担心道：“是感冒了吗？要不要顺便买点感冒灵带回去？”

“没有，不用，估计是有人骂我。”叶橙吸了吸鼻涕，没感觉到其他地方不舒服。

回到家之后，他还是和高秋兰坦白了叶俏俏的身世。老人家不会上网，并不知道这一天已经闹得满城风雨。

听完之后，高秋兰差点心梗，气急败坏地骂道：“这个曲恬真不是人！她把孩子当成什么了？简直是个畜生！”

叶橙说：“最无辜的还是俏俏。爆料的那个人说话颠三倒四、遮遮掩掩，说不定俏俏根本就是从别人家偷出来的。”

“这种人贩子就应该关起来，吃一辈子牢饭！”高秋兰生气道。

叶橙点头道：“闹大了会引起警方注意的，这种人肯定会被绳之以法。”

“这件事你别和俏俏说，她太小了，还生着病，肯定受不了的。”高秋兰连连摇头道。

叶橙“嗯”了一声：“我没打算告诉她，这几天我会去医院陪她，你在家好好休息。”

从第二天开始，叶橙就每天抽几个小时去医院，看其他病房的小朋友陪叶俏俏踢毽子。叶俏俏的病情还没到严重的阶段，她心情好到飞起，每天最开心的就是叶橙来陪她玩。

而且，她总觉得哥哥对她的态度似乎变了一点，但又说不上来是哪里变了。

虽然叶橙还是会凶她，可眼里不会带有那种让她难过的情绪了——小孩子不懂那其实就是“厌恶”，只是觉得之前的叶橙让她觉得难过。

两天过后，陆潇跟着冬令营大部队回到了南都。

那天他和谭晓琪聊过之后，立刻去找叶橙旁敲侧击，结果显示“你和对方还不是好友”。

他当场把那个老头机给砸了，后来只能又花了三百重新买了一个。

巴士一到南都，要不是胡海洋拦着，他差点从车上直接跳下去。

陆潇把东西都放在酒店之后，谭晓琪又给他发来消息。

谭晓琪：潇哥，我想了一晚上，你要是想出奇制胜，迅雷不及掩耳盗铃，有个非常好的办法。

嫌疑人X：说来听听。

谭晓琪：那就是——让那个女的第一眼就喜欢上你！

看见这句话，陆潇有一种天灵盖都被掀开来透气的感觉。

没错，是这样，就是这样！

叶橙不让他谈恋爱，当然自己也别想谈！

陆潇马上翻开行李箱，开始倒腾行头。然后又联络花店，订了百合、玫瑰、康乃馨、满天星等各种花束，订完之后又打电话给他妈认识的爱马仕的柜姐，订了统共五个包，六款首饰。

蒋进说那女的喜欢爱马仕的项链，那应该会吃这一套吧。

陆潇整装待发，离开酒店之前，他非常臭屁地打了个电话给叶橙。

叶橙倒是不至于把他的电话也屏蔽，很快接起来道：“喂？”

陆潇的声音高了八个度：“你干吗拉黑我微信？”

叶橙不是故意的，因为一些突发状况，他已经忙到完全忘了这破事了。

他非常局促地应付道：“啊，不好意思，我等下拉回来。”

陆潇问他：“你在哪里，我去找你。”

叶橙那边似乎很吵，让他不得不捂着听筒放沉声音：“你回南都了？”

“嗯，今天刚回来。”陆潇哼了一声。

“我在南都中心医院。”叶橙说。

陆潇皱眉道：“你怎么又在医院？”

那头再次传来嘈杂的声音，叶橙说：“事情很乱，回头解释，我把病房号发给你，先挂了。”

说完，就“啪”地挂断了电话。

医院里，叶橙从洗手间转出来，面对着一屋子的老太太，礼貌且僵硬地笑了笑：“姨奶奶，你们要不要喝点茶？”

病房里都是从川蜀老家那边来的亲戚好友，本来多年不联系了，这回大家是组团来探望高秋兰的。

姨奶奶咧开一嘴的“缺牙巴”，招呼他道：“我带了茶水的，乖孙过来坐。”

叶橙硬着头皮走了过去。

一屋子人吵吵嚷嚷，一会儿操着“川普”聊天，一会儿又不知道在说什么地方的语言。

叶俏俏缩成小小一团，坐在床上看着他们。

“咚咚咚”，病房门被敲响了。

大家短暂地安静了下来，高秋兰说：“哎呀，应该是护士来量体温了，快进来吧。”

门被推开，只见陆潇探出一颗帅气的脑袋。

他打扮得朋克又抢眼，穿着黑色夹克，戴着黑色墨镜，扬起嘴角笑道：“橙橙，有没有想念我？”

一群老奶奶看着陆潇，目瞪口呆，连瓜子都忘了嗑。

叶橙正给姨奶奶举着瓜子盘，僵硬地从下往上打量陆潇。

在看清屋内的状况后，陆潇的笑容逐渐僵在了嘴边。

大家都看着门口，显然没有反应过来这是谁。不过全员的尴尬只持续了两秒，很快就转变成了陆潇一个人的尴尬。

姨奶奶虽然年纪大了，但对年轻人还是很热情，踮着脚起身招呼道：“是橙橙的朋友来了吗？哎哟，还是个小帅哥呢。”

“长得真俊啊，快进来，站在门口干吗？”

陆潇被这完全出乎意料的一屋子小老太太吓住了，直到叶橙放下瓜子盘，对他沉默地招了招手，他才犹疑不定地走进来。

病房门被完全推开，众人这才看见陆潇后面还跟了几个人。那些花店员工陆续进来，把各种花束摆满了桌子，而且陆潇手上还提着几个低调奢华的袋子。

老太太们又惊又喜地对视。

叶橙很是疑惑，用眼神询问陆潇这是在干吗，陆潇心虚地回避了他的注视。

叶俏俏一声不吭地抱着膝盖坐在床上，警惕地观察陆潇。

大家七嘴八舌地说着话。

"哇，橙橙，你朋友也太客气啦，给我们买这么多花。"

"你别说，上了年纪之后，我还怪喜欢鲜花的。"

"这孩子真上道啊！"

陆潇张了张嘴巴，有点发蒙。这个房间里，除了他见过的高秋兰和其他奇怪的老太太，就是一个看起来土了吧唧但长得不太好惹的小女孩。

所以……叶橙的那个绯闻对象呢??

"他叫陆潇，是我的同学。"叶橙清了清嗓子开口道，"陆潇，这些是我奶奶家那边的亲戚朋友。"

陆潇摘掉墨镜，鞠了一躬道："奶奶……们好。"

"你好你好，你多大了呀?"

"这孩子可真高，得有一米八几了吧，你和橙橙谁高啊?"

"你俩站起来比比，让奶奶看一看。"

她们叽叽喳喳地说着口音浓郁的话，陆潇听不清也听不懂，只能一脸迷茫地看向叶橙。

高秋兰忙道："好了好了，你们别吓着他。小陆，你也太客气了，带这么多东西来干什么！"

陆潇心想，我也不知道我在干什么。他干笑道："只是一点小心意罢了，奶奶们喜欢就好。"

他的目光又转向床上的女孩。

叶橙看见了，说道："叶俏俏，叫人。"

叶俏俏抬起头看了看陆潇，陆潇也看了看她，两人大眼瞪小眼，脸上都写着"我不太想和陌生人说话"。

叶橙为他介绍道："这是我妹妹。"

这两个字一出口，叶俏俏的脸色稍微好看了一点。她不情不愿地喊道："哥哥好。"

陆潇拧着眉，恍然大悟："这就是那个'不得了的小女生'？是你妹妹?"

"有什么问题吗?"叶橙挑了挑眉。

叶俏俏也抬起下巴，有样学样："有什么问题吗?"

陆潇："……没有。"

“你们俩别欺负他，”高秋兰走过去，拉着陆潇在沙发上坐下，给老姐妹们近距离观摩，“看看，这孩子长得不比我家小橙差吧。”她一脸骄傲地说。

陆潇表情别扭，礼貌地微笑着，被她们围在中间。

叶橙剥了一个橘子，和叶俏俏一人一半，靠着病床一边观看他们一边津津有味地吃着。

到中午，大家商量下馆子吃饭。

陆潇实在是不太想听老太太们叨叨了，找了个借口道：“我留下照顾妹妹吧，你们给我带口吃的就行。”

“那怎么能行呢，你特意来看俏俏，当然得一起去了。”高秋兰拉住他道。

陆潇连连摆手：“我……早饭吃多了，十点多才吃的早饭，实在是吃不下。谢谢奶奶的好意，你们去就行。”

叶橙见他如临大敌，便替他解围：“走吧，奶奶，我会给他打包回来的。”

随即病房里又是一番推拉寒暄，简直就是过年才能看到的场面。终于，一屋子老太太有说有笑地出去了，房间里清静了下来，只剩下一大一小两个人。

叶橙一走，陆潇就变了脸。

他看向叶俏俏，问道：“你是叶橙的妹妹？我怎么从来没听他提到过。”

这人一副质问的架势，那眼神让叶俏俏觉得他跩得欠抽。但她也不是省油的灯，嘲道：“也许你和哥哥不够熟吧，胜安哥哥就认识我啊，还经常给我买玩具。”

凡是姓叶的，都能准确拿住陆潇的软肋。叶俏俏不经意的一句话，让他差点原地暴怒。

“你认识黄胜安？”他的脸顿时拉了下来。

叶俏俏点头道：“当然认识，胜安哥哥是我哥哥最好的朋友。”

原本陆潇觉得黄胜安根本没什么，因为他既不经常跑来十三中，也不会动不动就刷什么存在感，呈现出一种“过去式”的状态。

但经叶俏俏这么一说，陆潇突然觉得可能叶橙和黄胜安的关系比他想象中还要好。毕竟，叶橙也说，黄胜安是“能受得了我性格的三个人”的其中一个。

陆潇开始觉得有点头疼了。

叶俏俏看着他眉头紧锁的样子，又觉得这人好像还挺帅的。虽然穿得很装模作样，透着一股子不良少年气息，可那张脸真的让人没话说。

她表面上很嫌弃陆潇，实际上骨子里是个“颜控”。小女生对帅哥当然有无尽的好奇心，尤其这个帅哥还是她哥哥的朋友。

“你成绩很好吗？”她好奇地问道，“哥哥的朋友，好像成绩都很棒的样子。”

叶大小姐还不知道自己哪壶不开提哪壶，只是抱着“了解一下”的心思盯着陆潇。

陆潇面无表情地说：“差得一B。”

叶俏俏瞪大了眼睛，指着他道：“你……你怎么能说脏话！”

“哦，差得要死。”陆潇冷漠改口。

叶俏俏被他整不会了，好半天才支吾道：“那你还能和哥哥聊到一块去？”在她的印象中，叶橙应该不喜欢笨笨的人，比如她自己。

陆潇刚才被她捅伤了，现在也想气她，故意说：“是啊，你哥不仅跟我聊得来，还很喜欢我，好吃的都让给我，惹我生气了还会主动道歉。”

他把自己和叶橙的角色调换了一下，说得无比顺口。

“不可能！”叶俏俏果然不开心了，“哥哥都没让给我好吃的，也没跟我说过好话，你少骗人了！”

“嘁，你还不信。”陆潇跟这个小丫头片子杠上了，非要她服气不可，“你等着。”

他走到一边，打开微信发消息。

嫌疑人X：在吗，橙哥。

克制一下：[疑惑.jpg]

克制一下：你这声哥叫得，我有点想说不在。

显然，陆潇甚至放下了男高中生的尊严。

嫌疑人X：你给我发一条语音呗。

克制一下：?

嫌疑人X：跟我说“对不起，我知道错了，求求你原谅我吧”。

那边暂时没有回复，陆潇期待地盯着手机屏幕。

叶俏俏坐在床上，紧张地看着他，嘴硬道：“得了吧，我哥哥是不可能给你道歉的。”

“马上就打你的脸。”陆潇转过身道。

手机很快振动了一下，收到了一条语音。陆潇立刻得意地扬了扬手机："怎么样，这下心服口服了吧？"

叶俏俏当然不服气，梗着脖子道："你放给我听听，肯定是假的！"

陆潇斜着嘴角笑了笑，慢悠悠地点开那条语音。

接着，叶橙平静又漠然的声音传了出来，响彻整个病房。

"傻×吗你，吃饱了撑的。"

病房里陷入短暂的安静，随即，叶俏俏爆发出一阵惊天动地的大笑声，笑得口水快把自己呛住了。

陆潇不敢相信地盯着手机，觉得世界都崩塌了。

"哈哈哈哈，牛皮吹破了吧！"叶俏俏笑得肚子疼，在床上滚来滚去。

陆潇手一抖，不小心又点了一次。

"傻×吗你……"

叶橙的声音再度响起，陆潇手忙脚乱地退出了聊天界面。

叶俏俏眼泪都笑出来了："我还是第一次听我哥骂人，你真厉害。"

陆潇冷着脸懒得理她，不过能当"第一个被叶橙骂"的人，似乎也挺特殊的。黄胜安能挨叶橙骂吗？

叶俏俏笑够了，终于想起来一件事："你真的跟我哥关系很好吗？居然还专程跑到医院来。"

陆潇不能说我是来刺探叶橙绯闻对象的，他认为叶俏俏这种小女孩，根本不懂他们大人之间的爱恨情仇。他随意地瞥了她一眼道："你得什么病了？肯定是不听话才生病的。"

"白血病。"叶俏俏轻松地说。

陆潇怔了怔，他来的时候没太注意科室门口的挂牌。

"怎么会……"他犹疑了片刻，说，"你住院多久了，找到合适的骨髓了吗？"

叶俏俏摇了摇头："我才刚住院，上次我偷听到医生和哥哥的谈话，说是暂时没有能配得上的。"

陆潇忍不住问："你是叶橙的亲妹妹？"

叶俏俏移开视线，似乎有点局促，声音也小了下去："我和他是一个爸爸……"

陆潇明白了过来，脸色复杂地点了点头。他原先不知道叶俏俏得了这么难治的病，此刻也不好意思再和她斗嘴了，于是拿出手机道："你玩游戏吗？我带你打王者。"

叶俏俏眼睛一亮："可以吗？我好菜的。"

"没问题，哥 Carry 全场。"陆潇说道。

叶俏俏皱了皱脸，为难地说："可是，哥哥把我的手机没收了。"

"啊？他带走了？"陆潇诧异道，没想到叶橙对她也这么严格。

"没有，藏在柜子上面了。"叶俏俏指了指病房里的衣柜。衣柜最上方和天花板之间有个缝隙，她的手机就被藏在那里。

"这还不简单。"陆潇抬头看了看，打了个响指。他随手搬过来一张椅子踩上去，轻轻松松摸到了手机。

叶俏俏身高一米五五，就算垫两个椅子都够不着。她兴奋地欢呼了一声，挥舞双手道："哥哥，你太强了！居然这么容易就拿到了！"

陆潇被小女孩夸得很舒服，把手机丢给叶俏俏说："你是叶橙的妹子，也就是我妹子，想玩个手机还不容易。"

叶俏俏心想，我哥是绝不可能让我玩手机的。她笑着问道："哥哥，你叫什么名字啊？"

刚才老太太们吵得不行，她一句话都没听清。

"陆潇，你以后叫我潇哥吧。"陆潇酷酷地对她挑了挑嘴角，恬不知耻地问，"所以是我好还是黄胜安好？"

叶俏俏有奶就是娘，毫不犹豫地当了叛徒："当然是你好！"

陆潇很是满意，摸了摸她的脑袋道："乖，下次给你带玩具。"

叶俏俏突然抱上大腿，被幸福砸晕了脑袋。她抓着他的衣角道："要芭比娃娃，不要乐高，上次胜安哥哥给我买了乐高，拼得我想死。"

陆潇心想黄胜安也太不懂小女生了，立刻答应她道："没问题。"

叶俏俏开开心心地抱着手机点开游戏，一声王者启动时熟悉的"TIMI"之后，她又听陆潇说："不过，你也得答应我两件事。"

"什么？"她迷茫地抬起头。

显然，叶高阳和曲恬都没有教过她一个道理：天底下没有白吃的午餐。

陆潇亲切地说："第一，帮我看着你哥，别让那些乱七八糟的人接近他，懂我意思？"

叶俏俏懵懵懂懂道:“就是问他要微信搭讪的那些吗?”

陆潇又打了个响指:“一点就透啊，妹妹。”

叶俏俏嗫嗫着说:“我以前就看不惯那些人，暑假跟哥哥逛个街都有人来搭讪。虽然但是，你也看不惯他们吗?”

“我这都是为你哥好，怕他太单纯，被人骗了。”陆潇找了个借口。

“单……纯?”叶俏俏感觉这个词似乎和叶橙不怎么搭得上边，别人不被他玩死就不错了。

“这是第一件事。第二件事，能不能跟我说说，你哥哥有什么特别喜欢的东西?”陆潇问道。

叶俏俏挠了挠头，毫不犹豫地说:“他喜欢学习。”

陆潇说:“……不是这个。马上不是要到他生日了吗，我想了好几天，不知道该送他什么礼物。”

他之前拿到叶橙的游戏账号和密码，得知叶橙的生日是二月十四日，一个风一样的水瓶男。

叶俏俏明白了，摸着后脑壳想了一会儿，认真建议道:“要不送那个《五年高考三年模拟》?”

“五三”的大名，是连小学生都知道的程度。

陆潇翻了个白眼道:“早知道你这么没用，就不帮你拿手机了。”

叶俏俏连忙把手机塞进被子，生怕他再放回去:“给我个机会，我再想想。”她思索半天，犹豫着说,“我觉得哥哥可能不太喜欢那种随手就能买到的礼物，比如你今天拿的那几个爱马仕盒子。”

“唔，那他喜欢什么?”

“具体的话我也不清楚，但我觉得他应该会喜欢比较有意义的东西。”叶俏俏分析道,“他很念旧的，一个书包一只杯子都能用好多年。”

陆潇若有所思地摸了摸下巴。

叶俏俏说:“而且也看对方是什么人，如果你和哥哥关系真的很好，只要是你用心准备的，他都会喜欢吧。”

陆潇望向她:“我发现你别的本事没有，嘴巴倒是挺会说。”

“嘿嘿，所以潇哥带我飞一把?”

“带，必须带。”

半个小时后，叶橙独自回来了。

高秋兰带着她的那帮老姐妹逛街去了。他走到病房门口，还没推门，就听见里面激烈的叫骂声。

“你会不会玩，不会玩就滚!”

“我在手机上撒把米，鸡的走位都比你强!”

叶橙：……

叶橙推门而入，看见陆潇和叶俏俏一人一个手机，正在激情澎湃地和队友骂战。

他走过去抱着手臂道：“你们在干吗?”

“关你屁事!”叶俏俏骂人骂得脸蛋通红，随口答道。

陆潇听见这个熟悉的声音，立刻感觉到死亡的阴影笼罩在自己头顶。他搓手机的动作不由自主地停了下来，缓缓地抬起头。

“潇哥你怎么不动了，他又过去了……”

叶俏俏还在浴血奋战中，正玩得起劲，手机忽然被一只手夺走了。她抬起脑袋望过去，顿时傻眼了。

“哥，你……你回来得好……好快……”她吓得说话都结巴了。

陆潇眼疾手快地把自己的手机放进裤兜，站起身东张西望道：“你们吃完了？没有去周围逛一逛吗?”他怎么着都以为那群老奶奶会逛到下午才回来。

叶橙提起手里的袋子，冷声道：“不是为了给你带饭吗。我让你看着她写作业，你就是这样看的?”

虽然叶俏俏目前因病停学，但叶橙觉得，不应该就这么让她荒废了学业。临走之前，他嘱咐陆潇督促叶俏俏写一下寒假作业，结果这俩人压根连作业本都没拿出来。

“我看她……好像不太舒服的样子，所以想让她玩一会儿再学习。”陆潇的脑子转得那叫一个快，赶紧给叶俏俏使了个眼色。

叶俏俏马上配合地扶住额头，哼唧了两声：“哥哥，我脑袋好晕啊。”

叶橙皱着眉，伸手探了探她的额温：“没发烧，除了头晕，还有哪里疼吗?”

叶俏俏不敢造次得太厉害，摇头道：“刚才有点头疼，现在不疼了。”

叶橙警告地看了眼陆潇，说：“她身体不舒服就让她休息，叫护士来检查，打游戏就能舒服的话，还需要医生干吗?”

“你说得对，我下次知道了。”陆潇点头如捣蒜。

“过来吃饭吧。”叶橙拿了一张小桌架在病床上，把饭菜摆在了桌上。

老太太们点的是一堆川菜，他只能让服务员给这两个不能吃辣的人重新做了点清淡的菜色打包回来。

叶俏俏满脸痛苦地吃下一块西蓝花，然后充满期许地看向叶橙。

“真棒。”叶橙敷衍她道。

陆潇咬住筷子恨道：“我也吃西蓝花了，你怎么不夸我？”

“你也十一岁？”叶橙无语。

陆潇说：“你可以把我当成三岁，我不介意的。”

叶橙轻轻地笑了一声。

叶俏俏把脸埋在碗里，偶尔在他俩脸上瞄来瞄去。她现在确实相信，哥哥和陆潇的关系真的很好很好了。而且，比和其他人都要好。

吃完饭后，叶橙把陆潇送到医院门口。他问道：“培训那边还跟得上吗？”

“勉强可以，”陆潇说，“我没住在酒店，晚上回家住。”

“你一个人吗？”叶橙说。

陆潇看了眼表道：“下午三点半去接我妈回来，现在过去，到那里差不多刚好。”

叶橙呼出一口气：“阿姨终于出院了。”

陆潇说：“她前段时间就出院了，这几天一直在医院附近的山庄休息，说是呼吸一下新鲜空气。”

叶橙不太放心，问道：“要不要我陪你去？”

“不用了，我接了她就回来。”陆潇挥了挥手，微微笑道，“上去吧，外面冷。”

叶橙站在原地没动弹。

雪已经停了，灰蒙蒙的空中露出一缕暌违已久的阳光。清洁工扫落的积雪堆在路边，被踩得灰扑扑的，辨别不出颜色。

叶橙站了片刻，还是说：“过年你和阿姨没事的话，可以来我家，和我和奶奶一起过。”

刚才吃饭时，姨奶奶们提到了回家要置办年货的事情。他突然想到，陆潇家里估计特别冷清，于是问高秋兰，可不可以叫上陆潇和陆潇妈妈一起过年。

高秋兰当然很高兴地答应了，还让老姐妹们多教自己几个大菜招待客人。

陆潇怔了怔，眼中透出几分欣喜。

“不会太麻烦你们吗？”他问。

“不会，人多一点很热闹，”叶橙说，“只要阿姨同意就好。”

陆潇笑了起来：“我妈其实很喜欢和大家伙儿一起吃饭，只是家里向来没什么人。”

他们静静地看了彼此一会儿，陆潇有点不自在，说：“那就这么说定了。我先走了，你快点回去。”

“嗯。”

他刚刚转过身，却再次被叶橙叫住了。

“等等，”叶橙上前一步道，“你没戴围巾，不冷的吗？”

叶橙迅速取下自己的围巾交给陆潇。陆潇这学期以来，好像个子蹿高了不少，叶橙看他都有点费劲儿。他被围巾裹住下巴和嘴，只露出黑漆漆的眼眸和高挺的鼻梁。

陆潇带着笑意问：“班长大人，我们士别三日，你是不是如隔三秋啊？”

叶橙微恼：“我看你是真的三岁。”

陆潇的眼睛笑得更弯：“是啊，我爱奥特曼。”

叶橙故意气他道：“奥特曼都是假的。”

“呸！”陆潇回敬道。

空气又静了下来，他咳了咳道：“我真走啦。”

叶橙后退了一步：“滚吧。”

“好嘞。”陆潇像个招财猫一样，对他招了招手，笑着转身离开了。

叶橙站在医院门口，看着那个高高的背影渐行渐远。垂在身侧的双手逐渐收拢，他头顶一片枯黄的梧桐叶被风吹落，摇摇晃晃地掉在他脚边。

叶橙在楼下吹了半天的冷风，才回到病房。

叶俏俏这次没有玩游戏，很乖地趴在小桌板上写作业，看见他来了，放下笔叫了声“哥哥”。

叶橙对她说：“别人带你玩个游戏，就一口一个‘潇哥’的，是个人都能把你拐走吧。”

叶俏俏眨了眨眼睛道：“我是看你们关系好，才叫他‘潇哥’的。”

“你哪里看出我们关系好了？”

叶俏俏哑然。原来她哥还有傲娇这种属性呢。

“以后不准背着我打游戏，作业写完了，我会带你上分。”叶橙淡淡地说。

叶俏俏因祸得福，高兴得差点跳起来：“哥哥你带我打吗？真的吗？”

“前提是你作业的正确率在百分之八十以上。”叶橙强调道。

“那我肯定好好写！”叶俏俏握紧拳头道，“虽然潇哥很强，但我哥肯定比他更厉害。”

叶橙好笑地说：“他也得写完作业才能玩，你们两个都是小孩子。”

叶俏俏歪了歪头：“你也是小孩子啊，你还没满十八岁呢。”

叶橙听见这个数字，无意识地有些恍惚。十八岁……好遥远的词汇。

他咳嗽了两声，不自在道：“还有五天就满了。”

在他眼里，陆潇和叶俏俏一样，都是乳臭未干的小屁孩。

但当然，这两个“小屁孩”还是有很多不同的地方。叶橙知道，自己内心有一杆秤，这段时间一直来回摇摆，久久不能稳定下来。

“哥哥，你有没有特别想要的生日礼物呀？”叶俏俏问他。

她是个称职的小情报员，没有忘记陆潇对她的嘱托。

“没有，别瞎费心思。”叶橙扫了她一眼。

叶俏俏怯生生地举起手，道：“那你可以陪我去游乐场玩一天吗？”

叶橙被她整笑了：“我生日，陪你玩？”

叶俏俏瘪了瘪嘴，这其实也是她的“间谍任务”之一，不过好像叶橙并不会答应的样子。

“我才不去，好好上你的网课。”叶橙一锤定音。

他给叶俏俏报了个网课辅导班，每天都要她打卡学习。

叶俏俏只得低下头，叹了口气道：“好吧。”

叶橙检查完她的作业之后，就回自己家去了。

他刚一走，叶俏俏就摸出了藏在枕头底下的手机，给微信里刚加的“黑脸怪”发消息。

俏俏：潇哥，我哥说他不想去游乐场，这可咋整？

那头很久都没回复，不知道在干什么。叶俏俏等得无聊，就抱着手机看曲恬演的古装剧，一边看一边想曲恬什么时候才能回来。

她又忍不住给叶高阳发消息，虽然叶橙说了他最近很忙，让自己不要打扰他，但她还是很想念叶高阳。

只是，三个人一个都没理她，最后她只好百无聊赖地给叶橙发消息：哥哥，你到家了吗？

叶橙倒是理她了，而且回的速度很快：你在玩手机？

叶俏俏跟个二愣子似的，这才意识到自己犯了傻，手忙脚乱地打字想解释。

那边又发来一条：立刻关机睡觉，否则明天我不过去了。

他对叶俏俏的威慑力与日俱增，给她吓得连消息都不敢看了，直接关机把手机塞进枕头下面，闭着眼睛躺了下去，小心脏扑通扑通直跳。

陆潇回到家之后，才看见叶俏俏的消息。他给叶俏俏打电话，那边却已经关机。

他想了想，决定自己跟叶橙说。

嫌疑人X：我到家了。

叶橙让他到家之后和自己说一声，所以他就说了。

克制一下：阿姨还好吗？

嫌疑人X：放心吧，很稳定。

嫌疑人X：你还在医院里？

克制一下：在陪姨奶奶们吃饭。

嫌疑人X：[惊吓]

嫌疑人X：[惊吓]

嫌疑人X：[惊吓]

嫌疑人X：[惊吓]

嫌疑人X：[惊吓]

克制一下：你要死吗，刷这么多条。

嫌疑人X：对不起，深入骨髓的恐惧……

嫌疑人X：她们什么时候走？

克制一下：三天后[冷汗]

嫌疑人X：那这几天你有空吗？

克制一下：干吗？

嫌疑人X：小进子说要搞情人节团建，请我们这帮人去欢乐谷玩儿。

克制一下：？

克制一下：他脱单了？

陆潇组织了一下语言，发了条语音过去："他最近在对江怡蓉穷追猛打，想让我们一起去打掩护。"

叶橙想到之前在商场偶遇蒋进和江怡蓉的事，心下了然，也给他发过去一条语音："那行吧，也难为他这么情深似海。"

叶橙那边喧闹声很大，但清澈的嗓音压过杂音，语气有些懒洋洋的。他的变声期已经彻底结束了，声音和成年后的几乎没有差别，少了几分青涩和微哑，多了几分低沉和从容。

陆潇又发了一条语音过去："我最近看了一部国外的电影，你应该会喜欢。"

叶橙大概也是吃饭无聊，很快回复道："发来看看。"

陆潇把那部电影的链接发给他，在看见他回复"去看了"之后，嘴角缓缓扬了起来。

他这段时间总想和叶橙分享各种事情，大的小的，好的坏的。就连走在青山庄园的路上，看见林子里一闪而过的小松鼠，第一反应也是拍下来发给叶橙看看。

而最让他高兴的是，叶橙也对他事事有回应。看见小松鼠会夸"好可爱"，看见紫黑色的果子会说"有毒吧"，看见他分享的电影会马上去看，看见他分享的歌也会加进自己的歌单。

陆潇用食指摩挲着嘴角，在脑袋里策划了一番，然后给蒋进发了条消息。

嫌疑人X：蒋哥，帮我个忙。

这个称谓让蒋进不得不秒回。

蒋进：潇哥，你这样叫我我害怕……咋了？

嫌疑人X：情人节那天，你能不能和江怡蓉假扮情侣一天？

蒋进：??????

第6章 成年礼

情人节，也就是二月十四号当天一大早，蒋进就被陆潇的电话叫醒了。

蒋进简直梦回 Queen 咖啡店，苦着脸说："潇哥，我们不是约了下午吗？"

陆潇说："只是跟你确认一下安排，真的没问题吗？"他忙着找人定制礼物，昨天没去欢乐谷实地勘察。

"要是有一点差错，我把头拧下来给你当球踢。"蒋进打了个哈欠道，"怎么说也是我们橙哥的成人礼，怎么能出问题呢。"

陆潇还是不放心："你跟鬼屋那个工作人员说过没有，不要扮得太吓人，我担心叶橙吓晕过去。"

"不会不会，就扮了个普普通通的吸血鬼。"蒋进说，"蛋糕和花束都准备好了，喷泉和路人也安排好了，还有密闭小空间惊喜。"

这些他和陆潇一人负责了一半，昨天就跟欢乐谷的工作人员沟通过了。

陆潇第一次准备这种"大型庆祝活动"，有点谨慎过头，生怕搞砸了。

蒋进说："吃完蛋糕之后，我和蓉蓉就把小叶子带走，花都放在密闭小空间里啦。"

"行，辛苦你了，还得跟江怡蓉演戏。"陆潇说。

蒋进支支吾吾道："其实……也不算是演戏吧。"

"哦？"陆潇神秘地笑了起来。

蒋进说："嘿嘿，虽然还没有板上钉钉，不过我觉得……快了！"

这天刚好是周末，不少人都会买夜场的票，玩久一点再回家。到了下午，欢乐谷门口排了长长的队伍。

叶橙把叶俏俏裹得像个小粽子，带着她走出医院。

江怡蓉刚好顺路，便叫司机在医院门口等一等，正好把他们一起捎上。

她今天化了个暗黑风格的妆容，穿着黑色蕾丝短裙和长靴，愣是把叶俏俏吓得缩到了叶橙身后。

“这是你妹妹？”江怡蓉叼着棒棒糖问道。

还没等叶橙张嘴，她便把那小丫头从他背后揪出来：“叫姐姐，不然不带你去了。”

“……姐姐。”叶俏俏是个欺软怕硬的，只好嗫嚅着叫了一声。

江怡蓉笑着对叶橙说：“跟你长得不像，不过挺可爱的。”

叶俏俏瞪着她，敢怒不敢言。

叶橙不动声色地转移话题道：“你在新学校过得怎么样？”

“就那样呗，私立学校无聊死了，还得住校。”江怡蓉抱怨着。

叶橙注意到她胸前戴了个牌子，是十三中的铭牌，说：“你都转学了，还这么念旧呢。”

江怡蓉顺着他的目光看过去，眼神闪了闪：“你再仔细看看。”

她稍稍倾身过去，叶橙这回看清了，牌子上写着“蒋进”两个字。

“这是蒋进的铭牌？”他有些疑惑，“你戴着他的铭牌干什么？”

江怡蓉笑了起来，脸颊露出一个浅浅的酒窝：“你连这个都不知道，亏你还在十三中待了一学期。”

叶橙正不解，就听她轻声说：“按照十三中的‘习俗’，如果完全信任和喜欢一个人，就把自己的铭牌给他。要是那个人也同样信任自己，就戴上他送的铭牌。”

——好幼稚的“习俗”。

叶橙挑眉道：“所以你和蒋进？”

江怡蓉耸了耸肩，语气无奈：“我爸妈不让我谈恋爱，所以我们只能等上大学之后再确定关系。”

“不让你谈恋爱，那你之前还追陆潇？”

江怡蓉敏锐地看向他道：“你好像很在意这件事？”

“你的错觉。”叶橙漠然道。

江怡蓉解释：“我只是想告诉他我喜欢他，并没打算和他在一起。”

叶橙被她的逻辑深深折服，一时间竟找不到反驳的理由。

叶俏俏坐在一边，好奇地打量着他们。

“小孩子不准偷听哦。”江怡蓉竖起食指警告她，她马上低下头去。

他们几人到达欢乐谷的时候，陆潇和蒋进已经在排队了。大家依次扫描二维码入场，周围都是成群结队的情侣，还有人拿着自拍杆现场直播。

蒋进先是叫上大伙儿玩了几个普通项目，都是不怎么刺激的。

江怡蓉带着叶俏俏在路边的小摊上化妆，化完之后提议道：“要不要去鬼屋转转？听说新开了一个‘暮光之城’副本。”

“不要。”叶橙果断拒绝，“你们去吧，我和叶俏俏在外面等着。”

叶俏俏垮起一张小脸哼唧道：“我也想去，哥哥。”

“那你自己去。”他说。

叶橙不想踏足任何一间鬼屋，哪怕只是电影副本都不行。

叶俏俏说：“你不去，我也不去了，我想吃烤肠。”

于是，叶橙带她去前面买烤肠。

他们刚走，陆潇立马作势要揍蒋进：“就你事儿多，我都说了他不可能进鬼屋！你让那个吸血鬼把蛋糕拿出来。”

“我这不是想给个惊喜的机会嘛，”蒋进愁眉苦脸道，“就这么拿出来的话，岂不是白费了？”

江怡蓉建议道：“让叶俏俏撒个娇试试呢？”

陆潇哼了一声：“他会当场提着叶俏俏的衣领，把她送回医院。”

“唔，那不如……”江怡蓉看向他，笑得不怀好意，“你撒个娇试试呢。”

陆潇：“……我可以试试！”

叶橙回来之后，发现那三个人脸色各异，江怡蓉和蒋进似乎在憋笑。

“怎么了？”叶橙看见陆潇欲言又止的，问他道。

陆潇深吸一口气，学着叶俏俏的样子，用两只手指捏住了叶橙的衣摆，放轻声音道：“我想去鬼屋，你能不能陪我去？”

果然，叶橙的眼中闪过一丝笑意。他打量着陆潇道：“你这是在求我？”

“求你！”陆潇舍弃了仅存的一点矜持。

叶橙唇边的笑容逐渐加深：“可是我也怕，怎么办呢？”

陆潇一时语塞，刚想再恶心兮兮地喊几声“橙哥”，只听他又说：“不过既然你都求我了，那就去吧。”说罢，率先往鬼屋的方向走去。

陆潇呆立在原地，喃喃道：“他这就同意了？”

江怡蓉把一切都看在眼里，摇了摇头道："陆潇，你还真是碰上高手了。"

"什么？"陆潇看向她，她却只是笑了笑，默不作声地跟上了叶橙。

江怡蓉看人一看一个准，心下了然。

蒋进好奇地追上她："你刚才说的话，是什么意思？"

江怡蓉嫣然一笑："你以为叶橙真的不知道？"

蒋进是个钢铁直男，挠了挠头。

江怡蓉："你等着看吧，这个世界上就是一物降一物啊。"

到了鬼屋门口，叶橙还是有点犹豫。

陆潇这次很上道，挡在他前面道："你不要怕，跟着我就行，这个鬼屋不大，五分钟就出来了。"

根据工作人员的描述，里面的氛围并不恐怖，进去两分钟之后，就会有一个小孩出来，围着他们转圈圈唱生日歌。随后帅气的"爱德华"会端着栗子蛋糕出现，点燃烛台让叶橙许愿。

而刚开始恐怖的部分，可以让叶橙头脑空白，智商掉线，在陆潇面前做出一些平常绝不会做的举动。

这也是陆潇为什么被他们煽动，很快同意了这个计划的主要原因。

果然，在陆潇的自告奋勇之下，叶橙谨慎地拽住他的衣服道："你在前面开路，不要碰我，我讨厌任何人在鬼屋里碰我。"

不管是同伴还是NPC（非玩家角色），被碰一下对叶橙来说都是灾难。

随着帘子放下，他们一起往鬼屋深处走去。

叶俏俏胆子贼大，还在那里逗NPC："你的牙齿是假的吗？"

江怡蓉听见她的声音，也在咯咯地笑。

周围布景看起来确实不怎么吓人，只有一个人非常紧张，那就是叶橙。

叶橙严肃地对前方来袭的狼人说："你别过来，我会揍人的，真的。"

他很久以前去过一次鬼屋，被NPC吓得一拳打在人家脸上，为此不仅再三道歉，还赔偿了人家医药费。

那个狼人装模作样地吓了他一下，在陆潇的注视下离开了。

他们又往前走了一段，到达石阶前，也就是电影里那个古老的吸血鬼住的地方。

阶梯尽头忽然传来一阵细细的哭声，让人毛骨悚然。叶俏俏的笑容也消失了，和江怡蓉一起缩在蒋进身后。

五个人当中，陆潇站在最前面，因此只有他能听见前面工作人员焦头烂额哄小孩的声音。

“别哭了，就唱首生日快乐歌，唱完姐姐给你奖励。”

“呜呜呜呜，我记不得词了……”

陆潇登时满头大汗，没想到还有这种不可控的突发状况。他尴尬地停了下来，说：“我们……要不在这儿休息一会儿？”

另外四个人同时看向他。

叶橙说：“你有病吧，赶紧走。”

他现在恨不得立刻冲到出口，还休息个锤子。

就在这时，前方突然冒出一个穿着红衣服的小孩。除了陆潇，所有人都被吓了一跳。

只见那小孩抹了一把眼泪，哽咽着唱道：“嗨皮，嗨皮波士顿，吐油……”

他还没唱完，旁边的小门像是开启了什么讯号，“砰”的一声弹开了。

吸血鬼“爱德华”捧着一个小小的蛋糕出现在门内。

他的脸色涂得犹如王宫的墙壁般惨白，瞪着血红的眼睛望向叶橙，咧开一嘴獠牙道：“亲爱的客人……”

“我去！”他话音未落，叶橙大喊了一声，顺手就把那个蛋糕往他身上一盖，“什么东西，快走开！”

陆潇千算万算，也没算到会是这种情况，原地呆住了。

红衣小孩被吓得都不敢哭了，一抽一抽地打着嗝。

蒋进和江怡蓉也傻眼了。

只有满身奶油的“爱德华”无辜又茫然地看着他们：“客人？”

十分钟后，众人围坐在桌边。

桌上放着一个新的蓝色蛋糕，上面是一个迷你版的小叶橙，头顶带着小皇冠——幸好陆潇只是让工作人员拿了个小蛋糕做做样子，准备好的真正的生日蛋糕放在了出口处。

叶橙哭笑不得：“你们还真是费了心思，谢了啊。”

他说得很是委婉，其余几人还是心虚地面面相觑。

江怡蓉虚惊一场道："差点搞砸了，我还以为你要把蛋糕扔人家脸上。"

叶橙尴尬地笑了笑。

她笑眯眯道："不过还是祝你生日快乐啦，要天天开心，烦恼都走开哦。"

江怡蓉带了个头，大家都正儿八经地开始说祝福。

"生日快乐，橙哥。"蒋进快乐地说，"祝你能考上理想的大学。"

"生日快乐，哥哥，我想吃那个蓝莓可以吗？"叶俏俏眼巴巴地看着蛋糕。

叶橙把蓝莓拿下来，顺手塞进她嘴巴里。

大家都看向陆潇，只有他还没说祝福了。

陆潇的喉结上下动了动，很认真地说："叶橙，十八岁生日快乐。"

他顿了顿，接着道："希望你永远不要怀疑自己，你永远是一个能照亮别人的人，就像太阳一样。"

另外三人都笑了起来，觉得他的比喻直白又贴切。

只有叶橙没有笑，他记起了许久之前的一幕。

陆潇和他去厦门看日出。当太阳升起的那一刻，陆潇笑着看向他，说："人活在世界上最幸运的事，就是找到能照亮自己的太阳——阿橙，你就是我的太阳。"

过了好一会儿，叶橙才扯了下嘴角，说："谢谢你的祝福。"他的手在袖子里收紧，仿佛在压抑着什么。

"许个愿吧。"陆潇说。

"好。"叶橙对他微微一笑。

在蜡烛温柔的光晕中，他闭上了眼睛，情绪仿佛暗流涌动。

蒋进首先唱了起来："祝你生日快乐，祝你生日快乐……"

叶橙双手交握，许了个很短的愿。

几秒后，睁开了眼睛。

"这么快？"江怡蓉诧异道，"你该不会是许愿'我要上A大'吧。"

陆潇定定地望着他，眼眸深沉。

蒋进说："橙哥才不会许这种愿，因为他——必——上——好吧！"

叶橙只笑不语，一口气吹灭了蜡烛。

"十八岁啦，恭喜成年！"

"呜呜，我还要好几个月才能十八。"

陆潇见叶橙一直在笑，好奇道："你许了什么愿望？"

"愿望这种东西，说出来就不灵了。"叶橙轻轻地说，"我希望它是灵验的。"

陆潇觉得他眼底有什么东西，似乎悄然发生了改变。

众人嬉笑着分吃了蛋糕，又给了工作人员一些，便接着去别的地方玩。

路过音乐喷泉的时候，响起了生日快乐歌。路上的人形玩偶递给叶橙一个礼物盒，是蒋进送的，骑自行车的小猴子也送来礼物盒，这是江怡蓉的。

叶橙带着笑意，对陆潇伸出手道："你的礼物呢？"

陆潇准备的礼物，是一块刻着叶橙名字的手表，但是没有带在身上，本来想着出去之后再送。

他还没来得及说话，蒋进就插嘴道："潇哥的礼物就在前面啦，快看！摩天轮！"

闻言，叶橙抬头看去，不远处就是高高耸立的摩天轮。

平时排起长队的检票口现在居然空空如也，一个人都没有。如果仔细看的话，就会发现，摩天轮上的每个小房间里似乎都有若隐若现的黑影。

蒋进在身后推着叶橙走了两步，雀跃道："快过去看看。"

谁也没注意到陆潇的脸色变了变。

叶橙依言走了过去。蒋进突然被一只手拎起后脖子，陆潇在他身后狠狠地说："你让人把花放在摩天轮里面了？"

"对啊，你不觉得很有新意吗？"蒋进无辜地回头道。

陆潇抓狂道："老子恐高。"

蒋进："……啊，我去，你不早说。"

"你见过老子什么时候玩过跳楼机吗？你说的惊喜就这玩意儿?!"

叶橙走到以极慢的速度转动的摩天轮下面，终于看清楚了里面的东西。

刚刚过去的小房间里铺着一层满天星，此刻经过他面前的小房间里都是桔梗，下一个房间里则遍布郁金香。大冬天的，这些不同种类的花束，也不知道花了多少心思才能被运送到这里。

他静静地看了那些花好一会儿，一言不发。久到陆潇都已经克服心理障碍，慢腾腾地走了过来。

江怡蓉露出甜甜的笑容，说道:“看着它们，是不是觉得心情都变好了?快选一个房间吧。”

叶橙笑了笑，转头看向陆潇。他指向即将过来的紫藤花房间，说:“就这个好了。要一起吗?”

“一起一起，当然一起。”蒋进在背后拍了拍陆潇。

陆潇只得硬着头皮点了点头。

紫藤花车缓慢地经过他们面前，叶橙弯下腰钻了进去，坐定之后朝着陆潇招了招手。陆潇原本还在犹豫，在看见他的动作后，也咬牙跟了进去。

工作人员上前关好门，摩天轮一点一点往高处升起。

“咔嚓——”，伴着齿轮转动，座椅之间发出细微的摩擦声。

从摩天轮的窗户看出去，能俯瞰整个游乐场。

遥远的天边，火烧云席卷了幕布般的天空。摩天轮内，紫藤花婀娜多姿地缠绕着座椅和扶手，和叶橙房间的窗户非常相似。

随着高度逐渐上升，陆潇的坐姿也越来越别扭。他把扶手抓得死紧，眼睛东看看西看看，甚至不自觉地掐掉了几朵紫藤花。他的恐高虽然不是很严重，但摩天轮这种高度，他还是会无可避免地紧张。

叶橙一直注视着他，直到快要抵达顶点时，才忽然开口道:“很怕吗?”

陆潇没想到自己露了馅，眼神闪躲:“还好，不是特别……”

他的话还未说完，叶橙便把手递给他，轻声说:“怕的话，就抓住我。”

刹那间，陆潇忘记了自己要说什么。他呆呆地看了叶橙的手掌几秒，迟疑着将自己的手放了上去。

叶橙的掌心温暖柔软，抚平了他因为身在高处而激发的冷意。

陆潇清了清嗓子，主动坦诚道:“我有点恐高。”

“嗯，恐高是很多人的天性，不要往下看。”叶橙道。

他当然知道陆潇恐高，也知道陆潇只有在自己身边时，才会忘掉恐高。

以前他们还不熟的时候，曾经一起坐过透明的观光电梯，陆潇原本坚决不肯进去，也死活不说原因。过了一段时间之后，叶橙才知道陆潇恐高，而且还不好意思承认。

但后来他在旁边的时候，陆潇都不再抗拒观光电梯了。

陆潇别无选择，只能专注地盯着周围的花瓣。但抓着叶橙的手一动不动，好像生怕动一下，叶橙就会丢下他一样。

叶橙看着他慢慢放松下来，紫藤花的香气熏得脑袋轻轻发晕。

这个笨蛋，还是和以前，不对，应该说，和未来的他一模一样。

只要是两个人一起去，再高的地方都不怕。

直到摩天轮回到原点时，叶橙才说了一句："我很喜欢这个礼物，谢谢你，陆潇。"

他们下来之后，蒋进就一脸坏笑地举着仙女棒跑过来道："来放烟花了！"

陆潇拿了两支给叶橙，叶橙摆了摆手，笑道："你们玩儿。"

江怡蓉担心烧到裙子，和叶橙一起站在了旁边。

"怎么样，刚才是不是很惊喜？"蒋进压低声音道。

"惊喜个屁，老子丢人丢大了。"陆潇搡了他一把，"回头再跟你算账。"

陆潇拿了一根仙女棒逗叶俏俏，举得老高就是不让她够着，叶俏俏气得在原地蹦来蹦去。

"他们好傻啊。"江怡蓉的头发被风吹得乱糟糟的，仍然止不住笑意。

叶橙很赞同："说是同龄人都不违和。"

江怡蓉看了他们一会儿，转头看了看叶橙，说："你今天好像不太开心，从鬼屋出来之后就不怎么说话了，怎么回事？"

叶橙摇了摇头，看着面前硕大的摩天轮："我挺高兴的。"

"高兴能和他在同一阵晚风中，坐同一个摩天轮。"他的嗓音显得略微低沉。

殊不知，这已经是他觉得最幸运的事了。

江怡蓉茫然道："什么？"

叶橙转而问她："你喜欢蒋进吗？"

突如其来的询问，让江怡蓉有些羞赧，不过她还是回答道："挺喜欢的吧。"

"那你是喜欢现在的他，还是十年后的他？"

江怡蓉被这个问题问到了，她看着蒋进想了一会儿，说："如果十年之后我们还在一起的话，那当然就都喜欢了。"

"十年后的他，不也还是他吗？"她看向叶橙，理所当然地说。

"是啊，没错。"

不远处的仙女棒发出细微却璀璨的光芒，看得叶橙勾起唇角。

他曾经觉得自己有一天会离开这里，指不定做个梦就回去了。

但越来越多的突发状况，让他察觉，或许这根本不是一场可以随意去留的梦境。

叶高阳正在一步步自食其果，叶俏俏的身世意外地水落石出，曲恬或许再也无法得到那笔遗产。而他也开始拥有很多从前不曾有过的东西，叶高阳的愧疚，那封他妈妈的信，以及和陆潇的情谊。

所有的意料之外都在提醒着他，这一次人生，并非是仙女棒那样短暂的一瞬，他的每一个遗憾都得到了弥补。

而这许多遗憾当中，也包含了陆潇。

他一开始以为，帮助陆潇弥补未竟的遗憾是他的任务，也是他存在于此间的意义。可现在他渐渐发现，好像并不总是自己在帮助陆潇，而是陆潇也在帮助自己。

上一次他总是不能完全信任陆潇，总是会用些手段对待他，总是有很多话想说也说不出口。

成年人的世界和少年的永远不同，他怕对方有异心，更怕双方都会受伤。

其实和陆潇心里潜在的患得患失一样，他也有着极度的不确定感。

可是他从来没和陆潇说过，好像那样就不酷了。

然而如今的陆潇，对他从来没有保留。

陆潇从不在意自己酷不酷，只在意他是否开心。哪怕恐高，也要陪他坐摩天轮。

就在刚刚那一刻，叶橙在无人知晓的地方，下注了一场人生的豪赌。

“希望陆潇永远是那个陆潇。”

——这是叶橙的十八岁生日愿望。

希望此时此刻的陆潇能慢慢长大，慢慢地成为，二十七岁的那个他。

从欢乐谷出来之后，蒋进先送江怡蓉回家了。

叶橙把叶俏俏带到医院，然后和陆潇走路回去。路上，叶橙对他道：“要不你今晚别回去了，在这里住一晚。”

陆潇很想，不过还是说：“王嫂今天回老家了，我得回去，不能让我妈一个人待着。”

叶橙说:“是应该多陪陪阿姨。”

“我爸开春就回来了，但愿他们能好好聊一聊。”陆潇说。

叶橙脚步一顿:“你爸要回国?”

开春，那不就是高二下学期吗，刚好和陆潇原先辍学的时间对上了。

“他说回来处理点事情。”陆潇道。

叶橙眼神复杂地点了点头。

到叶橙家之后，陆潇挥了挥手道:“进去吧，我走了。”

叶橙心念一动，对他说:“你在这里等我一分钟。”说着，转身跑进了家里。

高秋兰见他回来了，忙招呼道:“小橙，我给你做了长寿面。”

“谢谢奶奶，我等下再吃。”叶橙匆匆地进了房间。

他找到挂在门背后的校服，从校服上面摘下铭牌，然后又跑了出去。

外面天色渐暗，路边的路灯陆续亮起。陆潇站在路灯下面，穿着黑色的呢子大衣，影子显得愈发修长。

叶橙跑得很急，从里面出来后，气喘吁吁地在他面前站定。

“怎么了?”陆潇出声问道。

叶橙没有回答他，而是抬起双手，将一个东西别在了他的大衣上。

“送给你了。”他仰起脸，对陆潇笑道。

他的鼻尖冻得发红，浅褐色的眼眸折射着路灯的光，如同盛满了整片星空。

陆潇是满脸茫然地回到家的。

叶橙把铭牌给他戴上之后，就头也不回地进家门了。他疑惑地摸了摸那块牌子，感到丈二和尚摸不着头脑。

到家之后，蒋进给他发来了消息。

蒋进：潇哥，怎么样，今天的安排还满意不?

他不说还好，一说陆潇就想抽他。

嫌疑人X：满意个屁！摩天轮！你是脑子抽了吗?

蒋进：呃……

陆潇沉默了片刻，觉得还有比抽蒋进更要紧的事情要办。

嫌疑人X：对了，问你个事儿。

蒋进：爱过[可怜]

嫌疑人X：闭嘴。

嫌疑人X：叶橙今天把他校服铭牌给我了，那是什么意思？

陆潇隐约记起，似乎高一的时候，也有人在他座位上放过铭牌。他当时以为是谁掉的，随手扔讲台上的失物招领箱去了。

蒋进反应巨大。

蒋进：啊啊啊啊啊啊啊啊啊啊啊啊啊啊啊啊!!!

蒋进：啊啊啊啊啊!!

嫌疑人X：……

嫌疑人X：你在鬼叫什么？

蒋进：[大哭]呜呜，潇哥，我在为你欢呼，为你喜悦。

嫌疑人X:???

蒋进：你难道没有注意到吗，我今天还戴着蓉蓉的铭牌。

陆潇看到了，只是他以为那是蒋进自己的，还疑惑这是什么新的潮流吗，便服配铭牌。

蒋进：啥也别说了，一切都在不言中。

蒋进：橙哥对你真好，潇哥。

陆潇盯着手机屏幕，把这段对话来来回回足足看了十遍。

明明全是汉字，他却觉得异常费解。

直到看懂的一瞬间，他整个脑袋都“嗡”了一声。

他眨了眨眼睛，快乐的泡泡迅速“扑哧扑哧”地冒出来，从胸口一路冲上咽喉，将他整个人都淹没了。

心脏“怦怦怦”像放烟花一样，只想跳起来大喊大叫几声，胸口上下起伏。

过了五分钟，他才手指颤抖地打字过去。

嫌疑人X：真的吗？不会是误会吧？

蒋进：不是，刚才等你回神的工夫，我去问了一下蓉蓉，她说橙哥今天还问过她关于铭牌的事。

“我……去!”陆潇扔掉手机，猛地扑倒在床上，抱着枕头滚了几圈。

不知道过了多久，他才一骨碌从床上坐起来。嘴巴已经笑得有点疼了，眼角也笑出了几滴泪。

陆潇抹了把脸，把手机从床底下找了回来。

蒋进又给他发了好几条消息。

蒋进：放心吧，他肯定是知道才会给你的。

蒋进：蓉蓉说他今天情绪不大对，可能是纠结了一会儿，才决定把铭牌送你的。

蒋进：你怎么样了，潇哥。

蒋进：你去找他聊了吗？

陆潇深呼吸了几次，把空气吸到肺部深处，再缓缓地吐出来。

自己现在在微信上找叶橙，显得太没有诚意了，如果可以，他希望能当面去问。

他先是把自己的想法告诉蒋进，得到了对方的支持。然后陆潇关掉手机，去书房拿了个小本子，开始一本正经地写自己要说的话。

他想尽量把字写得清楚一点，美观一点，因为这对他来说是一件很重要很重要的事。

写了一遍不满意，又画掉重写，不一会儿，桌上就堆了许多废纸。

还有两天就到除夕了，孟黎已经答应他，除夕一起去叶橙家里吃年夜饭。在新年钟声到来之际，再适合交谈不过了。

他咬着笔杆苦苦思索，尽管脑细胞相当够用，但还是时不时就乐得笑出声来。活了十八年，他从来没有哪天像现在这么开心过。

陆潇一整晚都没睡着，在床上翻来覆去。

同样睡不着的，还有叶橙。

吃完高秋兰做的长寿面后，叶橙开始帮她准备年夜饭要用的食材。

高秋兰让他看着熬猪油的锅，他一边看着火，一边站在厨房里刷手机，反反复复点开微信，詹姆斯的头像都要被他戳烂了。

可是陆潇一晚上都没有找他，连打招呼说晚安都没有。

叶橙忍不住皱眉，这人该不会还没明白过来吧？

这么一想，再结合一下陆潇的智商，好像真的有可能……

叶橙开始有点后悔了，早知道就耳提面命地拎着他说清楚得了，省得还要等他反应。

“小橙，猪油好了吗？”高秋兰在外面喊道。

叶橙收起手机，看了一眼锅里，说："快了。"

高秋兰穿着围裙走了进来："明天你跟我出去买点福字对联什么的，把家里装扮得喜庆点，后天小陆和他妈妈不是要来吗。"

叶橙眼睛转了转，撺掇道："奶奶，你记得给他包个大红包。"

高秋兰应道："必须大，我都已经准备好了。"她想了想，又问，"你觉得孟阿姨会给你包多少？咱们不能被人家比下去。"

叶橙觉得好笑："估计会给个万把块吧，她挺大手笔的，但我们也没必要内卷啊，奶奶。"

"那可不行，我直接给张五万的卡怎么样？"高秋兰非常较真。

叶橙止不住笑："你要是想的话，也不是不行。"

"那就这么办了。"高秋兰斗志满满地说，"不能比她的少。"

第7章
纪念日

第二天，祖孙俩起了个大早，打车去市场采购。

叶橙在路上收到了陆潇的消息，连忙打开看了，却不是说铭牌的事。

嫌疑人X：会考可以查成绩了。

嫌疑人X：我考了三个A，班长大人。

看他的语气若无其事的，可能是真的没明白过来。

叶橙的嘴角微微翘起，算了，明天见面再和他慢慢说好了。

从很久以前开始就是如此，他们从来不会在微信上聊走心的话题。如果有什么正经的事情，都是面对面解决。

两人对此不约而同地有着一致认知。

克制一下：这么棒，进步很大哦。

他也学着对方有点做作的语气夸奖道。

嫌疑人X：是嘛。

这回陆潇没得意，也没索要奖励——因为他被夸得不好意思了。

以前叶橙夸他，和现在叶橙夸他，完全是两种截然不同的意义。以前他会觉得叶橙在鼓励他，说白了就是想让他越来越好，是出于辅导他学习的目的。可是现在……

陆潇打了几行字，删了，重新打了几行，又删了。

叶橙就那么盯着屏幕，最后看见他发过来一条：后天见。

下面配了个软软萌萌的小猪表情，这是陆潇第一次给他发这种表情包。

其实陆潇本来是不想发表情包的，他是酷哥，他不屑于用可爱表情包。

但他看了看聊天记录，觉得自己的语气装模作样的，似乎有点太冷漠了。

叶橙忍不住笑了起来，也回复他道：后天见。

“小橙，你在笑什么呢？”高秋兰坐在副驾驶位，回头看了看他。

“没什么，看见一些好玩的新闻而已。”叶橙故作淡定地关掉屏幕。

这厢陆潇也望着屏幕正发愣，直到听到门外响起一阵敲门声。

王嫂喊道：“潇潇，下来吃饭了。”

“来了。”陆潇中气十足地应了一声，起身咣咣咣地跑下楼。

他的步伐又快又沉，王嫂不禁多看了他两眼。

孟黎情绪还不错，正坐在桌前边刷剧边喝粥，见他下来了，对他道：“等会儿吃完饭，帮妈妈把院子里的冬枣摘一些下来，明天一起带过去。”

“妈，你不要带太多东西，显得我们家好像很浮夸一样。”

陆潇现在每时每刻都很担心自己给叶橙还有叶橙奶奶的印象很不好，看起来像个夸张的暴发户。

孟黎反驳道：“那可不行，我准备了满满一车年货呢。”

陆潇无奈了：“你要是真想送东西，还不如给叶橙包个红包。”

说到红包，他便想起了南都的习俗，充满心机地建议道：“包个大的。”

“那肯定得包大的，”孟黎理所当然地说，“不过他奶奶应该也会给你包，你觉得她会给多少？”

陆潇不太清楚，盲目猜测道：“一万？”

孟黎点了点头：“那我给五万。”

“噗……咳咳。”陆潇被粥呛了一下，好笑地说，“这都要攀比，那要是人家给五万的话，你岂不是要给十万？”

孟黎说：“这样吧，我准备两张卡，我们见机行事。”

两人边吃饭边笑着讨论，最后还是决定一次性到位。于是，孟黎直接把一张五万的卡塞进了给叶橙的红包里面，美滋滋地摘冬枣去了。

除夕当天，孟黎真的拖了一车年货去叶橙家。

高秋兰站在门口，看着司机把礼物一箱箱地往里面搬，那叫一个不好意思。

她还真没遇到过用这种架势“拜年”的。

“阿姨，新年快乐，恭喜发财！”孟黎完全没有她的顾虑，开心地笑着说。

她穿了一身红色大衣，看上去气色比之前好多了，也胖了一点。

陆潇比她高了不少，穿一身黑色衣服，插着口袋站在她身后，很是突出。

“奶奶，新年好。”他说。

他今天稍微弄了下发型，看着比平时更帅了。

高秋兰笑得合不拢嘴：“哎哎，新年好。”

叶俏俏和邻居一个小男孩在打闹，听见声音跑过来道：“潇哥，你来啦。”她又看了看孟黎，叫了声“阿姨”。

孟黎笑着说：“这是您孙女吗，长得真可爱。”

陆潇心想你可别睁着眼睛说瞎话了，哪里可爱啊。

“这是俏俏，就是小橙的妹妹。那个是小宇，隔壁家的。”高秋兰介绍道，“他们一家三口也过来一起吃晚饭，人多热闹点。”

孟黎忙道：“陆潇，去把车上的红包拿来，我给两个小朋友也包一个。”

“不用不用。”高秋兰赶紧劝阻。

陆潇回到车上拿红包，高秋兰和孟黎推来推去，最后还是让孩子收下了。

大家进了屋，陆潇问叶俏俏：“你哥人呢？”

“买醋去了，家里没醋了。”叶俏俏说。

众人坐下来闲聊，没多久，隔壁的马遥带着妻子来了。

马遥就是那个叶高阳的老同学，这段时间他们家一直在帮忙照看叶俏俏，高秋兰为了感谢，特地把他们叫来吃年夜饭。

陆潇挨着孟黎坐在沙发扶手上，打量着布置一新的客厅。

靠近玄关处放着一棵发财树，上面挂了几个小红包，里面鼓鼓囊囊，装的可能是糖果之类，给小朋友们自己取来玩的。玻璃窗上都贴着福字，茶几上放满了坚果和零食，纸巾盒都换成了红绸套子，一看就比他家里有年味儿多了。

大约过了二十分钟，玄关的门响了。陆潇立马看过去，放在膝盖上的手不由自主地攥了起来。

“小橙回来了。”高秋兰说。

大门被推开，叶橙拎着塑料袋一身寒气地进门。

他套了件白色羽绒服，后面背着个宇航员挂饰，里面叠穿了一件蓝色卫衣，头发被风吹得有些凌乱，脸颊冻得红红的。

陆潇坐在扶手上，整个人用一种非常扭曲的姿势转过去看他。

孟黎起身走过去道：“小橙，新年好呀。来，阿姨给你个红包。”

叶橙的视线才刚刚落在陆潇身上，还没过一秒钟，孟黎就走了过来。

“阿姨，您太客气了。”他赶忙说。

高秋兰也跟了过去。

叶俏俏托着下巴，慢悠悠地说：“潇哥，你这么扭着不累吗？”

陆潇这才回过神来，动了动脖子，还真有点酸。

三人在玄关处又是一阵熟悉的拉锯战，孟黎的红包总算成功送了出去。高秋兰也不甘示弱，把自己准备的大红包塞给了陆潇。

重新坐下来的时候，孟黎就被高秋兰拉到了另一张沙发上去。

长辈们都在聊天，叶俏俏和小宇在玩飞行棋。

叶橙走到陆潇旁边，两人对视了一眼，都不自然地转移了目光。

“新年快乐。”叶橙低声说道。

陆潇感到一阵控制不住的不自在，连手指都蜷缩在了一起。

“你也是，新年快乐。”他嗫嗫着回答。

叶橙拎着塑料袋的手紧了紧，说：“我先去做饭了，上次答应过你，会考结束给你做一道菜的。”

陆潇立即抬起头：“你要做饭？”

“嗯，糖醋肉。”他跑出去买醋，就是为了做这道菜。

陆潇的耳朵有点热，问：“你怎么知道我喜欢吃糖醋肉？”

叶橙说：“阿姨说的。”

孟黎和高秋兰说话说到一半，像是有感应似的望过来，笑了一下。

陆潇的手心无端出了一层汗。他站起来道：“我去给你打下手吧，这两天我跟王嫂学了怎么切菜，不会搞得像上次一样了。”

叶橙心想“好巧，我奶奶也教了我”，不过还是点头道：“好。”

进了厨房后，陆潇自觉地洗手切肉，给里脊肉小心地改刀。

这熟练程度，一看就练了很多次。

他注意到叶橙戴了他生日送的那块表，洗手的时候还细心地摘下来放到一边，心情不由得更愉悦了。

叶橙一边调酱汁，一边问：“今晚你们有事吗？没什么事的话，可以留下来一起守岁。”

南都这边时兴半夜十二点煮饺子吃，高秋兰已经准备好了饺子。

“我没什么事，看我妈吧。”陆潇说。

他心里想的却是：那张小纸条是在右边的口袋吧？要怎么样拿出来读，才会显得不那么刻意？

叶橙把油烧热，扔肉片下锅炸。

陆潇在旁边看着，感慨道："你做菜比我好，油居然都没溅出来。"

"那是你没看见几天前的我。"叶橙随口一说，很快发现自己说漏嘴了。

陆潇抓住了重点："你为这道菜准备了好几天？"

叶橙不想回答："把盐递给我。"

"你说嘛，做了几次？"陆潇把盐拿在手上，不依不饶。

叶橙吸了一口气，承认道："五次。"

陆潇不说话了，低头笑了起来。叶橙把盐从他手里抢过来，厨房里很安静，只有油"滋啦滋啦"的声音。

过了许久，陆潇笑着说："下次我也做一道。"

"再说吧。"叶橙含糊地应了一声，脸被锅里的热气熏得阵阵发红。

快到六点的时候，年夜饭开始了。高秋兰自己做了几道川菜，又从酒店订了一些菜，摆了满满一桌子。

按照计划，陆潇是打算吃完饭之后把叶橙约出去玩的。他在车上准备了给叶橙的新年礼物，有花灯，还有一本他花了一整个晚上做的毕业纪念相册。

但计划赶不上变化，陆潇万万没想到，马遥是个酒桌划拳选手。

由于拢共就三个男人，叶橙和陆潇都不得不陪着他喝了几杯。但马遥一上头就控制不住，兴致高涨，这顿饭硬是吃了两个多小时，吃完天都黑了。

最后，马遥被老婆揪着耳朵拎回家教育去了，小宇不想回家，吵着闹着要和叶俏俏一起看动画片。

孟黎也喝了点酒，正窝在沙发上靠着高秋兰。

"囡囡啊，你要看开点，知道不？"高秋兰搂着她，柔声安慰道。她们刚才聊了很多没法和孩子讲的私房话，变得像家人一样亲密。

孟黎鼻子一酸，除了她过世的母亲，已经很久没人叫过她"囡囡"了。

四川那边不叫"囡囡"，高秋兰是因为她是南都人才这么叫的。

叶橙煮了几盒饺子，拿保温袋装了起来。他提着袋子到客厅，说："奶奶，我去给俏俏医院那边的护工和医生送点饺子。"

高秋兰嘱咐道:“路上注意安全啊，送到就快点回来。”

叶橙应了一声，看向坐在旁边的陆潇，挑了挑眉毛。

叶橙的表情很细微,但陆潇还是瞬间捕捉到了。他摇摇晃晃地站起身道:“我和他一起去，顺便散散酒气。”

“去吧。”孟黎说。

两人开门走了出去。

路过孟黎的车时，陆潇脚步停了一下。

“怎么了?”叶橙问道。

陆潇举步往前走:“没事。”还是先去医院，等回来再说好了。

刚才在饭桌上，陆潇喝了好几两白酒，这会儿走路的姿势看起来歪歪扭扭的。叶橙生怕他把饺子弄撒了，伸出手道:“你是不是有点醉了，还是我来拎吧。”

陆潇轻巧地避开他的手，顺势扶住了他的肩膀:“不用，我扶着你就行。”

街上几乎没什么人，大家都在家里过年。路边张灯结彩，路灯昏黄而明媚，将暖光从脚底一路铺到天边。

陆潇哼哼:“头有点晕。”

“回去给你冲蜂蜜水。”叶橙努力撑着他道。

没有嫌他喝醉了还要跟过来，没有觉得他是在添麻烦。

“糖醋肉很好吃，下次还能给我做吗?”

“能。”

不是“看你表现”，也不是“考虑考虑”，而是“能”。

到了医院，叶橙让陆潇在门诊大门前等着，他自己上楼把饺子送了过去。

十分钟后，叶橙回到门口，看见陆潇正背对自己坐在花坛的台阶上。

站起来一米八五的大男生，坐下的时候却还是稚气未脱的模样。尤其是抱着腿，歪头看着夜空的时候。

叶橙的嘴角微微上扬，准备从背后吓吓陆潇。

他刚刚靠近，就听见陆潇用一种微醺而低哑的声音自言自语。

“月亮啊月亮，你说叶橙会答应我吗?”

叶橙停了下来，怔怔地望着他的背影。

曾经有一次陆潇和他吵架，他刚好在国外出差，两人整整三天没有联系。

回国的当天晚上，他没看见陆潇来接机，心情更加郁闷了。

等他回到家中的时候，却发现客厅里到处都是空酒瓶。

他走到露台，看见陆潇抱着腿坐在地上，声音带着浓浓的鼻音。

“月亮月亮，你说阿橙会原谅我吗？他会不会讨厌我？”

陆潇像个落水的大狗狗，仰着头看着月亮，醉醺醺地询问。

刹那间，叶橙觉得心里有什么东西轻轻碎了。

他脚步一转，绕到了陆潇正前方。

陆潇显然没想到他会在自己身后出现，磕磕绊绊地说：“你……你怎么这么快就出来了？”

叶橙的眼睛微微泛红，开口时嗓音有点沙哑：“你在问月亮什么？”

“啊？”陆潇的第一反应——他听到了。

他有点慌张地仰着头，该死的，计划又被打乱了。

车里准备了好多惊喜呢，还有口袋里那段没来得及念出来的话。

叶橙的喉结动了动，仿佛在竭力忍耐着什么。

他轻声道：“这种事情，问它还不如问我。”

除夕的风像凛冽的冬刀，吹到这里，也缓了缓凌厉的锋刃。

陆潇张了张嘴，什么都没说出来，也觉得什么都不用再说。

两人又是沉默，直到叶橙率先出声提醒道：“我们该回去了。”

陆潇站起来结结巴巴道：“啊……好，好。”

他一起身，才发现自己手脚僵硬，酒劲蔓延全身，他连走路都不太会了。

在他同手同脚地走了十几米之后，叶橙终于看不下去了，小声提醒道：“你走路的姿势好奇怪。”

陆潇简直想找个地缝钻进去，原地顿了顿，总算把手脚给调了过来。

两人并肩走在街道上，尴尬的气氛迅速席卷了整条街。似乎山海路的一草一木，都僵在了原地，每一片缓缓落下的梧桐叶上面都写着巨大的“尬”字。

陆潇手都快被自己掐烂了，疯狂想着赶快说话说话说话，背好的说辞也全忘光了，何况口袋里那个孤独的小纸条。

他的脑子里突然变得只有问题，他觉得自己有好多好多问题想问叶橙。

“你为什么会从附中转来十三中啊？”

“你是收到了什么指令来努力帮我考大学吗？”

“你为什么知道我那么多事啊？在你眼中我有什么优点吗？缺点呢？”

…………

他像个发射问题的机器人，而且每一个问题都非常难糊弄，叶橙边走路还要边分神去想说辞，到最后都不想回答了。

“这些问题，我知道你一直都很想知道答案，但我有我的理由，以后再慢慢告诉你。”他找了个说法，如此敷衍道。

陆潇却以为他不高兴了，赶紧道歉：“对不起，是我太心急了。”

其实他还有更多想问的。

比如……

万一我没有考上，你还会像现在一样对我这么好吗？

但是这个问题可能比别的都要幼稚和冒犯，他如果问出口，可能叶橙就真的要生气了。

两人回到家之后，若无其事地各自分开。

午夜的钟声敲响了，高秋兰又煮了新一轮的饺子给大家吃，吃完孟黎便打算回去了，招呼陆潇跟高秋兰道别。

陆潇很不想走，他还有好多话想和叶橙说，却也找不到合适的借口留下。

临走前，他去车上把准备好的东西搬了下来，那是一个足足有一米五左右高的大箱子。

孟黎笑着说：“差点忘了，这孩子还给小橙准备了新年礼物。你直接搬去小橙的房间吧。”

“怎么还有礼物呀，我的天，这么大呢。”高秋兰也笑了起来。

孟黎说：“他们关系好，你看潇潇这副不愿意跟我回家的样子，比小学和隔壁小姑娘玩的时候还缠人。”

叶橙看了陆潇一眼，两人都沉默着任由大人调笑，一起把箱子搬进了卧室。

叶橙半掩上门，外面传来汽车发动的声音。

“小学？”叶橙斜了他一眼，鹦鹉学舌道。

陆潇的脸涨得通红：“你别听我妈瞎说。”

叶橙当然不可能和他较真，看了看箱子，好奇地问道：“这是什么？”

“你一会儿看了就知道了。”陆潇说。

空气又安静了下来，他揪了揪衣角，说:“那我走了。”

“嗯，路上小心。”叶橙看着他道。

陆潇犹疑了片刻，似乎想说点什么，但最终还是放弃了，对叶橙摆了摆手，转身走了出去。

叶橙没有送陆潇到门口，他趴在窗前，看着陆潇上了车。

孟黎在后座对叶橙挥手，叶橙也笑着晃动手臂回应她。

迈巴赫往远处驶去，缓缓地消失在夜色中。

陆潇靠在座椅上，感到很是懊恼，总觉得自己有什么事还没有做，做了的又做得不够好。

“你怎么了?”孟黎看见他一脸纠结，疑惑地问道。

陆潇掩饰道:“没什么，饺子吃撑了。”

孟黎点了点头:“你高奶奶做菜是真的好吃。对了，她给你的那张卡你保管好，别找不到了。”

陆潇这才想起来那张卡，掏出来端详道:“你们还真是想到一起去了，你给卡，她也给卡，就是不知道会是多少。”

“肯定没我多。”孟黎自信地说。

陆潇对她这种奇怪的攀比心嗤之以鼻，撇了撇嘴没接话。

客人都走了以后，高秋兰便先睡下了。

老年人守岁也就是象征性地守一守，她嘱咐叶橙把红包放在枕头底下，这也是过年的习俗之一。

叶橙洗完澡，开始拆那个箱子。

要不是陆潇已经在他眼皮子底下离开了，他真担心箱子里是不是躲了个人，这么大一个，也不知道装了什么。

等拆开包装后，才发现里面是一大束用夜灯做的紫藤花，或者说是长得像紫藤花的夜灯，足高一米，上面镶嵌着精致的水晶和流苏，他意外地很喜欢。

叶橙费力地把那束花灯抱起来，放在床头。他按下开关，整个房间都变成了柔和的浅紫色。

叶橙拿出手机，从各个角度给它拍照，忍不住拨弄那几根流苏玩儿。他细细地观察，才发现每颗水晶上面都刻着他名字的首字母——YC。

箱子里除了夜灯，还有一本很厚的类似相册的东西。叶橙席地而坐，将它打开。

封面是牛皮纸色泽的坚硬质地，腰封处印着火漆，上面是两行数字，0214和1013。

翻开第一页，是一个配色很有夏天的感觉的相框，里面是他们在舞台上的合照。

文艺晚会表演结束那天，陆潇拖着他自拍了几张，然后发给了他。但这张是叶橙没见过的，照片上陆潇没有看镜头，而是看向他的侧脸，眼神给人一种带着笑意的感觉。

叶橙随手翻到第二页，看见上面贴着几张皱巴巴的纸，每张都中规中矩地打着横线。

第一张，Day1：晴天，第一次见面。长得不错，性格一般，还害我被打了。

第二张，Day2：阴雨天，考场。不知死活地把我戳醒，还问我借 2B 铅笔，烦人。

…………

叶橙唇边的笑容逐渐扩大，抱着本子一页页看了起来。比起什么毕业纪念册，这完全就是本小学生日记，他被幼稚到起了一层鸡皮疙瘩。

中间有一页，上面粘了个圆圆的东西。

他贴近看了看，才发现是一颗校服纽扣。

——今天对他发火了，但不是因为他往我脸上泼酒，而是他把游戏密码给了别人。

他用手指摩挲着那颗纽扣，很小一颗的扣子，却让人觉得沉甸甸的。他早就换了一套新校服，也不知道这颗扣子是陆潇从哪里捡回来的。

再下一张，是画了一道黑笔印的白色校服袖。

——不是故意的，好怕被揍，但被揍了也可以。

叶橙感到哭笑不得。

又翻了几页，是一张他坐在操场边玩手机的照片。

——小样儿，刚才拍我，我也拍你。

他这才认出，这张照片是运动会的篮球赛。当时他随手拍了一张陆潇灌篮的图，没想到低下头修图的时候，被“报复”了回来。

他从头翻到尾，才发觉原来自己以前并不完全了解陆潇。

他总觉得，无论陆潇再怎么通情达理，懂得照顾别人的情绪，也不会像自己那样有很多烦琐细微的忧虑。

换而言之，他认为陆潇要比他更洒脱。

叶橙没有家族企业要继承，叶高阳关注的重心永远在曲恬和叶俏俏身上。而陆潇不同，他不仅面临着一群虎视眈眈的叔伯，还有外界的舆论压力。

但他依然做得很好，运筹帷幄又不失锋芒，永远是叶橙最安心的倚仗。

陆潇说叶橙是他的太阳，叶橙心想，其实你才是我的太阳。

耀眼而热忱，生动而真挚。

叶橙打开微信，想问陆潇到家没有，却看到朋友圈出现一条新提示。他点进去，看见了陆潇刚刚发的动态。

嫌疑人X

2.16，感谢在这个夏天遇见你。@克制一下

配图是从飞驰的车内拍的夜景，带着灯红酒绿的模糊。

好似在偌大的城市里，寻找到了信任的落脚点。

底下有看不懂的，有暗中调侃的。

周敏豪：啥啊？你在感谢王莉莉吗？

嫌疑人X 回复 周敏豪：滚啊！

蒋进：哈哈哈哈哈，老周你笑死我了。

江怡蓉：唯有祝福。

李俊晓：什么情况，我不懂但我也跟风祝福一下。

叶橙觉得好笑，随手给他点了个赞，并在下面排队留言。

克制一下：唯有祝福。

陆潇很快回复了他。

嫌疑人X：也祝福你。

当晚，陆潇睁着眼睛躺到三点，压根睡不着，最后受不了了，决定去找点褪黑素来吃吃，强迫自己睡觉。

家里只有孟黎会吃褪黑素，陆潇从床上爬起来，轻手轻脚摸到孟黎房间。

孟黎睡觉的时候没有锁门的习惯，房间里一片漆黑。陆潇自以为没有发出任何动静，殊不知本来就敏感的孟黎已经从睡梦中渐渐醒转过来。

半梦半醒中，她看见一个黑影鬼鬼祟祟地在自己床头摸索，吓得大喊一声，抄起手机就砸了过去，干脆且用力。

“啊！”陆潇捂住头，发出惨烈的叫声。

孟黎马上认出来亲儿子的声音，赶紧打开灯道：“潇潇，怎么是你？”

陆潇高兴了一晚上，乐极生悲，脑门被砸肿了一块包。

孟黎连忙掀开他的碎发，心疼得要命：“我的天哪，都红了。你就不会把我叫起来吗，大晚上不睡觉这是要干什么？”

“我睡不着，来找褪黑素。”陆潇“嘶”了一声，揉了揉额头。

孟黎给他吹了两下，从床头柜里拿出褪黑素给他。

“怎么会失眠呢，最近睡眠质量不好吗？”她担忧道。

“没有，只是在想一些事情罢了。”陆潇拿起瓶子，借着灯光看使用说明。

孟黎端详着他，犹豫了片刻，还是问道：“潇潇，你跟我说实话，你是不是遇到什么事了？”

陆潇的手一顿：“没有啊。”他故作烦躁地说，“我作业都写不完，哪有心思管其他的什么事。”

孟黎的脸色稍微欣慰了一些，感慨道：“说起这个，你这学期真的变化好大，得亏是交了小橙这个朋友，还报了英语冬令营学习，否则以后出国，我都担心你能不能跟别人沟通。”

陆潇皱了皱眉，很不爱听她提起这个事来，没什么好气地说：“我不出国。”

孟黎嗤笑：“不出国，你这成绩怎么考大学？你以为高考那么简单呢。”

陆潇沉默了一下，说：“我会考上大学的。”

孟黎看着他那副冥顽不灵的样子，就像看见了以前的陆尧山，有点气不打一处来。她转念一想，严肃地问：“你不会在学校里有喜欢的人吧？”

她心里很清楚，陆潇之所以会去读十三中，就是为了和他爸对着干。他本身对上学这种事没什么追求，更别说考大学了，只要不是服从他爸的安排，去他爸那里读书，在哪里上学对他来说都无所谓。

可现在这对学习突如其来的执着，很明显不是他会做的事。

陆潇没说话。

孟黎盯着他，继续道：“你不和我说清楚，你爸和你爷爷也会让你出国。”

孟黎很明白，对这个儿子不能逼问，只能软硬兼施。她对陆潇的管束微乎其微，不发病的时候包容得让人瞠目。

陆潇安静了一会儿，暴躁地出了一口气，不耐烦地说：“别问那么多。”

孟黎以为他害羞，不停地捂着嘴笑。昏黄的灯光下，她脸颊凹下去两个酒窝，眼睛满是揶揄的笑意。

他们俩很久没有这样谈过话了，虽然只是简单几句玩笑，但陆潇还是能察觉她很开心。他想了想，重新坐下来道：“妈，你想出国吗？”

孟黎摆了摆手：“我才不要，偶尔去旅游还行，常住可受不了。”

“我也不想，远离他们的日子很好。”陆潇说。

孟黎的脸色一变，她知道这个“他们”指的是谁。

陆潇看向她：“所以你真的不考虑和我爸离婚吗？”

陆尧山不在国内的时候，她的病情就会渐渐稳定下来，一旦她去加州或者陆尧山回国，又会闹出一场腥风血雨。

“年后他就该回来了，到时候我们可以……”他是第一次这么心平气和地提议。

孟黎轻轻地打断他：“我不会离婚的，有些事你还不懂。”

陆潇眉头紧锁地看着她。

孟黎拍了拍他，道：“回去休息吧，潇潇，你能跟我说这些，我很高兴。”

以前他们母子二人其实是非常缺乏沟通的，她知道陆潇身边出现了值得信任的人，才让陆潇变得能够敞开心扉和她聊这些话。

她在心里很感谢那个还不知道名字的人，能够让陆潇发生在这样的转变，而且也让她对陆潇以后的生活更放心了一些。

哪怕只是这样，她已经很满足了。

陆潇见她不想多说，只好道：“你也早点休息。”

他拿上褪黑素，走出去，关上门。目送着他离开的身影，孟黎忽然感觉他似乎又长高了不少。

在她不知道的地方，静悄悄地长大了。

第8章

故相逢

第二天早上，陆潇还是睡过头了，十一点多才醒过来。

他拿起手机就看见叶橙发的“早安”，居然是七点钟发来的，这人作息恐怖如斯。

陆潇慌慌张张地发了一堆回复过去。

嫌疑人X：早上好，我刚睡醒。

嫌疑人X：我昨晚睡得迟，不是故意不回你消息的。

嫌疑人X：我昨晚很早就没玩手机了，但就是有点失眠，很晚才睡着。

嫌疑人X：我平时不会起这么晚的QAQ

新年第一天，叶橙大概是在忙着陪高秋兰招呼客人，没有及时回复。陆潇无聊地退出去，这才看见收到了几十条新消息。

周敏豪：我去，你官宣啊？

除了他，篮球队的其他人也后知后觉地跑来问了他同样的问题。

陆潇已经懒得解释了，统一回应：……

周敏豪：到底是真的假的？李俊晓说的，论坛都传开了。

他随手甩了个链接过来。

陆潇这才想起，昨天他设置分组没有屏蔽班级。他点开那个帖子，发现回复已经六百多楼了。

【吃瓜| 十三中校草官宣了，让我看看有多少人的心碎了。】

主楼：据可靠情报，一哥发朋友圈宣示自己名草有主了。哎，本论坛最火的CP竟然还是逃不过BE的宿命。

…………

21L：天啊我哭了一晚上，看见那条朋友圈的时候心都凉了。

22L：好难受啊，叶漂亮还祝他幸福，大过年的往我心上捅了一刀。

23L：这几楼真的笑死我了。

…………

366L：难道就没有人疑惑，一哥和谁在一起了吗？起码应该是校花级别吧，为什么只有一哥一个人秀了啊？

367L：我也好奇，我朋友圈的漂亮姐姐全部悄无声息，难道不是我们学校的？

368L：有一哥好友的人，可以在评论区找找，说不定有发现呢。

369L：得了吧，他的评论区除了搞笑的，就是吵着闹着要看嫂子的，真嫂子连人影都没有。

370L：会不会是高一的啊？我觉得他和五班校花好配。

371L：啊啊啊啊啊啊，我也觉得！五班校花超好看的！

372L：真的，他俩在国旗班的时候站在一起，那叫一个颜值夫妇！

…………

陆潇一路爬楼下来，忍不住切了个小号。

他翻到22L，回复道：怎么，叶橙祝福他关你屁事？

然后又翻到说“真嫂子”的那条，回复：你们真咸吃萝卜淡操心。

接着又回那条说他和五班校花般配的：配个屁。

吃午饭之前，他一直披着马甲在楼里蹦跶，到处碰瓷干架。

一个小时之后，他被人开帖子挂了。

【挂人|昵称“橙橙是小月亮”这个人有病吧，在人家官宣楼里KY，你是脑子进水了？】

底下一群人骂他，说他不要脸，幻想上头，不尊重陆潇他们真人。

陆潇快怄死了，气急败坏地举报了那个帖子。

这些人怎么回事？

他啃着指甲盘算，开学之后得想办法证明自己的清白才行。

一整天下来，他连作业都没怎么写，光顾着做冲浪选手去了。

昨晚谭晓琪见他心情好，在小红书上给他分享了好几个市里新晋网红打卡点，给他的寒假计划增色了不少。陆潇看中一家泰国餐厅，打算和叶橙一起去吃，泰餐有辣的有甜的，正好合他和叶橙两个人的口味。

大年初一也有好几部贺岁档电影上线，他发给叶橙让他选一部。

晚上叶橙忙完了，先是跟他确定了一下明天吃饭的地方，顺便说道：记得带寒假作业，过段时间就要开学了，我帮你检查一下。

高二的寒假作业除了学校统一发的册子，还有各科老师发的试卷。

陆潇被这条消息惊醒，犹疑地打字道：可是我卷子还没写完。

隔了两分钟，叶橙回他：一并带上。

陆潇迫于无奈，把卷子放进包里，然后想起来他的册子也没做完。为了给叶橙留下好印象，他不得不挑灯夜战到两点。

自从放寒假以来，陆潇的作息越来越接近夜猫子了。要么心痒痒得睡不着，要么像今天这样焦虑得睡不着。

天啊，谁出去玩还要带卷子啊?!

——他要带，因为他约了一个学霸出去玩。

好痛苦，好酸爽……

最后陆潇是抱着数学作业睡着的。

早上孟黎过来叫他起床，拍了拍他的脸道："八点了，你让我这么早叫你起来，是要出去吗?"

陆潇怕自己起晚了错过时间，迷迷糊糊地爬起来，说："嗯，今天约了朋友。"

"什么朋友?"孟黎一脸八卦。

陆潇咳了咳，无奈道："是叶橙。"

孟黎点了点头："是去学习吗？小橙也太照顾你了，改天把他叫到家里来吃饭。"

陆潇翻出昨晚挑好的衣服，随口答道："妈，你帮我找个川菜做得好的阿姨吧，我想学一学。"

"哟，我儿子转性了?"孟黎惊奇道。

陆潇不好意思地把她推出去："我要换衣服了。"

他以前就是个爱穿搭的，现在更加一发不可收拾。

上学期跟叶橙一起出去吃饭的时候，他还会偷偷比较路过的女生看他多还是看叶橙多。虽然表面上不在乎，但男生多少都会介意别人长得比自己帅。

他们约了十点在山海路见，打算在周边逛一逛然后去吃饭。

再见面，陆潇比想象的还要紧张，没敢直视叶橙的眼睛，也没敢挨得很近。叶橙像个百灵鸟似的在他旁边说话，他一句都没听清，只能频频点头称"嗯""对""好"。视线不停下移，盯着叶橙半缩在袖口里的手。

要死，陆潇心想，完全无法集中注意力听他在说什么。

忽然，叶橙说："那就这么定了，写一会儿还能休息一会儿。"

"啊？什么定了？"陆潇总算回过神来。

叶橙无语道："我说我们下午找一家私人影院，边学习边看电影。"

陆潇忙道："哦哦，好，我刚才没听清。"

叶橙感觉他反应不对，慢慢地明白过来。他勾起唇角，上下打量陆潇，说："你在紧张吗？"

陆潇被戳中自尊，立马道："我有什么好紧张的。"

"是吗，"叶橙瞟了一眼他的手，"那你抖什么，怕作业没写我骂你不成？"

陆潇的脸"唰"的一下就红了。

叶橙嘴角的笑容越来越明显，心想算了，别把他整自闭了。

山海路人来人往，商业街的许多店铺都已经正常营业了。不时有路过的女生偷看他们，有看陆潇的，也有看叶橙的，还有跃跃欲试想上来要联系方式的。

在大庭广众之下被这样盯着，陆潇感到更憋屈了。

他舔了舔嘴唇，努力保持平静道："喝奶茶吗？我去买。"

叶橙对甜的没什么兴趣："买一杯吧。"

陆潇用手机下单了一杯奶茶，两人在旁边等待店里叫号。

山海路这一带有很多学生来玩，离他们不远处就有同校同学，只是他们都没注意到。在一边等奶茶的两个女生捂住嘴，窃窃私语地说着话。

"我去，那是一哥和叶漂亮？"

"他们在干吗？近距离看确实好帅！"

"别的不说，他们俩关系是真的好。"

陆潇拿了奶茶，两人一起走了，那两个女生才终于反应过来哪里不对。

"不是说一哥官宣了吗？他不和嫂子出来玩？"

"那说不好呢，过年约好兄弟一起逛街也不好带女朋友吧。"

"……有可能在别的地方等他们？你看他们两个人，总不可能只买一杯奶茶吧，八成是给女孩子买的。"

“好吧，呜呜，狠狠羡慕了。”

他们在商场里逛了一会儿，在走到饰品店的时候，迎面而来一对穿着黄色情侣装的人。陆潇的眼神立即被吸引，追随着他们直到消失。

“进去看看，叶悄悄让我帮她买发夹。”叶橙说道。

叶橙在发夹区挑选。导购小姐姐目不转睛地看着他说：“帅哥是给女朋友买的吗？要不看看我们的新款？”

叶橙拿起两个发圈和发夹，放进导购给的篮子。那导购忙不迭夸道：“你眼光真好，你女朋友肯定很幸福吧。”

叶橙正准备解释，一道声音插了进来。陆潇拎起一根黑色皮筋，在叶橙面前晃了晃：“我要这个。”

叶橙忍笑道：“别闹。”

小狗撒野娇似的。

不过他也没有阻止陆潇无理取闹的行为，笑着把那两根皮筋放到篮子里。

买完发夹和皮筋，陆潇又拉着他去买手机壳，他们的手机型号是一样的，刚好可以用一样的手机壳。

“我们买这个吧。”陆潇指着一对蓝红配色的同款手机壳。

叶橙点点头：“那你用红的。”

陆潇臭着脸看了那个手机壳两秒，妥协道：“好吧。”

叶橙乐得不行，这人的纠结太好玩儿了。

他们拿了一堆东西，从充电宝到拖鞋，从香薰灯到牙刷。要不是叶橙拦着，陆潇大概准备把整个饰品店都买下来。

虽然吵着让叶橙买这买那，最后付钱的时候，陆潇还是果断打开了自己的二维码。

小小年纪，很有自觉。

等午饭的时候，叶橙坐在桌子前帮他检查作业。

陆潇把奶茶吸管戳好，推给叶橙说：“尝尝看，这个不甜。”

叶橙翻着册子，随手拿过来，含住吸管喝了一口。

确实不是很甜，但白桃味的，他不喜欢。

他一边喝一边看题目，喝了几口后，推还给陆潇：“你喝吧。”

陆潇看着叶橙认真检查自己作业的模样，表情不太自然。

叶橙抬头看了看他："怎么了？"

"没什么。"他掩饰地把吸管塞进嘴里。

叶橙察觉到陆潇一直盯着自己，支着下巴道："看什么看，再怎么装可怜，也掩盖不了你错了那么多的事实。"他对着那些空白试卷，又沉下脸，"下周就要开学了，你的数学卷子才写了五张？"

陆潇松开吸管，这下倒是真的开始有点担心了。不是担心作业写不完，是担心他写不完会惹得叶橙不高兴。

"这几天不是过年吗，我吃完饭就写。"他小心翼翼地辩解道。

叶橙从鼻子里哼了一声，勉强接受了他的说辞。

菜上来之后，他把作业收起来用餐。

陆潇点了一堆叶橙爱吃的海鲜，戴上手套剥了一盘对虾推到他面前。

他从来没做过这些事，所以略显笨拙，上面还有不少没剥干净的虾壳。

叶橙很给面子地夹起一颗虾仁吃了，把残壳吐在一边的餐巾纸上。

陆潇又开始肉眼可见地憋屈了。叶橙似笑非笑地拍了拍他，往他的碗里也夹了一颗。

吃完饭后，他们订了一家私人影院的包间。

人家来这里都是为了休闲娱乐，可以不受公共电影院的种种限制，放松地享受观影时间。

结果叶橙一进门，就从包里掏出了数学卷子。

他把卷子拿出来，一张张铺开："下午六个小时，写四张卷子没问题吧？"

他还专门挑了四份不算太难的，认为自己很贴心。

陆潇嘴角抽搐："我们一下午都要写卷子？"

"你说呢。"叶橙幽幽地看着他。

陆潇拔掉黑色水笔的笔帽，说："我觉得这个提议很不错，我爱学习。"

叶橙满意了，拿了本影院书架上的《下沉年代》翻看起来。

服务员敲门进来送爆米花和饮料，看见他们一个在认真读书，一个在埋头苦写作业，一脸愕然地退了出去。

陆潇埋头写了几题，情不自禁地偷偷看向叶橙，见他在很专注地看书，便悄悄摸出手机，给谭晓琪发消息。

嫌疑人X：妈呀，你知道我现在在干吗吗？

谭晓琪让他记得分享今天的探店体验怎么样，他一整个上午都没想起来，直到现在坐在安静的包间里才有空找她。

谭晓琪：？

嫌疑人X：我们在电影院写作业，他现在离我有一米远，还在看书，烦死了。

谭晓琪：……这就是和学神当朋友的代价吗？我真实心疼你了。

嫌疑人X：救救我，我真的写不进去，有没有办法让他理我一下，我连韦达定理都忘了……

谭晓琪：这这这！让我想想！

谭晓琪：你要不装作起来接水不小心绊倒，然后泼在他身上？

陆潇打字道：行得通吗，会不会太傻了？要是被他……

正打到一半，还没发出去，手机突然被拿走了。

陆潇惊恐地抬起头，看见叶橙不知道什么时候站到了他旁边，此刻正拿着他的手机看聊天记录。

“你……”他立马站起来，恨不得找个地缝钻进去。手机就在叶橙手上，可借他八个胆子他都不敢抢回来。

叶橙草草地看了一遍他和谭晓琪的聊天，按下语音键说道：“这个主意真是蠢透了。”

陆潇尴尬得脚趾抓地，恨不得当场换个星球生活。

叶橙把手机扔还给他，冷冷地说：“再被我抓到你和别人聊天，手机就没收。”

陆潇只好委屈地应了一声，把手机倒扣在桌面。

屏幕不停地透过桌面亮起，能感受到那边谭晓琪的紧张激动。

他闷闷不乐地趴在桌上写题目，这什么东西，椭圆真难算。

该死的题目，该死的出题人。

该死的电影院。

他写一会儿题目发一会儿呆，总觉得自己是不是太一头热了。或许叶橙对他根本没那么大的热情，只是想让他成绩考好一点，那样说出去有成就感？

越想越苦，越想越难受。

等写完一张卷子，他甚至感觉叶橙好像并不是很想管他。毕竟看见聊天记录之后，叶橙还能无动于衷地把那本该死的《下沉时代》看了大半。

“我写好了。”他低低地开口道。

叶橙放下书，走过来道：“唔，我看看。”

他让陆潇给自己挪了半个座位，坐下来，开始检查卷子。

叶橙大致浏览了一遍，就站起来说道：“填空题错了两题，倒数三道题的最后一问都有点问题，不过总体来说还不错。”

陆潇错的这几道题，都是计算失误。由此可见，他基础知识掌握得挺好，但就是静不下心来练习计算。

虽然陆潇被夸了，但心里的郁闷挥之不去。他随手指了指倒数第二题说：“这个我不会。”

“哪里？”叶橙弯下身子，靠近试卷道。

陆潇屏息凝神，指了指图形，道：“这里。”

“很简单啊，你把图翻转过来看……”

叶橙在讲解的时候，伸手越过他的肩膀，用铅笔在图上写写画画。

陆潇努力再努力地去听他讲话，明明他说的都是汉语，理解起来却格外费功夫，需要在脑内转好几遍才能消化——因为干扰因素太多了。

他真的搞不懂那些和别人一起学习的人，得需要多大的定力才能不分神。

“理解了吗？”叶橙讲了一遍，问道。

陆潇其实并非完全不会，早在他讲到第二种方法的时候就懂了。

“嗯，我会了。”他说。

肩上的手臂挪开了，陆潇心里隐约升起一阵失望：又要坐回去看书了，唉。

出乎他意料的，叶橙并没有马上离开，而是笑着在他旁边道：“真聪明，好好学习的小朋友，会得到奖励的。”

陆潇一愣，下一秒，叶橙就拍了拍他的头，像在餐厅里那样。

叶橙随手拿起茶几上的糖果，给他剥了一颗。

“少动那些摸鱼逃跑的小心思，听到没有？”

这完全是哄小孩的手段，但对陆潇格外有效。

“别着急，一次只有一颗奖励。”叶橙说完，又慢悠悠地回去拿起书看起来。

陆潇目送着他回到原来的位置上，突然觉得动力满满。

完蛋，自己好像真的吃这一套。

叶橙好笑道：“你还有四个小时，别浪费时间。”

陆潇这才一点点转过去，继续写题目。

他写了两笔，又猛地抬起头："下一颗能不能换个口味。"

叶橙"哗啦啦"翻动书页，说："可以。"

"橙子味吧。"陆潇得寸进尺。

叶橙镇定道："好啊。"

陆潇低下头，奋笔疾书。

第二套卷子很快就写完了，用时为第一套的一半。不仅如此，叶橙检查的时候，发现陆潇一共只错了两道题。

啧，他好像找到了能让陆潇成绩突飞猛进的方法。

按照这个练习强度，下学期陆潇的数学最少能保持在一百四十分。不过总分还是取决于短板，下回得把他语文和英语也抓上去。

正想着，桌上的手机便响了起来。叶橙看了眼屏幕，发现是高秋兰的电话。

陆潇瞅着他，眼神疑惑。

"喂，奶奶，有什么事吗？"叶橙问道。

那头传来高秋兰欣喜的声音："橙橙，你现在方便来医院吗？俏俏找到合适的骨髓了！"

叶橙怔了怔，说道："好，我马上过去。"

陆潇看向他："怎么了？"

他挂断电话，露出抱歉的表情，说："不好意思，医院那边临时有情况，我得过去一趟。"

尽管陆潇才刚燃起学习的热情，不过还是懂事地点了点头。

叶橙看了眼时间，才三点不到。他想了想说："要不你先在这里等我，我晚点再回来找你。"

一起出来玩到一半，把人单独丢下总归是不礼貌的。

"跑来跑去多麻烦，我跟你一起去不就好了。"陆潇提议道，"万一需要人帮忙呢？"

叶橙笑了笑说："那就一起走吧。"

陆潇随手把卷子收了放进包里，眼神飘忽道："对了，今天的奖励，我可以留着吗？"

叶橙意味深长道："给你留到开学，前提是你得把作业都写完。"

“那我肯定能写完啊，今天晚上就写完你信不信？”陆潇立马开心了。

“别了，可别年纪轻轻就熬夜猝死。”叶橙笑道。

两人提前退掉了影院包间，匆匆赶往医院。

到了医院门口，陆潇停下脚步道：“你上去吧，我在楼下等你，需要我的话就给我打电话。”

叶橙也没为难他：“那你先找家咖啡店坐会儿，估计没什么大问题。”

如果真的找到合适的骨髓，也就是做一些流程上的确认，不会太费周章。

叶橙走了以后，陆潇手插着兜在楼下无聊地闲逛，走到门诊部的时候，突然看见了一个熟悉的身影。

他先是不太敢相信，等走近了才惊讶地喊道：“陈臻？”

男生听见他的声音，看了过来，也诧异地说：“陆潇！”

两人面面相觑，都不敢置信。他们已经大半年没有见过面了，彼此仔细打量着对方。

陈臻似乎长高了一点，头发也剪短了，露出清秀的面部轮廓，没有之前在十三中的时候看起来那么阴郁了。他穿着灰色的旧棉袄，手上拿着一堆化验单。

“你怎么会在这里，家里人生病了吗？”陆潇问道。

陈臻说话的时候依旧轻声细语：“我爷爷长了个肿瘤，要住院开刀。”

他爷爷向来身体不好，陆潇是知道的，闻言，皱了皱眉道：“严重吗？”

“医生说是良性的。”

陆潇看着他，略有些担心地问：“那你的手术费怎么办，不够的话我可以先借你。”

他是真的把陈臻当兄弟，所以说话很直接，没有拐弯抹角。

陈臻很是感动，没想到大半年没联系，陆潇开口就是要借给自己钱。

他赶紧摇头道：“不用不用，我爸给我打了钱，加上我最近在兼职，手术费够的。”他爸妈都在外地打工，隔三岔五会给他点钱。

“那就好。”陆潇沉默了片刻，又问，“你转到哪里去了？我都联系不上你。”

陈臻似是想到了一些十三中的事情，低下头道：“我现在在青山上学，跟以前的同学都不怎么联系了。”

为了走出那段阴影，他甚至连关系最好的陆潇都不敢找。

陆潇去过几次青山，但陈臻家的门都紧闭着。

“嗯……好好保重，你成绩那么好，一定能考上理想的大学的。”

除了这些，陆潇不知道自己该说什么。

他明白陈臻不愿意回忆起在十三中的日子，也没有再问对方要联系方式。

陈臻支吾了几声，在原地徘徊。

陆潇看了看窗口:“你在等报告吗?”

“嗯，估计还要半个小时。”陈臻说道。

陆潇想着以后可能再也不会见了，便开口道:“出去喝杯咖啡吧，我请你。”

医院门口就有一家咖啡店，陈臻犹豫了半天，想着要不就点杯热美式，陆潇忽然想起了叶橙，对他说:“你可以试试苦橙口味，挺好喝的。”

“哦，好。”陈臻不怎么喝咖啡，听他的建议，点了苦橙拿铁。

陆潇自己也点了苦橙拿铁，想着等下给叶橙带一杯过去，可又担心他喝了咖啡晚上睡不着。正思索着，就听见陈臻试探着问:“孟阿姨最近怎么样了，身体还好吗?”

“好得不行，只要我爸不回来她都很好。”陆潇抿了一口自己的拿铁，心想真难喝，叶橙怎么会喜欢喝这玩意儿呢?

陈臻感慨道:“我都好久没见她了。一晃十多年过去，我们也要上大学了。”

陆潇第一次见陈臻的时候，貌似才六七岁的样子。

那时候陈臻在路边被一群野孩子欺负，陆潇刚被发病的孟黎骂了一顿，有火没处撒，一看见有人打架，就一头扑上去帮忙。

两人这就算认识了。

“是啊，都十年了。”陆潇笑了笑。

陈臻端详着他:“我觉得你这段时间变化还挺大的，我都快不认识你了。”

“哦? 怎么说?”陆潇挑了挑眉。

陈臻犹豫道:“感觉你好像……没以前那么冲了，我也说不上来。”

陆潇笑骂了一句:“你就直接说老子变温柔了呗! 那是因为你没看见我揍人的时候。”

陈臻终于露出了见面以来的第一个笑容:“这才是你吧，还是没变。”

他们聊着些琐事，就在这时，陆潇的手机振了振。他打开微信，看见了叶橙发来的消息。

克制一下：你在哪儿呢？

嫌疑人X：在咖啡店，我过去找你。

克制一下：我去找你吧，刚好给他们带点吃的上去。

嫌疑人X：好，我在靠窗的位置，或者你到门口了叫我，我去接你。

克制一下：我又不是路痴。

嫌疑人X：嘿嘿，你当然不是，我们橙橙最聪明了。

陈臻见陆潇满脸堆笑，手指动得飞快，恍惚意识到了什么。

直到手机下滑，他瞥见了那个备注。

陈臻咳了咳道："你朋友？"

陆潇百忙之中看了他一眼，应了一声："是啊。"

"是你们学校的？"陈臻很震惊，没想到陆潇能和十三中的人心平气和地聊天，还聊得这么开心。

陆潇神秘地说："等下他要过来，不过你得做好心理准备。"

"啊？"

正在这时，门口的风铃响了。

陆潇转过去，挥了挥手："叶橙，这里。"

陈臻看向门口，一个高高瘦瘦的男孩子走了过来，他登时瞪大了眼睛。

直到那人走到眼前，陈臻才发现对方长得有多好看，那人冷淡剔透的眼珠瞥了他一眼，径直在陆潇旁边坐下了。

叶橙老远就看见他们在有说有笑，随口问道："这是你朋友？"

"他是陈臻。"陆潇介绍道，"陈臻，这是叶橙。"

陈臻怯生生地对叶橙点头道："你好。"

"你好。"叶橙记得这个名字，不咸不淡地打了个招呼。

不知道为什么，他心里有点不太舒服。

也许是因为这人代表着陆潇不为他所知的过去，也许是因为他觉得陆潇骗了他。

这个陈臻明明看着非常优秀，陆潇却说很普通。

"在聊什么呢？"叶橙问道。

他端起陆潇面前的杯子喝了一口。又是全糖，苦橙拿铁为什么要点全糖，难喝死了。但他还是硬生生地咽了下去。

叶橙平常不太表现出这么不自然的样子，陆潇敏锐地洞察到了什么，忍住笑意，状似无意地回答叶橙道:“没什么，就是一些小时候的事情。”

“你们小时候就认识了?”叶橙眯了眯眼睛。

他只是知道他们在青山认识，没想到还是竹马。

陆潇的笑意已经憋不住了，他的声音都带着一丝颤抖:“是啊，我们六岁就认识了。”

叶橙的目光笔直地看向对面的陈臻，把陈臻都看得有些不自在了。

他结巴道:“啊，是……是的……我们是六岁见面的。”

叶橙表情凝固，陆潇赶紧见好就收，岔开话题道:“叶俏俏怎么样了?那人同意移植了吗?”

叶橙没搭腔，只是摊开手没好气地说:“手机拿来。”

“要干吗?”陆潇边问边把手机放在他手上。

叶橙三下五除二打开店里小程序，硬邦邦地说:“点单，拿上去给他们喝。”

这下陆潇的肩膀都开始颤抖了。不能笑，他不能笑，现在笑了就是死。

陈臻一头雾水地看着他们，小心地拿起自己的咖啡喝了几口。

叶橙闻到陈臻杯子里传来一股苦橙的味道，而且没加糖，脸色愈发臭了。

他把手机扔在陆潇身上，指使道:“你在这儿等着，做好了就送上来。”

“遵命。”陆潇听候发落。

叶橙冷酷地甩下他们走了，陆潇才终于大笑出声，惹得旁边的人都莫名其妙地看了过来。

陈臻像看怪物一样看着他:“你朋友是生气了吗?你为什么还在笑?”

陆潇笑得嘴都要裂了，摆手道:“你不了解他，你不懂。”

他从来没见过叶橙这样，太降智了，太可乐了。

陈臻的确是不懂，他只是经过，稀里糊涂地起身道:“我该去拿报告了，还得给主治医生确认呢。”

“去吧。”陆潇抹了抹眼角笑出来的泪，说道。

“谢谢你的咖啡。”陈臻冲他点了点头。

陈臻拿到报告之后，沿着医院过道走向电梯。眼看电梯门就要关上了，他喊了一句:“等等。”

里面站着一个人，听见他的声音，把电梯门按开了。

“谢谢!”陈臻跑进去，气喘吁吁地说道。

然后一抬头，他就看见了叶橙。

陈臻:“……啊。”

叶橙:“……啊。”

电梯内只有他们两个人,安静得连电梯绳运行摩擦的声音都听得一清二楚。

叶橙注意到陈臻没有按楼层，瞥了他一眼道:“你也去十一楼?”

“呃，我去十一楼找医生。”陈臻无意识地捏着化验单。

主治医生在十一楼查房，让他上去一趟。

叶橙看着层数逐渐上升，只想赶紧走出电梯。毕竟真的很尴尬。好不容易电梯门开了，他对陈臻礼貌性地点了点头，率先走了出去。

叶橙在房间里待了一会儿，走到走廊上给叶高阳打电话。

过年的时候，叶高阳只给高秋兰打了个视频，也没有说什么时候回国。

电话响了几声，那边就接通了:“喂，小橙。”

叶橙说:“爸，俏俏这边找到了捐献骨髓的人，过段时间就动手术了。”

他没问叶高阳现在在哪里，他也不在乎。

那边沉默了一下，说:“好，我知道了。”

叶橙自顾自道:“你回来一趟吧。”

叶高阳又不讲话了，过了半分钟，才道:“我把这边的事处理完就回去。”

“最好尽快，”叶橙没有给他推卸的机会,“你还得回来，亲自跟叶俏俏解释他妈妈的事呢。”

叶高阳噎住了。

“还有，郭律说了，我妈的遗产继承，需要你陪我一起去办手续。”叶橙说。

叶高阳这才道:“知道了，我这个月就会回去。”

叶橙通知完他，随手挂了电话，一回头却发现陈臻站在自己身后，他的脸色顿时沉了下来。

陈臻慌里慌张地摆手道:“对不起，我……我不是故意要听你打电话的，是……是医生让我在这里等他……”

叶橙无语地打量着他，正准备离开，门前的病房门被推开了。

叶俏俏的主治医生看见叶橙，朝他招手道:“叶俏俏家属，你帮我去七楼拿个报告吧。”

他旁边还站着另一位医生，对陈臻说道:“是陈臻吧，你还有份报告在七楼，麻烦你拿上来。”

叶橙差点原地把自己绊了一下。

两人再次进了同一部电梯，气氛更诡异了。

陈臻再次小声抱歉:“我刚才真的不是故意的，我没想偷听……”

叶橙知道他是真心道歉，不自在地说:“没关系的。”

“你家里人病得很重吗？要不要紧啊？”陈臻忍不住关心道。

他听见了“骨髓捐献”四个字。

叶橙觉得他还挺友善的，便多看了他一眼道:“嗯，白血病。”

为了陪伴叶俏俏，他在医院待了一段日子，就发现很多病人家属之间都会产生共情心理，大约是家里有个病人的同感。

果然，陈臻面露同情:“天哪，这个病可不好治，不过也别太着急，已经找到合适的骨髓了，会顺利起来的。”

难得有个陌生人和他聊起叶俏俏的病，叶橙不自觉地放松了一点，叹了口气道:“就算移植成功，也有可能会出现排异反应，能不能康复还是未知数。”

他平时不太和陆潇说这些，更不敢跟高秋兰说，其实他心里是很担忧这些可能性的。

他过去就是想学医的，看过很多相关病例。有人移植的时候死在手术台上，有人移植几个月后出现排异。

之前医生就告诉他，化疗的方案行不通，移植也要面临很大的风险。

叶俏俏来到南都之后，仿佛知道自己是寄人篱下，比以前乖巧了许多，生怕高秋兰和叶橙不要她。

无论她的身世如何，叶橙都没法眼睁睁看着她出现什么意外。

陈臻不知道该怎么安慰他，很诚恳地说:“一定不会的，我明天去给我爷爷祈福，也顺带帮你家人求个平安符。”

叶橙被他憨憨的安慰方式打动了，觉得他似乎也没那么不顺眼了，难得笑了笑道:“那谢谢你了。”

陈臻倒是和叶橙不一样，他从刚开始就认为叶橙这人不错，长得那么好看，听陆潇说还是年级第一——虽然总是眼神冷漠地瞪着自己。

他们走出电梯，一起在窗口等待报告。

陈臻鼓起勇气，掏出手机道："要不加个微信吧，你是陆潇的……朋友，也就是我的朋友。"他险些咬了舌头。

叶橙拿起手机大方扫码，笑着问道："朋友？陆潇没跟你说我们是怎么认识的吗？他以前可讨厌我了。"

"……啊，这样吗。"陈臻腼腆地回道。他跟太过亮眼的人说话，总是会不由自主地害羞。

叶橙看他一副好拿捏的样子，摸了摸下巴，靠近了一点，压低声音道："喂，你倒是可以和我说说，你们是怎么认识的。"

陈臻瞬间更不好意思了。他闻到了一种若有若无的香气，暗自想好看的男孩子果然生活也很精致，还会用香水。那种味道不是很浓，好像和他这个人都融为一体，闻起来清冷中夹杂着温柔。

在叶橙的"糖衣炮弹"之下，他竹筒倒豆子一五一十地招了："我家住在青山，小的时候被周围的孩子欺负，陆潇冲过来帮我揍他们，然后我们就认识了，他说以后他罩着我。"

叶橙撇了撇嘴，还真是陆潇会干得出来的事儿。

"然后呢？"他继续问道。

"然后？"

叶橙用指尖点了点他的肩膀："小学，初中，高中，还发生了什么？"

如果这个动作这个语气，换了普通人来做，陈臻肯定觉得自己被唐突了。但是叶橙做起来不仅不会没礼貌，反而带了点"熟悉朋友"之间的亲昵。

哇，他的手也很好看。陈臻心想。

叶橙没费多大功夫，就让陈臻一口气交代了所有情报。

"小学的时候，他经常喊我一起打篮球。青山那里没有篮球场，我们就拆了护士的自行车筐，绑在树上。"

叶橙脑海里已经出现了画面，捂着肚子笑得不行："真有你们的。"

陈臻的脸红了红："我那时候也不敢，是被他硬逼着干的。护士姐姐拿着扫把追了我们两条街，最后把我逮住了，拎到我爷爷跟前骂了一顿。"

叶橙没想到陆潇小时候就这么皮，饶有兴味地追问道："怎么就逮住你了，是不是陆潇把你卖了？"

叶橙问起这个，陈臻的眼睛就亮了起来。

“你知道她为什么没抓到陆潇吗？”他神秘兮兮地说。

叶橙配合地问：“嗯？为什么？”

“因为当时是晚上，他太黑了，躲在垃圾桶后面，那个护士愣是没看见他。”

叶橙爆发出一阵大笑，两人都笑得直不起腰来。

路过的护士纷纷看着他们，很疑惑怎么会有这么欢乐的病人家属。

叶橙眼泪都要笑出来了：“他以前到底是有多黑啊？我看他现在还挺白的。”

陆潇的肤色属于那种正常的麦白皮，不泛黑也不泛黄，他自己也很注意皮肤管理，叶橙发现他有时候打篮球还会涂防晒。

班上有不少女生都很羡慕，说陆潇比她们都白。当然，还是没有叶橙白的。

陈臻也好久没有这么快乐了，翻开手机相册道：“等等，我给你找他小时候的照片，那天我整理相册的时候拍下来的。”

两人对陆潇的黑历史很有共同兴趣，立即一拍即合。

叶橙一边等他找照片，一边回忆道：“我小时候也有个皮肤很黑的玩伴。话说小孩子是不是比大人更容易晒黑啊。”

“有可能，我表弟每年暑假都晒得很黑。”陈臻说。

他找了半天，才想起来一件事：“我忘了我换过手机了，下次找到发给你看。”

叶橙没见过陆潇小时候的样子，念念不忘道：“一定要发给我。”

他们正聊得开心，旁边响起一个分外不爽的声音：“你们在干吗呢？”

陆潇刚出电梯，就看见他俩的脑袋挨得很近，好像在看同一部手机。

刚才他提着咖啡，像个外卖小哥一样送进病房，被高秋兰告知叶橙下楼等报告去了。结果，他一到七楼，就看见了这么辣眼睛的画面。

陆潇走到他们面前，拽住陈臻的衣服将人往旁边扯了扯，自己顺势站进两人中间。

“看什么这么好笑？”他斜了陈臻一眼。

陈臻怕他知道他们在看他的黑历史，心虚地掩饰道：“没什么。”

“没什么你们还笑得这么开心。”陆潇更不爽了。

叶橙皱眉道：“你凶个屁啊，关你什么事。”

陆潇不吱声了，像一只突然被捏住嘴的狗。

陈臻的嘴角抽搐，赶忙低下头遮住笑容。

陆潇小声道："不说拉倒。"

叶橙没理他，去窗口拿了报告，跟陈臻打了个招呼就上去了，陆潇立马跟了上去。

陈臻叫住他道："喂，等一下。"

他停下来，疑问地看着陈臻。

"你朋友人很好。"陈臻含笑说道。

他的本意是既然陆潇介绍了叶橙给他认识，那他理所应当要发表意见夸一夸叶橙。当然，这并不是完全出于礼节，也是因为他觉得叶橙真的各方面都很不错。

谁知，陆潇的脸顿时黑了。他警惕地看着陈臻，没好气地说："不许这么夸他。"说完头也不回地走了。

陈臻一脸茫然："啊？"

第9章

装不熟

年后，叶橙开始忙碌起来。

马上就要开学了，徐超约他聊了聊准备开学考试的事情。

高二下学期的大体安排是先把新课程学完，然后投入到系统复习中，时间相当紧迫。接下来，整个高三都将不断地温故再温故。

徐超在电话里问了叶橙一些对于系统复习的建议，以及他的报考意向，最后又问他："和于坤坐在一起还习惯吗，需不需要把你换到原来的位置去？"

叶橙没想到他会主动问这个，还挺诧异的。

不过想了想，如果他搬回去，陆潇八成没什么心思学习，于是便道："这样挺好的，不用换了。"

"真的不用？"徐超犹豫地问。

叶橙更奇怪了，拒绝道："不用。"

挂断电话之后，陆潇的夺命连环Call追随而至。他快委屈死了："你干吗呀，我好不容易才说服老徐换座位，他说你不肯换。"

叶橙这才明白，徐超为什么那么问。他更加坚定道："不换，换回去的话，你肯定没办法好好学习。"

"谁说的？我能好好学习！"陆潇急了。

我信你个鬼，叶橙心想。

"前天来我家写作业，半天写了一张纸，还一直烦我，这叫能好好学习？"叶橙满脸黑线道。

因为这件事，叶橙当场把陆潇赶回自己家去了。

如果说从前的陆潇自制力为百分之四十的话，那么现在的陆潇自制力就是百分之十。

不对。百分之十都嫌多好吧。

陆潇涨红着脸辩解："我没有！"

叶橙不吃他这一套："反正就要高三了，你这样下去不行的。"

强办法行不通，陆潇只得走怀柔路线。他哼哼唧唧地说："让我和你坐嘛，让我和你坐嘛，我保证乖乖听课，什么都不干。"

叶橙张了张嘴，又闭上。总感觉哪里怪怪的。

陆潇像个复读机一样开始念叨："让我和你坐嘛，让我和你坐嘛，让我和你坐嘛……"

"橙哥——"他拖长声音，带着几分可怜，"我想坐你同桌，到底行不行啊？"

陆潇平时在学校里狂得要死，自从发现这招可以让叶橙动摇之后，就开始疯狂运用。

叶橙果然动摇："那你得保证，上课的时候必须专注，不能老是找我聊天。"

"我要是和你多说一句话，我立马对着老师说十遍'我是傻×'。"陆潇信誓旦旦地说。

叶橙无奈地说："行吧。"

他又给徐超打了个电话，告诉对方自己可以换回去。

徐超不是很能理解这其中曲折，认真地询问他："陆潇那小子威胁你了？"

叶橙硬着头皮："没有，他说他很诚心地想向我学习，我就答应了。"

开学的前一天晚上，徐超在企鹅群里发了新的座位表和一份新学期公告。

公告里明确要求每个人早自习不能迟到，晚自习不能早退，禁止携带手机等电子设备，禁止任何早恋现象等等。

最后一条被着重画了出来，徐超还慷慨激昂地发了一大段劝学的话。

——想考上大学离开老师家长的束缚吗？想以后有个好工作迎娶高富帅白富美吗？那就专注学习，杜绝一切早恋！青春期的恋爱是奋斗的坟墓！如果对方因为你而放弃学习，那么Ta不值得！如果因为学习而放弃你，那Ta更是渣男/女！拼搏一百天，我们要考大学！

大家在底下冷漠地回复：收到。

——好哦。

——支持。

——老师，现在还早，还没到百日誓师呢。

——徐哥，你在唱 Rap 吗？哈哈哈哈。

徐超：你们几个，不要不当回事！上课不许讲话！课间也不许一直凑在一起瞎闹腾，知道了吗？

众人稀稀拉拉地敷衍完他之后，转而在瓜群里讨论起来。

小糖串儿：让我来看看，我们班有几对XQL呀[坏笑][坏笑]

再借十三中五百年：你和小豆包儿不就是吗？

迪迦是光：你们班也抓早恋了？我们班主任刚才也拉了个钉钉说这个。

小豆包儿：唉，以后的日子越来越难了，我们是不是得装作不认识啊@小糖串儿

小糖串儿：呜呜呜呜呜。

你妈买菜必涨价：如果我没记错的话，你们班一哥前不久不是也官宣了吗@小糖串儿

小糖串儿：额，一哥的女朋友应该不是我们班的。

久隆吴彦祖：咳咳，潇哥没有女朋友。

潇橙szd：真的假的？他不是发朋友圈了吗？

久隆吴彦祖：相信我，他真的是在感谢王莉莉，他今年的英语提升了三十分呢。

小陆爱吃橙子：我去，难道是我们误会了？

大家又聊了一会儿没营养的话题，就开始各自赶作业。明天就要开学了，不少人都打算挑灯夜战到天明，一支笔一盏灯，创造奇迹。

陆潇看了看聊天记录，受到了很多启发。

嫌疑人X：我们在学校，是不是也得收敛一点？

嫌疑人X：毕竟刚才老徐在群里说了，而且你又是班长，要以身作则，他必然会道德绑架你。

他倒是没什么，就是怕叶橙在意。那头叶橙也没多说，回了一个“嗯”。

陆潇见他答应了，松了一口气，不知为何，又有点怅然。

高考，他们真的要迎来这件人生最重要的事情之一了。

第二天一大早，叶橙就被高秋兰叫醒了。这个寒假他几乎每天都睡到七点

多才起，突然要六点之前起床，还有些不适应。

飞快洗漱完之后，他看见了校服上陆潇的铭牌。

糟糕，忘记在开学前找他把铭牌换回来了。不过幸好十三中的风纪检查那叫一个敷衍，门卫和风纪委员都不会太在意戴不戴铭牌。

叶橙把铭牌放进口袋里，和高秋兰打了声招呼便出门了。

他到班上的时候，发现座位已经换好了。

今天是开学第一天，大家都来得比较早。

陆潇坐在座位上读英语，边读边打哈欠。他的嘴巴张开到一半，余光看见叶橙走过来坐下，马上闭上嘴巴道："早啊。"

"早。"叶橙低调地说。

陆潇眼尖地看见他没戴铭牌，问道："你的铭牌呢？"

叶橙也看向他胸前，见他戴着自己的铭牌，低声道："你把你那个摘了吧，这样搞得我太明显了。"

陆潇不情不愿地摘下来，放进了口袋里。

"你吃早饭了吗？"他从书包里拿出一个保温杯道，"王嫂让我给你带了粥。"

叶橙说："谢谢，你放在桌上就行。"

他们说话的声音不大，但还是有几个女生回头看了过来。

早自习已经开始了，叶橙想起陆潇昨晚说的事，就没再和他说话。陆潇察觉到他的疏离，闷闷地把保温杯放在他桌上，也低下头不说话了。

叶橙拿过来，揭开盖子闻了闻："好香。"

陆潇心情好了一点："你喜欢就好。"

谭晓琪换了个女生同桌，两人偷偷咬耳朵。

"我怎么感觉过了一个寒假，他俩好像变得不熟了。"

"完蛋了，你这么一说，我也觉得有点。"

"是真的啊，你看一哥和叶漂亮说话，叶漂亮都不怎么理他。"

"不会吧，是不是我们的错觉……"

谭晓琪的忧虑在去食堂吃午饭的时候到达了巅峰——因为她发现叶橙是和蒋进一起吃的饭。但是如果她细心一点就会发现更不对的部分——为什么不是陆潇和蒋进一起吃饭？

叶橙跟蒋进去食堂打了饭，带回去和陆潇三个人一起吃了。

中午的教室里没什么人，他夹了一筷子肉投喂陆潇。

蒋进坐在旁边闷头干饭，郁闷地说:“哥哥们，能不能尊重我，至少把我当个工具人，别不把我当人行不行?”

“你可以出去吃。”叶橙温和地建议道。

蒋进:“橙哥，你好狠……”

陆潇顺手给了他一个爆栗:“请你吃饭还唧唧歪歪的。”

蒋进痛嗷一声，抱头直呼陆潇不是人。

最近徐超动了真格，经常来班上巡逻。虽然平时他和学生们关系不错，但真要抓起纪律来，还是相当严厉的。

开学一个星期之内，班里就抓到了一对早恋的男女生。

这一对也是比较倒霉，他们周六在电玩城打电动，刚好撞见徐超带着他女儿和侄女出来玩。一认出他们，徐超也不陪女儿玩了，当即跟着他们上门家访。

瓜群里传得有鼻子有眼的，整个高二年级人人自危。周一上学后，谭晓琪和李俊晓也被约去办公室喝茶，徐超再三告诫他们不准谈恋爱。因为这俩有前科，被着重教育了一番。

陆潇得知这件事的时候，正好在和叶橙打视频直播写作业，也没法多说什么。第二天整个人都打不起什么精神，蔫儿了吧唧地趴在桌上。

上课铃响了，王莉莉走了进来。

叶橙用食指抵住嘴唇，做了个噤声的动作，并示意陆潇坐好。陆潇不情不愿地撑着身体，爬起来上课。

“同学们，把书翻到第二单元，昨天让你们提前预习单词表，都看了吧?”王莉莉说道。

华旺春前两天召集了各班老师开会，强调要加快新课的进度，所以最近几天上课节奏都非常快，各个班的老师都在内卷，比谁讲得更快。

学生们不得不认真听课，一旦走神几分钟，后面的就很难听得懂。

用蒋进的话来说就是，他低头系个鞋带的工夫，老师已经写完半个黑板了。

大家纷纷道:“看——了——”

有几个还没来得及预习的人已经慌了，因为按照惯例，王莉莉马上就要点人起来抽查。

陆潇的书摊开在第一单元，眼睛忍不住往旁边叶橙的书上瞥。

他真的一上课就坐不住。

王莉莉扫了一眼，就逮住他在走神，扬声道："陆潇，起来我抽你一下。"

底下笑了起来。

"王姐好吓人，每次上课都要'抽'人。"

"居然敢'抽'我们一哥，不愧是王姐。"

"哈哈哈哈，你们有毒吧。"

高中生惯常嘴巴比较碎，一说起来不亦乐乎。

王莉莉看了看他们道："别着急，我一个一个抽，下一个没准就是你。"

大家立刻不作声了，低下头装死。

王莉莉对陆潇说："我说英文，你回答中文意思。第一个单词，surround。"

陆潇隐约记得，回答道："环绕。"

"组个词组。"她说。

陆潇只记得单词，对词组完全没印象。

叶橙捂住嘴，低声提示："Be surrounded by（被……环绕）。"

"叶橙，不准提醒他。"王莉莉拉下脸道。

叶橙只得闭上嘴。

"哼，我昨天说了会抽词组的，你是根本没看吧？"王莉莉严厉道，"第二个，postpone。"

陆潇觉得这个发音好熟悉，可是死活想不起来。好熟，什么意思来着……他试探道："接通？或者暂停？"

王莉莉一拍桌子："你在这儿玩猜字谜呢。"

陆潇不吱声了。

王莉莉又陆续问了五个，他一个都没回答出来。王莉莉气不打一处来，指着他道："什么都不会，还有心思开小差！让你回答，你老是看你同桌干什么，很好看吗？"

陆潇继续闭嘴装死。

老师在责备学生的时候，最讨厌的就是得不到回应，那样会让他们觉得自己在讲单口相声。王莉莉没好气地又质问了一遍："回答我，很好看吗？"

陆潇面不改色心不跳地说："是挺好看的。"

下面哄堂大笑起来。叶橙狠狠把脸埋在桌面上。

王莉莉没想到过了一学期，陆潇的脸皮更厚了，反而自己被气得够呛，便罚他站了五分钟。

陆潇坐下来的时候，叶橙推过来一张纸条：记过一次，别忘了你说过的话。

陆潇在要求换座位的时候亲口向叶橙保证，如果上课不专心，就站起来冲老师大喊十声“我是傻×”。

陆潇提笔，“唰唰”写了几句话，把纸条团成一团砸向他。叶橙被砸个正着，趁着王莉莉转身板书，打开了纸条。

——你是帮她还是帮我？

小朋友怨气冲天啊。

叶橙和他拉扯了半节课，结果自己也漏了几道重点题没听清，下课后忍不住对陆潇下了死命令：“以后上课不准和我传纸条。”

陆潇说：“是你先给我传的啊。”

“那你也不应该传回来。”

陆潇好不委屈。不给传纸条也就算了，还只允许他传，自己不能传回去？这是什么双重标准？

叶橙再次使用胡萝卜钓驴小技巧：“如果你一整天不跟我传纸条，放学之后我们就可以去上网。”

陆潇马上像打了鸡血，咽了口口水道：“行，不传就不传。”

他记吃不记打，立刻把刚才被“双标”对待的事忘了个精光。

第三节是数学课，也是上午最容易犯困的时候。

开学才刚刚一周，但大家都感到严重的睡眠不足，因为这学期的作业量几乎是上学期的两倍。

正在众人昏昏欲睡的当口，陆潇突然站了起来。

徐超以为他要上厕所，动作老练地挥了挥手道：“去吧。”

陆潇却没有动弹，木然地张开嘴说：“我是傻×，我是傻×，我是傻×……”

他一连说了十遍，班上陷入死一般的寂静，随后，爆发出一阵几乎掀开屋顶的笑声。

“哎哟我去，一哥是中邪了吗，笑死我了。”

“我哈欠打到一半，硬生生给憋回去了。”

“哈哈哈哈哈哈哈，救命，为什么会这么好笑。”

徐超也被他气乐了，扔下粉笔道：“怎么，你是看他们都在打瞌睡，临时表演个即兴节目给他们精神精神呢？”

叶橙低着头，肩膀止不住抖动。

“打赌输了。”陆潇满不在乎地说。

徐超又好气又好笑，摇了摇头训斥他：“再胡闹就给我站出去。行了，大家都醒了吧？”

陆潇坐下后，看见叶橙还在暗笑，报复性地戳了他一下：“都怪你。”

叶橙笑着骂道：“你是真挺傻。”

他还以为陆潇只是说说而已，没想到真这么干了。绝了。

陆潇心道你笑吧，等到晚点放学之后，你看我会不会放过你。

叶橙不知道他心怀鬼胎，还挑衅地瞟了他一眼。

午休的时候，谭晓琪的同桌实在是忍不了了，趴在桌上偷偷在底下用手机跟她发牢骚。

葛云：你知道吗，我觉得我上一秒还在舔糖，下一秒舌头就被刀子划破了。

谭晓琪：……你这个比喻，很有代入感。

葛云：为什么我感觉我产品忽冷忽热的，一会儿在课堂上玩闹，一会儿又像陌生人似的一句话都不说。

作为整个年级目前可能是唯一知道真相的女生，谭晓琪内心奇痒难忍。

她真的很想告诉那些隔三岔五就贴上来送情书的丫头片子，告诉论坛那些尖酸刻薄的普信男，告诉葛云这样疑神疑鬼的小姑娘所有的真相！

这种保守秘密的感觉太痛苦，太难熬了！

谭晓琪抹了把眼泪，埋头打字。

谭晓琪：姐妹，有些话我不好说，但你再仔细观察观察吧。

葛云：好吧，那下午体育课我再看看，祈祷他俩能一起打篮球，我的眼睛需要净化。

谭晓琪：那必须的！他们不打我把头拧下来给你打！

葛云：倒也不必发这么毒的誓……

下午第一节就是体育课，大家在操场上集合站队。

谭晓琪给了葛云一个眼神，示意她等着瞧。

然而体育老师因为上学期被投诉上课太敷衍，决定以后把课程拆成一半认真训练，一半自由活动。

学生们哀求道："别了吧老师，我们平时上课就够累的了。"

"就是啊，上个体育课还不能休息休息，下学期估计都没有体育课了。"

体育老师说："又不是让你们跑八百米，瞧你们这点出息。"他看见远处华旺春走了过来，赶紧指挥，"快点站好队，配合一下。"

其实所谓的训练，只是做一些活动身体的游戏。体育老师说："大家两两一组，玩我教你们的那个拍手游戏，输了的人做十个俯卧撑。"

拍手游戏很简单，连幼儿园小朋友都会，就是一个人把手放在另一个人手上，下面的人反手拍上面的人的手背，被打到就算输。

游戏本身不重要，只是顺带让他们做俯卧撑舒展筋骨。

陆潇前面一直是叶橙，当叶橙转过来的时候，他不怀好意地笑了笑。

陆潇长期打篮球跳街舞，反应速度几乎可以把叶橙吊起来打。

他忍不住自己的恶趣味，挑眉道："我让你先。"

说着，把手放上去，叶橙用手虚虚地托着，琢磨着怎么能够智胜。

体育老师说："你们自行开始吧，输了的人自觉做俯卧撑。"

"开始。"叶橙找准时机，抽回手一巴掌拍了上去。

陆潇秒缩手，动作快得惊人，叶橙扑了个空。

"辣鸡。"他毫不客气地嘚瑟道。

叶橙本来很不屑玩这种弱智小游戏，但是两个人玩的时候，如果一方碾压你还羞辱你，那你很难不被激起胜负欲。他立刻不信邪了："再来一次。"

陆潇顺手比了个数字："三局定胜负，怎么样？"

"别废话，放上来。"叶橙逐渐暴躁。他一定要狠狠痛殴这个家伙。

陆潇把手放了上去，这次更跋扈了，手指直接搭在他手腕的位置。

伤害性不高，侮辱性极强。

叶橙做了个假动作，虚晃一枪。

陆潇下意识收了回去，然后发现对方在耍他。

"看把你吓的。"他趁机狠狠嘲笑，"别整这些虚的，有本事你打中我啊。"陆潇一脸欠揍的表情。

叶橙成功地被他彻底激怒了，第二次飞快地翻手，用力拍了上去。可是越努力越心酸，他不仅拍到了空气，还拍在了自己腿上。

“哈哈哈哈哈哈，你好蠢啊！”陆潇玩兴奋了，瞬间丧失了求生欲。

他难得见到笨拙的叶橙，笑得嘴巴都要咧到耳根去了。

葛云和谭晓琪已经不知道什么时候凑到了一起，双手相握，一副“所有的奇迹都被我们碰上了”的表情。

叶橙的脸黑了下来：“你笑个屁，还有第三次呢。”

陆潇笑得更厉害了：“三局两胜，你前两局都输了，还想要第三次？”

“我高兴，你管我？”叶橙完全不讲道理了。

陆潇笑着把手伸了过去：“好好好，第三次就第三次。”

第三次拍手开始，叶橙刚一翻手，陆潇就一秒结束了游戏。

叶橙快气得冒烟了，倾身拍了一下陆潇的胳膊，毫无气概地说：“打到了！”

陆潇笑得眼泪都要出来了。

“好，你赢了。”他的声音带着笑意，心甘情愿地趴在地上做起俯卧撑，修长的手稳稳地撑着地面，“一、二、三、四……”

陆潇轻轻松松做完十个俯卧撑，站起来拍了拍手掌上的灰。

叶橙脸上挂不住，偏过头去不想看他。

这时，体育老师说道：“大家交换一下位置，不要总是跟一个人玩。”

他看见有的人做了好几次俯卧撑，有的人一次都没做。

于坤便和陆潇换了个位置，兴奋地摩拳擦掌道：“我居然要拍叶神了，拍一次能多考十分不？”

他刚才亲眼看见陆潇“欺负”叶橙，因此得知叶橙玩这种反应游戏有多烂。

“你在下面吧。”叶橙把手放上去，他刚才是在下面的，这次想试试看上面，没准会好一点呢。

陆潇站在于坤旁边。他和蒋进分到了一组，脖子却一直伸长了看这边。

于坤笑得很是荡漾：“我来了哈。”

他把手放在叶橙的手下面，连续做了三个假动作。叶橙快被他整疯了，不停地缩回来，放上去，缩回来。

这种是最考验人心理状态的。

蒋进看着陆潇放在下面动也不动的手，疑惑道：“潇哥，你打我呀。”

陆潇依然伸长着脖子。就在叶橙渐渐感到疲惫的时候，于坤当机立断，“啪”一声拍在他手背上。

“我去，我真牛啊哈哈哈！”他原地蹦了起来。在某方面压倒年级第一的快感，谁体验谁知道。

叶橙的皮肤薄，经不起拍，随便一抽就红了一大片。他甩了甩手，没感觉到多疼，认真道：“再来。”

陆潇看着他微微红起来的手背，眉头皱在了一起。

这个于坤怕不是有什么大病？下手这么狠？

于坤被胜利的喜悦冲昏了头脑，立马伸手道：“来啊，看我怎么赢你！”

这次他换了套路，没有再走假动作路线。就在叶橙将手放上去那一刻，说时迟那时快，他反手就是一巴掌。叶橙被精准拍中，一声脆响。

陆潇终于看不下去了，抬起手就给了于坤的脑壳一下：“你有病啊，打那么重干什么。”

于坤上一刻还沉浸在激动中，下一刻就被打蒙了。

蒋进连忙道：“潇哥，玩个游戏而已。”

于坤茫然又无辜地捂住后脑勺，呜咽着不知道自己做错了什么。

体育老师适时地吹了声哨子：“热身到此为止，大家解散，自由活动吧。”

叶橙和蒋进一边一个，把陆潇拉到篮球场去了。

此时的葛云已经热泪盈眶，就像三天粒米未进的人突然吃了满汉全席。

谭晓琪搂着她的肩膀，目光悠远而睿智。

队伍解散，李俊晓走到谭晓琪身边：“晓琪，去买水吗？”

谭晓琪刚才围观了游戏全过程，此时看着李俊晓，想到他们打游戏的时候他对她那一口一个“好菜”，冷漠地说：“不去，你自己去吧，带着你的水去峡谷站一天好了。”

“……啊？”李俊晓愣在了原地。

谭晓琪甩下他，拽着葛云头也不回地走了。

李俊晓：“什么，什么意思，怎么回事？关峡谷什么事？”

女人心，真是海底针哪。

第10章
老毛病

篮球场上，大家商量着分组。陆潇本意是想跟叶橙一组的，但叶橙主动走到周敏豪那一队道："我在这队好了。"

他们打球向来是由周敏豪和陆潇当分队长，选了周敏豪就等于是要和陆潇做对手。

"哇，我何德何能，今天居然得到了橙哥的垂青。"周敏豪喜出望外地说。以往叶橙都是在陆潇那一队的。

陆潇刚想开口把他喊回来，蒋进就自作聪明地附和："这样好啊，我们也该换换分组了，老是一样的好没意思。"

说完，他还得意地看向陆潇，脸上写着"我做得好吧，快夸我"。

看来他是决心把徐超的"旨意"奉行到底了。

陆潇咬牙切齿道："你不跟我一组，到时候可别被我打自闭了。"

听他这么一说，周敏豪来劲了，一把勾住叶橙的肩膀道："橙哥，别受他威胁，我堂堂一个篮球队队长，还不能带你飞？"

陆潇眯了眯眼睛："你要带他飞？哈！"

高中男生小心眼起来，什么事都做得出来。

比赛前，陆潇站在场边套护腕，顺手丢了一对给叶橙。

叶橙正在系鞋带，就听见他居高临下地说："再给你一次机会，你可以选择跟我一组。"

叶橙笑了起来，直起身子道："你刚才打手背嘲笑我的时候不是挺嚣张的吗，这会儿怎么又求着我跟你一组了？"

陆潇上下看了看他："我说你怎么非要去他那组，拉都拉不回来，敢情你还挺记仇。"

“是男人就光明正大地比一场呗。”叶橙打算一雪前耻。

他对自己的篮球技术还是有信心的，因为那是十年后的陆潇手把手教的。

两队人马上场，周围已经围了不少女生。

陆潇上来就猛冲，完全不给他们反应的机会。十三中小霸王不是盖的，眨眼间陆潇就出其不意地进了一球，场外女生们尖叫着喝彩。

陆潇在路过叶橙时，对他斜了斜嘴角：看吧，让你不选我。

可是从第二节开始，事情就开始往出乎陆潇意料的方向发展了。

叶橙从来没有跟周敏豪打过球，也不知道和对方打起球来竟然会这么默契。两人传球一传一个准，只需要眼神扫过，就知道对方需要的站位。

叶橙打了一个精彩的配合，周敏豪帅气地跃起扣篮，得分。

“兄弟，牛哇！”他冲上去和叶橙击了个掌。遇到配合度高的队员，难免会感到高兴。

接下来的几场突围，周敏豪和叶橙的合作堪称天衣无缝。陆潇着重防的就是周敏豪，却屡屡被叶橙钻了空子。

主要陆潇总是下意识觉得叶橙是自己这队的，以至于一而再再而三地疏忽防守。

场外的眼神逐渐从陆潇身上，转移到了周敏豪跟叶橙身上。

在下课前两分钟，比赛结束了。

周敏豪开心大喊大叫：“我第一次赢潇哥赢得这么爽！多亏了你，橙哥！”他有点上头，也没顾上陆潇情绪，一把搭住叶橙道，“走，我请你喝水。”

陆潇毫不犹豫地把他的手挥开：“喝什么水，还没还器材。”

“让他们去还就行……”

周敏豪话说到一半，被陆潇打断了。

陆潇阴晴不定地注视着叶橙道：“你跟我去还篮球。”他脸上没表现出多少怒意，反而还有点平静。

叶橙今天戏弄了他好几次，此时见好就收，对周敏豪说道：“我陪他去吧。”

周敏豪只得和众人先走了，还对他说：“我给你留一瓶水，你记得来我们班拿。”

操场上的人慢慢往教室走去，器材室大门紧闭，周围一个人也没有。

叶橙把篮球放在架子上：“我们回去吧，等下还要去周敏豪那里拿水。”

陆潇哼了一声："你还想去他们班拿水？你跟我兄弟玩得倒是挺好。"

叶橙明白了，这人真的很小心眼。

"干吗，想揍我？这里有监控的。"

他当然知道陆潇不会这么做，只是虚张声势。

陆潇嗤之以鼻："你是体育委员还是我是体育委员，器材室你来得多还是我来得多？"

他们站的地方刚好是篮球架后面，完美避开了摄像头。

叶橙忽然有点紧张了，吞咽了一下。

"知道怕了？"陆潇冷笑了一声。

"我又没做错什么，是你自己说要避嫌的。"叶橙强装镇定道。

陆潇被他气笑了："那敢情都是我的错了？分组也是我的错，周敏豪给你送水也是我的错？"

叶橙羞恼道："你怎么这么小心眼。"

陆潇恶劣地说："我就是小心眼，是你先开始的。"

叶橙张了张嘴，刚想骂他幼稚，却说不出话来了。

陆潇逞完了口舌之快，狠狠掐了把他的脸，那样子跟揉猫似的。

叶橙恼羞成怒，推开陆潇跑了出去。陆潇跟在后面走出器材室，大步迈上去抓叶橙的胳膊，却被甩开了。

他们走后，器材室门口出现了两个身影。

周凯疑惑地说："老大，他俩在里面干吗呢？怎么好像还吵架了。"

望着两人远去的背影，张琦的表情若有所思："恐怕不是吵架这么简单。"

他觉得陆潇对这个年级第一的态度太奇怪了，刚才在篮球场上，明明还不太熟的样子，现在追着人家一路小跑，被甩开了也不生气。

像个精神分裂一样。

这么想着，张琦露出一丝邪笑，不如就这么编排陆潇一顿，恶心恶心他。

当天晚上，有人在论坛里上传了一段视频。

该帖一夜爆火，被顶到了首页。

标题是：【八卦| 大晚上看见潇橙一起吃夜宵，此生无憾了。】

主楼是一段视频，在一家螺蛳粉店里，陆潇和叶橙并排坐着吃粉。其间陆潇帮叶橙擦碗，还用自己的筷子夹煎蛋给他。

视频的拍摄角度很隐秘，像是从门缝里偷窥一般，看着让人不适。

整个论坛都炸了。

1L：我简直，整个失语，火钳刘明吧。

2L：啊啊啊啊啊啊啊kswl！

3L：投食真的好甜好甜，谁说BE的滚出来挨打！我们潇橙明明感情很好！

…………

229L：都在嗑，只有我注意到这段视频的来源问题吗？楼主是在刻意偷拍他们？

230L：楼上的我也有同感，这个视角看得我鸡皮疙瘩都起来了。

231L：楼主出来解释一下吧，就算是迷妹，这么跟着人家偷拍是不是过分了？

…………

523L：班级群来围观。

524L：班级群来围观。

525L：班级群来围观。

526L：观光团带我一个，big震撼，所以他俩真是？

527L：楼上real好笑，兄弟之间吃个东西怎么了，在你们眼里全世界都是。

528L：有病吗，人家吃个饭而已，不至于这么过分解读吧。

529L：咋回事啊，班级群来的，看不懂……

530L：我去，我们班主任也看到了。

…………

蒋进手忙脚乱地把这个帖子转发给陆潇，疯了似的发感叹号。

陆潇点进去，把那个视频翻来覆去看了五遍。片刻后，他差点把手机砸了。

——晚上和叶橙吃饭的时候，对面坐的是周凯。

他在卧室里绕了一圈，暴怒地一抬手，把床头灯扔了出去。

这个杂种，看来真是不见棺材不落泪。

他果断打开通讯录，把周凯从黑名单里拉出来，直接拨了过去。

那边响了几声，挂断了。

陆潇给他发短信：接电话，不然明天你别想好过。

几秒钟后，周凯回复道：一哥，那帖子不是我发的，你别为难我啊。

陆潇懒得跟他多废话：告诉张琦，明天放学篮球场见。

周凯还是很怕他，秒回：我会转达的，但是不能保证他会去。

陆潇的情绪差到了极点，毫无耐心地回道：他不去，你就等着被收拾吧。

这时，蒋进的电话打了进来，陆潇接通了放在耳边。

蒋进慌张道："怎么办，老徐找你了吗？他不会处分你们吧？"

陆潇说："放屁，一段没根没据的视频而已，能证明什么。"

蒋进被楼里的人带跑偏，这才意识到，视频里面他们什么也没做，只不过夹了一口菜而已。他这才清醒过来："但是议论的人多了，老徐难免会被影响吧。"

"他明天可能会找你们谈话，到时候机灵点。"陆潇揉了揉太阳穴道。

"我们？"

"这种没有证据的事，他是不会直接找当事人的。"陆潇无比冷静，"而且又和年级第一有关，他肯定会先旁敲侧击其他同学的态度。"

蒋进恍然大悟："我去，潇哥你太牛了，这都分析出来了。"

陆潇嘱咐他："他试探你口风的时候，记得往歪了说，还有，也跟谭晓琪通个气。"

别人还好，就怕他们两个。

"要怎么才能让老徐相信呢？说我们不熟？"蒋进挠了挠头问。

陆潇说："那肯定不行，你天天跟着我，还说不熟，就太假了。你这样说……"他跟蒋进交代了一番。

叶橙那边毫无动静，他学习的时候不爱上网，估计是不知道这件事。睡觉之前，他还跟陆潇说了晚安，陆潇也回了他个晚安。

第二天早自习，徐超早早地到了教室，背着手站在后排，看着叶橙在讲台上带读。

陆潇不经意地瞄了徐超一眼，果然看见他在打量自己。

早自习过半的时候，徐超把于坤叫了出去。陆潇坐在窗边，看见于坤一脸茫然，莫名其妙地和徐超说了几句话。

几分钟后，徐超又把蒋进叫了出去。蒋进的表情比于坤还要无辜三分，隔着窗户看，满脸写着"老师你到底在说什么"。

徐超足足和蒋进聊了十分钟，聊到最后还生气了，一巴掌拍在蒋进脑门上。蒋进捂着脑袋，灰溜溜地进门，遥遥地对陆潇眨了眨眼。

一切按照计划进行。

徐超还是不甘心，又道："谭晓琪，你出来一下。"

众人议论纷纷。

"老徐这是怎么了，一早上叫了好几个人谈话。"

"可能是例行谈话吧，问问学习情况什么的。"

"我去，那不会下一个就是我了吧？"

"我怎么感觉，可能是因为昨天论坛的事。"

"论坛什么事？"

"你没吃瓜吗，就是一哥跟班长的那个帖子。"

"我知道我知道，不过那也太扯了，一哥和班长不是一直都关系很好吗？"

"就是啊，就知道趁这种时候挑事，无语。"

谭晓琪忐忑不安地走了出来，看着徐超道："老师，找我有什么事吗？"

徐超狐疑地说："你这么紧张干什么？"

她揪着衣角："我……我没紧张。"

徐超严肃起来："你知道我要问你什么，对不对？你一定了解内幕。"

谭晓琪像是终于憋不住了一样，瘪着嘴道："老师，我真的没有和李俊晓交往！我们只是朋友！"

徐超："……不是这个。"

"我没有要问你李俊晓的事，"他满脸黑线道，"你最近不是和陆潇走得很近吗，老师想问问你，你觉得他和叶橙关系怎么样？"

谭晓琪的眼神闪了闪，嗫嚅道："他们关系很好啊。"

徐超抓住了她的微表情，立马说："你撒谎，给我说实话。"

谭晓琪支支吾吾。

他怒道："如果你撒谎，我是不会对你手下留情的。"

谭晓琪泫然欲泣，看上去快要哭出来了。

徐超继续利诱威逼："你尽管说出来，我保证不会告诉任何人是你说的。"

终于，谭晓琪被他击溃了心理防线。她声音颤抖道："老师，你可千万要保护我，这些话我只告诉你一个人。"

“放心吧，你背后有老师和学校，他们还能把你怎么着不成！”徐超又气恼又严厉。

谭晓琪感激地点了点头，说：“那我就说实话了……我觉得他们不像看起来那么好。”

徐超疑惑地皱着眉。

“叶橙表面是个乐于助人的学霸，其实他很怕别人超过自己，所以才会和陆潇玩，来获得高人一等的优越感。”谭晓琪认真地说，“陆潇也坏透了，他经常上课骚扰叶橙，想拖他后腿，看他的成绩一落千丈。”

她总结道：“这两个人绝对和对方有仇，在一起玩只是为了加害彼此。”

徐超：“……啥玩意？”

徐超问了一圈，不仅无功而返，还被有些人气得半死。

他想了想，觉得也有可能是自己被一些言论影响了，为了彻底摆脱疑虑，徐超躲在后门偷看两个人的相处。

陆潇拿着《五年高考三年模拟》凑过去问叶橙题目，叶橙给他讲了半天，他还是搞不清楚。最后叶橙不耐烦了，让他自己到旁边琢磨去，还把笔扔到他桌上。

徐超啥也看不出来，只看出叶橙确实挺烦陆潇这小子的，只好讪讪离开了。

陆潇从桌子底下的小镜子里看到后门口没人了，丢了一颗薄荷糖到嘴里，用胳膊肘碰了碰叶橙：“喂，别生气了，我开玩笑的。”

叶橙把手挪开，不理睬他。他又凑过去：“别生气啊，班长大人。”

叶橙忍无可忍地说：“你下次能不能认真听我讲题目，别净扯些废话？”

陆潇剥开一颗棒棒糖，塞进他嘴里：“消消气嘛，请你吃糖。”

入口一股橙子味，叶橙的火气瞬间消了大半。清甜的果香充斥口腔，对小朋友的宽容也无限上升。

“晚上去你家看电影吗？”叶橙含着糖果问道。

今天是周五，学习了一周，也该放松一下了。

陆潇的房间有投影仪，上周两人才一起看完几部科幻片。他们在影片上的喜好出奇一致，都爱看大制作又刺激的电影。

“我今晚……有别的事要忙。”陆潇支吾道。

陆潇很少拒绝这种娱乐项目，叶橙疑惑地看向他：“你有事？什么事？”

陆潇移开视线，左手手背无意识地蹭了蹭嘴角，说：“蒋进的朋友遇到点状况，我去帮个忙。”

这个动作叶橙太熟悉了，就是他撒谎的时候惯常会做的。

叶橙盯了他几秒，冷静道：“哦，那你去吧。”

陆潇提议：“要不明天你来我家，我们一起看电影。”

“不用了，你忙你的。”叶橙面无表情地说。

陆潇对他的情绪变化很敏感，歪头打量他：“你不高兴了？”

“没有。”

空气安静了一会儿。陆潇憋了憋，还是忍不住解释道：“真的是蒋进的朋友有事，我去帮个小忙而已。班长放心，我不会去娱乐场所的。”

叶橙没再多说什么，点了点头道：“知道了。”

接下来一整个上午，两人都没再跟彼此说话，好似陷入了某种奇怪的对抗，谁都不想先低头。

陆潇觉得自己没错，他该说的都已经说了，今天晚上无论如何，他都要给张琦那王八犊子一个教训。至于叶橙这边，只能过几天再解释了。

中午他们一行人出去吃饭，顺带叫上了周敏豪和篮球队的，商量晚上怎么收拾张琦那家伙。

叶橙和李俊晓买了饭回教室，刚好碰到了谭晓琪。谭晓琪对他招了招手，说：“橙哥，我们去外面吃，我跟你说点事儿。”

李俊晓奇怪地看了他们两眼。

叶橙拿了饭盒，和谭晓琪在走廊的小桌子上用餐。

这学期开学之后，为了方便大家中午自习时间学习且不影响其他人，徐超专门在外面摆了几张课桌。

谭晓琪笑嘻嘻地邀功道：“怎么样，我早上的表现还可以吧？有没有什么奖励？”

叶橙不解地看着她。

她说：“那些话不是潇哥教我说的吗，你俩没商量过？”

叶橙更迷惑了：“商量什么，我怎么听不懂你的话？”

谭晓琪震惊道：“我去，你不知道老徐找我们几个谈话的事吗？就是因为昨天那个帖子，他私底下找了几个人试探口风。”

叶橙这才想起来，早自习的时候，徐超确实叫了几个人出去，但他没想到是为了这个。

他皱了皱眉，心底涌起一丝不祥的预感，问道：“哪个帖子？”

他已经很久没有看联校论坛了，根本不知道什么帖子。

谭晓琪捂住嘴：“我的天哪，你竟然不知道！潇哥没有告诉你吗？我……我真该死，我不是故意说这些的！”

叶橙已经起了疑心，让她把那个帖子翻出来给自己看。

谭晓琪一边翻找一边哭唧唧：“你可千万别跟潇哥说是我告诉你的，我真不是有意的……”

五分钟后，她眼巴巴地看着叶橙，他正拿着手机一言不发。

“橙哥，你还好吧？”谭晓琪可怜兮兮地说，“你也别担心，老徐啥也不知道。”

叶橙沉默不语，仔细回忆着吃夜宵的那天有什么认识的人和他们在同一家店里。

谭晓琪诚惶诚恐道：“偷拍的人简直缺大德，祝他永远考不上大学！不过你也别太放在心上，大家就是新鲜一阵子而已，过段时间就没人提了。”

叶橙看了许久，终于想了起来，他放下手机站起身。

“橙哥，你要干吗？”谭晓琪胆战心惊地问道，“你别冲动啊。”

叶橙料想陆潇今晚说的“有事”八成和这件事有关，敷衍了她一句：“上厕所。”然后头也不回地走了。

谭晓琪满脸忧心地塞了一口饭。

叶橙直接去了十八班，让人把周凯叫出来，那人说周凯不在，他便插着兜在门口等。

过了十来分钟，周凯嚼着口香糖走了过来。

“我跟你说，那回可带劲了，当时差点把老子人扭没了……”周凯吹牛吹到一半，看见门口站着的人，立马脚底抹油转了个身就想跑。

叶橙三两步上前，拎住他的后衣领，道：“站住，有话问你。”

周凯的同伴赶忙躲到班里去了，周凯则回过头苦着脸哀求：“橙哥，这事儿和我没关系啊，我是被逼迫的。”

叶橙把他拽到楼梯口的拐角处，沉声道：“谁让你拍的？”

周凯以为叶橙全都知道了，不打自招地说："是琦哥，帖子也是他找人弄的，真不关我的事。"他被陆潇折腾怕了，又补充了一句，"冤有头债有主，你们去找琦哥吧，他也说了晚上会过去，你就别为难我了。"

"他说晚上去哪里？"叶橙捕捉到关键词，追问道。

周凯一惊："等一下，你不知道啊？我去，我怎么给说出来了……"

叶橙逼问道："几点，在什么地方？"

"我……我不能说。"周凯慌乱地后退。

叶橙冷漠而果断道："给你两个选择，要么现在告诉我，要么被我揍完再告诉我。"

周凯惊恐地望着他，没想到年级第一这么暴力，不愧是整天和陆潇一起混的人。只好说了实话："晚上七点，在……在篮球场，不是操场上那个，是废弃的那个。"

那个篮球场是他们约架常去的地方，一到晚上就黑灯瞎火，没有人也没有监控，非常适合解决一些摆不上台面的问题。

周凯呜咽道："橙哥，你可别把我招出去啊，我什么都没做，只是被胁迫拍了个视频。"

他觉得按照叶橙的性格，要么和陆潇一起去干张琦，要么找老师去干张琦，反正不会平淡收场。

叶橙懒得搭理他，径直走了。

下午陆潇回来之后，他也没问什么。陆潇好像想避开他，也不主动和他说话。

晚上放学之后，班上空了好几个座位。

谭晓琪看见后排两个空荡荡的位置，心里感到惴惴不安起来——这些人都不知道去哪儿了。

初春的夜晚带着几分躁动，路灯下飞舞着蜻蜓和蚊虫，一群男生吵闹着走在通往废弃篮球场的路上。

蒋进拍了拍胸口道："幸好今天橙哥没来找我，我把台词都背了好几遍了。"

"你个废物，这还要背吗，随便找个理由不就好了。"周敏豪笑骂，"咱们不带他也是为他好，那细皮嫩肉的，万一碰伤了就麻烦了。"

蒋进偷偷看了一眼陆潇，说："我心虚啊。"

“有什么好心虚的！”周敏豪不解。

蒋进心想我总不能说，我觉得自己像是在帮一个言而无信的狗男人打掩护吧。毕竟陆潇答应过叶橙不会再打架，这下完全是骗了他。

他们叽叽喳喳地说着话，走在最前面的陆潇突然停了下来。

“怎么了，潇哥？”有人问道。

陆潇整个人像是石化了一般，站在原地一动不动。

蒋进顺着他的目光看了过去，瞬间也僵住了。

篮球场上，张琦正和叶橙面对面站着，周围站了几个他的小弟。

陆潇连丝毫犹豫都没有，立刻撒腿冲了上去。

“干他×的！大家抄家伙上！”蒋进喊了一声。

就在陆潇翻过围栏的时候，张琦却提前一步带着人走了，临走之前，还遥遥地向这边看了看。

天太黑，陆潇看不清楚张琦的表情，喘着气飞奔到了叶橙身边。

“他有没有对你怎么样？”陆潇扶着叶橙的肩膀，眼睛在他身上扫来扫去。

他额头青筋乱跳，显然被彻底激怒了，在确认叶橙毫发无伤后，往地上啐了一口，当即就要带人去堵张琦。

叶橙伸手把他拦了下来，声音没有任何起伏：“你要去做什么？”

陆潇条件反射地怒骂：“我要废了他！”

他说到一半，恍惚间意识到了什么，抿起嘴不说话了，目光倔强地盯着张琦离开的方向。

见状，蒋进拽着周敏豪后退了几步，其他人也识趣地走到一旁。

“哎，怎么回事？橙哥怎么来了？”

“不知道，来就来呗，为什么不继续上啊，我还想揍那小杂种呢。”

“刚才橙哥和张琦在说什么？怎么被他给溜了？”

“小点声。”

陆潇紧紧地握着拳，仿佛在竭力压抑即将爆发的脾气。

叶橙注视着他，说：“这是你第一次对我撒谎，就为了这个？”

聚众斗殴，手上还拿着武器。如果被抓到了，连退学都是轻的，就怕有人一时冲动拿刀子捅过去，直接升级为刑事案件。

叶橙从前没有来过十三中，但他听过太多类似的事情了。

年轻人冲动易怒，一不小心就会酿成大错，甚至毁了自己的人生。他心里有愤怒，有失望，也有后怕。如果今天他没来的话，谁知道会发展成什么样子。

他没指望陆潇能按照答应他的那样，每一条约定都遵守，只求陆潇安稳无事地度过高中生活，考上大学，拥有不一样的人生。

可惜陆潇连这一点都做不到。

陆潇的脸色阴沉得可怕，过了很久，才自暴自弃地说出来："你现在看明白了，这就是我的生活。"

在叶橙没有出现之前，这的确就是他每天的日常。跟一帮小混混喝酒闹事，看谁不爽就把人打得爬都爬不起来。

或许是叶橙把他想得太好了，他根本不是考大学的那块料，也根本不可能活成叶橙想要的样子。

叶橙没想到他会这么说，即使有心理准备，知道他会叛逆，但仍然感到一阵刺痛。

两人都没有再说话，徒留陆潇粗重的呼吸声。

片刻后，叶橙胡乱点了点头："看明白了，但是比起你这样的生活，我更在意的是，你并不愿意让我改变你这样的生活。"

他再也没办法待下去了，越过陆潇快步走出篮球场。

陆潇站在原地，一动不动。

蒋进下意识喊了一声："橙哥。"

叶橙头都没有回。

周敏豪和蒋进面面相觑："这可咋整？"

第11章
系铃人

叶橙不想去上晚自习了，连书包都不想收拾，也不想回教室。

他沿着操场走到校门口，门卫把他拦了下来。

在晚自习放学之前，校门是不开放的。他找了个借口，说自己家里有事，跟班主任请了假，明天补假条，门卫这才让他出去。

走出学校之后，繁华而热闹的山海路扑面而来。

星期五的晚上是这里人最多的时候，上班族此刻都下班了，坐在小吃摊上划拳喝酒。街上人来车往，夜景五光十色。

然而这些喧嚣都与叶橙无关。

他一个人走在路上，并没有被周围的一切温暖到，反而感到胸前越来越凉。

他总是觉得自己能潜移默化地改变陆潇，因而忽视了很多需要沟通的地方，到今天他才真正明白，他们之间还是有一道阻碍存在。

这道阻碍和年龄无关，和身份无关。

陆潇对自己有着天然的隐瞒和抗拒心理，比如今天，他清楚地知道这样做是违反了约定，自己会不高兴，但还是会不计后果地和张琦约架。

但如果他不撒谎，好好地把这件事说出来，或许会是另外一幅光景。

叶橙知道不应该要求陆潇太多，可当对方说出那种拒人于千里之外的话时，他有一种之前的努力都白费了的感觉。

他抬起头，透过还未长出新枝丫的梧桐树，看见了天上的月亮。

月亮啊月亮，你能不能让我别这么难过了。

他从山海路走到榆白巷，又从榆白巷走到白泽湖。

每当他心情低落的时候，都会选择慢跑或者散步，看看不同的景色，试着让自己平静一点，找出解决问题的方法。

天色变得更暗了，路过一个街口时，叶橙发现自己鞋带散了。

他弯下腰来系鞋带。

路灯下，街口出现了两道黑色的影子。

其中一道影子站在他身后，也跟着他一起停了下来。

叶橙扭头看过去，看见了陆潇。

从山海路到白泽湖，陆潇默默地跟了他一路。

叶橙保持着蹲在地上的姿势，抬起头看着陆潇。

其实刚才有几次，他恍惚察觉到身后似乎有人，但回头又看不到。陆潇估计是等他走远了才继续跟上来的。

他的心情有些复杂，手里系鞋带的动作也忘了。

陆潇上前几步，弯腰蹲在叶橙面前，低下头帮他把鞋带系上。骨节分明的手指灵巧地系着鞋带，眉眼低顺而柔和，眼神认真而专注，完全没有了方才的戾气。

叶橙的视线下移，盯着那个即将成型的蝴蝶结，闷闷地说："不是不愿意让我知道吗，还跟过来做什么。"

他一开口，才发现自己语气里满满都是讽刺的意味，不自然地清了清嗓子做掩饰。

系完鞋带后，陆潇松开了手。他将双臂放在膝盖上，模样像极了他们很久以前养过的那只金毛，每次它咬坏东西都会露出这样的表情。

"我可没那么说。"陆潇撇了撇嘴道。

有些事让他服软很容易，有些事关乎男性的尊严。即使他跟了叶橙一路，也不想率先承认自己做错了，更何况，本来就是张琦惹他在先。

叶橙就那么蹲在他对面，望着他的眼睛道："你刚刚不是那个意思？你觉得你的生活不用我插手，那以后你自己想干吗就去干吗呗。抽烟喝酒，打架斗殴，随你便，我也懒得再管了。"

他越说越来气，"唰"地站起身就想走。

这一下起得太猛，他眼前一黑，身体站立不稳地晃了晃。

陆潇赶紧站起来扶住他，说："你慢点。"

叶橙耍威风没耍成功，还差点摔倒了，恼羞成怒地一把甩开他的手，转过身大步走开。

陆潇立马追上他，飞快地解释道："我没有抽烟也没有喝酒，打架也不是我主动招惹的，我以后……尽量不打架了，行了吧？"

气头上的人最听不得"行了吧"这三个字。

叶橙冷笑着反问："所以你觉得你没错？"

"行了吧"等同于敷衍，敷衍等同于他认为自己没错。

陆潇呼出一口气，只得举起双手投降："OK，那我错了。"

"你说你哪儿错了。"

经典送命题来了。

陆潇忍辱负重道："不该打架。"

才怪，要不是得赶来找叶橙，他现在就想把张琦那货的脑袋拧下来。

"还有呢？"叶橙目光如炬。

"还有？"陆潇迷惑了，"我最近没抽烟也没喝酒啊。"

叶橙面露失望："你还是不明白错在哪里，好好想想吧。"

马路对面就是他家所在的小区，他直接穿过马路回家了。

陆潇当然一直跟着他，却在踏入叶家大门之前，"砰"地被关在了外面。

高秋兰正在剥花生，准备给叶俏俏煲个花生猪脚汤，看见叶橙怒气冲冲地回来，问道："怎么了橙橙，谁惹你不高兴了吗？"

"没什么。"叶橙头也不回，把自己关进了房间。

门口传来陆潇的哀号："奶奶，在吗？给我开个门。"

高秋兰忙应道："在在在，我来了。"

她在围裙上擦了擦手，走过去开门道："这孩子怎么回事啊，干吗把你关在外面，真是的。"

她把陆潇拉了进来。

陆潇面露委屈，瘪了瘪嘴道："他跟我吵架了，正生气呢。"

高秋兰顿时恼了，替他打抱不平："就算再生气也不该把你关外面，这样多不礼貌。再说了，朋友之间有什么好生气的。你们是打架了吗？"

陆潇心想我连他一根手指头都没有碰，还打他呢，他打我我都不带还手的好吧。

"没有打架，奶奶。您让我在这里待一会儿吧，我想想怎么跟他道歉。"

高秋兰看不惯自己的孙子对陆潇颐指气使，没好气地说道：“哎哟，还道歉呢，我现在去房间把他拎出来跟你道歉。他是怎么回事，跟黄胜安闹别扭的时候脾气也不会这么大啊。”

“别！千万别！这件事是我做得不好。”陆潇连忙劝阻她。

开玩笑，如果让叶橙跟他道歉，那他整个高中生涯都别想好过了。什么作业奖励，什么考试奖励，统统都没了。

高秋兰见他很笃定地坚持，只好念念叨叨地给他倒了杯水，继续到厨房剥花生去了。

陆潇看了眼手机，蒋进那边没有消息，他发了个“戳一戳”给谭晓琪。

嫌疑人X：在吗？快帮我支个招。

谭晓琪早就预感到了今天会发生什么，晚自习一直在偷摸看手机。

谭晓琪：在的，你不会跟橙哥闹矛盾了吧？

嫌疑人X：你怎么知道？

谭晓琪把白天和叶橙吃饭时的事跟他说了一遍，再三忏悔自己真的没想到叶橙原来不知情。

嫌疑人X：与你无关，那个帖子放在网上，他迟早会刷到的。

谭晓琪：[大哭]呜呜，潇哥，你真是我的神。你刚才说要支什么招，我一定知无不言言无不尽。

嫌疑人X：你知道怎么劝水瓶男吗？我脑袋要炸了。

谭晓琪：你先把你们吵架的经过和我说一遍。

陆潇跟她描述了一下刚才的场景，仔细到一字一句，生怕漏了哪个细节。

谭晓琪：潇哥，你真的是个白痴吧。

陆潇迷茫了，上一秒他不还是她的神吗？

谭晓琪：首先，你不应该那么迟才认错，你跟了橙哥一路为了什么？就是为了继续和他吵一嘴？你要是在系鞋带的时候直接认错，现在什么事都没有了。

陆潇皱着眉思索她的话。

谭晓琪：其次，你居然对他说“行了吧”！要是李俊晓对我说“我错了行了吧”“对不起行了吧”，我会当场让他滚蛋。

嫌疑人X：……这么严重的吗？

谭晓琪：这是态度！态度你理解吗？他不在意你是否真的知道错了，只是在意你有没有把这件事放在心上！你就算打心底觉得自己没错，也要认认真真地说一句“对不起”，这就是要取得谅解主动和好的一方所谓的态度！

嫌疑人X：……懂了。

“我错了”不能加“行了吧”，“对不起”也不能加“行了吧”。

两个重要的知识点，陆潇会记在他的错题本上。

谭晓琪：最后，就是他问你还有哪里错了。潇哥，你忽视了最重要的一点，就是他问你去干什么的时候，你不该找借口应付他。你可以和他意见不合，也可以吵得天翻地覆，但是撒谎敷衍真的会让人很生气哦。

陆潇觉得茅塞顿开，醍醐灌顶，大彻大悟。

嫌疑人X：太感谢了，明天请你吃饭。

谭晓琪：橙哥是因为很重视你这个人才会生气的，所以你也别怪他。

她发了个“摸摸头”的表情过来。

陆潇放下手机，去敲叶橙的房门。

“进来。”里面的人说。

他推门而入，看见叶橙靠在床边翻看一本书。

叶橙看见他，随手把书扔到一边，冷着脸道：“有事？”

他早就知道高秋兰会放人进来，也知道陆潇必定会在外面先反省一番。那本书他一个字都没看进去，二十分钟看了个寂寞。

陆潇低垂着手道：“我认真想了想，知道自己错在哪里了。”

叶橙坐直身体，抱着手臂示意他继续说。

陆潇：“我知道你是为了我的安全才不让我打架，也知道你很努力在了解我和改变我，我不该说那些伤人的话。”

他顿了顿，补充道：“更不该对你撒谎。”

不等叶橙有所反应，他上前一步，站在叶橙面前。

叶橙坐在床上头看着他。

“阿橙，我以前是个混蛋，什么都不懂。你今后能不能教教我，我有什么地方做得不好也告诉我，我会慢慢改过来的。”他声音低沉地说道。

这是他第一次喊“阿橙”，像极了多年以后。

这一声直冲灵魂。

叶橙的眼眶顿时红了，泪水失控地冲涌上来。

他低下头，非常不想让陆潇看到他的眼泪。但陆潇很快就反应过来了："我……我哪里说错了吗？你别哭啊。"

叶橙只是低着头，陆潇走过去，轻轻把手放在他背上，试图安慰。

下一秒，只露出头顶的人闷闷地说了一句："我答应你。"

片刻后，陆潇才反应过来，这是在回答自己的上一句话。他不知道该说什么，只是用力地揽了一下叶橙的肩膀，表示感激与信任。

叶橙维持着这个姿势足足十分钟没有变，主要是他觉得自己眼睛红通通的样子有点丢人。

竟然被一个小屁孩弄哭了，好尴尬。

陆潇主动给了他收拾情绪的空间，离他远了一点，坐在房间的书桌前，再次道歉："都是我不好，下次不会再让你这么难过了。"

"嗯。"

"今天也别看书了，早点休息。"

虽然陆潇觉得暴露出脆弱一面的叶橙很新鲜很少见，但他还是受不了叶橙哭，希望再也没有下一次了。

陆潇犹豫了一下，问道："对了，你跟张琦说了什么？他没有威胁你吧？"

他一直在担心这个事，只不过不好问出口。

叶橙对付这种不良少年很有一套，对他解释道："我只是跟他说华旺春马上就过来，让他不想被送到警察局就快滚。"

陆潇好笑道："他也信？"

转念一想，如果这话是别人说的，张琦或许不会信，但是叶橙说出来的话，就让人不得不信。之前就因为华旺春找叶橙出题的事，他和周凯还觉得叶橙说不定是华旺春的亲戚，给他们二十班走后门。

叶橙狠狠弹了一下陆潇的脑门："你也要信，我不希望有一天看见被退学的是你。"

他用力不重，不痛，陆潇还是假装柔弱地捂了一下。

"我不会的。"

陆潇没有逗留太久，起身道："你好好休息吧，我先回去了。"

叶橙点了点头："回去注意安全，明天见。"

"明天见，阿橙。"

陆潇从房间里走出来的时候，高秋兰正在客厅里探头探脑，见他出来了，说道:“小陆，你的手机响了好久，有人一直给你打电话。”

“好，我看看。”陆潇说。

高秋兰问道:“怎么样，和好了吗?”

陆潇笑着说:“和好了。”

“那晚上留下来住吧，明天刚好是周末，你俩可以睡个懒觉。”高秋兰说。

陆潇摇了摇头:“我还有事情，下次吧，奶奶。”

他既然拒绝了，高秋兰也不好再挽留，将他送到门口，叮嘱他到家了给叶橙发个消息。

陆潇挥了挥手，转身走了。

出了小区之后，他给蒋进回拨了过去。那边传来一阵嘈杂声，蒋进扯着嗓子道:“潇哥，人带到包间了，你什么时候过来?”

“现在过去。”陆潇眯了眯眼睛。

他在路上拦了辆车，直奔山海路的一家KTV。推开包房门时，里面光线昏暗，沙发上坐了几个人，还有个人唯唯诺诺地贴墙站着。

“潇哥，你来了。”周敏豪从沙发上站起来道。

蒋进也走了过来，把贴墙的人推到他面前:“就是这个兔崽子告的状，偷拍也是他干的。”

周凯瑟瑟发抖，哆嗦着求饶:“潇哥，我不是有意说漏嘴的，橙哥说我不如实交代他就要揍我。”

陆潇上下看了看他，慢悠悠地说:“你是真的嫌自己活得太久了？事不过三，周凯，你听过这句话吧。”

周凯的心理防线一下子崩了，吓得快尿裤子了:“我我我发誓，接下来一年绝不再惹事了，也不会在你们眼前出现了！我保证说到做到！张琦那边我已经和他断了，潇哥，你最后相信我一次!”

陆潇舔了舔嘴唇，说:“你挺走运的，我刚答应过叶橙不打架了。”

周凯紧张地吞咽口水，以为他要放过自己了，颤声道:“谢……谢谢潇哥……”

“不过，打架得双方才能进行，单方面的不叫打架。”陆潇说。

周凯还没弄明白他什么意思，就被一拳捣在了脸上，发出一声惨叫。

陆潇忍无可忍，又给了他两拳。告状是吧。

周凯被一群人围住，连反抗都不敢，鼻青脸肿地倒在地上。

陆潇蹲下来，向他伸出手。

周凯吓得往后一缩，但陆潇只是理了理对方衣领，声音很是温柔："如果叶橙问你的脸怎么了，你怎么说？"

"我……不小心撞的。"周凯带着哭腔说。

陆潇清脆地拍了拍他的脸颊，嘴角上扬，赞许道："真懂事。"

叶橙洗完澡躺上床后，收到了陆潇发来的消息。

嫌疑人X：我到家了。

他和陆潇互道了晚安，就放下手机准备睡觉了。

临睡之前，叶橙觉得似乎有哪里不对劲。陆潇承认错误承认得太快，反而让他感到不太正常。他太了解这人的性格了，执拗且暴躁，如果这次换了他和十年后的陆潇吵架，对方肯定不会这么快来认错。

思来想去，叶橙决定还是再找张琦聊一聊。这人跟陆潇的矛盾太深了，这其中还牵扯到陈臻，只有解决了陈臻的问题，以后这两人才能真正做到井水不犯河水。

叶橙手机里没有张琦的联系方式，便去找周凯要张琦的微信。周凯一直没有回复，最后叶橙实在熬不过困意，倒头先睡了。

第二天起床后，周凯还是没回消息。

叶橙疑惑地看了看手机，不知道究竟发生了什么。周凯这个人又胆小又容易出卖别人，怕自己怕得跟什么似的，不会故意不回消息的。

上午，陆潇来叶橙家里找叶橙一起写作业，把三张训练卷递了过来。

"写完了，给。"他打了个哈欠道。

叶橙有点诧异："三天的量，你这么快就写完了？"

他前段时间从题库搜罗题目，整理出一沓训练卷，每天给陆潇布置一张，让陆潇自己回家完成。

"嗯，快批吧。"陆潇顶着黑眼圈催促他。

叶橙拿起红笔，随口道："突然这么刻苦，是不是做什么亏心事了？"

陆潇的眼神闪了闪："哪有啊，我这不是好好学习吗。"

叶橙以为陆潇这是对昨天吵架的弥补，低下头专注地批改起来。

陆潇心虚地看了看他，见他没什么异色，这才松了一口气。

由于背着叶橙干了坏事，他今天格外殷勤，主动去厨房帮高秋兰一起做饭。他在家里跟王嫂学了几道川菜，高秋兰笑眯眯地站在一边指导他。

叶橙在客厅里嗑瓜子，心里逐渐出现了一丝疑问。

陆潇这状态，怎么这么不正常呢？

难道自己流两滴泪有这么大的威力？

高秋兰端着盘子上菜，连连夸赞道："橙橙，快来尝尝这个辣子鸡，是小陆一个人做的，我全程没插手。"

陆潇像个期待夸奖的小狗似的束手站在一边，期待地看着叶橙。

叶橙这才发现，不知道什么时候开始，陆潇已经把高秋兰哄得服服帖帖了。这小子，社交上向来有两把刷子。

他夹了块鸡吃下去，陆潇眨巴着眼睛等待评价。

"不错，味道很好。"叶橙点了点头，"但是这么辣，你怎么吃？"

陆潇立刻说："我最近在尝试吃辣，正好锻炼锻炼。"

和川渝人士来往，当然也要入乡随俗。

叶橙的嘴角抽了抽，说："倒也不用这么勉强自己。"

高秋兰啧啧摇头道："你这孩子太贴心了，我给你倒一碗水涮涮吧，太辣了我怕你呛着。"

"谢谢奶奶。"陆潇说。

趁着高秋兰去倒水，叶橙打量他道："真有你的，我奶奶都快变成你奶奶了。"

"你奶奶当然还是你奶奶……不对，怎么听起来像在骂人。"陆潇品了品。

叶橙笑着说："她很喜欢你，比喜欢黄胜安还喜欢你。"

陆潇非常喜欢他这样把自己和黄胜安比较，沾沾自喜道："那你呢？"

那些女生总是在私下讨论，说叶橙更爱和聪明人来往，但他怎么都不像是聪明的那一挂。陆潇虽然表面狂放不羁，但其实很多时候还挺容易没自信的。

叶橙似笑非笑："你猜。"

陆潇知道他吊人胃口，戳了戳他道："快说。"

这时高秋兰来了，两人对视了一眼，哈哈大笑。

这个周末，叶橙过得非常顺心，吵完架后的陆潇简直逆来顺受，不争不抢，唯他独尊，搞得叶橙愈发觉得自己应该早点跟陆潇吵架。

直到周一，叶橙才想起来，周凯依旧没回他消息。

叶橙隐约有种不好的预感，于是在周一早自习的时候，直接去了十八班。

他让人把周凯叫出来，足足等了五分钟，周凯才磨磨蹭蹭地走到门口，脸上戴了副茶色眼镜，嘴角贴了个OK绷。

叶橙皱眉道："你怎么了？"

周凯努力保持镇静，说："和女朋友接吻，她把我嘴巴咬破了。"

叶橙：……

他疑惑地看着周凯的眼镜，问道："你不是不近视的吗？"

周凯快哭出来了："我……周末通宵打游戏，突然就近视了。"

叶橙像是想到了什么，拉下脸道："把眼镜摘下来。"

"不行！"周凯连忙捂住眼镜腿，又意识到自己反应过激了，结结巴巴地说，"摘……摘下来我就看不见了。"

叶橙说："你是近视一千度吗，摘下来就成瞎子了？"

周凯沉默了。

叶橙再次道："摘下来，别让我再说第三遍。"

周凯只得认命了，面如死灰地摘掉眼镜。

在看见他眼眶的淤青后，叶橙全明白了："是陆潇打的？"

难怪这几天那么忙前忙后，原来是背着他打人去了。

周凯腿肚子直抖："没……不是，不是潇哥……"

叶橙安静了几秒，开口道："你别怕，我不会直接找他的。"

周凯试探道："真的吗？"

他小心地观察叶橙的表情，却发现对方的眼神平静如同一片湖水，没有丝毫涟漪。然而，他只要稍微再年长一点，就会懂得，越是平静的湖面下，越是暗流涌动。

叶橙对他道："回去上课吧。"

周凯张了张嘴，忐忑不安地看着叶橙转身离开了。

回到二十班之后，叶橙像什么都没发生一样，照常去讲台上带读。

陆潇今天读得格外大声，很给面子地配合他，惹得前排同学纷纷往后看。

"潇哥怎么回事，我就没见他早读读出声过。"

"哈哈哈，他刚才还念错了一个通假字。"

"笑死我了，你看班长的表情，一言难尽。"

叶橙算是弄清楚了很关键的道理。陆潇之所以这么奉承自己，这么拼命表现，归根究底是因为一个原因——他害怕自己放弃他，再也不管他。

他所做的一切努力、一切让步，都不是因为他想这么做，而是害怕自己被彻底放弃。

如果想让陆潇不打架，其实很简单，只需要跟陆潇说，你再动一次手，我们就绝交。

但叶橙说不出这样的话来。

叶橙不想陆潇仅仅是为了自己才做出这些改变，那样只会让他心里的叛逆越来越深。

早自习结束后，叶橙悄悄在微信上找到了一个人。

他给陈臻发消息道：中午有空一起吃饭吗？

自从上次在医院加了微信，两人也聊过两次天。一次纯粹是寒暄，他得知陈臻转到了三中，和山海路只隔了两条街；还有一次是陈臻遇到了不会的题目，发过来请教他。

直到上午最后一节课上完，陈臻才回复道：有空，我请你吧，就当感谢上次你教我题目。

叶橙知道他家境不好，自然不可能让他请。

克制一下：见面再说吧，十二点见可以吗？

陈臻：那放学之后我过去找你。

陆潇见叶橙遮着手机发消息，狐疑道："你在和谁聊天？"

叶橙轻飘飘地看了他一眼，没有像往常一样直接回答，而是说："你管我。"

陆潇忍了忍，还是咽下了这口气，转移话题道："好饿啊，你中午吃什么？"

"我约了人，不和你一起吃了。"叶橙淡淡地说。

陆潇马上不干了："约了谁啊，我跟你一块儿去不行吗？"

叶橙看着他的眼睛，吐出两个字："陈臻。"

陆潇有点傻眼："你和他什么时候关系那么好了？不是，你俩一共也没说过几句话吧？”

“上次在医院聊过之后，感觉挺有共同语言的。”叶橙支着下巴回忆道，“你说得对，他的确很聪明，有时候做题速度比我还快。”

陆潇闻言，坚决地站在叶橙一队：“要说聪明还是你更聪明，他只是比别人更努力而已。”

叶橙挑了挑眉：“是吗，原来他这么努力啊。”

完了，陆潇觉得自己又说错话了。他狡辩道：“也不是最努力的那种，你看我一天就写完三张卷子了，我不努力吗？”

叶橙的手指扣了扣桌面，说：“说不上来，我总觉得他和我很像，做事情三思而后行，不冲动易怒，也不欺压同学。”

陆潇气笑了：“难道我不三思而后行吗？难道我冲动易……”他说到一半，卡住了。

正在这时，下课铃响起。

叶橙笑了笑，说：“我先走了，找陈臻吃饭去了。”然后潇洒地拍了两下他的肩膀，从后门走了出去。

叶橙刚走出教学楼就碰见了华旺春，被华旺春拉着问了几句学习上的事。

这学期以来，华旺春对叶橙很是喜欢，逢人就露出姨母般的笑容，把他夸得天花乱坠的那种。

华旺春对叶橙说，学校过段时间要举办文化节，需要出几个活动，让他看看有没有想参与的，最好参与一下，为校增光添彩。

叶橙应付了他十来分钟，等赶到餐厅的时候，陈臻已经在位置上坐着了。

“不好意思，我来迟了。”叶橙向陈臻打了个招呼，坐下道。

陈臻忙道：“没关系，我也刚到不久。”

这家餐厅看起来比较高档，中午没什么学生，周围坐的都是在附近上班的社会人士。他们身上穿着校服，坐在这里很引人注目。

服务员拿着菜单来点菜，礼貌地询问他们想吃什么，陈臻有些局促地看着对方。

叶橙体贴地说：“我知道这家有几道招牌菜，味道挺不错的。你有什么忌口吗？”

“我不挑食，什么都吃。”陈臻摇了摇头。

叶橙点了一些口味比较大众的菜，然后起身跟服务员去把账结了。

等他再次坐下来的时候，陈臻不好意思地动了动，说："怎么能让你请客呢，我把钱转给你吧。"

叶橙喝了一口石榴汁，对他道："你不是说了我们是朋友吗，朋友之间何必介意这些。"

他说话总是滴水不漏，让人觉得拒绝了就是自己的不是。

"好吧，那真的让你破费了。"陈臻感激地挠了挠头道。

叶橙注意到他手上贴了创可贴，指骨处还有几处擦痕。

"你手怎么了？"他关心地问道。

陈臻看了一眼，说："啊……这个啊，昨天搬砖的时候不小心蹭了一下。"

"搬砖？你找地方打工了吗？"叶橙以为他找了份兼职，补贴家用。

陈臻点头道："嗯，暑假就找了，在附近的工地拖运水泥。"

叶橙微微惊愕，有点说不出话来。

他知道陈臻家里条件一般，但没想到会这么困难，甚至到了不得不下工地的程度。他想问点什么，但又觉得询问人家家里的事不太好。

但陈臻已经拿他当好朋友了，主动解释道："我爸妈在外地打工，他们生活也不容易。现在爷爷又生病了，所以我得自己攒钱读大学。外面管得严，正规的公司都不肯收我，只能做这些活。其实也还好啦，就周末辛苦一下而已。"

叶橙看他挺瘦的，脸颊透着苍白，不像是能干力气活的样子。工地那种地方，一般只有身强体壮中年男子才能扛得住。

他皱了皱眉道："那等到高三了你怎么办，这样太分神了，会很影响你学习。"

"哎，到时候再说吧。"陈臻叹道，"只能走一步算一步了。"

叶橙想了想，说："如果有一份教小孩上课的工作，你愿意做吗？"

陈臻睁大了眼睛："当然愿意，求之不得啊。只是我亲戚他们更穷，找我补课都是不给钱的，外面那些家教也看不上我一个高中生，我投的简历都被拒了……"

叶橙说："我可以帮你问问我邻居，他家儿子在上小学，正想找个高中生或者大学生帮忙补课。"

陈臻被突如其来的馅饼砸晕了，呆呆地看着他。

叶橙补充道："不过不一定能成，我先帮你问问看，要是有消息就告诉你。"

几秒后，陈臻激动地握住叶橙放在桌上的手:“天哪，叶橙，我……我不知道怎么感谢你才好……你真好!”

叶橙不太习惯生人的触碰，微微缩了缩。陈臻这才意识到自己太鲁莽了，赶紧收回手。

“对不起,我不是故意的,只是太……太谢谢你了！我要怎么才能报答你?”陈臻结结巴巴地说。

他认识的朋友里，只有陆潇家境比较好，可以在这方面帮他一把，可自然这样的陆潇也很难理解到他的难处。陆潇借他钱的时候总是很爽快，却不会想这其中弯弯绕绕的事，陈臻自己也是个脸皮薄的，从来没主动说过自己有多需要一份正常又不累人的工作。

叶橙笑了笑，说:“先别急着谢，八字还没一撇呢，如果真的成了，你请我吃顿饭就行。”

他看出来陈臻其实自尊心挺强的，肯定不想白欠自己一个人情，于是给了陈臻个台阶下。

陈臻第一次遇到这么善解人意的朋友，都快哭出来了:“一定！我一定请!你以后有什么事尽管找我，如果能帮得上忙，我必定义不容辞!”

菜品陆续上来，叶橙夹了一块鸡肉放在陈臻的盘子里，说:“还真有件事，我可能需要你帮个忙。”

陈臻立马道:“你说。”

叶橙放下筷子:“能不能跟我讲一讲，你高一的时候到底发生了什么事?张琦对你做了什么，你才坚持要转学?”

叶橙听蒋进说过，一切的真相不仅仅是张琦揍了陈臻那么简单。陈臻这人看似脆弱，实际上骨子里挺正气的，如果不是什么过不去的坎，也不至于用转学来逃避。

蒋进不知道是什么原因，也不太敢去问陆潇。

听见张琦的名字，陈臻的脸肉眼可见地褪尽了血色，他下意识地咬住下唇。

叶橙安抚他道:“别紧张，一切都过去了，我也不是故意要揭你的伤疤。我只是不明白，为什么陆潇和张琦之间的恩怨会这么深，是不是和这件事有什么关系?”

看见陈臻的表情，叶橙就知道自己问对人了。

陈臻沉默不语，拿着筷子的手却开始不住地颤抖。

叶橙有些于心不忍，但这件事就像一个症结，不把它彻底连根剜出，张琦还会祸害更多的人。

也许，到他高三毕业离开校园，十三中将出现无数个“陈臻”，甚至以后他走上社会，可能也会继续这样的行径，让更多人受害。

蒋进说过，陆潇原来不是这样的，小时候的他打架只是为了给兄弟出气，现在还连带着学会了张琦霸凌别人的那一套。

逐渐变成以前自己讨厌的那类人，这对陆潇何尝不是一种伤害。

叶橙见陈臻紧紧地闭着嘴巴，也没有再强迫他，只是拿纸巾擦了擦嘴角，说道:“前两天，陆潇又差点和张琦打起来了。”

陈臻身体震了震，抬眸看向叶橙。

“因为张琦找人偷拍了我们，然后……捏造了一些谣言，上传到了论坛，老师也知道了这件事。”叶橙冷静地说。

陈臻呆了呆，随即道:“我的天，老师警告你们了?”

“没有。”叶橙看着他的眼睛，道，“但是有一就有二，老师难免已经开始留心了，如果再来一次的话，很难保证学校会不会有所动作。”

陈臻的眼底燃起滔天的怒火，愤恨地骂道:“我就知道这个畜生狗改不了吃屎！他做的下流事数不胜数，总有一天会遭报应的!”

叶橙说:“其实我挺抱歉的，今天把你叫出来说这些，是因为我不想眼看着陆潇变成和他一样的人，相信你也不想看到这样的结果。”

“你别这么说，”陈臻拼命摇头，“陆潇不会那样的，他比那个狗东西好一万倍！张琦就应该下地狱!”

叶橙望向他道:“你平时有空的话，能帮我开导开导陆潇吗？我不希望他表面上为了我的期待而改变，实际上自己却过得不开心。”

有些话他说了也无济于事，只能陈臻本人来说，才能解开陆潇的心结。

陈臻是个聪明人，点了点头:“我懂你的意思，我会找他聊聊的。”

叶橙握住了他的手，真诚地说:“谢谢你，真的。”

陈臻低下头，眼中暗潮汹涌，仿佛暗暗地下定了决心。

第12章
幸运儿

吃完饭之后，叶橙在回学校的路上打了个电话给马遥，问了问对方小孩子补课的事。他夸赞了一番陈臻的性格和人品，马遥很信得过他，当即表示可以约个两节课试试效果。

学校里已经打过午休的铃声了，叶橙刚走到五楼，就在走廊上看见陆潇，他正像个看门的守卫小狗一样端坐在外面的桌子上。

见到叶橙来了，他的表情变得怪怪的，明知故问道："你吃过饭了？"

教室里同学很多都在午休，叶橙也不想进去发出声音吵到别人，就在陆潇对面坐了下来。

"嗯，你呢？"叶橙不咸不淡地说。

陆潇一想到刚才的场面，就按捺不住脾气，没好气地说："没吃，吃不下。"

叶橙无所谓地说："哦。"

陆潇终于忍不住了："叶橙，你是不是只会欣赏那种品学兼优的人？"

"是啊。"叶橙接得很快，差点没把陆潇气死。

"那你为什么要管着我？"陆潇渐渐失去理智，愤怒地问道。

叶橙看着他："你说为什么呢？你品学兼优吗？你聪慧过人吗？"

陆潇紧紧地握住拳，鼻翼微张。

"如果我只欣赏这些东西，那我为什么要管你成绩好不好？"叶橙平静地说。

陆潇诧异地看向他。

叶橙说："你想过以后的事吗，如果你和我在同一座城市上大学，一起参加工作，你的未来会是什么模样，会拥有怎样的人生？还是说，你答应我所谓的考大学，只不过是一张空头支票？"

陆潇震惊了，他从来没想过这么多。

"我……"他觉得喉头有些哽住，赶紧垂下头。

叶橙叹了口气："你做的那些事，有哪些是你真正想做的，有哪些你觉得自己是被我逼着做的？那张契约书上面，你真正愿意并且做到的又有几条？"

陆潇更难过了，眼眶微微发红，指甲深深地陷进肉里。铺天盖地的歉疚和自责将他淹没，他连抬头看一眼叶橙都做不到。

叶橙站起身道："你自己好好想一想吧，我希望我们都能够成为更好的人，而不是你把这些当成我单方面对你提出的要求，像任务一样去完成。"说完，毫无留恋地转身走进教室，留下陆潇一个人坐在外面。

整整一节午休，叶橙都托着下巴看着窗外。

陆潇保持着同一个姿势，一动不动地坐在原地，看起来是真的在好好思考和消化他的话，叶橙感到稍微欣慰了些许。

午休之后，一整个下午，陆潇明显安静了许多。

不怎么主动跟叶橙讲话，但是在叶橙要接热水的时候，会默默地把杯子拿走，接回来了也不说话，放在叶橙桌上后就继续自闭。

晚自习的时候，就连蒋进都发现不对劲了。他给叶橙发微信。

蒋进：潇哥怎么回事？王者连跪了？

这是他能想到的最能打击陆潇自信心的"事故"了。

克制一下：闭门思过呢，别管他。

蒋进：啊？他又惹你生气啦？

片刻后，叶橙给蒋进转发了今年美院的画展开幕信息。

克制一下：你的画技炉火纯青了吗？艺考十拿九稳了吗？如果没有，就少和他一起做蠢事。

蒋进：……

他心想，糟了，八成还是被叶橙发现周凯的事了。

蒋进：我明白了，橙哥。

叶橙很了解他们这一群人的心理，就和狐朋狗友是一样的道理，不仅仅是蒋进，篮球队那几个也迫切需要接受一些思想教育。

晚自习下课后，陆潇和叶橙一道回家。说是一道，实则两人在地铁上全程无交流，中间还隔了几个人。出了地铁站，一路也没有话说，陆潇一直把叶橙送到家门口，才转头离开。

高秋兰从窗户里看见了，还责怪叶橙怎么不叫陆潇进来坐坐，责备完又随口道：“对了，你爸这几天就要回来了。”

叶橙有段时间没看热搜了，闻言便问道：“曲恬找到了？”

高秋兰压低声音说：“没找到，不过你爸也够狠的，直接报了警。现在上面正在彻查这件事，之前那个牵线的男的已经被抓了，曲恬十有八九也逃不掉。”

叶橙说：“叶俏俏知道了吗？”

高秋兰咳了咳：“今天刚知道，哭了一整天了，你周六要不要去看看她？”

“不用等周六，我明天晚自习请个假吧。”叶橙道。

第二天上午，数学课被换成了周四的体育课。大家刚开始都挺开心的，后来听到了别的班的消息，不由得一边站队一边议论纷纷。

“你们听说了吗，张琦好像要被退学了。”

“咋回事啊？他称王称霸也不是一两天了，还能被退学？”

“我也是听他们班的人说的，张琦被叫到校长办公室去了，有人在门口听见说什么视频。”

陆潇和蒋进去拿器材了，叶橙站在队伍里，越听越不对劲，问道：“什么视频？”

于坤说：“具体是什么我也不知道，他们说不能传，可能是张琦做的什么丑事。人家当事人家里来找校长了，说如果学校不处理就要把事情闹大。”

叶橙心里一紧，下意识问道：“当事人来学校了？你知道是谁吗？”

“要是有人知道，大家也不会这么猜来猜去了。”于坤说，“校长这保密工作做得够好的。”

说话间，陆潇拍着篮球走了过来。

于坤还在感慨：“终于能有个人站出来治一治张琦了，希望老天保佑他人有事。”

陆潇拍球的手一顿，将篮球拿在手上，问道：“张琦怎么了？”

于坤把大致的经过描述了一遍，叶橙眼见陆潇的脸色越来越黑，就明白这事儿十有八九和陈臻脱不了干系。

果然，还没等于坤说完，陆潇就把球往蒋进那边一扔，丢下一句“老师要是找我就说我去厕所了”，然后头也不回地跑了。

叶橙担心他一时冲动，在校长室里闹起来，也急忙跟了上去。

蒋进苦恼道：“怎么又跑一个，啊啊啊，这个要用什么理由啊。”

陆潇跑得飞快，一直跑到校长室门口，叶橙才气喘吁吁地追上他。然而门已经锁了，看来他们都走了。

两人相互看了一眼，叶橙慢慢调整好呼吸，问道：“是陈臻？”

陆潇咬紧牙关，点了点头。

“到底是什么视频？”叶橙说。

陆潇沉默了。

时间一分一秒地过去，久到叶橙几乎以为他不会回答了，他突然一拳砸在了校长室的门框上。

叶橙一惊，赶紧去查看他的手。好在只是蹭破了点皮，并没有流血。

叶橙握住那只青筋暴起的手，稍稍使了点力，安慰道：“冷静一点，既然他都自己站出来了，就说明他也想跟过去彻底做个了断。不光是陈臻，还有你，你们都该向前看了。”

陆潇胸口剧烈起伏，艰难地做了个吞咽的动作，再开口时，嗓子里充满了铁锈的味道：“张琦那个狗杂种，把他衣服脱光了打，还拍了下来。”

他声音嘶哑且带着恨意，仿佛想把张琦狠狠撕成碎片：“打完之后，那个杂种把全裸的陈臻扔在停车场，后来是我找到了他。”

叶橙骂了一句脏话。

他全明白了，为什么当时陆潇直接把张琦打到住院，换作是自己，也根本不可能忍得住。

叶橙脑海中浮现出一个念头，颤声道：“他该不会……”

接下来的话他没有说出来，但陆潇已经懂了，摇了摇头，道：“他只是想整陈臻，顺便给我个下马威，并没有乱来，要不然早进少管所了。”

叶橙松了一口气，不知道是幸运还是不幸。他也终于清楚，为什么陈臻身上总是笼罩着一层阴郁了，即使伪装得很好，努力正常地社交、生活，却还是不知不觉会露出一些违和感。

陆潇说：“我去教室拿手机，给他打个电话。”

“好。”叶橙点了点头。

这学期学校查得严，他们的手机一般都藏在书包或抽屉里，不会随身带。

陆潇走后，叶橙在校长室门口站了很久。

十三中的硬件设施趋近老化，门框刚才被那么一砸，掉了一点木屑下来，也不知道校长回来发现了会不会去查监控。

他心里乱糟糟的。

转来十三中的这一年里，发生了很多他从来没遇到过的事。

他想起自己第一次踏足这栋楼的时候，脏兮兮的地面，楼道里隐约的烟味，老旧斑驳的二十班门牌，还有一群像看猴子一样围观他的学生。

其实陆潇说得对，这就是陆潇的生活，一个叶橙从未触及过的领域，却也是一部分他的同龄人真实面临的成长处境，充斥着叛逆、暴力、病态和不公。

他突然觉得，自己是不是对陆潇过于苛刻了。

陈臻今天能拿得出那个视频来，就说明那伙人大概一直都在用那个视频威胁他，可想而知他内心得经受多少煎熬。

这样看来，陆潇跟张琦约架都算是轻的。

陆潇最终也没能联系上陈臻，对方只给他发了条消息，说自己在忙，晚点再回复他。

这件事逐渐在学校里传得沸沸扬扬。

得亏陈臻离开得早，而且又是在上课的当口去的校长室，没什么人看见他。大家一通乱传，有说张琦在外面乱搞的，有说张琦拿刀捅人的，风向越来越歪。

晚自习的时候，叶橙请了个假。

他想起来陈臻的爷爷也在住院，于是在去看叶俏俏之前，先去了住院部八楼。他记得上次就是在这里碰到了陈臻。

问了护士之后，他沿着病房找到了陈臻爷爷的病房。

这是一间六人房，住的几乎都是老人。病房里，陈臻正在给爷爷削苹果。

叶橙敲了敲门，轻声问：“我可以进来吗？”

所有人都看向他。

陈臻也看了过来，惊讶道：“你怎么来了？”随即，表情变得慌张起来。

叶橙走过去，向躺在床上的老人问了个好：“爷爷好，我是陈臻的同学。”

“你好你好。”爷爷骨瘦如柴，皮肤上都是老年斑，看着比高秋兰老十几岁。

病房里有很多病人和家属，那些家属都是八卦欲旺盛的中年妇女，一个劲儿盯着叶橙看，着实不是个说话的好地方。

“陈臻，有空出去聊聊吗？”叶橙问道。

陈臻正手足无措，立即点头说：“爷爷，我们出去一下。”

“哎，好。”爷爷慈祥地看了看他。

陈臻把削好的苹果放在爷爷手边，转身和叶橙走出房间。

外头医院的吸烟区刚好没人，他俩找了个角落，陈臻靠着墙壁低下头，手指忍不住揪住衣角。

叶橙开口道：“你别怕，我没别的意思，也不会在你爷爷面前说这些事，我只是想来看看你。”

看见陈臻爷爷插着管子躺在床上的样子，叶橙不用想也知道爷爷肯定不知情，陈臻似乎也担心他说漏嘴，忙不迭地跟他出来了。

陈臻低低地说：“我知道你不会乱说的。”

叶橙看着他，但只能看见一个发顶，想了想直接问道：“今天和你一起去学校的是谁？”

“你看见我们了？”陈臻抬起头来，眼睛瞪得老大。

叶橙忙道：“没人看见，大家甚至不知道你是男是女。”

陈臻这才轻轻地舒了口气，说：“是工地上一个认识的大叔，我让他假装是我家长。”

“看不出来，你还挺机灵的。”叶橙说。

陈臻稍微放松了一点，靠着墙道：“我不敢告诉我爸妈，也不敢跟老师说。后来实在扛不住了，才跟爷爷说要转学。爷爷也觉得我那段时间很不开心，就答应我了。”

叶橙眼神复杂地看着他。很多校园问题层出不穷的原因，都在于被欺负的人不敢上报。原因很简单，他们一旦上报，就会被欺负得更惨。

这种情况只有两个办法可解，要么强硬起来欺负回去，要么转学换环境。

陈臻说：“那些日子我总是在想，我做错了什么，他们要这么对我。”他变得激动起来，“我永远忘不了，张琦让我在一群人面前脱衣服，不脱就要拿烟头烫我。我求饶的时候，他们笑得更大声，每一天晚上，那些笑声都会出现在我的噩梦里，像魔咒一样……”

叶橙上前抱住他，紧紧地捏着拳道：“别说了，陈臻，不要再说了。”

陈臻把下巴搁在他肩膀上，泪水在脸上冲刷出一道道痕迹：“我真的不明白我做错了什么，为什么要这样……我想过很多次告诉老师，我也想反抗的……”

叶橙刹那间都觉得无法呼吸，他只能用力抱着陈臻，轻轻拍打他的后背，一遍遍地告诉他：“你没有错，错的是他们，那些人会得到惩罚的。你做得很棒，你已经非常勇敢了。”

有时候，受害者最缺乏的，就是家人朋友的理解和鼓励。

叶橙能感同身受地理解陈臻的犹豫——他不敢告诉老师父母，一方面是怕张琦报复，另一方面是因为长期离开父母，对他们是否会相信自己有所怀疑。

或许父母听到的第一反应不会是愤怒、心疼，而是“你说的是真的吗”“怎么可能发生这样的事”“你不会是在撒谎吧”。

说到底，还是家人之间欠缺沟通。

叶橙不断轻抚着他的背部，陈臻的抽泣声终于慢慢小了下去。终于，他松开叶橙，揉了揉眼睛道：“我真丢人，对不起，让你见笑了。”

叶橙说：“不见笑，也不丢人。我很佩服你的勇气，如果换了是我，还不一定有你做得好。而且你能跟我说这些，让我觉得自己对你有所帮助，至少能替你缓解一下情绪。”

陈臻被叶橙说得又想哭了。他曾经跟一个关系很好的朋友说过这件事，对方除了同情和恼火，却也觉得被拍了视频很见不得人。

唯独叶橙会告诉他，你没有见不得人，见不得人的是他们。你这么做很棒，很勇敢。

陈臻咬着唇控制泪意，说：“是我该谢谢你才对。”

叶橙拍了拍他的肩膀：“过去的事不要再想了，你什么都没有做错，更不需要让这些事情成为折磨自己的利器。真正应该做噩梦的，是那群欺负同学的废物。”

陈臻吸了吸鼻子，很认真地说：“我答应你，我已经在努力走出来了。我还想考个好大学，以后找个好工作，让爷爷过上舒舒服服的日子。”

叶橙心里酸涩，对他笑了笑道：“这不，我给你带来好消息了。马叔叔说让你给小宇上课试试，如果效果好的话，你就可以把工地那份工作辞了。”

“真的吗？他真的肯要我？”陈臻惊喜道，他本来没抱太多期望的。

他抓了抓脸，说：“叶橙，我真的不知道该怎么谢谢你了，请你吃饭似乎太轻了。”

叶橙打断他道：“朋友之间说这个，你好好教小宇，就是对我最好的感谢。”

“我一定会的！”陈臻说道。

两人又聊了一会儿，陈臻的情绪稳定了许多，叶橙便和他告别，上去看叶俏俏去了。

刚走到病房门口，就听见里面传来欢声笑语。

“你就吹牛吧，怎么可能一挑十！”

“真的，我输出贼强悍，这是你哥不让你玩游戏，不然我非得给你露一手不可。”

叶橙推门进去，果然看见了陆潇。叶俏俏手上打着点滴，他正坐在床边陪她说话。

见到叶橙来了，陆潇站起身道：“你们聊完了？”

叶橙挑了挑眉：“你怎么知道的？”

“刚才看见你们在说话，我就上来了。”陆潇说。

上午因为陈臻的事，两人的关系短暂地缓和了一会儿。此刻陆潇想起来他还在反省期，感到有些不自在，手脚都不知道往哪儿放了。

叶橙看见床边的垃圾桶里扔了不少纸巾，叶俏俏的眼睛也肿成了核桃，过去摸了摸她的头道：“哭什么哭，奶奶说你这两天都不肯吃东西，要死啊？”

叶俏俏偷摸看了看他，又看了看陆潇。

“她刚才还说饿了，我正准备去给她买点吃的呢。”陆潇打圆场道。

叶橙说：“我也饿了，出去走走吧，顺便给她带一碗粥回来。”

叶俏俏嗫嚅道：“哥哥，我想吃炸鸡。”

“忍着，你不能吃油炸的。”叶橙毫不留情地说完，叶俏俏顿时萎靡了下去。

两人走到门边，手同时伸向了门把。

陆潇马上缩了回去，小声道：“你先走。”

初春的南都到处是梧桐絮，白天晚上都不例外，是过敏人群的痛苦源头。

叶橙抓住迎面扑来的白毛毛，顺手扔在脚下那一堆絮絮里面，轻轻开口问道："老盯着我干吗？"

陆潇偷看，被抓了个正着，下意识反驳道："没有啊。"

他这话也只能骗骗别人，骗不了自己。为了挽回一点颜面，陆潇转移话题道："刚才在楼道里，你和陈臻聊了什么？"

叶橙自然而然地说："聊了过去，聊了张琦。"

陆潇脚步一顿："他都告诉你了？"

"嗯，我没想到张琦竟然那么混蛋。"

陆潇心里盘算着这话该怎么接，要不先自我反省一下吧：张琦这厮固然混蛋，但我也不该和他做一样的事，对不起，我以后不会再让你失望了。

他清了清嗓子，正要开口，叶橙却先一步说道："对不起。"

"啊？"陆潇呆了呆。

叶橙看向他，说："我之前不了解全部情况，胡乱冲你说了很多大道理，是我的不对。"

他这一道歉，彻底把陆潇弄慌了。

"不……我不是那个意思。"他语无伦次地表示，"呃，我没有想指责你……你也不用觉得自己有什么错，你只是在为我将来考虑……"

说到最后，他已经不知道自己在说什么了。

叶橙眼神闪烁，突然指着前面一家店，轻轻地说："我饿了，想喝粥。"

陆潇立马道："喝，现在去就喝。"

他脑袋里一片混乱，已然忘了刚刚的腹稿，只是根深蒂固地再三树立了一点——全是他的错。

他这嘴也太不会讲话了，居然还让叶橙委屈自己先道歉了。

真是错上加错。

现在别说叶橙要喝粥了，就算是要天上的月亮，陆潇都会毫不犹豫地转身去拿梯子。

两人点了一锅海鲜粥，配了些虾饺等小吃，又给叶俏俏打包了一份青菜瘦肉粥。

粥上来之前，服务员先端来了一盘凉拌萝卜。

叶橙很喜欢这家的凉菜，但陆潇不吃萝卜。他用筷子夹了一块萝卜，没有伸到陆潇面前，只是问他道："你要不要尝一口试试？味道真的很不错。"

以前应酬喝完酒后，两人经常来这家店吃夜宵。

他曾经竭力推荐凉拌萝卜，但陆潇死都不肯尝一口，好像沾点味道就会要了他的小命似的。

他话音刚落，陆潇立刻叼走了他手上的萝卜，“喀嚓喀嚓”地咀嚼，仿佛就算是毒药也能不眨眼地吞下去。

叶橙面无表情地看着他：“怎么样，好吃吗？”

陆潇咂了咂嘴，似乎也不是很难接受，用甜口的秘制酱料浸泡过的萝卜，掩盖住了原本的苦味。

“还不错。”他坦诚地说。

叶橙若有所思地说：“其实很多时候，我并不是想要改变你什么，只是想让你试试我觉得好的事物。比如一张卷子，比如一块萝卜。先前我的言辞有些过于直白，是我做得不妥，不过你看，你也没那么抗拒这些事物，对不对？”

陆潇没想到，一盘萝卜还能吃出花样来。

嘴里的酱汁味道散去，萝卜的苦涩感逐渐浮出水面。他被叶橙几句话说得愈发无地自容，觉得自己又欠缺考虑又无理取闹。

好像萝卜也没那么难吃。

好像卷子也没那么难做。

好像打架这件事，本质上是真的不太对。

…………

叶橙见教育效果略有成效，继续下了一剂猛药。他扣了扣桌面，问道：“那么现在你觉得，契约书上面的那些条款过分吗？”

一切铺垫，都是为了这一刻的出击。

陆潇被轻易拿捏住，猛然抬起头，义愤填膺地说道：“不过分！我从来没有觉得那些条款过分，我心甘情愿做到每一条！”

从被迫遵守到自觉遵守，这绝对是陆潇的一个巨大飞跃。

叶橙满意地点了点头，奖励式地拍了拍他的脑袋，道：“很好，你越来越有觉悟了。比起几个月前，成熟了很多。”

陆潇被夸得心花怒放，由内而外地感到自豪，如同在为什么伟大事业献身一样。他再接再厉地提出要求：“我觉得条款还可以添加几条，比如禁止课间打闹，禁止带别人一起王者上分……哦，叶俏俏除外。”

叶橙的嘴角抽了抽，倒也不必……把自己逼进死胡同里。

他敷衍道："再说吧。"

这时，服务员端了一锅粥上来，两人吃完之后，回到医院给叶俏俏送饭。

趁着叶俏俏吃饭的工夫，叶橙去楼下找医生，了解她最近的身体情况和手术时间。

叶俏俏用勺子挑粥里面的肉丝吃，一边吃还一边嫌弃："再喝粥我要吐了，什么时候才能吃炸鸡啊？我想吃蜂蜜芥末味道的。"

陆潇正春风得意，迫不及待地想发个朋友圈炫耀自己的心情，随口安抚她道："过段时间就好了，再忍忍吧。"

叶俏俏看向他："你跟我哥不吵了？"

"不是，你怎么看出来我们吵架了的？"陆潇放下手机，诧异地问道。

叶俏俏不屑地撇了撇嘴："你面对我哥战战兢兢的样子，跟上次吵架的时候一模一样。"

陆潇没有生气，反而略带骄傲地说："喊，你哥再难搞，还不是被我搞定了。"

叶俏俏觉得她也该学习学习，为什么每次叶橙生她的气，一气就是好久。她诚恳地请教："你有什么秘诀吗？"

陆潇正儿八经地说："我总结了四字箴言。"

叶俏俏竖起了耳朵："哪四个字？"

陆潇："善于屈服。"

叶俏俏：……

神一般的四字箴言。

正在这时，叶橙推门进来，道："陆潇，把花瓶里的水换了。"

陆潇一骨碌站起身来："好嘞，这就来。"

叶俏俏暗自嘀咕，还真是善于屈服。

三天之后，叶高阳回国了。

也不知道他这段时间经历了什么，头发白了大半，人也憔悴了许多。叶橙再一次看见他的时候，都不敢相信这是那个平时总是一副精英打扮的叶高阳。

叶俏俏抱着叶高阳哇哇大哭，哭得上气不接下气，最后被护士强行隔离开来，还附赠了一片安定。

父子二人相对无言。

良久之后，叶高阳拍了拍他的肩膀，说：“小橙，最近过得还好吗？很抱歉，爸爸现在才回来。”

叶橙没接他的话，而是问道：“你要带叶俏俏去国外？”

他听高秋兰说，叶高阳打算带叶俏俏出国。

“这里有太多伤心往事了，我准备带她出国换个环境，也方便治疗。”叶高阳点了点头道。

叶橙说：“她已经找到骨髓捐献者了，国内现在的医疗条件也很好，换个语言不通的环境，你是想逼疯她还是想逼疯你自己？”

他每次一遇到叶高阳，说话就忍不住夹枪带棒。

叶高阳忍了忍，说：“我明白你的意思，但……”

“但为了你的一己私欲，你觉得无所谓。”叶橙冷冷地说，“我只是提个建议而已，你们父女想怎么样与我无关。我不想多说了，你跟我一起去找郭律吧，我约了他今天下午两点见面。”

叶高阳只得道：“我会再考虑考虑的，走吧。”

在一系列手续之后，叶橙终于拿到了属于自己的东西。

郭律交给他一个保险箱，里面是他母亲余恬留给他的信。

没错，叶橙的生母叫余恬。

这也是他为什么一直对叶高阳抱有希望的原因，他总以为叶高阳会娶曲恬，或许是念在她名字里也有一个“恬”字。

可笑的想法。

郭律对他说：“我还是建议你长大一点再看这封信，也许你现在看了并不能理解。”早在余恬把信交给郭律的时候，郭律就已经看过，并且弄明白了其中的原委。

不知为何，这句叮嘱让叶橙心里一颤。

这番话如果是对十八岁的他说的，那他可能真的会再等几年再打开；而今他早已经不是十八岁的心境了，此时此刻打开这封信，冥冥之中正是再合适不过的时机。

回到家之后，叶橙坐在书桌前，打开了这封尘封了十几年的信。

里面有新的干燥剂，估计是郭律定期更换的。

纸张泛黄、发干，已经成了薄薄的一片。

叶橙小心地将它抽了出来，映入眼帘是熟悉又陌生的字体，娟秀而有力。

叶橙鼻子一酸，余恬在他很小的时候就握着他的手，教他写字，后来他去学了书法，也是为了她。

余恬虽然是学数学的，但字写得非常漂亮。

宝贝，见字如面。

上一次这么叫你的时候，是刚刚你踢完球扑进我怀里时，现在你在睡午觉，妈妈坐在书房里给你写信。

她的生命永远停留在三十岁那年，因此在她的印象里，叶橙还是个天真可爱的宝宝。

光是看见这一行，叶橙就忍不住了，他把信纸放下，手指捏住鼻梁忍着眼泪。缓了好一会儿，才拿起来继续看。

我也很想看着宝贝长大、念书、结婚、生子，但好像做不到了。我们橙橙这么聪明，以后肯定会成为很棒的小孩吧。妈妈希望你能做自己想做的事情。

上次你还说中草药的味道好闻，让我来猜猜，宝贝以后会不会成为一名医生呢？哈哈，妈妈只是开玩笑，无论你选择什么职业，妈妈都支持你，只要开心就好。

唉，本来提笔是想教给你一些人生哲理的，但说着说着就感性起来了，还是言归正传吧。

你看到这封信的时候，应该已经年满十八，相信那时候的你也有独立思考的能力了。我想对你说，不要恨你爸爸，也不要恨你曲阿姨。

妈妈想告诉你一个故事。

很久以前，有户人家的女儿体弱多病，吃了很多药都不见好。她爸爸病急乱投医，找了个大仙帮她改运。大仙告诉他，要过继一个生辰八字和他女儿都匹配的女孩，替她“挡灾”，才能让她活下来。别惊讶，那个年代就是这样，很傻，很迷信。

这个女儿是我，而那个被用来“挡灾”的，是你外公从孤儿院领回来的曲恬。

叶橙捏着信纸的手微微颤抖。

他终于明白，为什么曲恬要拿走这封信了。

难怪之前网上传闻，曲恬的身份信息是修改过的，那些人说她把自己改年轻了两岁，嘲讽她年龄造假什么的。

可没想到，竟然是因为不想被人发现她和余恬的关系。

他从来都没想过，这两个人竟然认识，而且还从小一起长大。回味起曲恬看他的眼神，他顿时起了一身鸡皮疙瘩。

你外公虽然荒唐，但几年之后，我的病竟然真的奇迹般地转好了。然后你外公做了一件事，也是我这辈子觉得最为歉疚的事，所以后来发生的一切，我都觉得是老天还给我的报应。

他把曲恬送回了孤儿院，毁了和院长之间的承诺，将她再次弃养了。

我那时候和她很亲密，经常偷跑到孤儿院看她，但你外公为了不让我跑出去，又把她送去了嵊州。

我很伤心，却什么都做不了。

万万没想到的是，十年之后，我们又一次相遇了。当时我已经上大学了，和朋友们去迪厅玩，而她是给我们上酒的服务员。那一刻，我心里真的快被自责和难过淹没了。

我不知道该怎么弥补她这些年的苦，也不知道该怎么挽回和她的关系。

我们重新变成了好姐妹，她说想进娱乐圈发展，我就介绍了开经纪公司的叔叔给她认识。再后来，我遇到了你爸爸。

接下来的内容，不用看都能猜得到。

曲恬打从心底地嫉妒她，也埋怨她，所以抢了她的老公，破坏了她的家庭。

余恬在信的结尾说——

妈妈不让你恨他们，并不代表他们没有任何错。而是我有私心，我不想你被仇恨的枷锁束缚住。

曲恬因为恨我，抢走了你爸爸，我不知道她现在过得开不开心，但我知道在这之前的十年里，她没有一天是真正快乐的。

妈妈想让你快乐地长大，所以要求郭律必须等你十八岁之后，才能将这封信交给你。

宝贝，妈妈的运气不好，所得到的爱情和婚姻并不幸福。但如果上天抽走了这份运气，是用来留给你的，那么我无怨无悔。希望我丢失的运气，都能出现在你身上。

祝我的宝贝永远健康、幸运，无忧无虑。

最爱你的妈妈，余恬留

叶橙再也忍不住，眼泪大滴大滴地落在纸上。他偏过头，捂住了眼睛，泪水顺着指缝滑落下来。

桌上的手机振动起来，来电显示是陆潇。他看着这个名字，忽然哭得更加难以自制。

直到屏幕熄灭，他都没能够接起电话。

第13章
失与得

陆潇第一次打过来的时候，叶橙没敢接。他慢慢地收住眼泪，平复了一下心情，才拿起手机准备拨回去。

正在这时，第二通电话进来了。叶橙接通，放在耳边道："喂。"

他的嗓音仍有些沙哑，还带着浓浓的鼻音。

陆潇先是一愣，接着敏锐地问道："你的声音怎么了？"

"有点感冒。"叶橙随便找了个借口道。最近换季，正是感冒的高发期，班上有不少人都鼻塞了，他被传染也情有可原。

"怎么感冒了，你淋雨了？"陆潇的语气着急起来，"不对，最近没下雨，你晚上又踢被子了吧。"

明明叶橙才是那个年纪比较大的，但被他这么一念叨，瞬间觉得自己像个四肢退化、生活无法自理的小孩子。

他咳了咳道："我没有踢被子。"

"胡说，肯定踢了，你都感冒了。"

"没踢，你好烦。"

两人说了些没营养的话，陆潇听出叶橙没有唠嗑的心思，没再多说什么，自觉主动地让他挂掉了电话。

叶橙起身把信封好，放在了书柜第三层。

外面夜已经深了，今夜叶高阳在医院陪护。看完那封信后，他心里一度想找叶高阳问问，问他到底知不知道余恬和曲恬之间的关系，犹豫了半天，还是放弃了。

知道又怎么样，不知道又怎么样。叶高阳辜负了余恬，这是不可否认的事实，如果他知情，那只会更让人觉得恶心。

其实叶橙在五岁之前，印象里的叶高阳是个很疼老婆的好爸爸，后来不知不觉就发生了一些变化——他不再一下班就往回赶，冲进家门第一件事就是亲一亲余恬和叶橙；喝酒应酬逐渐多了起来，周末也不再带着他们去公园里打羽毛球了。

余恬有个原则，就是不当着孩子的面吵架。在这一点上，她和孟黎有着本质上的差别。

陆潇从小到大都生活在母亲对父亲的埋怨中，而叶橙从来没听余恬说过叶高阳的半句不是，包括她最痛不欲生的时候。

他第一次发现爸爸妈妈不对劲，是偷听到了余恬打电话给闺密。

那时的她已经知道叶高阳出轨了，但并不知道对方是谁，她的闺密鼓励她去找小三讨回公道。

余恬打完那通电话后便出门了，回来的时候，整个人都憔悴得不行，直接瘫软在沙发上，叶橙蹒跚着跑去扶她。

那是唯一一次，他看见余恬如此失态。

婚姻和家庭没有了信任的支撑，就成了真正的坟墓。

有时他会甚至想,他和陆潇是不是因为都有着相似的支离破碎的生长环境，所以后来两个人哪怕达成合作，也并不能毫无保留地信任对方。陆潇对他有所隐瞒，他也不够坦诚，发现之后仍然装傻，不想解决，所以才导致隐藏的隔阂越来越深。

当时两个人都没有发现这个问题，而这一次呢?

叶橙甩了甩头，不愿再继续想下去，起身去冲了个澡。

刚换了睡衣躺下，叶橙就听见窗口响起窸窸窣窣的声音。他以为是邻居家的那只橘猫，起身去翻找耳塞。

邻居喂了一只橘白的流浪猫，给它洗澡驱虫，好吃好喝伺候着，然而那只猫死活不肯进家门。邻居无奈之下，只能在外面搭了个小窝。因为抓不到它，没法给它绝育，所以一到春天的夜晚，那只猫就叫得春心荡漾。

然而，叶橙还没找到耳塞，外面就响起了熟悉的声音。

“嘶——嘶——里面的帅哥，快过来给我开窗户。”陆潇发出像蛇一样的信号声，试图引起屋里人的注意。

叶橙走过去，一把拉开窗帘，看见了窗外明晃晃的脸。

“……大晚上的你要干吗？要来也不告诉我一声。”他被吓了一跳，用钥匙打开防盗窗，把人放进来。

“我告诉你了好不好。”陆潇一边熟练地翻窗户，一边嘀咕道。

叶橙无语了：“你为什么不走正门？”

陆潇说：“十二点半了！走正门把奶奶吵醒了怎么办。”

叶橙败给他了：“你也知道十二点半了，还来做什么？”

陆潇跳进来，反手关上窗户，晃了晃手里的袋子道：“来给你送感冒药。”

叶橙怔住了。

陆潇观察了一番他的脸色，自言自语：“好像你也没发烧，保险起见，我还买了退烧药。”

大半夜的从久隆跑到白泽，又是买药又是打车，也不嫌麻烦。

叶橙有点感动，乖乖去倒水吃了一颗毫无意义的维生素片。

陆潇突然反应过来道：“等一下，刚才的话还没说完，我给你发消息说了要过来，你怎么没收到？”

“啊……可能是消息太多了，没看见吧。”他思维跳跃得太快，叶橙一下子没跟上。

陆潇狐疑地说：“你是不是没把我置顶？”

叶橙尴尬道：“你也没让我置顶啊。”

陆潇非常愤怒：“我很久以前就把你置顶了，你怎么能不把我置顶?!”

叶橙心中刚冒出的一丝感动荡然无存，他头疼地拿起手机道：“行了，知道了，马上就给你置顶。”

陆潇一副完全不相信他鬼话的样子，夺过他的手机，把自己强行设置成了置顶，又随手划拉了两下，表情更恼火了：“‘陆潇’？我就只配叫陆潇了是吧？凭什么黄胜安的备注就是‘胜安’？”

你还不如别来。叶橙无语地想。

主要是上次高秋兰用他手机砍价拼单，他觉得自己给陆潇备注的那个“傻狗”被她看见了不好，就临时改了一下，后来又忘了改回来。这下解释不清了。

陆潇对着叶橙的手机一通乱戳，把自己的备注改成了“潇哥”，接着把黄胜安的备注改成了“傻不拉几的小平头”。

叶橙懒得管他，从大衣柜里拖了个薄床垫出来，给陆潇打了个地铺。

折腾了这大半宿，他有些累了，打了个哈欠道："好困，你就在家里睡吧，明天还要去学校。"

陆潇应了一声，问："我洗完澡来的，有睡衣吗？"

从前两个人一起写作业，如果太晚，高秋兰都会让陆潇直接睡在家里，也方便第二天和叶橙一起上学。

叶橙非常熟练地找了套睡衣给他。

陆潇已经比叶橙高好几厘米了，但好在叶橙的睡衣大多是宽松款的，穿起来倒也算合身。

房间里留了一盏台灯，叶橙钻进松软的被子下面，只露出一个头。陆潇一个少爷纡尊降贵地窝在地铺上，更像一只大型金毛了。

台灯光线昏黄，陆潇一直睡不着，眨巴着眼睛往天花板上看，过了很久，轻声问道："你睡着了吗？"

叶橙闭着眼睛，但困意已经不在了。他无奈地说："没有，暂时睡不着。"

"喉咙还难不难受？"陆潇说。

叶橙都快忘了自己"感冒"的事情，顿了顿才心虚道："好多了，谢谢你的药。"

陆潇难得被认可，高兴地应了一声。

叶橙扒拉着床沿看向他，问道："阿姨知道你过来吗？"

陆潇说："不知道，她不会发现的。她起得很晚，中午十一二点才会醒，我早就去上学了。"

"她最近身体怎么样了？"

陆潇沉默了片刻，说："还是不太好。也许她真的适合在青山那边静养，每次一回家，病情就会加重。"

叶橙诧异道："怎么会这样？回家不是应该更舒服一点吗，而且还有你陪着她。"

陆潇摇了摇头，"我总觉得她在青山的状态比现在要好得多。她一回家就变得疑神疑鬼，总说有双眼睛在盯着她。"

叶橙听不得这种神叨叨的话，轻轻一个哆嗦。

陆潇继续道："我外公外婆都去世很多年了，爷爷现在还在国外，嗯……

她现在精神状态忽好忽坏。”

“老爷……你爷爷最近有回国的打算吗?”

叶橙总觉得陆家老爷子是一根救命稻草，总盼着老爷子越快回国越好，到时候如果陆潇和陆尧山起冲突，也好歹有个能够主持公道的长辈。

“没有，他忙着欧洲那边的生意，估计一两年之内都不会回国。”陆潇说道。

叶橙心里叹了口气，算了，那就顺其自然吧。

他俩有一搭没一搭地说着话，终于都把自己说困了，各自迷迷糊糊地睡了过去。

第二天，两人一起去学校。

到山海路的时候，他们俩不约而同地分开，一前一后走进教室。

教室里的课桌已经被搬走了一部分，今天的早自习也取消了，全天的课都改成了文化节活动。

学生们花小半天的时间布置出教室和操场两个场地，教室里举行演讲比赛和读书沙龙，操场上则进行义卖和各种小游戏。

义卖的物品都是大家平时不用的小物件，还有老师带领他们一起制作的手工品。这次义卖得到的钱，将全部捐赠给山区的学校。

十三中从来没搞过这样的活动，大家都感到很新奇也很有意义，参与度和积极性都非常高。

在华旺春的授意下，叶橙参加了环保主题的演讲比赛。

他站在台上演讲，底下坐着几个评委老师。窗明几净的教室外面，挤着一群他们班的人，还有篮球队的男生。

陆潇冲他比了个“加油”的手势，谭晓琪甚至还带了几个手幅。

叶橙有点想笑，但又觉得心里一暖。

老师回过头严肃地说:“安静点，没见过年级第一吗？演个讲还要跑过来围观。”

大家哄堂大笑。

这是叶橙最放松，也是最“不正式”的一次演讲。他轻轻松松地说着专业术语和数据，眼神却不止一次飘向窗外，一边游刃有余地回答老师的提问，眼里却带着在公司演讲时不会有的温度和笑意。

最终老师点了点头，赞许道：“不愧是‘十三中之光’，口才和文笔都是一流，我很久没遇到这么对答如流的学生了，你准备得相当充分。”

窗外响起震耳的掌声。蒋进一个劲儿“嗷呜嗷呜”地欢呼，惹得老师们瞪了他一眼。

“下午会公布结果，你先出去吧，把三十三号叫进来。”那个老师说道。

叶橙对下面礼貌地鞠了一躬，转身出去了。

刚走出教室，二十班的人都围了上来。

“恭喜橙哥呀，讲得好好！”

“班长，我们就等你啦。”

“走吧班长，我们去操场玩游戏！”

众人簇拥着叶橙有说有笑地离开。

三十三号选手是十八班的，前一秒还在紧张，怕自己在这么多人面前出丑，下一秒就发现走廊空了。

三十三号：“……为什么！”

十八班就一个人都不来看的吗?!

大家到了操场，一哄而散地去各个摊位玩游戏。

蒋进和陆潇、叶橙走在一起。

陆潇夸道：“我们橙橙真棒，把老师都说得哑口无言了。”

蒋进的白眼都快翻到天上去了，忍不住道：“他又不是在打辩论赛，什么叫‘把老师说得哑口无言’啊。”

陆潇拉下脸：“我夸我的，关你屁事。”

蒋进生无可恋道：“我走了，你们自己玩吧。”

他还没迈出去一步，就被陆潇提着衣领提溜了回来，毫不留情地说：“走你个头。”

这段日子陆潇和叶橙不管干什么都拖上蒋进，可怜的蒋进简直不堪折磨。

看见套圈游戏的时候，蒋进忽然恶向胆边生。

他最擅长玩套圈游戏，技术纯熟到一度被游乐场老板追着打，而陆潇最不擅长的就是套圈、抓娃娃这些，可以说游戏技能点为零。

蒋进果断说：“我们去玩套圈吧，有好多小挂件呢。”既然你天天压迫我，我今天就非要你出糗不可。

陆潇刚要否决，叶橙就赞成地说道：“好啊，我也想试试。”

蒋进洋洋得意地买了五十块钱的圈，心想：你再嘚瑟啊！哈哈哈哈哈，我看你还怎么嚣张！

他慷慨地分给陆潇一个，怂恿道：“潇哥，试试嘛。勇敢潇哥，不怕困难哦。”

陆潇用手指头勾住那个圈，若有所思地问摆摊的女生：“是不是套中什么，那个东西就归我了？”

摊位上有手机壳、支架，还有各种桌面小摆件，女生羞涩地点了点头。

陆潇看了眼叶橙，高深莫测地一笑。

这边，周敏豪正在忙着和一个摆摊的高一小学妹聊天，突然被蒋进从后面勒住喉咙，滚烫的眼泪稀里哗啦喷了他一脖颈子。

“救救我！我受够了，我要蓉蓉，我好想蓉蓉呜呜呜！”蒋进号啕大哭，把周敏豪扑得差点一个踉跄摔倒。

学妹一脸震惊地看着他们。

周敏豪干笑道：“不好意思，他脑子有点问题。”

他尴尬地把蒋进拽走，简直想给这货一个脑瓜崩。

陆潇的套圈技术如蒋进所料，那叫一个惨不忍睹。最后剩下一个圈，被女生送给他俩，聊作留念，也不算一无所获。

叶橙走在跑道上，阳光倾泻下来，他举起左手，咖啡色的圈挂在他细长的手腕上，他弯着眼睛晃了晃。

上午的活动结束后，中午午休的时候，徐超通知大家明天有一节公开课，班上顿时闹成了一锅粥，叽叽喳喳地讨论开了。

“天哪，我们班居然也配上公开课？”

“哈哈哈哈，你好缺德，这话被老徐听到你就完蛋了。”

“公开课不都是尖子班才能上的吗，我们班这是要崛起了？”

“还是去那种自带录像的教室，你们说，老徐到时候会不会紧张到连粉笔都抓不稳啊？”

“土鳖吧你，那个教室不用粉笔。”

大家吵吵闹闹了一阵，直到叶橙拍拍桌子维持纪律，这才各自趴下来午睡。下午的文化节还要继续，因此众人都开始补充睡眠保证体力。

陆潇做贼似的看了一眼周围，低下头给谭晓琪发消息。

嫌疑人X：有绳子吗？软尺也可以。

谭晓琪：……你要绑架谁？

嫌疑人X：？

嫌疑人X：想什么呢，我这次模拟考好了，打算给叶橙买个礼物，想测一下他的手围。

前面传来“咣当”一声，谭晓琪从椅子上一头栽了下去。旁边被吵醒的人抬头看了她一眼，用气声道：“能不能安静点？”

“对不起，对不起！”谭晓琪连连道歉。

她爬起来，疯狂发消息轰炸陆潇。

谭晓琪：你要干吗？

嫌疑人X：我能干吗……

谭晓琪：你还不能？

嫌疑人X：低调，只是买个手环，朴实无华的那种，象征我们的情谊历久弥新，懂？

谭晓琪：懂，那你想买什么牌子，需要推荐吗？

嫌疑人X：卡地亚吧。

陆潇又瞄了一眼叶橙，他睡得正熟，正是测量的好时机。

嫌疑人X：赶紧的，把你的头绳借我用一下。

谭晓琪毫不犹豫地把头绳贡献出来，猫着腰悄悄钻到后排，蹲在桌子旁边递了上去。

“给。”她把声音压得很低，有一种特工敢死队的风采。

在把头绳给陆潇的时候，她看见了他手腕上套着一个皮筋，不解地问：“你有皮筋还问我借干吗？”

陆潇也用极低的声音回答她：“这是他买的。我要在头绳上面画标记，明天赔你十根。”

谭晓琪：“……你欺负我人好是吧。”

陆潇把头绳拿在手上，毫不犹豫地用裁纸刀切断了。正午的阳光洒了一课桌，教室里回响着此起彼伏的呼吸声。他屏住气息，小心翼翼地接近叶橙的手。

叶橙的左臂放在颈枕下面，垫着脖子悬空的地方。陆潇谨慎地伸出一根指头，试探性地碰了碰叶橙的左手手背，见叶橙毫无反应，他这才松了口气，轻轻地抬起叶橙手腕，以每秒零点一毫米的速度缓缓上抬。

整个过程，足足消耗了五分钟。慢到连蹲在旁边看热闹的谭晓琪都看不下去了，一脸黑线地滚回自己的座位上去了。

一个不小心，陆潇的手肘碰掉了桌上的笔袋。旁边的人抬起头，他吓得立即放开手，趴回桌子上。

一代校霸，从未如此失态过。

几分钟后，四周重新安静下来，他才慢慢抬头看向叶橙——谢天谢地，这么一番动静，都没把叶橙吵醒。

这回陆潇学聪明了，他把桌上的所有杂物都放进桌洞里，连自己最心爱的红魔都摘了塞进去，生怕不小心影响自己的计划。

这一过程，又耗时五分钟。因为他得很慢很慢地收拾，才能尽量不发出声音惊动旁人。

叶橙微微咬紧牙关，腮帮子鼓了鼓。真是无语，他压根就没睡，活生生听这个智障操作了二十多分钟。

好烦啊，能不能快点测完让他睡觉?!

下午还要帮谭萌萌一起摆摊，他真的好困，但被吵得睡不着，而且装睡这种事比真睡着要辛苦一万倍好吗?

为了保证接下来的测量工作顺利进行，叶橙甚至还悄悄地把左手挪出来一点，心想：你赶紧的吧。

陆潇紧张地呼出一口气，擦了擦满手心的汗。他再接再厉地靠过去，用仿佛开了0.5倍速的慢动作，把那根头绳缠在了叶橙的手腕上。

叶橙的心也放了下去，终于快要搞定了。

陆潇拿起红笔，准备在头绳处做个标记。可他不知是太激动还是怎么回事，手一滑，笔头径直戳在了叶橙的手上，留下一道红痕。

陆潇险些崩溃了，然而再看叶橙，还是没有醒过来的迹象，甚至还轻轻地发出了鼾声。

他渐渐地开始怀疑起来，不会吧，这么搞都没醒？这不太正常啊。

陆潇眉头紧锁地盯着叶橙的脸，一分钟，两分钟，三分钟。

叶橙咂了咂嘴，心里已经开骂了：你有完没完？量好了能不能赶紧睡觉！

接下来，陆潇做了一个惊天之举，直接让叶橙认为这个人的智商如果说是零，可能都侮辱了零这个数字。

——陆潇居然捏住了他的鼻子。

还能有比这更智障的人吗？如果有，那么这个世界要完！

叶橙毫无办法，只能努力憋气，开始跟他较劲。装睡都装了这么长时间了，不能功亏一篑。

坚持住！坚持就是胜利！

他气沉丹田，耗尽了前些年学游泳的所有力气，赌上了誓死维护“校霸”尊严的决心。

憋气，再憋气！游泳冠军莫过如此！

叶橙的脸一点点涨红，连耳朵也憋红了，脖子上甚至迸出几根青筋。

他在心里读秒，一边读一边诧异，我也太牛了，上次憋气好像都没超过一分钟，现在居然已经一分半了。

正当叶橙觉得自己还能再战一分钟的时候，陆潇陡然松开了他的鼻子。新鲜空气涌进来，叶橙还不敢迅速吸气，矜持地用鼻孔小小地呼吸。

就在这时，陆潇冷冰冰的声音响起：“正常人睡觉能这么憋气吗？你当在潜水呢。”

叶橙脑内一声巨响——失策了。

他装不下去了，睁开眼睛，正好对上陆潇悲愤的眼神，不由得移开视线，从桌上爬了起来。

“你早就知道我在给你量手围？”

叶橙硬着头皮点了点头。

“早就猜到我要送手环？”

又点了点头。

“以前有人送过你了，对吧？”

还是点了点头……叶橙忽然反应过来，立马看向他摇头，小声道：“……没有，真没有。”

陆潇难以置信地看着他：“你骗我！你说过不能骗人的！你教导我说，信任是基本原则，还要求我以后绝不撒谎！你这个双标！”

说完，他瘪了瘪嘴，生气地站起身从后门走了。

叶橙捂住脸，这下完蛋了。

陆潇这一走，足足一个下午没再出现。叶橙在操场上找了一圈，没看见他的身影，问了问其他人，也都说没见到。

找了一会儿仍然无果，叶橙只得给他发了条微信消息问他去哪儿了。

本来以为陆潇不会搭理，或者要等到气消了之后才回复，谁知道刚发出去两分钟，手机就弹出新的消息提示。

嫌疑人X：我在生气，我想静静。

叶橙顿感哭笑不得。

行吧，性格比起以前还是有很大进步的，即使正在气头上，也没有装死。

好久不见的谭萌萌搬了两大箱文具用品过来摆摊，招呼叶橙一起蹲在跑道边上帮她吆喝。

谭晓琪也跑了过来，三人蹲成一排聊天。

“潇哥怎么不来帮我们？”谭晓琪不知道中午后来的事，东张西望地问道。

叶橙对她没什么隐瞒，语气平静地说道：“中午你来那会儿，我就在装睡，一直没揭穿他，结果被发现了，他现在有点生气。”

作为头绳的提供者，谭晓琪当即尴尬了：“啊这……”她脑袋瓜转得格外快，话锋一转，“这有什么好生气的，潇哥啥时候这么脆弱了。”

叶橙客观地说：“不是他脆弱，是我的问题。”

谭晓琪火上浇油道：“那他也不应该气得拍拍屁股就走了啊，说好下午来帮忙的，结果一赌气人就不见了。他是不是还不回别人消息？一闹脾气就玩这套，简直不要太幼稚。”

谭萌萌像见了鬼一样看向她，心想你怎么还挑拨离间呢，你有毒吗??

叶橙的脸色变了变，继续沉稳地说：“他没有不回消息。”

这时，周敏豪帮一个学妹抬着箱子路过，冲着这边喊了一声道：“橙哥，有空过来搭把手吗？太重了。”

叶橙站起身说：“我过去帮他一下。”

谭晓琪和谭萌萌点了点头。

叶橙刚一走，谭萌萌就给了她姐一记白眼，抱怨道：“你在干吗，为什么还挑拨我男神和他朋友的关系？”

她忍了很久，才没有在叶橙面前直接暴露自己并非淑女的一面。

谭晓琪啐了一口："你懂个屁。你看不出来吗，本来橙哥对潇哥是有点无语的，我这么一搅和，他立马开始维护潇哥了。"

谭萌萌恍然大悟："姐，我没想到，你愿意为别人牺牲这么多。"

她含着热泪看着谭晓琪，顿时觉得谭晓琪周身圣光环绕。

为了让他们和好而放弃自己的形象，这就是圣女吧！

他们摆了几个小时摊，把叶橙当看板摆在摊子中央，恨不得方圆十里的女生都被叶橙吸引了过来。

不用揽客，不用大喇叭喊广告词，生意就自动送上门来了。

蒋进和周敏豪还有学妹在他们隔壁摊位，在对比之下，显得门可罗雀，营生惨淡。

学妹羡慕地托着腮说："长得帅，学习好，就是有优势。"

周敏豪不屑道："那叫招蜂引蝶，像我这样的才能给人安全感，明白吗？"

学妹："你可省省吧。"

临近收摊的时候，陆潇回来了。

他沉默不语地帮忙把场地收拾干净，沉默不语地陪叶橙把义卖的钱给老师，沉默不语地背着单肩书包走出校门。

叶橙跟在后面，三步并两步地追上他。

今天不上晚自习，学校外面都是推着车放学的学生。

陆潇以前都是司机接送，自从每天被叶橙监督学习后，也习惯了跟着他坐地铁上下学。

走到家门口，叶橙终于开口道："不要生气了。我其实很期待收礼物的，你还送不送？"

陆潇倔强地说："送，但我还是很生气。"

叶橙："……"你可真是把我整不会了！

陆潇的表情还是很悲伤："中午被你气到了，尺寸也没量出来，你把手伸出来一下，我再量一次。"

叶橙撑住额头，满脸不忍卒读。

陆潇悲伤地量好了叶橙手腕的尺寸，悲伤地耷拉着嘴角，悲伤地冲叶橙挥了挥手："我回家了，再见。"

"喂。"

叶橙喊了一声，陆潇没有回头，不一会儿就消失在街道拐角。

不行，得想办法补救一下。

叶橙思索了片刻，没有进家门，而是走出小区，打车去了附近的商场，也给陆潇挑了回礼。

第二天上午，叶橙带着买好的项链去学校。他心里老是惦记着书包里那两个盒子，担心会不会露出来被陆潇提前看见了。

公开课是在多媒体教室上的。

教室被布置成了小组模式，每对同桌都面对面地坐着。陆潇刚好坐在叶橙对面。两人都不怎么抬头看对方，叶橙走神地盯着课本，暗自想着中午要怎么把礼物送出去。

恍惚间，他听到徐超说:“下一题我点个人起来回答。”

为了这次公开课的效果，徐超没有接着上堂课的内容继续讲，而是开了一节新课。叶橙悄悄地看了眼书页，发现他刚才没听见是哪一题…… 千万别点到他。

然而，怕什么来什么。徐超环视一圈，选了个最靠谱的学生:“叶橙，你起来回答一下。”

所有旁听老师的目光都转了过来，其中不乏他们的校长、副校长，还有几个外校的领导。

叶橙慢腾腾地站起来，感觉自己快要裂开了。

他旁边的于坤见势不妙，机灵地小声提醒道:“第十五题。”

叶橙顺着看了过去，瞬间感到头皮发麻。

这是一道概率压轴题，不动笔根本算不出来，刚刚徐超给的计算时间并不长，一晃神就过去了。

“我也没算出来。”于坤捂着嘴轻声道。

没辙了。要是徐超点了别人还好，但偏偏点了叶橙，这下老师们全部看着他，估计都知道他是年级第一。如果回答不出来，就要在外校面前丢人了。

正在这时，陆潇把自己的书倒了过来。

书的空白处是计算的草稿——他也没有算完，但算到了倒数第三步，前面列了一堆可能性，都是为最后答案提供依据的。

叶橙一目十行地扫过他的计算，大脑飞速运转，争分夺秒地默算接下来的步骤。几秒钟后，他回答道："第一问概率是五分之四，第二问m的最小值为3。"

徐超满意地点了点头："不错，算得很快。有哪些人是两问都算出来的，举手让我看看。"

班上零星地举起几只手来。

徐超说："我们上课时间紧凑，能锻炼大家的计算速度，你们要多向叶橙同学学习。"

说罢，抬了抬手让叶橙坐下。

校长和副校长对视了一眼，面露赞许。

叶橙有惊无险地坐下来，看了看对面的陆潇。

上一次陆潇生气的时候在课堂上故意没提醒他，这一次却臭着张脸把答案翻转给他看。不得不说，小陆同学真的长大了。

叶橙也不等中午了，下课后就把陆潇单独叫了出去。

今天的天气时不时落两滴雨，课间操临时取消了，中间足足空出了二十多分钟。

叶橙提前把项链取出来，装进校裤口袋，和陆潇来到了无人的楼梯拐角处。

他本来想先开口表扬一下对方上课时的表现，缓和下尴尬的气氛，没想到陆潇先一脸凝重地开口道："我有话和你说。"

叶橙眨了眨眼睛："你说。"

只见陆潇霸气地从口袋里掏出手机，冷着脸打开备忘录，开始对叶橙一本正经地念道："叶橙，男，十八岁刚过一个月，水瓶座，十三中学神，喜欢吃辣的，不喜欢甜食，喜欢白色，讨厌粉红色……"

叶橙本来一头雾水，渐渐地却越来越说不出话来。

花了一个世纪这么长的时间，陆潇终于念完了他的备忘录，又把手机塞回了口袋里。他一揣手，依然面无表情："看到了吗，我掌握了这么多你的信息，上课还能给你报答案，你以后不准对我不好，明白没有？"

这样够硬气了吧？陆潇心想。

原来这是来找自己谈判来了。叶橙不知道该怎么形容此刻的感受，就像是被一只刚足月的小奶狗狠狠咬了一口。小狗牙齿都没长全，一点都不疼。

他顾及陆潇的脸面，只能点点头，企图抬手拍一拍陆潇的脑袋。

陆潇非常警惕地避开了他的怀柔套路："你……别想转移视线！不要以为用这种小伎俩就能……蒙混过关，我……是不会上你当的！"

他的台词都写在备忘录上，现在即兴发挥，思路混乱，话都说不清楚。

叶橙轻轻地说："没想蒙混过关，只是单纯想找你和好。"

现在说不出话的轮到陆潇了。

叶橙从口袋里拿出项链，提溜在陆潇眼前晃了两下："给你的礼物。"

陆潇的视线迅速集中。

"我从来没有对你不好，也很谢谢你一直都在为我着想。"叶橙把两条项链分开，其中一条放在他手心，"昨天的事情是我没做好，这是你送我手环的回礼，别生气了。"

陆潇的黑眼珠湿漉漉的，他在心里把自己责怪了许多遍。

这点小事居然气了一天，还这么蛮不讲理，来自以为是地找叶橙讨说法，越想越觉得不可理喻！

他攥紧拳头低声道："对不起，我昨天也不该乱生气，项链……我会一直戴着的。"

当天晚上，蒋进遭遇了一场无妄之灾。

他和陆潇两人在夜市的路边摊吃小羊排，陆潇把啤酒换成了冰可乐。

蒋进疑惑道："喝什么可乐，烧烤就得配啤酒嘛。"

陆潇顺手把他的也换了，说："我和叶橙约好了要戒酒，你也别喝了。"

蒋进满脸迷茫，昨天陆潇还在电话里和他抱怨，叶橙独断专行，自私自利，以后自己再也不会听从叶橙说的任何一个字。

作为陆潇坚实的后盾，蒋进当然鼎力支持陆潇找回他作为一哥的场子，不能被叶橙这个中途杀出来的学神打乱了阵脚。

这也是今天陆潇前去和叶橙谈判的一大原因。

蒋进意识到可能谈判失败，友军被策反了。他小心地问道："潇哥，你的一哥地位没保住吗？"

他不提还好，一提陆潇就来气，语气严厉地责备道："都怪你提的那个该死的建议，什么叫'硬气点'？叶橙每天为我为你这么费心，你还在背后捅他刀子。这也就你是我兄弟，我才不跟你计较，再有下次的话，当心我抽你。”

蒋进整个人都傻了，张着嘴说不出话来。

这看起来不仅是没谈成，好像还被洗脑了？不愧是叶橙啊，黑的都能给他说成白的。

“听见没，别装死。”陆潇威逼道。

蒋进只得举起双手投降：“得，我错了，哥。我不说了行了吧，酒也不喝了，橙哥说的都对。支持橙哥，我闭嘴。”

陆潇脸上这才露出满意的神情。

蒋进心中暗想，还一哥地位呢，你就差没给橙哥做牛做马了。

第14章

当年错

陆潇吃完夜宵回家，路上给叶橙发消息汇报。叶橙没回他，估计洗澡去了。

刚进家门，陆潇就看见孟黎坐在沙发上对他招了招手："潇潇，过来一下。"

陆潇走过去，把书包放在一旁坐下："什么事？"

孟黎没急着回答，看了看他脖子上的项链，问道："新买的？还挺好看。"

"叶橙送的。"陆潇随口说。

孟黎点点头，顺势似的温声问道："你想不想搬回白泽湖？刚好也跟小橙家离得很近，你们可以一起上学放学，闲的时候就去打打篮球。"

陆潇莫名地看向她："那边的房子不是卖了吗，怎么又想搬回去了？"

孟黎避开他的注视，不自然地说："我跟那个中介是熟人，他说最近买房的人又想脱手，刚好可以再买回来。那边的环境比市中心要好，虽然离学校远了点，但是可以让司机接送你们。"

陆潇察觉到不对劲，皱起眉问道："在这里住得好好的，为什么突然要搬家？"

他当然愿意和叶橙做邻居，但是他和孟黎在久隆住了很多年，没道理这么着急搬走。加上孟黎眼神闪躲，更让他觉得古怪。

孟黎找了个借口："我不喜欢这儿，总觉得很压抑。你看看这天花板，这家具，都是你爸挑的风格，看着就让人不舒服。"

陆潇看出来她是在找借口敷衍，可倒也确实如她所说，自从她从青山回来之后，情绪就变低沉了许多。

或许，换个环境，对她来说是好事。

陆潇点了点头道："那行，不过也不一定非要去白泽湖，我周末陪你多看几套房子再决定吧。你想搬到哪里，我们就去哪里。"

孟黎本以为说服他要大费周章，于是开头就把叶橙当作筹码拿了出来。没想到这小子这么为自己考虑，她感慨地摸了摸陆潇的头发，说："谢谢你答应妈妈，也谢谢你没问那么多。"

陆潇从小到大都不怎么和孟黎有肢体接触，被这么一碰难免尴尬。他站起身拿上书包，僵硬地说："我上楼了，有事叫我。"

孟黎笑着说："好。对了，明天是你外公的忌日，你记得跟妈妈一起去给你外公扫墓。"

"知道了。"

陆潇走了之后，王嫂端着盘子走过来，说："夫人，水果切好了，我给他送上去。"

孟黎却变了脸色，尖声说："放这儿就行，我给他拿上去，你走吧。"

王嫂不知道她怎么又不高兴了，放下盘子准备离开。

孟黎抱着手臂哂笑道："王嫂，你跟我也有些年了。哪些事应该做，哪些事不该做，你不会不知道吧？"

王嫂垂下双手，说："我只做夫人交代我的事，其他的一概不了解。"

"你最好是这样。"孟黎冷着脸说，"别让我抓住你的小辫子。"

王嫂面无表情地提醒："夫人，你该吃药了。"

孟黎被她这句话激怒了，"唰"的一下站起来，道："少拿这副嘴脸糊弄我！你以为我真的那么不清醒，任由你们摆弄吗？怎么，陆尧山要回来了，你翅膀也硬了是吧？！"

王嫂一声不吭地任她发火。

孟黎越想越来气，在茶几前走了几步，指着她说："我告诉你，这次你别想跟着我去白泽湖。陆潇现在长大了，我想和他搬到哪里是我们母子俩的事，你最好少跟陆尧山通气。"

听她说了一堆话，王嫂仍然没什么反应，好像已经习惯了似的。

孟黎看见她这副样子就气不打一处来，挥了挥手道："滚吧，我不想看见你。"

"夫人，别气坏了身子。"王嫂对她说，然后转身离开了。

孟黎颓然坐在沙发上，胸脯一阵阵地起伏。

第二天，陆潇和叶橙说今天晚自习请假，要去给他外公扫墓。

叶橙听说此事，趁着中午，出去买了一束白色菊花。

陆潇本来不是这么细心的人，幸亏有他提醒，便提议道："放学的时候我妈来接我，你亲自去把这束花给她吧，反正是你买的。"

他知道孟黎已经非常喜欢叶橙了，但他还是无比希望叶橙在自己母亲心里的印象好一点，再好一点，巴不得孟黎把叶橙当心肝宝贝疼，比喜欢自己还喜欢叶橙才好。

放学后，叶橙抱着花，和陆潇一起去了校门口。没过一会儿，一辆林肯开到他们面前。

孟黎打开后座的车窗。她今天穿了一身黑色，细长的手指将宽檐帽上的网纱掀了掀，对叶橙笑道："小橙，你也来了。"

"妈，这是叶橙给外公买的花。"陆潇抢先说道。

叶橙笑了笑说："阿姨好。"

孟黎惊喜道："还买花了，真是有心了。"

她想了想，说："小橙，你还没吃饭吧，要不跟我们一起去扫个墓，顺便吃个晚饭。反正也不麻烦，很快就能回来了。"

陆潇一听，立马怂恿他："是啊，一起去呗。"

孟黎二话不说，让司机给叶橙开门，把叶橙拉上了车。

盛情难却，叶橙只得答应了。

他和孟黎坐在后排，陆潇坐在副驾。上车前，陆潇悄悄跟他说"我妈这两天心情不好，你多陪她聊聊天"，于是叶橙当了一路陪聊。

说来也奇怪，孟黎一碰到叶橙，话就不由自主地多了起来，问这问那，一路上心情都不错。

陆潇外公被安葬在当地一个很有名的大公墓，据说风水非常好。巧合的是，叶橙的外公外婆也埋在这里。

在孟黎和陆潇献花的时候，叶橙去看了看自己外公和外婆。

夕阳西下，金色的余晖将那两块墓碑衬得格外有互相依偎的味道。

叶橙想起了曲恬，叹了口气道："公公，你可真是聪明一世，糊涂一时。"

在他对外公有限的记忆里，老人家对他很是溺爱。小时候他想吃辣条，余恬不让他吃，外公就偷偷去超市买来给他。余恬很严格地管着他的零花钱数额，所以每次去外公家里，外公都会塞给他不少钱，让他买零食。

他摸了摸墓碑，说："如果你知道后来发生的事，当初还会因为迷信而领养那个孤女吗？重来一次的话，你是不是也很后悔？”

说完，他有点感触。毕竟，不是每个人的人生都能重来一次。

正在这时，陆潇走了过来。他刚在自己爷爷那边拜完，到了这边，也双手合十鞠了个躬，说：“外公外婆好。”

叶橙笑道：“外公外婆，给你们介绍一下，这是我朋友，陆潇。”

陆潇有点不好意思了，小声说：“你不用介绍我的，我和他们还不熟。我还想着下次有机会，我带点贡品过来，跟他们混熟一点再自我介绍呢。”

“没事，下次来再介绍一次也是一样的。”

两人一边闲聊一边往台阶下面走，叶橙问道：“阿姨去哪里了？”

“她去上厕所，让我们先到门口等着。”陆潇说。

他们走到门口，司机正站在外面透气，对他们点了点头。

等了约莫十分钟，孟黎都没出来。

陆潇看了眼手机，发现之前发的消息她也没回。他收起手机对叶橙说：“我去厕所看看，你在这里等一会儿。”

叶橙也感到不安起来，点头道：“好。”

陆潇找门卫问了厕所的方向，就一路小跑过去。

刚跑到门口，他就听见女厕所传来一阵响动，还伴随着痛苦的尖叫声。

他想都没想，立刻冲了进去。

一推开门，陆潇就看见孟黎和一个陌生女人扭打在一起。那女人被孟黎按在地上撕扯头发，一边叫喊一边捂着脸躲避。

“妈！”陆潇赶紧上前拉架。

孟黎恶狠狠地喊道：“我要打死你个臭婊子！贱人！烂货！偷别人丈夫的下贱东西！”

闻声赶来的工作人员也推门进来，连忙阻止：“你们干什么呢？也不看看这是什么地方，怎么能在这里打架?!”

陆潇把她们分开的时候，不小心被孟黎抓到了脸。她的指甲又尖又长，被抓的那道伤口瞬间渗出血来，他连眉头都没动一下，倒是孟黎呆了呆。

“你没事吧?”她气势全无，立即掰过陆潇的脸查看。

那女人被工作人员扶着站起来，只见她穿着一身白色套装，头发被抓得乱七八糟，脸上挂着泪痕。

看起来似乎和孟黎差不多大，但长相偏冷艳。

陆潇的瞳孔一阵收缩，他恍惚间想起来以前在哪里见过这女人的照片。

好像是在……陆尧山的书房里。

叶橙在门口等了半天，只看到一个身穿白衣服的女人匆匆跑出来，她好像没有仔细看路，一头撞在了他身上。

站在旁边的司机也被吓了一跳。

女人低着头说了声“对不起”，便慌忙跑开了。

没过几分钟，陆潇搀扶着孟黎走了出来。

孟黎靠在他身上，洁白的额头上布满汗水。叶橙以为她又犯病了，赶忙去搭了把手，司机立即打开车门，扶着孟黎坐了进去。

孟黎面色惨白，脸上带着抱歉，抬头对叶橙道：“不好意思，小橙，我有点不太舒服，不能陪你们吃饭了。”

“别这么说，阿姨。”叶橙担心道，“你哪里不舒服，要去医院吗？”

孟黎疲倦地摇了摇头：“我休息一会儿就好。”

司机关上车门，陆潇跟叶橙一起坐在了后排。

“阿姨没事吧？”叶橙压低声音问他道。

陆潇摇了摇头，怕前排的孟黎听到，靠近他道：“晚点跟你说。”

孟黎先是让司机把叶橙送回家，又说下次请他吃饭，这才和陆潇一起离开。

叶橙回家之后，越想越不安，干脆给黄胜安打了个电话。

那边“嘟”几声之后，接通了。

“喂，有事吗，叶子？”黄胜安的声音跟做贼似的。

叶橙一愣，这才想起他应该还在上晚自习，抱歉地说道：“我忘了你在上课，晚点再打给你。”

正要挂断，黄胜安拦住他道：“我没上课，在青山呢。我爸忙着开会，让我给他送资料过来。喊，真就把我当跑腿的了呗。”

他那边响起关门声，似乎从会议室里走了出来，声音也大了不少。

“有什么事，你说吧，我旁边没人了。”黄胜安说。

叶橙道：“没什么大事，就是想问问你陆潇他妈妈，孟阿姨的情况。你能不能帮我问一下黄叔叔？”

他话音刚落，黄胜安立刻带着邀功的语气道："这还需要你提吗，我隔三岔五就试探我爸孟阿姨的身体状况。你放心吧，她的病没什么大碍，好像就是精神压力太大导致的。"

叶橙皱了皱眉，疑惑道："她怎么会精神压力那么大，是因为……家庭原因吗？"他不知道今天孟黎是怎么了，但隐隐能猜得到那段时间应该发生了什么刺激她的事情。

黄胜安犹豫着说："对……不过也有别的原因。先打个预防针，你别介意。我不是在背后说她闲话啊，只是我觉得她是不是有时候总爱幻想点什么？她老是跟我爸说，感觉有人在盯着她，吃饭的时候背后有人，睡觉的时候床边站着人，好像自己的一举一动都在被监视着。"

叶橙心里不由自主一紧。

黄胜安又说："她说可能是她老公想害死她，跟小三双宿双栖，但是这话有两个矛盾点。第一，她老公身在国外，一年到头也不会回来几次；第二，她请的私家侦探明确告诉过她，她老公没有……呃，固定的小三。"

"没有固定的小三，是什么意思？"叶橙问道。

黄胜安尽量委婉道："就是他在外面玩得开，但没有固定交往对象。"

叶橙明白了："比较花。"

"嗯，反正阿姨想象中的那个'小三'，压根不存在。"

他这么一说，叶橙倒是想起来，在他的印象里，陆尧山好像一直没有跟孟黎离婚。当然，其中有精神病离不掉这个原因。但事实也是，叶橙没见陆尧山再弄出第二个孩子来。

陆家后来有一阵子腥风血雨的，大伯和三叔都不是什么好东西，争着抢着想搞个一儿半女讨老爷子的欢心，打个隔代亲情牌。陆尧山和陆潇本来就不对盘，按照陆尧山的性子，没道理不在外面再生一个以防万一。

黄胜安说："对了，还有一件事很古怪。我爸前几天吃饭的时候提了一嘴，说有另一个医生问他孟阿姨家里的亲戚是不是很多。我爸说不太清楚，为什么这么问。那个医生说她在疗养院期间，有人两次来医院询问她的状况，自称是她父亲那边的亲戚。"

叶橙顿时感到不妙，道："她父亲那边没有亲戚，今天我还陪他们一起去扫墓了，陆潇说他外公只有孟阿姨一个女儿。早年因为一些口角，他们和舅舅那头都断干净了。”

“你别担心，”黄胜安说，“他什么都没告诉那个人。”

他“咣咣”拍了两下胸脯，道：“医院对于病人的隐私保护得很好，这些都是我偷听我爸和他同事聊天才知道的。除了你之外，我没跟其他人说过。”

叶橙松了口气，说：“谢谢。”

黄胜安道：“谢什么谢啊，你的事就是我的事，咱俩谁跟谁嘛。”

叶橙跟对方聊了几句，便挂断了电话。他直觉这个陌生人八成和陆尧山有关系，得尽快让陆潇知道这件事。

陆潇把孟黎带回家之后，安抚她喝了杯牛奶睡下了。

没过多久，他听见门外有人走动的声音，拉开门就看见王嫂拿着打扫工具走过，垃圾袋里叮叮当当作响。

陆潇问：“我妈又砸东西了？”

王嫂无奈道：“夫人把药碗摔了，不肯吃药。”

“你把药拿给我。”陆潇说。

王嫂点点头，看了眼身后的走廊，说：“夫人现在的情绪不太稳定，刚才还拿相框扔我，你现在过去……”

陆潇的视线落在她身上：“王嫂，你没受伤吧？”

她面带委屈，说：“没有，但夫人总是觉得我是老爷派来监视她的，不肯喝我熬的药。”

陆潇拍了拍她，安慰道：“没事，我去找她聊聊，你把药放在门口就行。我妈总是这样，还要麻烦你多包涵她了。”

王嫂抹了抹眼角说：“我背叛谁也不可能背叛夫人哪，潇潇，你是知道的……”

“我知道。”陆潇有点不忍心，“我妈在气头上说的话，你别当真。”

王嫂叹了口气，环顾四周：“也许这里真的如夫人所说，不太吉利。”

她拿着垃圾袋走了，陆潇的眼神变得复杂起来。

他穿过走道，敲了敲孟黎的房门。里面没有声音，他直接伸手推开门。门受到了一些阻力，他走进去之后才发现是一个枕头。

陆潇拾起那个枕头，向坐在床上发呆的孟黎走了过去。

“妈，睡不着吗?”他在床边坐下，把枕头放到原来的位置。

孟黎发了一场疯，此刻已经平静下来。她怔忪地望着虚空，喃喃道:“潇潇，要不我们换个城市生活吧，去一个谁都不认识我们的地方。”

陆潇眉头紧锁地看着她。

“我总觉得身边的人一个都靠不住，我做任何事都好像有个人在看着我。你有没有觉得王嫂最近很奇怪? 她老是在做家务的时候莫名其妙地盯着我，要么就逼我喝那些黑乎乎的东西。”

孟黎丝毫不觉得自己的语气有多魔怔，说着说着还抓紧了陆潇的袖口。

“还有今天那个夏晚晴，她一定是跟踪我去公墓的!”她咬牙切齿道。

陆潇说:“那个工作人员不是说了，她是去祭奠她丈夫的。妈，她也解释过，她和我爸早就断了，而且我爸出国好几年了，不可能再和她有联系。”

陆尧山书房里的那张照片还是他小时候见到的。据说那个女人是陆尧山的初恋，后来突然就分手了，然后陆尧山就娶了孟黎。

孟黎不甘心道:“那王嫂呢? 她老是鬼鬼祟祟的。”

“妈——”陆潇拖长声音叫了她一声，握住她揪着自己袖子的手，“王嫂跟了你多少年，你难道还怀疑她吗? 你好好听医生的话，不要想这些有的没的。”

孟黎不说话了。

陆潇说:“过段时间我爸就要回来了，你可别和他闹起来，不然我怕我又忍不住动手。”

上一次他跟陆尧山起冲突，还是因为孟黎受了陆尧山的刺激再次发病。

孟黎讪讪地说:“别跟你爸动手，省得让你大伯他们笑话。”

陆潇无所谓地哂笑，他根本不在意那两家。

孟黎又说:“你爸那边的人，一个都别相信，包括你爷爷在内，都不是什么善茬儿。”

陆潇其实还挺喜欢他爷爷的，闻言也不知道该说什么，只能对她说道:“好了，早点休息吧。”

他站起身时，看见了对面墙上那幅巨大的婚纱照。上面的孟黎美貌动人，眉眼都含着笑意，而陆尧山和她恰恰相反，可以说是没有一丁点儿表情。

陆潇的脸色逐渐冷下来。原来一方很爱，一方厌恶，真的会落到这般田地。

床上的孟黎已经合上眼睛，手机倒扣在枕边。

陆潇把手机拿开，准备放在床头柜上。手机屏幕还未关闭，一行聊天记录映入他的眼帘。

备注“尧山”的微信，发了这样一句话：别去找她，否则后果自负。

送达时间是一个小时前，大概这也是引孟黎发疯的原因。

两人以前的聊天记录被删得一干二净，可能是因为她不想看见那个对话框。

陆潇的心陡然沉了下去。

他们也只是刚从公墓回来，遇到夏晚晴的事，陆尧山竟然这么快就知道了。

司机已经是这个月换的第三个了，难道真像孟黎说的那样，王嫂其实是陆尧山安插在她身边的眼线？

可先不提王嫂对孟黎有多么好，陆尧山这么做的目的又是什么呢？

孟黎早几年还有几家公司的股份，后来，那些股份全部落入陆尧山手中。他现在瞄准的那块蛋糕应该是陆家，而不是区区一个得了精神病的女人。

陆潇感到头疼。

如果换了一年前，在发现这行聊天记录后，他可能毫不犹豫地答应孟黎去别的城市了。可现在他认识了叶橙，有了自己的朋友圈，不可能突然离开，无缘无故地去一个新的地方生活。

他想了想，拿走了孟黎的手机。

走出房门之后，他用孟黎的手机给陆尧山发了条消息：你什么时候回国？

发完之后，他把这条记录删了。

但是，直到第二天中午，他把手机放回孟黎房间时，也没有得到来自陆尧山的任何回复。

第二天，孟黎的情绪安稳了一些。

课间的时候，叶橙对陆潇道：“我上周买了一幅田园风格的画，那个画廊说这种氛围的画面挂在卧室能帮助主人平心静气。今天放学之后，我们一起取了画，送到你家去吧，可以让阿姨挂在卧室里。”

他这么一说，陆潇立刻想到了那幅碍眼的婚纱照，道：“她是该换换心情了。”

这天没有晚自习，两人放学后就去拿了画。这幅画宽度足足有一米六，加上相框后又大又沉。他们找了工人搬到家里，刚好孟黎在餐桌前吃燕窝。

见几个人抬着个大物件走进来，她诧异地问：“这是什么？”

陆潇说:“叶橙送你的画，看你要不要放在卧室里，改变一下气氛。”

他把小图拿给孟黎，她放下勺子看了一会儿。

叶橙刚想说,要是不喜欢就算了。谁知,孟黎带着几分报复的意味,迅速说:“换，马上就换上去。把那个婚纱照挪到你爸房间去，他刚好这几天就回来了。”

工人们搬个东西的时间还吃了一嘴瓜。这家看起来是女主人和男主人分开睡，男主人还长期不着家，估计夫妻矛盾很深。

几人搬着画上楼。

孟黎说:“小橙，晚上留下来吃饭吧，阿姨给你做好吃的补偿你。”

“好，我上去帮个忙就下来。”叶橙对她笑了笑。

众人来到孟黎的卧室，陆潇指挥工人拆婚纱照。

经过一番努力，那幅巨大的婚纱照终于被拿了下来。

在婚纱照被移开的那一刻，一根线从顶部掉了下来，线的末端连着一个小东西,“啪”地砸在了地板上。

大家全都低头看了过去，却见那东西正一闪一闪地发着光。

事情发生得太突然，在场所有人都没有来得及做出任何反应。

只见那个被电线吊着的微型摄像头骨碌碌滚了两圈，慢慢在地上停下来，就那么暴露在大家的视野之中。

室内一片诡异的寂静。

有个新来的小青年问了一句:“这是个啥?”

工头一巴掌拍在他脑袋后面，压低声音骂道:“闭嘴。”

小青年龇牙咧嘴地捂住脑壳，满脸不解。

陆潇缓缓蹲下身，伸出骨节分明的手，捡起那个摄像头。他的手背上青筋乍现，几乎要将它捏碎一般。

红光时不时闪烁两下，仿佛无声的嘲弄。

下一秒，他用力扯断电线，将摄像头砸在了墙上，然后红着眼睛站起来，抬脚向那幅婚纱照踹去。

“咣当”一声巨响，巨幅婚纱照轰然倒地。相框被砸得嗡嗡振动，落下了一层浮灰。

那个说话的小青年被吓了一跳，哆哆嗦嗦地看着陆潇。

陆潇又照着婚纱照狠踩了几脚，大家都吓呆了。

叶橙急忙拉住他，又转头对工人们道："麻烦你们先回避一下，这件事不要乱说，给大家的辛苦费我稍后会转过去。"

工头心领神会，说："您放心，我们只认真工作……看不见别的。那……那我们就先走了，如果还有什么需要，随时联系我就行。"说罢，带着众人匆匆离开了。

陆潇站在原地，胸口剧烈起伏，"呼哧呼哧"地喘着气，拳头握得死紧。

叶橙没想到会是这种情况，静了静，试探着问道："我们要不要报警？这会是谁干的？"

"我爸。"陆潇的声音低沉嘶哑，带着笃定的失望与彻骨的恨意。

叶橙睁大了眼睛。

这个想法刚才在他脑海里盘旋了几秒，他下意识不愿意相信陆尧山会做出这么变态的举动，安慰自己万一是家里进贼了呢。

陆潇痛苦地说："我早该察觉的，她总说有人在看着她……医生说那是幻觉，是她的臆想，可她每次去青山之后，病情就会好转很多，一回来又会加重……我居然觉得是她的问题，我真是该死！"

他狠狠地捶了脑袋两下。

叶橙立即拽住他的手，劝道："你别这样，谁能想到阿姨的直觉这么敏锐，换了我也会以为是她自己幻想出来的。陆潇，你仔细想想看，你爸为什么要这么做？他想从阿姨身上得到什么？以及……"他顿了顿，"这个家里，还有其他监控吗？"

两人对视了一眼，陆潇的眼神阴沉得瘆人。

如果有别的监控，也就是说，他们的一举一动此时都会被陆尧山看得一清二楚。

陆潇沉默了片刻，开口道："我先把我妈送到青山去，那里的疗养院比较安全。阿橙，能不能麻烦你暂时照顾一下她，我晚上好带人把家里排查一遍。"

叶橙忙说道："你放心，我一定看护好阿姨。你自己也要小心，实在不行的话……就报警吧。"

陆潇却摇了摇头，表情有些苦涩："没用的，我爸在南都一手遮天，报警等于打草惊蛇。况且，到时候他要是说担心我妈的病情，才在家里装摄像头，估计也没法给他定什么罪。"

陆潇这人有个特点——也可能是陆家的遗传基因——那就是，不管他多生气多激动，都会在最后关头稳一手，用最理智的思维来解决问题。

虽然现在的他看起来像是想直接拿刀把陆尧山砍了，但他心里很清楚，这样做只会雪上加霜。

别人都以为陆潇是个感情用事的毛头小子，而他身边的叶橙冷静至上，其实在很多时候，两人恰恰相反。

两人合力把田园画挂上之后，陆潇避开家里的司机，亲自把叶橙和孟黎送到青山疗养院，眼看着他们进去，才独自折返。

孟黎惴惴不安地问叶橙："发生什么事了，潇潇为什么看上去那么不高兴？一路上都不说话，看他那个脸色，我也没敢多问。"

陆潇提前嘱咐过叶橙，让他暂时不要告诉孟黎这件事。

叶橙拍了拍她的手背，说道："阿姨，他只是觉得你这几天在家休息不好，所以让你过来休养。明天刚好是周六，我就在这儿陪你住一天好了。"

疗养院的环境很好，设施也很先进，孟黎的房间宽敞明亮，的确比她那个总是不开大灯的卧室好得多。

她揉了揉太阳穴，说："我这两天确实睡得不安稳，哎，也不知道怎么搞的。小橙，你说我的病情是不是真的加重了？我总是觉得有双眼睛在看着我，吃饭，走路，睡觉……做什么事都心不在焉。是我太疑神疑鬼了吗，那明明是自己家啊。"

叶橙的嘴唇动了动，不知道该怎么回答她。

孟黎叹了口气道："潇潇他爸的确派了人在我身边，可能是因为这一点，我的神经太过敏感了。我前几天还跟潇潇说，想和他一起搬出去住。"

叶橙忍不住问："叔叔为什么要派人跟着你？"

孟黎的眼神闪了闪，说："他说安插保镖是为了保护我，怕我自己出门走丢了什么的，你也知道，我是个病人。为了这件事，我还跟他闹了好几次。"

这还叫保护？他根本是在监视你，控制你。叶橙心想。

他无法理解陆尧山接近疯狂的掌控欲，更不觉得这是什么爱的表现。而且根据黄院长的说法，孟黎的病情并不是很严重，反而是陆尧山再三给她灌输"你是个疯子"的想法，让她迟迟不能恢复正常人的生活。

这种举动不禁让人感到毛骨悚然。

哪有丈夫会这样对待自己妻子的，除非他刻意想要逼疯她。

叶橙想起以前，孟黎一声不吭地去了国外疗养院，而所在城市恰好和陆尧山在的是同一座。那时叶橙从来没有见过孟黎，但是在疗养院前台等待陆潇的时候，他隐约听见护士说孟黎似乎已经到了快不认识陆潇的地步。

想到这里,叶橙突然意识到了什么,问道:“阿姨,你有没有想过去叔叔身边，找个国外的疗养院调养身体?”

孟黎当即嫌弃道:“我才不去国外，加州那种地方，去玩几天就够了，让我住在那里等于是折磨。”

叶橙的心猛然沉了下去。

第15章 旧了情

果然，孟黎是不会自愿去国外的。叶橙大概猜到后来陆潇退学的原因了，或许就是为了带着孟黎离开，躲避陆尧山的追踪？

但不幸的是，孟黎后来仍然被陆尧山控制了，陆潇也许是受到陆尧山胁迫，为了孟黎才出国读的大学。

叶橙思绪很乱，总觉得自己似乎遗漏了什么关键线索——陆尧山不可能一无所图，他肯定是出于什么原因才会这样做的。

孟黎见他紧紧皱着眉，好笑地说："小橙，你怎么比我还纠结呢？算了，我也懒得多想了，反正尧山后天就回来了，到时候看见他房间里的婚纱照，准会膈应一阵子。"

想到陆尧山看见婚纱照挂在他房间的样子，她既有点得逞，又有点期待。

这让她记起第一次遇见陆尧山的场景。

那是一场觥筹交错的晚宴，当时她才十九岁，正是如花似玉的年纪，在整个宴会厅里显得一枝独秀，光彩照人。

很多年轻男人来献殷勤，她看都懒得看一眼。直到有个穿着黑色西装的男人走了进来，她朝人群中看了一眼，接着又控制不住看了第二眼，第三眼。

然后，她状似不经意地问身边的女伴："那人是谁？"

不需要她多形容，女伴一眼就看出了她问的是谁，捂着嘴笑道："那是陆氏的二少爷，被流放海外，刚刚回来呢。怎么样，确实很帅吧？之前我跟你说，你还不相信。"

孟黎向来傲气得很，对那些无聊的八卦不感兴趣，可偏偏为这惊鸿一瞥，对那个人上了心，动了情。

"阿姨……阿姨？你想吃点什么？"叶橙问道。

孟黎听到叶橙的呼喊，这才回过神来。

房间里不知什么时候进来一个护士，正询问她晚餐吃什么，她这才想起自己还没吃晚饭。

“我们去餐厅吃吧，刚好透透气，别端过来了。”孟黎对叶橙说道，“这里的餐厅很不错，我带你过去看看。”

叶橙应了一声，跟她一起走出房间。

疗养院的餐厅是自助餐厅，想吃什么自己拿。叶橙让孟黎坐在座位上，先给她夹了一盘她爱吃的菜，又端着盘子去给自己盛菜。

餐厅的空间非常大，现在已经八点多了，用餐的人很少，大多数都是值班的护士。虽然有员工食堂，但因为这个餐厅的饭菜好吃，也经常有护士自掏腰包过来吃饭。

在一堆制服里，一个穿黄裙子的女人显得尤为扎眼。

叶橙留了个心眼，到靠近那桌的地方夹菜，抬头间见那女人有几分眼熟。过了好一会儿，他才想起来，这是昨天在公墓撞到他的白衣女人。

女人正在打电话，看了一圈满是护士的餐厅，嫌弃道：“没有，那个医生说她出院了。你都不知道老娘我昨天多倒霉，正好在公墓的厕所里碰到她。孟黎这个贱人泼辣得很，上来就扯我头发。”

听见孟黎的名字，叶橙夹菜的手一顿，停了下来。

女人跷起二郎腿，说：“我能被她压着打？我扇了她俩耳光好吧！正要打回去的时候，她儿子突然进来了。她儿子好高啊，我怕他们母子合伙儿打我，只好在那里哭着装柔弱……你问我为什么去公墓？当然是去看我那个死鬼老公了。他出事之后的保险赔偿都要花光了，我不得去拜拜他，求他给我指一条财路吗？”

“这不，财路就送上门来了。”她冷笑道，“当年都怪那个贱人从中破坏，要不是她爹，我早就成豪门阔太了，还用得着天天应付那些老流氓吗。”

那头不知道说了什么，她娇声笑了起来：“是啊，陆家那个老家伙给了我一千万，然后我告诉陆尧山，他家老爷子让人强奸我，威胁我离开他。笑死我了，他还真信了，又给了我一千五百万……不行，说起这个我就来气，要不是那个死鬼全拿去赌钱了，我怎么会沦落到现在这样?!”

她正义愤填膺地跟朋友唾骂，忽然感觉对面一阵风拂过，她谨慎地捂住手机抬起头，就看见一个长得极其俊美的少年端着餐盘站在了她对面。

叶橙轻飘飘地看了她一眼，问道："姐姐，这里有人吗？"

他的语气很冷淡，眼睛却直勾勾地看着对方，带着一丝探究。

女人被这声"姐姐"叫得心花怒放，注意到他穿着一身校服，看起来也没什么威胁性的样子，于是笑道："当然没有人，弟弟你想坐就坐呀。"

看他坐下之后，女人就把手机倒扣着放在一边，时不时地瞄他两眼。

叶橙也没东张西望，安安静静地埋头吃饭。

过了一会儿，女人终于放松警惕，开始心不在焉地挑菜吃。

周围的护士都在叽叽喳喳地聊天，氛围很松散。

叶橙趁她不注意，打开了手机闹钟，定了个电话铃。等铃声响了几声，他将手机贴在耳边，边夹菜边说："喂，叔叔，找我干吗？"

他的语气懒洋洋的，带着一种富家公子特有的散漫。

女人不动声色地抬眸看了看他。

叶橙笑着自言自语道："现在去酒吧？得了吧，我在青山等我妈体检结束呢……你还是别来了，被我妈看见就完了……我不知道，这里好像打不到车吧，是司机送我们过来的……好啊，下周可以去。什么，游艇派对？是你上个月刚买的那艘游艇吗？"

闻言，女人的眼睛迅速亮了起来。

这小子看起来深藏不露，眼底带着与生俱来的傲气，这种派头她见得多了，绝对是公子哥儿，普通人装都装不出来的。而且他说话的语气很稀松平常，好像在他眼里，买个游艇和买个玩具车没什么区别。

"那你可不能告诉我妈，不然我就死定了……哈哈哈哈，介绍我同学给你认识，你确定？我那些同学年纪都太小了，你每次都嫌不够味……哦对，我都忘了，你喜欢长相清冷点的。"

说着，叶橙状似不经意地用眼睛扫过她。

女人迅速将视线移开，继续吃饭。长相清冷，和她倒是有几分符合。她不笑不说话的时候，看起来的确是冷艳风的，虽然一开口就拉低了几个档次。

这也是为什么她当初能把陆尧山骗得七荤八素，让他坚定不移地认为她是个不爱财的清高女人。

叶橙笑得愈发明显："行行行，我期待你给我找个婶婶回来。先不说了，我吃完饭还要去拿我妈的报告。"

他挂了电话，随意塞了几口饭，忽然问女人："姐姐，你知道从这里回市区的公交车几点停运吗？"

女人意味深长地笑了起来，支着下巴端详着他："怎么，小弟弟，你这是要背着你妈妈偷偷跑去夜店玩？"

她说话带着自来熟的口气，毫不掩饰自己刚才在偷听他打电话。

叶橙的脸迅速涨红了，手也不自觉地握紧筷子。她发现了这一点，于是捂着嘴"咯咯"地笑了起来。

"你真是个小少爷吧，还公交车呢，你知道从这里坐公交回市区要多久吗？中途还要转好几次。"女人嗔怪地说道，"等你坐上公交再回去，你叔叔的局都要结束了。"

叶橙不好意思地说："我……我没坐过公交，不太清楚。"

女人的眼睛转了转，诱哄道："你要是真想回去的话，我可以捎上你，我今天开车过来的。"

叶橙面露犹豫："我们都不认识，会不会太麻烦姐姐了？"

他一口一个"姐姐"叫得顺畅无比，女人笑得眼睛都弯了："哪里麻烦了，一点都不麻烦，姐姐就喜欢你这种长得好看还嘴甜的弟弟。我还可以把你送到夜店门口，一看你这样就是不经常泡吧的，万一迷路被拐走就不好了。"

"那……谢谢姐姐。"叶橙高兴道，"不过我得先跟我妈说一声。要不我们九点钟在停车场见？"

女人冲他眨了眨眼睛："好，我懂的。"

叶橙说："我加你个微信可以吗？"

"当然可以。"女人拿起手机跟他互相扫码加好友。

叶橙没吃几口就借口要应付妈妈，从餐厅的另一边溜去找孟黎。孟黎问他去哪里了，怎么现在才回来。他说自己身体不太舒服，刚才去拉肚子了，现在还有点想吐。孟黎一听，也没心思吃饭了，赶紧起身陪他去疗养院的医务室。

这里的医生都是从青山医院过来的，操作很专业。一番检查之后，医生判断他可能是肠胃功能紊乱，建议去医院做进一步检查。

叶橙趁机说自己想回白泽，顺便去医院看看，并且很抱歉地表示不能留在这里过夜了。

孟黎又心疼又着急，埋怨道："你这傻孩子，不舒服早该告诉我了，还大老远地跟我来这里。我还是陪你一起回去吧，你一个人我不放心。"

"不用了，我刚才打电话给我朋友，他现在已经在来接我的路上了。"叶橙捂着肚子虚弱道，"阿姨，你在这里好好休息，不然陆潇又要生气了。"

孟黎这才勉强作罢。

叶橙把孟黎送回房间。孟黎一再叮嘱到家了要给她发消息，叶橙应了几声，然后找了个角落，打电话跟陆潇说了这件事。

他在电话里言简意赅地讲完来龙去脉，迅速问道："你有没有认识的长辈，让他去酒吧街门口陪我演场戏。"

陆潇静默了几秒，说："有，我表叔现在应该就在酒吧。"他想了想，又有点顾虑，"这样真能行得通？"

"行不通就再换一个方法，不试白不试。"叶橙果断地说，"我看人很准的，尤其是这种'捞女'。"

捞女，顾名思义，就是指某些愿意为了金钱违背道德和良知，"广撒网多捕鱼"的女人。

叶橙接触过很多男男女女，常年混迹夜场的女人当中，除了一些独立有为的女强人、靠家庭父母的小公主之外，很多都是来钓金主的捞女。

陆潇凝重道："不管怎么样，这次都要谢谢你。还有，一定注意安全，我也会去酒吧街等你。"

叶橙故作轻松地安抚他："我一个男的还怕被她怎么样吗？对了，你家里排查过了吗？"

"查过了，没有其他设备。"陆潇的声音紧了紧，沉声道，"他纯粹是针对我妈。"

叶橙心里一阵发毛，对他说："当务之急是让叔叔认清这个女人的真面目，至于他和阿姨的事情，我们也不好多插手。"

陆潇低低地"嗯"了一声，又叮嘱了一遍："到市区了就给我发消息，知道吗？"

"知道，别担心。"叶橙轻轻地说。

叶橙从疗养院出来，去了停车场。

女人已经站在车边等待许久了。她开了一辆白色丰田，打开车门冲他招了招手："弟弟，这边。"

叶橙走过去，微微笑道："刚才没仔细看，姐姐的腿真长，远看还以为是女大学生。"

"哎哟，你这小嘴是抹了蜜吧。"女人笑得合不拢嘴，对他抛了个媚眼，"快上车。"

从青山开车回久隆，大约要一个多小时。

路上叶橙一直在和女人聊天。他说话稍有距离感却不失恭维，总能恰到好处地吹捧她，因此从她嘴里套到了不少信息。

比如，她叫夏晚晴，今年三十六，单身，没有孩子，经营一家小型服装公司。

除了名字跟陆潇说的一样，其他情况不知道真假。毕竟像她们这种游走江湖的女人，遇到十个人能说出十种身份来，张嘴几乎没有真话。

以防万一，叶橙全程开着手机录音。

夏晚晴明里暗里说自己空窗很久了，很羡慕他们这个年纪的孩子，可以随心所欲地谈恋爱。叶橙只是笑笑不说话，并没有急于表示什么。

然而，夏晚晴对他更满意了。只有放长线，才能钓大鱼。

周围的夜景逐渐从荒凉空旷变得灯红酒绿起来，没过多久，他们就到了酒吧街附近。

夏晚晴感慨道："好久没和别人聊得这么开心了，得亏小橙你才十八岁，不然我都要怀疑你是不是对我有什么小心思了。"

她说到最后一句，笑得花枝乱颤。

这种看似开玩笑，实则暧昧横生的语调，是一个惯于撒网的女人最擅长的。

叶橙很配合地表现出害羞的神色，说："姐姐这么漂亮，追你的人应该很多吧。"

夏晚晴立即说："你可别提了，一个追我的都没有，你要是有什么单身的哥哥或者叔叔，可以介绍给我呀。"

"就怕姐姐看不上他们。"叶橙说。

夏晚晴被夸得更开心了。

前面就是酒吧广场，她的眼神四处搜索，问道："是这里吗，你叔叔呢？"

叶橙也不知道他“叔叔”在哪里，顿时有点尴尬。

车停了下来，两人开门下车。

叶橙有点不安，生怕陆潇的表叔找不到自己。他从来没有见过陆家那边的表亲，正在踌躇，忽然有个高高的人影走了过来。

那个男人实在是太显眼，两人一起转头看了过去。

对方穿了件黑色真丝衬衫，领口的扣子撩人地解开了三颗，隐隐露出白皙的胸膛。那张脸长得更是出众，尖下巴，桃花眼，陆家祖传的高鼻梁，嘴角带着一丝玩世不恭的笑意。

“这不是我的小侄子吗！好久不见。”男人迎了上来，随手把叶橙揽入怀里。

他比叶橙高了两厘米左右，身材是标准的倒三角，一看就很热衷于健身。

“叔叔，你来了。”叶橙猝不及防地被他拉过去，不自在地叫了一声。

夏晚晴眼睛都直了。

她本以为叶橙的口中的“叔叔”会是个四五十岁、挺着啤酒肚还秃顶的老男人，毕竟她的客户有一大半都是这种人。

可万万没想到，居然这么年轻这么帅。这才是真正的钻石王老五！

男人彬彬有礼地对她伸出手，道：“你好，谢谢你送我侄子过来，我姓陆，叫陆占阳。”

夏晚晴惊喜地将手伸给他，矜持地做了自我介绍。

陆占阳对她勾起唇角，握着她的手维持了几秒才慢慢地松开。

“夏小姐人真善良，萍水相逢也这么不嫌麻烦。”陆占阳压低声音问，“不知道我能否加你个联系方式，日后请你吃个便饭作为感谢呢？”

他的嗓音跟陆潇有点像，都是偏低沉的，但腔调比陆潇勾人得多。

夏晚晴自然不会放过这个机会，加了联系方式之后，和他寒暄了几句，这才对叶橙挥手离开。

叶橙全程都把自己当成透明人，在旁边看着两个人你来我往。

见她开车离开，叶橙忍不住问：“就这么让她走了？”

陆占阳低头看了看他，轻笑着说：“别心急，第一次见面就迫不及待的话，她会起疑的。”

温热的呼吸拂过耳边，叶橙这才察觉两人贴得太近了。他刚想退开一步，就被一只手往旁边拉了一把，差点没站稳。

旁边传来陆潇冷冰冰的声音："你演戏就演戏，离他远点。"

陆占阳瞬间大笑了起来："我就说你怎么这么着急，大晚上把我叫来这里，这是你说过的那个朋友吧。"

陆潇立刻拉下脸道："你管得可真多。"

"你小子翅膀硬了，叔叔关心你一下都不行了？"陆占阳说，"你小学追在隔壁小姑娘屁股后头的时候，可不是这样对你叔叔我的。"

陆潇打断他："你继续去喝酒吧，我们先走了，有消息随时联系我。"

说罢，拽着叶橙转身就走。

陆占阳在身后喊道："不喝一杯吗？利用完就扔，你就是这样尊老爱幼的？"

叶橙被陆潇拉着走了几步，后面的声音逐渐消失。他好奇地说："你叔叔还挺年轻的。"

"看着年轻，其实就比我爸小几岁。"陆潇轻描淡写地说，"他成天鬼混，见到我爸妈就躲得八尺远，生怕他们觉得他会把我带坏。老一辈的更不待见他，说他伤风败俗。"

叶橙不禁道："为什么？"

陆潇说："他手里有一家娱乐公司，跟那些小艺人的关系……一言难尽，个人生活向来比较混乱。"

叶橙明白了，原来又是个浪子。

"我还有个问题。"他说。

陆潇看了他一眼："你好像对他很好奇。"

叶橙问："有吗？"

陆潇反问："没有吗？"

叶橙说："这个问题不是关于他，我只是突然想起来过年时孟阿姨也说，你小学的时候觍着脸纠缠过一个小女孩，这件事我不止听一个人说过了。"

陆占阳说过，孟黎说过，当年的陆老爷子也说过。

叶橙抱着手臂审视着陆潇，一副看好戏的表情。

一说到这个事，陆潇的表情顿时复杂起来。

"你不要听他们在那添油加醋，说得跟真的似的。"他好像非常急于和"小女孩"扯开关系，仿佛那是一段什么不能见光的黑历史，"就是当时玩得好的一个小伙伴，而且根本不是什么……"

陆潇是借一百个胆子都不敢告诉叶橙，“小女孩”其实是小男孩，而且，他已经通过缜密的推理，得知了那个“小女孩”就是叶橙本人。

一来他怕被叶橙一拳捣在脸上，让他马上滚蛋；二来是怕叶橙在知道自己小时候唯二的朋友“小黑炭”是他之后，心里对于“小黑炭”这个童年玩伴的温情记忆就此消失，直接带来“毁灭性”打击。

陆潇清了清嗓子，强行把回避话题：“这都过去多少年了，那么小的时候的事我哪儿记得清啊，你别再管了。”

叶橙有点被这个态度弄恼了，冷笑了一下：“OK，不愿意说就算了，那我们谁也别管谁。”说罢，转身走了。

陆潇赶紧上去挽留：“别别别，我说错话了。”

“松手，我懒得管你。”

“不，你管，你管一下吧。”

“少来这套，你无不无耻？”

“我无情无耻无理取闹，你别生气了。”

…………

两人拌嘴之际，打车回到白泽。临别的时候，叶橙看了看自己家隔壁的马家门户，福至心灵：“那个女孩是你小时候的邻居吧？你俩青梅竹马？”

陆潇还以为这事糊弄过去了，结果又被叶橙捡了起来。他头一次觉得说话这么耗费脑细胞，犹豫着点了点头：“我认识‘她’的时候才上小学，那时候啥也不知道，只是觉得小……小姑娘挺可爱，就老是在一块儿玩。后来没过多久，我就搬去久隆了。”

叶橙默默地点头：“懂了，你是个颜控。”

陆潇顿时又开始后悔。早知道就一个字都别说。

“拜拜，颜控。”叶橙说完，走进家门，“砰”的一声把门关上。

陆潇：“……我不是，我没有。”

完蛋了，这个把柄不知道要被他捏在手里多久。

叶橙刚一进门，就看见高秋兰涂了一脸绿色面膜，坐在沙发上泡脚。

她最近被孟黎带得热衷于护肤，一把年纪了还每天把脸搞得花花绿绿，大晚上的，乍一看挺吓人。

“橙橙，回来啦，刚才在跟谁说话呢？”高秋兰含糊不清地问道。

叶橙随口说：“陆潇。”

高秋兰忙道：“你们放学之后出去玩了吗？怎么不喊他进来坐坐呀？”

叶橙轻描淡写地“嗯”了一声，随口说：“我们吵架了。”

高秋兰惊讶地问：“怎么又吵架了？这次是什么原因？”

叶橙说：“他叔叔说他小时候有个玩得好的小女孩，我问他是谁，他说是邻居，但不肯详细告诉我。奶奶，你评评理，这是不是太不把我当哥们儿了？”

他故意抱怨着说。

高秋兰笑了起来，戳了下他的额头道：“你们这群小孩子，一天到晚没事找事，这有什么好吵的。不过话说回来，他不肯告诉你，会不会是因为怕你认识那个姑娘？”

“他小时候的邻居，我怎么会认识？”叶橙莫名其妙。

高秋兰更诧异了：“他没跟你说过吗，他小学是在白泽上的，以前就住在我们这个小区。这还是上次过年的时候，你孟阿姨跟我说的，她说这里环境跟十年前一样好。”

叶橙怔了怔，原来陆潇在这里住过。

难怪他第二次来自己家就显得轻车熟路，对周边的店面似乎都很熟悉。

他又渐渐感到一阵怪异。

——为什么上次陆潇不直说自己以前住在这里，而是对他说有朋友家在这里呢？而且每次提到他小学的事，他就支支吾吾，前言不搭后语。

叶橙陷入了沉思。这里头，一定有什么隐情。

两天之后的放学时间，陆尧山罕见地出现在校门口。

黄昏的街口，一辆黑色迈巴赫停在了梧桐树下。当时叶橙正在路边吃一根烤肠，吃到一半不想吃了，随手给了陆潇。陆潇三两口把烤肠吃完，将竹签扔进垃圾桶里。

就在两人谁都没察觉的时候，那辆车缓缓地停在他们旁边。车门打开，一个穿黑西装的人走了过来，双手放在身侧对陆潇道：“少爷，请上车。”

叶橙看见那辆车，不由得眼眸暗了下去。

他从未近距离接触过陆尧山，如今这个在南都叱咤风云的人物就在他眼前，还带着一股来者不善的味道，让他感到浓重的不安。

陆潇随意地瞥了那个保镖一眼，冷漠地吐出几个字："让他滚，别来烦我。"

这是叶橙第一次看见陆潇和陆尧山说话，很难相信父子俩的关系已经恶化到了这种地步，开口就是这样的语气。

保镖识趣地走到车边，对着半开的车窗说了几句什么。迈巴赫动了动，又靠近了他们一些。

车辆驶到眼前，那扇车窗刚好对着陆潇，叶橙也趁机看清了里面坐的人。

不得不说，陆潇的外貌有一大半都继承自陆尧山。

当年闻名南都的陆家二公子，多年后仍然可以靠着一张脸，吸引无数女人飞蛾扑火。

陆尧山穿了一身定制西装，看起来跟十年后的陆潇有六七分相似。皮肤苍白阴郁，剑眉星目，标准的眉压眼，面部轮廓凌厉而冷酷，面无表情的样子最为气势逼人。

陆尧山抬眸看了看陆潇，眼神像是某种居住在湿冷地带的生物。那道视线顺带扫过叶橙，在他身上短暂地停留了片刻。然后，陆尧山对陆潇说道："你妈妈呢?"

说这话的时候，陆尧山的嘴角微微下压，声音低沉且不含一丝感情。

陆潇双手插在兜里，居高临下地看着他，道："关你屁事。"

这四个字一说出口，前排的司机都抖了一下。

叶橙也捏了把汗，总算明白为什么这两人能在老师办公室打起来了，照这个说话的口气，很难保证不上手。

陆尧山没有意料中的发怒，而是眯了眯眼睛，道："她不在家里，也不在青山。怎么，你把她藏起来了，想和爸爸玩躲猫猫?"

最后一句话带了几分玩味和嘲弄，仿佛他提及的根本不是他的结发妻子，而是一个玩物。

陆潇的眼底燃起滔天的怒意，紧紧地盯着他，道："她是一个自由人，想去哪里和你没有半点关系，你也不配过问。"

"哼。"陆尧山冷笑了一声，缓缓升起车窗。

"总是喜欢整这些小把戏，放心，我会把你亲爱的妈妈找回来的。"他温和地说道。

在车窗关上的同时，迈巴赫驶了出去，逐渐消失在山海路的尽头。

陆潇眉头紧锁，看着车离去的方向。

叶橙问道："阿姨不在青山了吗？"

"嗯，昨天我让表叔把她接走了。"陆潇咬牙道，"我不会再让这个人渣骚扰她，绝不。"

叶橙心下了然，看来他猜得没错。

陆潇果然是因为要带孟黎逃离陆尧山的控制，才会突然从十三中退学。要是他们没有提前发现监控，那现在陆尧山已经掌控住孟黎了。只是不知道他到底会对孟黎做出什么事，才能让陆潇那么坚决地想带她离开。

虽然只接触了陆尧山几分钟，但叶橙已经开始觉得，有病的不是孟黎，而是陆尧山自己。如果说，陆尧山这么对孟黎是为了报复陆老爷子曾经加害他的白月光，但这一报复就是十几年……怎么都不像个正常人会做得出来的事。

正在这时，陆潇的手机振动起来，他接通了放在耳边："喂，表叔。"

那头传来陆占阳懒洋洋的声音："放学了吗，来一趟LAMA，鱼上钩了。"

陆潇和叶橙对视了一眼，应道："知道了，马上过去。"

一墙之隔，就能听见LAMA里面震耳欲聋的声音。

陆占阳是LAMA的半个老板，叶橙和陆潇推开门进包间的时候，他正在里面和一个小明星玩酒桌游戏。

陆潇尴尬地咳了咳，出声叫他："表叔。"

陆占阳不慌不忙地抬起头，看见叶橙就笑了起来："这么快就来了，小橙子，你也来了啊。"

那个小明星知趣地起身，给他们倒满酒就出去，顺便关上了门。

陆占阳做了个邀请的手势，说："来一杯，刚开的酒。"

陆潇摆了摆手，问道："你搞定了？录音没有？"

陆占阳露出坏笑："当然，不仅有录音，还有更精彩的东西。明天你爸就会幡然醒悟，找人把这个女人吊起来拷问。"他说话粗俗且不遮掩，还对着叶橙眨了眨眼。

叶橙没理会他，疑惑道："她不是陆叔叔的白月光吗，陆叔叔真的会一点都不偏向她？"

陆占阳“啧”了一声，笑道：“你问到点子上了，呵，狗屁白月光。陆潇，你肯定不知道，你爸其实是喜欢过你妈妈的，否则犯不着这么多年都不离婚。”

陆潇像是想起了什么，突然骂了一句脏话。

陆占阳摸着下巴，感慨地笑了笑。

陆占阳晃了晃杯子里的酒，笑着说：“当年孟大小姐在酒会上，第一眼就看中了表哥。那时候他们一群人还打赌，猜测大小姐看的是谁，结果人家直接过来邀请表哥跳舞去了。”

许多年过去了，他还是喜欢开玩笑似的叫孟黎“大小姐”。

陆潇还是第一次听到这么详细的描述，先前只有王嫂告诉他，他父母是通过家族相亲认识的。

“不过，当时他刚和那夏晚晴分手，看都没看一眼你妈就拒绝了。”陆占阳似乎觉得十分有趣，接着说，“那女人是在你家的4S店认识你爸的，一开始还以为你爸是个卖车的，谁知道刚踹了他就发现他原来是陆家二少，悔得那叫一个肠子都青了。”

陆潇轻哼道：“那时你也不过才十来岁，居然记得这么清楚？”

陆占阳啧啧地摇头：“不是我记得清楚，是这桩傻事儿已经成为圈子里的谈资了，就只有你爸妈两个当事人不知道而已。后来，大小姐锲而不舍地追你爸，你爸沦陷了。谁知道那个夏晚晴演技爆发，恬不知耻地搞了那么一出，你爸的叛逆性子一上来，就开始折腾了。”

包间里沉默了片刻，陆潇问道：“我妈现在知道了？”

“那是当然，我对表嫂可是很忠心的，第一时间就告诉她了。”陆占阳颇有点幸灾乐祸的意味，“她终于打算跟表哥离婚了。”

陆潇皱了皱眉：“只怕没那么容易。”

陆占阳提醒道：“表嫂没病，医生说她的精神状态很正常。”

陆潇说：“不管她有没有病，只要陆尧山不想离婚，就会有一百种方法困住她。比如强行把她带回加州的疗养院去，或者在法庭上痛哭流涕说自己没有出轨。没有他干不出来的事。”

陆占阳嘴角抽搐：“……这就是知父莫如子吗。”他想了一下，突然有了主意，“有一个人，或许能让他无暇顾及这件事。”

“谁？”陆潇问道。

陆占阳说："你爷爷。"

陆潇又安静了。

从LAMA出来之后，陆潇一路上都没怎么说话。

叶橙道："不如听表叔的，去找你爷爷。"

陆潇的表情有些凝重："如果让爷爷回来处理，就注定要闹得尽人皆知了。"

叶橙心里明白，这对陆家的声誉肯定有不小的影响。

"而且我有段时间没见到爷爷了，不知道他会不会愿意插手这件事。"

"肯定愿意，他最疼的就是你了。"叶橙脱口而出。

陆潇看向他，奇怪道："你怎么知道？"

叶橙掩饰道："你爷爷分给你爸那么多家业，应该也很喜欢你吧。"

陆潇点了点头："小时候是很依着我，只是很久没见面了。"

把叶橙送回家之后，陆潇也很快回去了。刚进家门，他就看见了孟黎。

陆潇诧异道："妈，你怎么回来了？"

孟黎对他扯出一个笑容，但脸色一片惨白，眼底还有浅浅的黑眼圈。她穿了一条春季新款的裙子，蹬着银白色的高跟鞋，长发披散在肩上。虽然憔悴不堪，却宛如一只骄傲不肯低头的孔雀。

"你先上楼。"孟黎哑着嗓子说。

这时，大门开了，陆尧山面无表情地走了进来。

陆潇戒备地转身看了过去，正要上前拦人，就听见自己身后响起清脆的高跟鞋声音。

只见孟黎迤迤然走到陆尧山面前站定，陆尧山也停了下来，低头看着她。突然，孟黎抬手甩了他一个耳光，"啪——"，清脆的声音在空荡的客厅里回响。

整个客厅都静了下来，王嫂在旁边捂住嘴巴。

陆尧山的脸被打得歪了过去，脸上清晰地浮现出五个手指印，足以看出这一巴掌用了多大的力气。

孟黎厉声道："潇潇，上楼去。"

陆潇张了张嘴，却说不出话来。

这不是陆潇能插手的气氛，他只能依言转身，一步步往楼上走去。走到楼梯拐角处时，他又听到了一声巨响。但他没再回头，用力推开房门走了进去。

房间里没有开灯，他站在窗前看着楼下的草坪。

不远处停着一辆迈巴赫，似乎上一次见到它，已经是非常久远的记忆了。

过了一会儿，他拿起手机，拨通了那个远至大洋彼岸的电话。

“喂，张秘书，爷爷在吗?”

第二天，孟黎换了密码锁，把陆尧山的所有东西都扔到了门外。

那辆迈巴赫在铁门外停了三天三夜，陆潇上学放学都能看见它静悄悄地停在树荫下。

第四天，外面下起了瓢泼大雨。

陆潇刚进门就看见孟黎用肩膀夹着手机，一边优哉游哉地涂指甲，一边打电话:“去哪家啊?你确定那家有帅的吗?可别全是啤酒肚的老大叔。不不，我就想赏心悦目地喝个酒，什么都不干……”

陆潇说:“妈，你要出去?外面在下雨。”

孟黎看向他，面露担忧:“下得很大吗?”

陆潇以为她要问陆尧山走了没有，点头道:“很大。”

下一秒，她对手机那边的闺密说:“那明天再去吧，雨太大了，我懒得动。”

陆潇算是见识到了，女人不爱之后能有多绝情。

次日早上，陆尧山终于走了。

陆潇刚开始反思，觉得自己好像不该叨扰爷爷，让爷爷放下事务赶回来的时候，他们家隔壁就开始装修，每天“咣咣咣”的，吵得要命。

终于有一天，孟黎受不了了，拿着她前几年的检查报告，叉着腰站在邻居门口喊:“你要是再在中午十二点之前装修,老娘马上就去告你信不信?别惹我，我精神衰弱很多年了!”

她喊了半天没人回应，陆尧山的车却悄然停在了门口。

陆尧山绕过她，默默地掏出钥匙打开被孟黎堵住的大门，说:“知道了，我会跟施工队说的。”

孟黎感觉有一百句脏话堵在自己嘴里。

第16章
黑历史

一个多月后，才传来陆家老爷子陆金南回国的消息。

孟黎抱着新养的德文猫，缩在躺椅上惆怅地说：“你爷爷要回来了。”

“我知道。”陆潇心想，就是我把他叫回来的。

孟黎说：“过几天大家都要去老宅聚会，到时候他又要劝我跟你爸和好了。”

陆潇刚想问她“那你打算和好吗”，就见她忽然坐起身，道：“不行，我得转移一下他的注意力。潇潇，你要不搞点事情出来吧，比如早恋什么的，那样他的精力就不会放在我身上了。”

陆潇被口水呛着了。

孟黎挥了挥手：“算了，开玩笑的。你们过几天不是要月考了吗，好好考试，免得你爷爷又想把你弄到国外去。”

离开陆尧山后，她逐渐恢复成了年轻时候的开朗模样，这一点让陆潇觉得很安慰。

其实，就算她不叮嘱，陆潇也会拼尽全力对待这次月考。因为叶橙说了，如果这次进了年级前两百，就答应他一个“无理要求”。

陆潇想到正在路上的快递，忍不住打开手机看了眼物流——很好，已经到南都分拨中心了，估计今天就能收到。他想象着叶橙打开快递时候的表情，很难保证自己会不会被揍得参加不了家族聚餐。

孟黎看见儿子一脸神游天外的样子，撇了撇嘴道：“你该不会喜欢外国女生吧？之前不是还暗恋你们学校的女孩，不肯出国的吗？”

陆潇伸出食指，摇了两下：“不，我喜欢清纯的。”说罢，起身离开了。

孟黎不由得愣了好一会儿，好像没想到他会这么直白地回答。

看来是真的开窍了。

月考考完当天，大家在山海路那家他们惯去的“一品小龙虾”聚餐。

叶橙把陈臻和黄胜安也叫来了，一群高中生浩浩荡荡地占领了整家店。老板娘热情地招待他们。

放眼望去，整个的大厅都被他们二十班给包了。

陈臻左边坐着叶橙，右边坐着谭萌萌。他不太好意思和谭萌萌说话，就一直扭头找叶橙。

陆潇在叶橙对面剥虾，每当陈臻说一句话，他就往那边看一眼，最后实在忍无可忍：“萌萌，你不是喜欢学习好的吗，你旁边这个可是他们学校的年级第一，还不讨教讨教？”

谭萌萌笑了起来，主动伸出手道：“你好呀，还不知道你叫什么名字呢。我叫谭萌萌，你叫我萌萌就成。”

陈臻一跟女生说话就脸红，尤其是这种长得好看的。他礼貌地握住谭萌萌的手，语气有点慌乱：“我叫陈臻。”

陆潇满意了，一边吃虾头，一边剥了满满一盘虾尾，朝叶橙那边推了推。

他摘下手套说：“我去下洗手间。”

叶橙对他点了点头。

陆潇刚走，陈臻立马小声说：“他也太小心眼了，你们怎么受得了的？”

叶橙压低声音道：“他就是这样，十三中出了名的。”

“你们在说潇哥什么坏话，我也要听我也要听！”黄胜安耳朵很尖，这么一喊，全桌都看了过来。

陈臻打了个哈哈，借口道：“我……我在和叶橙说陆潇小时候的事呢。”

叶橙随即附和：“他和陆潇从小就认识，掌握很多陆潇的黑历史。”

蒋进立马来了精神，说：“什么黑历史？”

陈臻没想到编故事还得编全套，只得赶鸭子上架，掏出手机翻找，说：“就是他小时候的丑照，你等等，我找找看。”

“你上次不是说不在这个手机吗？”叶橙提示他。

他随口道：“后来传过来了，我忘记发你了。”

几秒后，陈臻把手机屏幕转向他们，带着笑意说：“看，就是这张。”

大家看了一眼，随即爆发出一阵哄堂大笑。

“我去，这是一哥？”

“笑死我了，他小时候怎么这么黑啊，长大后是用了什么美白产品吗？哈哈哈哈哈！”

“要不是那口白牙，我都没看见树旁边还有个人。”

“你们损不损哪，哈哈哈哈哈哈。”

叶橙笑了起来，凑过去道：“真的有那么黑？”

蒋进笑岔了气，肯定道：“真的有！”

陈臻把照片转向叶橙，叶橙扫了一眼，唇边的笑意逐渐凝固，最后彻底消失。

陆潇上完厕所，甩着手上的水珠走过来，看见众人都在笑，觉得莫名其妙，嫌弃道：“你们在干什么，跟喝大了似的。”

蒋进疯狂拽他去看：“潇哥，给你个机会狡辩一下。这真的是你吗？哈哈哈哈，这也太扯了！”

陆潇看见那张照片之后，第一反应是糟了——叶橙八成认出来了。

他下意识地看向叶橙，果然，对方正冷冷地盯着他。

陆潇心里一凉，大脑开始八倍速运转：叶橙知道自己在撒谎了！叶橙马上就要发火了！得想办法解释！不然全完了！月考考得再好都没用了！

他深吸一口气，开始蓄力，准备好好发挥自己的聪明才智，抵死赖账。

就在这时，黄胜安突然猛地一拍脑袋，像是想起什么似的喊道：“叶子，这不是你说的那个邻居吗？给你吃芒果害你过敏被送进医院的那个！”

陆潇：“……啧。”

你大爷的，记性真好，我谢谢你全家。

“一品小龙虾”的店门被猛地推开，叶橙大步走了出来，身后的门也跟着“砰”的一声关上。

随后，那扇门再一次被狠狠推开，陆潇跑着追了出来。

老板娘忍不下去了，撸起袖子就要追出去：“一个个的吃火药了，脾气这么大？合着不是自家的门不心疼呗！上次也是那个穿黑衣服的甩我的门，老娘今天必须教训他！”

老板见状，赶紧拦住她。

叶橙走了几步，被后面的人拉住了胳膊。

“你听我解释。”陆潇把他拽过来面朝自己道。

叶橙冷冰冰地看着他，一副“我看你怎么编”的表情。

陆潇被他看得有点词穷，清了清嗓子道:“我也是前几天才知道这件事的。”

叶橙哂笑:“继续扯。”

“我没扯!”

“那为什么我每次问你小学的事，你都顾左右而言他?”

陆潇揪着衣角，憋不出话来了。

“难怪你那次能把我爸糊弄过去，”叶橙嘲讽道，“原来这么深藏不露。”

陆潇被他逼急了，一咬牙道:“好，我承认我早就知道了。”

叶橙沉下脸来:“所以，耍我很好玩儿?”

“我没想耍你，”陆潇一着急，说话就不过脑子，“你让我怎么跟你说？说我把你当成小女孩了，还到处和别人讲？还是说你其实是个小哭包，考试没考到第一名就要坐在门口哭……”

他只想着解释，却没注意叶橙的脸色越来越冷。

“你收下那个芒果之后，我还回去缠着王嫂，让她偷偷帮我买了一条裙子，想在下次见面的时候送给你。”陆潇委屈地辩解道，“谁知道后来被我妈发现了……”

叶橙顿觉头晕目眩，一股愤怒的热血直冲脑门，身体跟着晃了两下。

陆潇赶忙扶住他，小心地问道:“你没事吧？哪里不舒服吗?”

叶橙深呼吸了几次，竭力忍耐着想往他脸上招呼的冲动，颤抖着比了个数字道:“陆潇，三天之内不要来找我，也不要惹我。”

陆潇一听，三天，这还得了！他努力地伸手去抓拉叶橙，被用力地一把挥开。

山海路繁华的夜色中，陆潇耷拉着脑袋站在路边，衬得夜景都格外失落而凄凉。

叶橙回到家之后，把自己关进了房间里。

外面传来高秋兰的声音:“橙橙，你最近网购了吗？你的快递到了。”

他没有任何心思管别的事，随口喊道:“没有，我没买东西。”

“哦，好吧，可能是你爸给我买的。”高秋兰自言自语地抱着快递盒走开了。

叶橙面对镜子，恼火地掀开薄薄的衣摆。

少年的腰线精瘦且紧致，人鱼线一路淹没在裤子边缘。

“一块、两块、三块……”他默默地数着。

陆潇是眼瞎吗，看不见这六块大腹肌？他才是小女孩，他才穿小裙子。

叶橙冷哼了一声，必须找个机会在陆潇面前秀一下自己的腹肌，让他清晰地意识到自己是个威武雄壮的男的。

缺心眼的玩意儿。

陆潇回到家中，意外地见到了许久未见的陆金南。

老爷子穿着一身灰色唐装，打扮得十分朴素，正端着一杯参茶慢悠悠地喝，旁边的孟黎一副坐立难安的样子。

陆金南回国后，在老宅住了几日。陆潇正打算这周末去看望他，没想到他先到久隆来了。

“爷爷。”他走过去，规矩地站好喊道。

陆家上下都是牛脾气，小辈里面数陆潇性子最野，但即使是这样，他见到陆金南的时候也很收敛。

陆金南今年正要过七十大寿，头发白了一半，精神却好得如同四五十岁的壮年人，举手投足间干脆利落，自带一股威严。

他放下杯盏，上下打量着陆潇，面露感慨道：“长大了，也长高了。”

孟黎正襟危坐，附和地点了点头：“去年一年长得特别快，现在估计已经有一米八八了。”

陆金南说：“和陶守仁家的闺女倒是很配，那女娃长得又高又漂亮。”

“爸爸，他才上高二。”孟黎提醒道。

陆金南对他招了招手，说：“过来，让爷爷看看。”

陆潇走过去坐下，感受到他厚实的手掌搭在自己肩背上的触觉，他身上的檀香味，闻着让人很是安心。

陆金南问：“你妈妈说你不想去家族聚会，是怎么回事？”

陆潇看了一眼孟黎，见她脸色尴尬，八成是她自己不想去，拿他当借口。他也不好当面拆穿，只得说道：“没有熟悉的人，去了不知道做什么。”

小时候他被迫参加这类晚宴，也企图用各种理由拒绝。形形色色的陌生男女，明明不认识还要假惺惺地过来摸他的脸，看着就觉得烦人。

但陆金南没有给他以往的宽容，而是拍了拍他的背，不容分说道：“你马上要上大学了，也该认识认识人了。要是觉得不自在，就带几个学校的朋友一起来。”

“说起这个，我还没跟你算账。”陆金南沉声道，“你爸说你不肯听他的安排，非要去那个什么垃圾学校。哼，到时候可别带些不三不四的人过来。”

陆潇挑了挑眉：“我们学校不是只有差生，也有好学生的。”

比如我朋友，年级第一。

陆金南不屑道：“那就多跟好学生来往，带回来让我看看你有没有撒谎。”

“好啊，只要他没意见。”陆潇说。

陆金南转头看向孟黎：“你也要来，你和尧山两个人，我要跟你们好好谈谈。”

孟黎很想翻白眼，也只得无奈答应道：“知道了，爸爸。”

自打陆金南出现之后，她辛辛苦苦维持了好一段时间的开朗笑容一扫而空，就连陆潇也察觉到了她的不对劲。

送走陆金南后，陆潇对她道：“逃避解决不了问题，妈，别骗自己了。”

孟黎似乎又回到了之前的状态，一言不发地上楼去了。

聚会定在两天后。

陆潇打电话知会了一声蒋进，他立即就同意了，并询问能不能带上江怡蓉蹭吃蹭喝。毕竟这种级别的晚宴，招待客人的东西肯定不会差到哪里去的。

挂断电话，陆潇又订了一束花，让司机开车把自己送到白泽。

他那记仇的同桌这三天都没怎么理他，今天刚好到期限，他得亲自去“负荆请罪”一下。

陆潇抱着花束摁下门铃，没过一会儿，高秋兰就来给他开门了。

“小陆，你来啦。”她忙把人让进来。

陆潇把花递给她道：“给，奶奶，您喜欢的矢车菊。”

高秋兰笑着接了过来：“你就惯会哄我开心，不像我们家那个。”

“叶橙呢，在房间吗？”陆潇问道。

高秋兰说：“他在洗澡，你先坐一会儿，我给你倒杯新买的花茶。”

“麻烦了，谢谢奶奶。”陆潇应着话茬儿，在沙发上坐下。

高秋兰端着茶过来，做贼似的看了眼叶橙的房门，确定没有要开的迹象，才对陆潇说道：“小陆啊，我问你一件事，你要老实回答我。”

“您问。”陆潇喝了一口茶。淡淡的花香溢满口腔，味道很不错。

高秋兰严肃道：“橙橙是不是谈恋爱了？”

陆潇一愣，下意识“啊?”了一声。

高秋兰的表情不像是在开玩笑，说：“你别替他打掩护，我都知道了。”她压低声音，“前两天他的快递里，有一套粉色玩偶服，一看就是女孩子穿的。”

陆潇闻言，一口茶水“噗”地喷了一地。

高秋兰被他吓了一跳，赶紧拍着他的后背道：“你这孩子，怎么喝个水还呛到了呢，没事儿吧?”

陆潇咳得死去活来，好半天才喘上气。这真是他从未设想过的思路!

高秋兰拿出纸巾给他擦了擦，又回到了刚才的话题上：“你别跟我撒谎，实话告诉我。我也不是不让他谈，只是他年纪还小，万一影响学习就不好了。”

陆潇趁着缓冲的工夫，总算急中生智想到了一个借口。

“奶奶，他真的没早恋。这是黄胜安让他帮忙找代购买的，上次那个口红也是。”他一不做二不休，干脆利落地把黑锅全甩给了黄胜安。

高秋兰将信将疑道：“真的假的?那么是胜安早恋了?”

“真的，我不会骗您的，奶奶。”陆潇满脸无辜，“您把那个快递拿给我，我明天交给黄胜安。”

见他这么信誓旦旦，高秋兰这才信了，起身把快递盒找出来给他。

“现在的小朋友啊，一天到晚不好好学习，净想些乱七八糟的事。”高秋兰连连摇头，感慨不已。

陆潇接过快递盒，终于松了一口气。

这时，房门处传来一声响动，叶橙用毛巾擦着头发走了出来。陆潇一惊，慌忙把快递盒藏到身后。

叶橙穿着白色居家短袖，看了他一眼，神情淡漠道：“你来了。”

陆潇刚要说话，高秋兰就说道：“橙橙，你给黄胜安买的东西到了。”

陆潇：“……咳。”奶奶，您少说一句话是不会多长一根白头发的。

叶橙迷惑道：“什么东西?”

“别装了，还想替你好兄弟掩饰呢。”高秋兰撇了撇嘴。

叶橙不知道她在说什么，对陆潇说：“你进来一下。”说罢，便转身进了房间。

陆潇的太阳穴突突乱跳。

高秋兰提醒他道：“带上快递。”

“……知道了。”

陆潇推门进去，看见叶橙正坐在床边擦拭湿漉漉的发丝。

叶橙扯下毛巾，抬头看向他，问道：“你这几天怎么没来找我？”

陆潇反问说：“你不是让我三天之内不要来烦你吗？”

叶橙忍着上手揍他的念头，看了看他手上的东西，岔开道：“那是什么？”他以为那是陆潇带过来的礼物。

陆潇的表情立即五彩纷呈起来。他下意识把盒子往背后挪了挪，僵硬地说：“没……没什么。”

看见他这个反应，叶橙更疑惑了，伸出手道：“拿来。”

他眼睛眨也不眨地看着陆潇，陆潇拗不过，只得硬着头皮交出了盒子。

陆潇低下头，默念待会儿要脱口而出的忏悔词：对不起我错了我再也不敢了我没有想怎么样就是想让你拍个照……

时间一分一秒地过去。

叶橙低头看着打开的盒子，并没有陆潇想的那样，冷脸将盒子摔在他身上。

陆潇鼓起勇气，小心地抬头看了看叶橙，碰巧叶橙也在看着他。两人视线相撞，那双浅褐色的眸子里染着一层似笑非笑的色彩。

陆潇愣住了。

叶橙看向他，竖起两根手指，神秘道：“如果你能做到两件事，我就考虑考虑。”

陆潇立刻说：“我能。”

叶橙不理他，自顾自道：“第一，只有照片。”

“可以可以。”陆潇疯狂点头。

叶橙没信他的鬼话，冷笑道：“第二，你考到年级前一百。”

陆潇说：“不是前两百吗？”

叶橙抓起那玩意儿在他眼前晃了晃：“前两百，跟这个般配？”

陆潇压低了声音承认：“不配。”

行，不就是前一百吗，也不是很……好像确实很难，可恶。

叶橙哼了一声，把东西装回快递盒子里，随手塞进了床底。

陆潇眼巴巴地看着他道：“我不能带回去吗？”他已经自动忘了自己还有个前两百的奖励没领，开始翘首以盼这个还不知道存不存在的前一百了。

“你还想带走？”

陆潇不吱声了，低下脑袋往门口走了两步："哦，那我回去了。"

他转身磨磨蹭蹭地走到门口，忽然又转过头，道："对了，差点忘了正事。你明天晚上有没有空？我爷爷刚回国不久，要举办一个晚宴，他让我邀请同学一起去。"

叶橙记得陆家老爷子这次回来不会待很久，过段时间就会再次出国。直到第二次回国的时候，他才真正将企业的重心转移回国内。

陆尧山虽然得到了不少国外的产业，但事实上，陆老爷子真正的接班人并不是他，而是陆潇。

叶橙点了点头："好，明天几点？"

老爷子对他不薄，他也不该装陌生人。

陆潇见他答应了，露出开心的笑容，道："下课之后，我们一起过去就行。"

"那我走了。"

"嗯，拜拜。"

陆潇打开房门，在原地站了几秒后又把门关上，回身对他道："阿橙，我会努力考进前一百名的。还有，以后不管你再生气再赶我走，我也不会听了。"

陆潇这个人，如果光是看自身条件，大部分人都觉得他不缺朋友，身边的人一天换一波都不夸张，他有这个资本。可他偏偏对叶橙这个和他截然不同的人给足了真诚，不管是现在还是过去，连这么傻气的承诺都是用最坚定的表情说出口的。

叶橙好像能明白，为什么自己会对这样的陆潇义无反顾，无论十年前还是十年后。

因为无论哪个年纪，陆潇还是那个陆潇。

叶橙还没来得及回话，门外的高秋兰就敲了敲门，道："我进来了？"说着，直接推开了门。

"小陆，你是要回家吗？刚好隔壁马叔叔要去久隆，让他带你过去吧。"高秋兰在他俩之间看来看去，"你们怎么愣在这儿，跟生离死别似的，这门开开关关好几次了。"

陆潇尴尬地说："这就走，奶奶。"

高秋兰嘀嘀咕咕地和他一起走出房间："搞不懂你们这些小孩的脑子里在想什么……"

二十分钟后，陆潇回到家中。

孟黎正将一件礼服铺在沙发上，他诧异道:“妈，明天需要穿得很正式吗?”

“你们小辈不用。”孟黎说,“我给你挑了几件比较休闲的西装，放在你房间里了，你看看有没有喜欢的。”

陆潇应了一声，懒洋洋地上楼了。

手机振动了几下，他一边上楼梯一边打开微信，在看见新消息的刹那，他的脚步停住了。

孟黎见他在楼梯上站了许久，奇怪地问道:“怎么了?”

陆潇握紧手机，丢下一句“没事”，就急匆匆地上去了。

孟黎莫名其妙。

陆潇走进房间，重新掏出手机。

未暗的屏幕上，有一张照片，映出他眼中藏不住的笑意。

漫漫长夜，陆潇把打印出来的成绩单贴在书桌一角，上面用红笔明晃晃地标记着——年级排名：第一百九十八名。

离一百名还有九十八名。

第17章 前程漫

孟黎难得地起了个大早。她为了晚上的宴会，特地约了造型师做发型。临出门之前，她先去敲了敲陆潇的房门："潇潇，我先出门了，你上学别迟……"

她的话还没说完，房门就被拉开了。

陆潇穿着短袖和格子短裤，头发乱糟糟的，眼睛里满是红血丝，打了个哈欠道："妈，早上好。"

孟黎诧异地看着他："你昨晚没休息好吗？黑眼圈都要挂下来了，晚上你爷爷又要说你了。"

陆潇随手捋了一把头发，随意地说："没睡。"

"什么？你通宵打游戏了？"孟黎睁大了眼睛，"潇潇，你不要嫌妈妈烦，通宵对身体真的损害很大，尤其是正在长身体的青少年。"她也不急着出门了，苦口婆心地规劝道。

陆潇摆了摆手说："没打游戏，刷了一晚上题。"

孟黎噎住了，眼睛瞪得更大。

陆潇一边说话，一边走进浴室里刷牙。

孟黎不但没出去，反而跟了上来："你没事吧？你别吓妈妈呀，怎么突然就熬夜刷题了？这才高二，学习压力就这么大吗？"

陆潇叼着电动牙刷，含糊地说："这次考得太差了，下次想多进步点。"

孟黎对他的学习一如既往地不是很在意，甚至没有关注老师发的信息，于是问道："再想进步也不能不顾身体啊，你这次考了多少名？"

"一百九十八，唉。"陆潇烦躁地叹了口气。

他是真的想叹气，然后这声叹气就把孟黎吓傻了。

——她这个回回考倒数的儿子考了第一百九十八名，关键他还觉得自己考得差，为此愁眉苦脸一晚上没睡着。

孟黎鼻子一酸，快要哭出来了。她捂住嘴自责道："潇潇，你把自己逼得这么狠，是我不小心说错了什么，才让你这样的吗？你要是真的不想出国，家里不会有人逼你的，如果你爷爷敢逼你，我就跟他拼命！"

陆潇这才发现事情不对，忙放下牙刷解释："不不，不是因为这个……和你无关，妈。"

孟黎吸了吸鼻子道："你的状态不太好，这样吧，今天别去学校了，我跟你们老师说一声。学习之余也需要放松放松调整心情的，你跟我一起出去走走。"

陆潇没想到会这样，赶紧道："我不需要休息，真的。"

孟黎说："你需要，你看看你都成什么样了！"

"不需要……妈，我爱学习，我要去学校！"陆潇快疯了。

"你别这样，潇潇。"孟黎比他还要崩溃，眼眶都红了。

谁能想得到，从小就是混世魔王的陆家小少爷，竟然当她的面说出"我爱学习"这四个字。她不禁觉得是自己对他要求太高了，才导致他变成现在这样。

陆潇实在无言以对，最终还是趁着她不注意，悄悄背上书包逃了出去。

真就离谱，从来没见过不让学生去学校的家长。

平时早上都是司机送陆潇去学校，今天出来得匆忙，他便搭乘了地铁。

刚到学校门口，就看见了叶橙。春季已经过了大半，天气渐渐升温，阳光透过梧桐叶的缝隙洒落在他身上、发丝上。他将校服袖子高高挽起，露出洁白细长的手臂，左手戴着那条黑色编织手绳。

陆潇屁颠屁颠地跑上去，低声和他打招呼："早。"

叶橙耳边吹过一阵风，回头看见高高的男生跑到他面前。校服外套歪歪扭扭地穿在身上，拉链肆无忌惮地敞开着，垂在身侧的拳头却握得紧紧的。

叶橙弯起嘴角，说："早。"

清晨的风拂过他的面颊，带动发梢上跳跃的香气，席卷了嗅觉和胸腔。

门卫指了指他们，扯着大嗓门儿道："那个学生，把衣服穿好，今天有例行检查。"

陆潇没有像往常一样对门卫比中指，而是低头把拉链拉上，跟叶橙一起走进学校大门。

今早的自习是语文课代表带读。

大家整齐地念道："故夫知效一官，行比一乡，德合一君……"

"……且举世誉之而不加劝，举世非之而不加沮。"陆潇背得很大声，充满"你看《逍遥游》这么难我都背下来了，还不快夸我"的暗示和明示，时不时瞄一眼他同桌。

叶橙快憋不住笑了，史无前例地忘了接下来的内容是什么。

语文课代表站在台上，看得一清二楚，然而也不知道他们在笑什么。

突然，徐超从后门探了个头出来。

"陆潇，你出来一下。"

他的声音不大不小，刚好能让后排两个人听到。

陆潇起身走了出去。

徐超站在走廊的扶手处，感到很是头疼。

十分钟前，他被校长叫去喝茶，校长明里暗里地劝说他让他不要给学生施压，班主任虽然要重视教育，但是也应该关注学生的心态和健康。

那老家伙跟他打了半天太极，末了才说是陆潇的家长打电话过来反映，说陆潇最近学习压力太大了，在家里甚至都不睡觉。

徐超一直都知道陆潇家里跟校领导有关系，自然不敢大意，立即就把陆潇叫出来谈话了。

他清了清嗓子，问道："你最近每天都学习到很晚？我看你月考考得不错，不要这么心急，平时要注意劳逸结合。"

陆潇摇了摇头，说："考得不好。"距离一百名还有一大截，他都不知道该怎么提上去。

徐超震惊了，这还是他认知里的那个陆潇吗？他也就一个多月没找这孩子谈心，怎么变成这样了？

"我的意思是，这和你上学期比起来已经进步非常大了。"徐超委婉地说，"我刚才看你早读读得很认真，这是……这是值得提倡的，但你如果昨晚没休息好的话，早自习在桌上趴一会儿也是可以的。"

他不敢刺激陆潇，说话半天不找重点。

陆潇听着不耐烦，敷衍道："哦，知道了。老师，我回去继续上早自习了。"

还有十分钟自习就结束了，他只有十分钟时间，时间紧迫。

徐超连忙拦住他，说："等下，别这么着急。学习的事情可以先放一放……"

陆潇疑惑道："学习怎么能放一放？"

徐超一时语塞，顿了顿道："我是说，你不要忙着学……好吧，我直说了，你母亲打电话来学校，说你最近的学习方法不太对，校领导也建议我找你聊一下。陆潇，你要知道，除了学习之外，自身的心理和身体健康也不容忽视。"

陆潇警惕地看着他，抓住了关键信息："你要阻止我学习？"

徐超张了张嘴，却被再次打断了。只听陆潇斩钉截铁道："不可能，今天就是天王老子来了，也休想阻止我学习。"

说完冷哼一声，转身插着兜走了。

徐超："……"这都叫什么事啊。

陆潇的学习热情在一夜之间突飞猛进，大有"拦我者死"的架势。徐超只得照实汇报给了华旺春。

华旺春也不知道该怎么办了。纨绔的富家少爷突然开窍这种事，他从业几十年都没遇到过几次。他让徐超静观其变，尽量给学生们减轻作业负担。

于是，当天放学前，徐超布置的数学作业只有两张纸。

晚上，孟黎让司机把他们先接到家里，说是给大家准备了宴会穿的衣服。

蒋进坐在加长林肯的座椅上写作业，边写边感慨："我妈要是有一天让我别学习，我做梦都能笑醒。"

陆潇拿着单词卡让叶橙给他抽背，闻言不屑道："你也就这点本事了。"

江怡蓉看看他，又看看叶橙，神情逐渐变得意味深长。

孟黎为他们定制了几件不算很正式的服装，几个男生是衬衫和休闲外套，江怡蓉的是一条红色束腰短裙。

蒋进一边试穿衣服，一边忍不住问道："我们今天是要去参加什么继位大典吗，阿姨那条长裙拖地都快一米了。"

叶橙想到老宅的风格，笑了笑说："算是吧，你一会儿别被吓到。"

"啊？"蒋进不解。

直到车开往鸣山，他才明白叶橙为什么说这句话。

鸣山豪宅是南都公认的上流人士聚居地——蒋进一直知道陆潇家里挺有钱的，但没想到这么夸张。

汽车驶进了一座庄园，草坪上居然有两只孔雀在散步。

孟黎指着外面给他们介绍："那栋楼是我们今晚要住的地方，旁边那栋是专门用来开设宴会的。家里比较大，你们要是想出去转转的话，就让人陪你们一起，别迷路了。"

面对正门的喷泉旁边，密密麻麻停满了豪车。

蒋进慢慢地张大嘴，这里面随便一辆车都抵得上他家里一套房子了。

他们的车刚刚停下，就有两个佣人跑出来帮孟黎提裙子。蒋进条件反射地也伸手去捡孟黎的裙子，被江怡蓉一巴掌拍在手背上，这才想起来自己是客人。

一辆兰博基尼打了个弯，在众人面前歪歪扭扭地停住。一个身穿黑色西服的男人从车上走了下来，冲他们这边打了个招呼："弟妹，好久不见。"

男人看见陆潇，笑着道："这不是潇潇吗，都已经长这么高了。"

孟黎用眼神示意陆潇，他这才不情不愿地叫了声"大伯"。

叶橙方认出来，这是陆月林，出了名的笑面虎，陆氏在国内的大半公司都在他的掌控之中。

蒋进说："我总算理解阿姨为什么这么压抑了，豪门媳妇儿也太难当了吧，本'社恐'已经死了一百次了。"

江怡蓉用手肘顶了他一下，让他别乱说话。

孟黎和陆月林寒暄了几句，便一同走进了正门。

迈入富丽堂皇的宴会厅时，蒋进再次被震惊了。

叶橙也感到挺震惊的，主要是他没想到这里以前的风格居然这么土——整个宴会厅就差把"中西结合"四个大字刻在了脑门上，天花板是国画大师的花开富贵图，沙发面上却是宾利的标志，窗台上摆着九龙戏珠浮雕，壁灯又是欧洲中世纪的古董。

总结下来就一个词：混乱不堪。

好在多年之后老爷子把这里翻修了一番，花了一年多时间才终于让它看起来不那么土气冲天。

陆潇转身对他们说："你们先去偏厅等我，我上去和爷爷打个招呼。"

叶橙点了点头，佣人过来把他们引去南面的偏厅。

这里是专门布置给年轻人聚会的，明显四周变化了不少。

不像正厅的九米挑高那么开阔，偏厅做了下沉式沙发和自助选餐台，氛围松散且舒适。一群陌生面孔的男男女女一起聊天，看着都不超过二十岁。

桌上大部分是甜品，叶橙夹了几片不知名的饼干和蛋糕，跟蒋进、江怡蓉一起找位置坐了下来。

蒋进拿起一支冰激凌当话筒，采访叶橙道："作为这家继承人最好的朋友，你感到有压力吗？"

"有，我很担心他们让我打扫卫生。"叶橙面无表情地嚼着手指饼干。

江怡蓉环视四周，认真地表示："看这装修风格，估计主人是个保守且老派的人，你真得做好打扫卫生的心理准备。"

三人一通跑火车，这时，旁边传来了几声细细的笑声。

他们顺着声音看了过去，只见旁边坐着一个穿着粉色礼服裙的女生，她周围还围了一圈小姐妹。

"陶雪，你就直说吧，你爸是不是要安排你和陆潇订婚了？"有个人笑着调侃道。

蒋进被嘴里的果汁呛到了，爆发出一阵咳嗽，引得那群人瞪了他几眼。

粉裙子女生害羞地打了那个人一下，说："八字还没一撇呢，你别瞎说。"

"得了吧，我上次就觉得你俩不对劲，陆潇肯定喜欢你。"

"上次是哪次？"另一个人问。

"五年级的时候啊，陆爷爷回国给他过生日那次。"

江怡蓉白眼要翻上天了，她疑惑地看向叶橙，指了指太阳穴做了个口型——她们脑子没毛病吧？

叶橙笑着摇摇头。

蒋进说得对，这种场合的确让人厌烦。但这是陆潇家里的场合，叶橙希望自己能做到不去在意这些琐事。

那几个聊得正起劲，突然停了下来。

叶橙眼前一暗，就发现陆潇走到他旁边坐了下来。

"潇哥，你可算回来了……"蒋进刚想告状，就被甜腻腻的女声打断了。

陶雪在小姐妹们的怂恿之下，端着餐盘走过来，说道："陆潇，又见面了。"

陆潇莫名其妙地看了她一眼。

陶雪见他盯着自己，马上羞涩笑了起来，问："我可以坐下吗？我记得你喜欢吃甜品，这些都是我亲手烤了带来的。"

“别别别，你可别坐下。”蒋进用最小的声音吐槽道。

叶橙叼着一根手指饼干，看戏似的看着两人。

陆潇随手从他嘴里扯下那根饼干，对陶雪示意道：“不用，我有了。”然后当着她的面，把那根面目全非的手指饼干丢进嘴里。

陶雪：“……”

江怡蓉一个没忍住，“扑哧”笑了出来。

陶雪顿时恼羞成怒，一跺脚走开了。

晚宴正式开始，陆金南走到宴会厅中间，众人纷纷举杯。

小辈们拿的都是果酒，也跟着举起杯子。叶橙遥遥地看见了陆占阳，陆占阳也发现了他，笑着对他举了举酒杯示意。

今天陆潇那个毒舌三叔没来，陆月林倒是不停地和陆尧山说话。

陆家也不知道是不是风水问题，陆金南的三个儿子没有一个正常人。陆潇这一辈到目前为止只有他一个，脾气也没好到哪里去。

孟黎被陆金南拉着讲了几句，脸色看起来不是很好。宴会接近尾声的时候，她和陆家那几个男丁都不知所踪了。

陆潇被灌了不少酒，和叶橙一起躲到了二楼的休息室，含糊道：“让我歇一会儿，头好晕。”

叶橙担心他明天头疼，说：“我去给你弄点茶醒酒。”

“别动。”陆潇说，“陪我待一会儿。”

房间里短暂地静了静，陆潇低低地说：“我没醉。”

有那么一瞬间，叶橙觉得恍如隔世。

楼下宾客满堂，楼上陆潇安静地躺在沙发上。

正在这时，门外响起了敲门声。

“有人吗？”孟黎的声音传了进来。

陆潇站起身，整理了几下衣服，走过去拉开门。

叶橙仍旧坐在沙发上。

“妈，什么事？”陆潇问道。

孟黎看见里面的叶橙，愣了一会儿才对他说：“你爷爷找你，我打电话你也不接，害得我挨个房间找。”

陆潇点了点头:“知道了。”

说着，随手关上房门，和孟黎一起往外走。

孟黎边走边问:“你们在里面干什么?”

“我喝多了，头晕，休息一会儿。”陆潇无所谓地说。

孟黎狐疑地嗅了嗅:“偷偷抽烟了?”

“没有,”陆潇转移话题道,“爷爷找我干吗?”

孟黎的表情黯淡了下去，只是嘱咐道:“潇潇，无论你爷爷等会儿问你什么，你按照自己的想法和他说就好。”

陆潇皱了皱眉，欲言又止。

陆金南在三楼的会客厅，孟黎把他送到房间门口，看着他推开门走了进去。

出于陆金南自己的爱好，这个会客厅被改成了一个不大不小的茶室。陆金南晚上喝了几杯酒庄刚开的陈酿，正在用热水洗茶具，想冲杯茶解解酒。

陆潇走过去道:“我来吧，爷爷。”他从陆金南手上接过茶壶，把里面多余的水倒入茶洗中，将茶叶放进去。

陆金南松开手，看着他忙活。

陆家都是坐不住的性子，除了老爷子之外，没人有品茶赏画这等风雅。陆潇小的时候，陆金南还没有长居国外，偶尔会抱着他在书房里喝喝茶、下下棋。

陆潇凭着记忆泡了一壶大红袍，倒了一杯放到老爷子面前。

陆金南似乎想起了往事，不禁有些感慨:“上一次你给我泡茶，还是你二年级的时候，时间过得可真快啊。”

他动了情绪，伸出手，说:“到爷爷这里来。”

陆潇本来和他面对面坐着，闻言便走到他身边坐下。

陆金南摸了摸陆潇的头。他的掌心温厚而柔软，是长期养尊处优的人才会有的一双手。

方才陆潇上来见他的时候，周围围着陆月林和一群表亲，陆金南并没有表现得太热情。其实陆潇能理解他的用意，作为一家之主和德高望重的长辈，这么多年他都在保持平衡，尽量不让儿子们觉得他厚此薄彼。

直到夜深人静，众人散去，他才得以在最疼爱的小孙子面前露出温情。

陆金南随口关心道:“今晚玩得好吗?”

陆潇点了点头，“很好，我朋友们也玩得很开心。”

“你的那几个朋友当中，有个孩子看着挺稳重的，值得深交。”陆金南说。

陆潇一愣：“哪个？”

陆金南道：“那个一直和你在一起的孩子。”

陆潇明白过来陆金南说的是叶橙，内心很是喜悦。他清了清嗓子，道：“爷爷的眼光向来很准。”

陆金南端起茶盏喝了一口，叹了口气：“要是咱们陆家能出一个这样的子孙，我也不必天天操心了。”

陆潇不作声，心想，没准呢。

陆金南说：“你现在成绩怎么样了，有把握考上国内的大学吗？你母亲说你不愿意出国。”

“我会考上大学的，爷爷。”陆潇注视着陆金南，认真道。

陆金南拍了拍他的肩膀，神情稍微欣慰了一点。

“你是不知道，我被这帮小兔崽子烦的啊。”他摇了摇头说，“你知道你大伯母今天为什么没来吗？”

陆潇疑惑道：“为什么？”

陆月林的老婆是房地产大亨的女儿，性格泼辣且蛮横，每次家族聚会只要有她，必会发生争吵，没来倒也清静。

陆金南痛心疾首道：“还不是因为你大伯在外头风流，竟然弄了个一岁的丫头出来，你伯母气不过要跟他离婚。还有你三叔，做事情不带脑子，听信了外人的话去搞投资，去年一年亏了两个多亿。”

陆潇这下明白了，难怪三叔连见都不敢来见陆金南。这么看来，他们家确实是没有一个能省心的货色。

陆金南说：“你和他们不一样，你们这代人一定要多读书，千万不能像他俩那样栽在女人和敌人手里。这两个狗东西，永远学不会吃一堑长一智。”

陆潇并未附和，而是安慰道：“爷爷，犯错是人之常情，大伯和三叔也都老大不小了，他们会改正的。”

陆金南不由得多看了他一眼，眼神带上了几分赞许。

如果今天他在老大或者老三面前说这番话，那两个人肯定忙不迭地邀功，顺带狠踩一番老二全家。但陆潇的性格仿佛生来就带着自己的影子，很懂得怎样在这样一个大家族中行为处事，虽然平时表现得桀骜不羁，但总叫人抓不到把柄。

很久以前，陆金南就觉得陆潇和年轻时候的自己很像，但言行过于浮躁，需要沉淀和打磨。然而，这次回国，陆潇给他的感觉和从前大相径庭，这孩子好似在不知不觉中变得有担当了不少。

陆金南收回思绪，言归正传道："话虽如此，但现在最不让人头疼的，当属你父亲了。我知道你和你父亲向来关系不好，但随着你长大，也应该理解很多事并不能只用感情来衡量。"

他的话让陆潇心里警惕起来。果然，他就知道陆金南不会无缘无故地找他。

陆金南接着说："比如你父母这件事，你母亲已经都和我说清楚了。这事的确是尧山做得不地道，我也承诺过会狠狠地惩戒他，让他得到应有的惩罚。可是你母亲觉得还是不能原谅，打算和他离婚。"

他停顿了一下，说："你父亲在海外的那几家公司，你母亲的股份只比他少百分之四，你明白这意味着什么吗？"

陆潇瞳孔微缩，他一直以为孟黎没有参与公司的任何事务。

陆金南心平气和道："这就是我叫你过来想聊的事情。潇潇，你长大了，我想问问你，怎么看待这件事？"

陆潇的思路逐渐清晰起来，大致理清楚了陆金南的目的。

他兜兜转转说了一大堆，其实就是不大愿意孟黎和陆尧山离婚，这和他大伯与大伯母离婚是一个性质，已经不是个人婚姻的问题了，而是牵扯到双方的各种利益。

且不说离婚会分走陆尧山多少产业，万一孟黎想报复，虽然不至于闹得多大，但也够陆尧山烦恼一阵子了。

陆潇知道陆金南想听见怎样的答案，也知道只要得到这个答案，陆金南就可以顺理成章地去找孟黎谈判。难怪孟黎刚才脸色那么难看，还会在送他过来时说那样的话。

说到底，她还是觉得自己亏欠陆潇太多了，为了不让他卷进来，甚至愿意用自己终身的幸福来换。

陆潇眉头紧皱，若有所思地看着那半杯茶。

陆金南也不催促他，只静静地看着他。

墙上的挂钟“滴滴答答”地走动，茶室里陷入一片沉默。

最终，陆潇紧握的拳头缓缓松开，沉声开口：“我支持他们离婚。”

话音落下之时，他明显地看见陆金南眼中一闪而过的寒意。陆潇没有避开他的视线，直视他的眼睛道：“但是，我也知道自己姓陆。”

陆金南的眼神闪了闪，眯起双眸审视着他。

陆潇坦然地说：“爷爷，您太久没有和我父母生活在一起了，也许不是那么了解我妈妈。她前些年活得太过压抑，现如今除了寻个解脱以外，已经别无他求，更不会对陆氏造成任何影响。离婚的消息只要不公开，股价就不会有太大的波动，股东们自然也很难有什么异议。”

“这么说，你是愿意跟着你母亲了？”陆金南的脸色缓和了一些，从鼻子里哼了一声。

陆潇却摇头道：“我说了，我知道自己姓什么。如果您可以给我个机会，那么我会像父亲一样，永远不让您失望。”

最后一句话再次让陆金南仔细看了看他，陆潇任由那双极具压迫性的眼睛盯着自己，丝毫没有退让和胆怯。

两人对视了几分钟，陆金南忽然笑了起来。

先是微微的笑，到后来越来越大声，甚至肩膀都颤动了。

“你还真是我陆家的人，”陆金南满脸复杂地望着他，“你知道吗，十多年前，你父亲对我说过一模一样的话。然后，我就把加州的公司交给了他。”

陆氏在海外的产业中，一大半都在加州。曾经的陆尧山有多不被看好，十年之后就有多被艳羡。

面前的少年脸上写满了一往无前的意气，和那时的陆尧山如出一辙。

他向前一步，一脚踩进了本该在多年之后才会进入的漩涡之中。而且，他在明知后果的情况下，没有露出半分退缩。

陆金南第一次觉得，或许自己低估了这孩子对他母亲的感情，也低估了他这个年纪的人的心智。他急躁的外表之下，是一颗沉着冷静的心。

陆金南揉了揉眉心，说：“行了，你先回去休息吧。这件事我会再考虑的。”

陆潇没有再过多试探，起身和陆金南道了晚安，打开门走了出去。

走廊上的壁灯晕开一圈昏黄的光，他走了两步，看见了站在拐角处的孟黎。

孟黎没有说任何话，上来就抱住了他，发出细微的哭声。

陆潇反应过来，她应该是在门外听到了他们的谈话。

他看了一眼上方的摄像头，还是没有推开孟黎，默默地让她宣泄心情。

这使他想到了许多年前，孟黎来电影院接他回家的时候。那时她也是这样抱着自己哭，但现在他比她高了很多，足以把她揽在怀里，不让她再受委屈了。

那个只会打架惹事的小男孩，长成了可以依靠的大树。

十分钟后，陆潇和叶橙肩并肩坐在泳池旁。

夜已深，几个小时前的欢声笑语散得一干二净，只剩下零星的猫叫和虫鸣。

夜空如同一张黑色的丝绒毯子，上面点缀着璀璨的星子。

一颗，两颗，三颗……仿佛伸手就能摘得到。

叶橙听完陆潇的话，安静了好一会儿。他恍惚觉得自己就像是触发了蝴蝶效应，不知不觉间改变了那么多事情的走向，陆潇也因此过早地接触到家族事务，担起了本不该他这个年纪承受的担子。

叶橙出声道："我觉得你爷爷说得对，按照你接管公司的想法，的确出国留学会更适合你。"

说出这句话的时候，他本以为自己应该很理性。以陆潇的成绩，在国内读个普通本科还不如出国读管理，或者读"3+2"也行。但是当他真正说出口之后，心里控制不住地涌起一阵遗憾的感觉。

陆潇顿时不高兴了，拧了他胳膊一下："你是想气死我？你知道我为了和你一起考大学做了多少努力吗？都到这里了，老子不出国。"说完，把头转了过去，像个小朋友一样用后脑勺对着叶橙。

叶橙意想不到地松了一口气，说："好，我知道了。"

"你不知道。"陆潇转了回来，黑漆漆的眼中有一丝委屈。

那年的白泽湖微风习习，小男孩晒得人畜不分，黑不溜秋像块炭一样。

"你老坐这儿干吗呀?"

"喂，跟你说话呢。"

"别哭了，小妹妹，再哭就不漂亮了。喏，这个给你吃。"

那个夏天，是一切遇见的开始。

第18章 预备战

第二天，陆金南把陆尧山和孟黎叫到了一起，谈了什么不得而知。当天下午，陆尧山坐飞机去了加州。一个星期之后，陆金南也回到了加拿大。

离婚手续冗长而复杂，足足小半年以后，孟黎才正式告知陆潇这个消息。

陆尧山把久隆的房子给了孟黎，隔壁的那套依旧没有卖出去，就那么空着。叶橙偶尔过来玩，还会看见有保姆在里面打扫卫生。

对很多人来说，高二的下学期都如同白驹过隙，仿佛一眨眼就到了高三。

成堆的试卷伴随着窗外疯长的青苔，翻到了高中的最后一个初夏。

一模考完之后，整个班级的氛围都降到了谷底。

这次模拟卷用的是联校的题目，难度陡然剧增，直接把十三中的学生打垮了。除了叶橙之外，二十班没有一个人的分数达到去年的一本线。

以前做自己学校出的题目的时候，大家不觉得有多难，此刻才意识到，所谓的差距并不是一天两天就能够填补的。尽管徐超一再强调这次的模拟考试题目偏难，鼓励大家不要灰心，但班上的气氛还是肉眼可见地低迷了不少。

窗外的绿植冒出新芽，空气中隐隐带着一丝热意。

陆潇转着笔，在草稿纸上“唰唰”地写写画画。

这次一模，他被徐超单拎出来狠夸了一番，他从上学期的中下游一举跃进到班级前十，总分距离一本线只差四十分。

班上很安静，静得根本不像是下课时间。

只有蒋进和另一个艺考生的位置空着——两人都去参加艺考培训班了。

李俊晓脚步飘浮地走过来，道：“潇哥，下节体育课还是去体育馆上吗？”他眼下的黑眼圈浓重，已经快要挂到嘴角了。

“嗯，可以走了。”陆潇起身拿上书，招呼大家集合。

众人慢腾腾地站起来，手上都带着课本或者资料。

自打升高三之后，每节体育课几乎都是让他们自由活动的，其实也就是换个地方看书。体育馆在室内，很适合找个角落坐着背文言文。

“橙哥呢，他不去上课吗?”李俊晓看着他旁边空荡荡的座位问道。

陆潇说:“老徐找他，估计不去了。”

临走之前，他给叶橙的水杯灌满水，又把提神的薄荷糖放在桌上，这才离开教室。

办公室里，徐超结束了谈话，口渴得一气喝下半杯茶。

“今天就这样吧，周五的时候你上去做个动员，提一提班上的士气。”他对叶橙道,“这帮孩子一年来都很认真，别到了最后关头自己泄了气，不值当。”

叶橙点了点头:“知道了，老师。”

徐超又说:“你确定要报A大了吗，有没有和家里人商量报考哪个专业?”

叶橙答道:“不出意外的话，应该是临床医药。”

临近高考不过几个月时间，只有他看上去还是一副气定神闲的模样。

放眼全校，和他一样状态的人，要么是决定出国的，要么是放弃高考的。

徐超说:“这次难度这么大，你还考了四百三十分，这个分数放在附中也是数一数二的。我建议你可以试试A大的王牌专业，据我了解，他们学校的经济类是全国第一。”

叶橙自然知道A大的王牌是经济，他也不是没去过。

“我还是更想尝试学医。”他礼貌而坚定地说道。

徐超做理解状:“好吧，这个主要看你和你家人的意愿，不过等高考结束之后，他们的招生办也可能会劝你去经院。哈哈哈哈，说起来，你是我带的第一个能考上重本的学生，无论怎样，老师都会拿你当毕生的骄傲。”

叶橙谦逊地笑了一下。

从办公室出来之后，他不想再去体育馆，懒懒散散地往教室走去。

其实说不紧张是假的，他只是表面看着不在意而已。这次估分的时候，他原本以为自己能考到四百三十六分，但语文上凭考官主观判断比较多的不可控扣分还是超出了他的预期范围。

二十班这一年成绩提升颇多，平均分直接从倒数第一变成了年级中游。在叶橙和其他所有人的努力下，他们早已不再是过去那个“吊车尾”的差生班。

这样的班级，高考氛围是最重的，也是压力最明显的。

那些本来只能复读的学生，现在可以冲大专；本来只能上大专的学生，现在可以冲本科；本来只能上二本的学生，现在离一本线只有几十分。

人都是贪心的动物，谁都希望自己考得好一点，再好一点。

不管多差的学生，只要某次考试激起了他心里的某种欲望，他都不会想再回到以前垫底的日子。

而对于叶橙这个层次的学生来说，提一分或许比他们提十分还要难。他就如同站在金字塔顶，压力虽然不至于把他逼得崩溃，但不能更上一层也是最难熬且最让人烦躁的。

叶橙走到后门时，听到教室里传来一阵抽泣声——是一个女生的声音，哭声不大，但相当压抑。

他脚步一顿，看见那人是谭晓琪的同桌葛云。叶橙刚想缩回腿，结果不小心碰到了门框，发出一声响动。

葛云抬头转了过来，眼睛肿得跟什么似的。

叶橙略有些尴尬，只得问道：“你没事吧？”

葛云看见他，好似想起了什么事，表情更难过了。她“吧嗒吧嗒”地掉着眼泪，努力抹了抹脸道：“没事……”

这看着怎么也不像没事的样子。叶橙从自己桌上拿了包抽纸，走过去递给她：“发生什么了？”

“谢谢。”葛云接过纸巾，擦了擦眼泪道，“没什么，只是被老师骂了。”

“哪个老师？为什么要骂你？”叶橙在她旁边坐了下来。

葛云带着鼻音道：“许杰，我有道物理题目不会，刚才拿去问他。他讲了好几遍我还是听不懂，他让我复述一遍，我说不出来，他就发火了，说好几个学生排队等着问他题目，我是故意在浪费时间。”

高考的理科科目当中，物理是需要打上等级的，也是最重要的副科之一。许杰的办公室门外经常人满为患，好几个班的学生都成群结队地找他问题目，他本人脾气也容易急，语气冲了点也是在所难免。

高三的学生大多内心很脆弱，尤其是葛云这种比较内向的女生。

她吸了吸鼻子道：“我们班好几个都被骂了。他是不是对我们有什么偏见啊，凭什么只骂咱们班的！而且上课讲得那么快，根本跟不上。”

叶橙说：“别哭了，哪道题不会，让我看看。”

葛云感激道：“谢谢你，班长，我不会耽误你时间吗？”

叶橙伸出手道：“不会，拿来吧。”

他一看题目就知道葛云哪里不懂，直接从她费解的地方切入。几分钟后，葛云惊呼道：“要是许杰让我用这种方法，我早就明白了好吗！他只会讲得我云里雾里，果然最懂我的还是班长。”

讲题的时候，班上那几个挨骂的倒霉蛋都回来了，看到叶橙出马，纷纷凑过来旁听。

大家七嘴八舌地抱怨。

“好家伙，他直说用哪个公式不就行了。”

“就是啊，自己说不清还怪我们笨！”

“可能因为他是十七班的班主任吧，担心多教会我们一题，下次考试他们就要被超了。”有人苦中作乐地缺德道。

这句话让叶橙怔了怔，他思索片刻，对几人说道：“以后晚自习我多留二十分钟好了，你们要是有不会的题目，拿来问我就行，老师毕竟也很忙。”

葛云开心得差点蹦起来：“真的吗？我们真的可以拿去问你？”

“天哪，班长你简直就是神！我太爱你了！！”

“可是你多待二十分钟，会不会很辛苦啊？呜呜呜，不用这样也没关系的。”

叶橙淡淡道：“没事，回头你们在班上告诉他们一声。”

众人纷纷欢呼起来。

那个同学无意间的话让叶橙有些感慨：如果他自己少错一道题，总分就会是一个不小的提升；而如果他帮这些同学少错一题，说不定就是大专和二本的差别。

大多数人的高考只有这么一次。他自己人生中的很多遗憾都得到了弥补，现在他也想试着弥补别人的遗憾。

这个消息迅速在二十班乃至高三年级之间都传开了。

徐超直接在课堂上放话，他们班每考上一个一本，他就给叶橙一千块钱奖励，最后不管结果怎么样，他都会给叶橙一个额外的红包。豪言壮语放完，他又小小声告诉大家不要声张。

大家哄堂大笑。班上的氛围如同窗外那盆绿植，瞬间从死气沉沉变得枝繁叶茂，像是被打入了一针强心剂。

然而，晚自习期间，大家在排队找叶橙的同时，也收获了Debuff（负面效果）："一哥的凝视"。

但凡有个人来问题目，陆潇绝对从那人坐下开始，一直盯到那人哆哆嗦嗦地离开。叶橙待到几点回家，他就几点起身，甚至写完了作业还坐在位置上玩手机，非要等叶橙一起回去。

因为陆潇的自觉，他的放学时间也推迟了二十分钟，显得有点晚了。孟黎主动提议，没什么事的话，她就带司机来接他们回家。

几天如此还好，长此以往，这件事吸引了徐超的注意。

有一天他在后门，看见一个人问完叶橙题目后走开了，叶橙低头继续做题，陆潇在叶橙旁边捏纸团，突然一把拍在叶橙肩膀上："你刚才笑什么笑？"

由于班上几乎没什么人了，周围非常安静，他的声音徐超听得一清二楚。

和一直以来徐超得知的信息完全不同，陆潇在闹叶橙的时候，后者连动都不动，好像已经对这种幼稚举动习以为常。

"你哪只眼睛看到我笑了？"叶橙斜了他一眼。

陆潇道："两只眼睛都看见了。"

"放屁，你个智障。"

"智障骂谁呢？"

"我骂你是智障。"

徐超眉头紧锁地看着两个笑着打闹起来的少年，突然被一只手从背后拍了一下。他转过身，迎面扑来柔和的香水味。

"老师，您在做什么呢？"一个很漂亮的女人出现在他身后，微笑着问他。

徐超想了半天，才想起这是陆潇的妈妈。他忙道："您好，那个，我在……"

孟黎的视线落在他背后的教室里，看到陆潇拉了拉叶橙的胳膊，又被对方一巴掌拍在手背上。

她笑了笑，说："偷看是不礼貌的哦，您方便借一步说话吗？"

徐超尴尬道："方便，这边请。"

徐超是高三年级最年轻的老师，相比送走了一批又一批的毕业生的其他老师，这只不过是他带的第二届高三。

当然，第一届和他们没法比，整个班上除了早恋就是逃课，压根没人在乎能不能考得上大学，所以他也从来没有这么严格地抓过学生的成绩和纪律。

而这一届不同，从年级主任到校长，都比以往对他们差生班的地位重视了不少。

这很大程度上是由于叶橙的到来。

徐超和女性学生家长交流的时候，一般都不会和她们单独待在办公室，而是选择在学校里边逛边聊。

他和孟黎走出教学楼，迎面看见一男一女凑在一起。

这两个人是隔壁班的，看见徐超后迅速分开，假装什么都没发生似的叫了声“老师好”，便低下头匆忙溜走了。

徐超摇摇头，恨铁不成钢道：“这都什么时候了，还有空在这里谈情说爱。”

孟黎轻笑着说：“年纪小才有恋爱的冲动，等到了我们这个年龄，做什么都得瞻前顾后。”

“是这个道理，不过像您这样开明的家长很少见了。”徐超意有所指地说。

孟黎正色看向他，问道：“刚才那两个小孩儿，徐老师为什么没有说他们？”

徐超说：“那两个学生不是我们班上的，明天我会提醒一下他们班主任。”

孟黎若有所思地问：“那他们会被怎么处理呢？找家长来，然后记过吗？”

徐超解释道：“一般来说，这种事是必须找家长的，后面也会把两个孩子调开，尽量不让他们接触。情节严重的话，学校才会记过或者劝退。”

“这样做，他们就愿意好好学习了？”孟黎嗤笑了一声，脱口而出。

徐超的脸色有点不太好看。

她马上抱歉地说：“不好意思，我并不是质疑你们的处理方法，只是这样的事我也亲身经历过。”

“哦？”徐超略微诧异。

孟黎回忆道：“我上高中的时候也喜欢过班上一个男生，我当时的班主任发现后，当着全班的面读我写给他的情书，还叫我父母去学校把我领回家。当然，老师的本意都是为了学生好，这一点不可否认。”

她的语气平静又自然，仿佛是和朋友在闲聊。徐超很少听家长们说自己的故事，产生了一点兴趣：“然后呢？”

孟黎和善一笑："然后我就退学了。"

徐超："……啊？"

孟黎意味深长地说："我承认我当时的性子比较极端,认为在学校丢了面子，相当于天都塌了，这是非常幼稚的想法。但青春期的孩子，你能指望他们有多成熟呢？很多时候，师长都忽略了温和的引导，只是一味地打压和制止，其实那样做的效果微乎其微。"

徐超沉默了片刻，仔细品了品她的这番话。他听懂了孟黎的话里有话，但到底还是年轻气盛，沉不住气地说："陆太太，您这么说……是因为您觉得我们对陆潇的教育方式太极端了？"

孟黎伸出食指，在他眼前摇了摇，说："首先，我不是陆太太，我已经和他父亲离婚了，您可以叫我孟黎。其次，我更不会干涉您的教育方式，您是教育工作者，您要比我更专业。只是，我就学校里的情况和我儿子聊过，他承认他有自己的心事，但也向我保证不会因此耽误学习。既然他做了保证，也身体力行地践行着，那么在这之外他的意愿和自由，我都不会干预太多。"

徐超微微睁大了眼睛，一副欲言又止的样子。

孟黎继续说道："老师，我能理解你们为学生负责的心情，也非常感谢你们有这样的责任感。可是说到底，我们在意的都是学生的未来。如果他们身边的人，不但没有对他们的学习造成不好的影响，甚至还让他们努力成为更好的自己，那我们是不是也应该尊重他们的选择呢？"

徐超再次安静了，过了许久才说："您身为学生家长，既然都这么说了，我也不好再多过问。"

两人又弯弯绕绕地聊了大半天，最终，徐超不太自然地说："那行吧，这件事按照您的意思来办，我会遵守本职工作，密切关注他的学习情况的。"

孟黎点了点头道："麻烦您了，十分感谢。"

徐超连连摆手，说："都是分内的事。"

孟黎踩着高跟鞋，身姿款款地离开了，徐超站在原地，满脸复杂地看着她昂首挺胸的背影。

孟黎带着两人上车后，随口对叶橙道："小橙，你今晚就住在我们家吧，明天让司机送你们上学。"

自打孟黎开始接送他们，叶橙就时不时会在他们家住一晚。

她说完之后，从后视镜里看见叶橙点头答应了，而她那不值钱的儿子笑得眼睛都弯了起来。

孟黎打心眼里为陆潇感到开心，也不由得想起自己年少时候的经历。

她十八岁就去父亲的公司实习，跟着一群大老爷们儿谈生意，假如没有遇到陆尧山，她的人生会过得很精彩。

大概是见了太多乱七八糟的人，经历了太多不堪回首的事，使她越来越觉得，遇到一个能让自己变得更优秀的人，是一件多么值得庆幸的事。

陆潇能有叶橙在身边，她觉得很放心。

回到家之后，陆潇想到叶橙的房间里学习。孟黎知道陆潇没半点定性，果断让他别打扰叶橙，自己回房写作业。

写了一阵子，陆潇又开始分心。他拍了一张数学习题的封面发给叶橙。

嫌疑人X：我有题目不会，可以拿去问你吗？

手机振了两下，叶橙有了回复。

克制一下：题目拍照发我。

嫌疑人X：十几题啊，怎么拍？

那头静了一会儿，才回复了一个白眼。

克制一下：过来吧。

陆潇“嗷”了一声，从床上爬起来，把那本《五年高考三年模拟》带上，顺便给头发喷了个定型。

从他的房间到叶橙住的客房，中途要经过孟黎的卧室。

孟黎晚上睡眠浅，为了避免吵到她，陆潇刻意没有穿拖鞋，光着脚小心翼翼地穿过过道。

正当他安全通过孟黎门口时，身后的卧室门打开了。

孟黎穿着睡袍，冷冷地看着自己家的倒霉儿子正踮着脚往前走，这么一个大高个子整得活像在做贼。

她不忍直视地咳了两声，说：“你干吗呢？”

陆潇的背影猛然僵住，几秒种后，慢慢地回过身道：“妈，你怎么还没睡？”

他看见孟黎的眼神，立即扬了扬手上的“五三”，说：“我有不会的题目，想去问一下叶橙。”

孟黎上下打量他一阵，登时气不打一处来，指着他道："三更半夜去问题目，鞋都不穿就算了，还喷发胶？你糊弄鬼呢，给我进来！"说罢，板着脸转身进了卧室。

陆潇心里一沉，暗道不妙，面如死灰地跟了进去。

孟黎一副不会善罢甘休的架势，抱着手臂在椅子上坐下。

陆潇正准备坐在她对面，却听她冷声道："站着。"

他屁股刚刚沾到凳子，只得又起来站好。

"说吧，你是不是因为叶橙才想考国内的大学的？"孟黎问道。

陆潇面不改色地装傻："啊？"

孟黎看着他，再次问道："你和叶橙，商量好了吧？"

陆潇面露震惊："你在说什么啊，妈，你可别乱说。"

孟黎嘲讽道："你连撒谎都跟你爸一模一样，先是装傻充愣，然后反咬一口。得了吧，你要真的觉得我在乱说，现在早就摔门出去了，而不是站在这里给我演戏。"

陆潇："……咳。"

他此刻才真正紧张起来，逐渐攥紧了手里的书。不出国的决定，他之前确实和叶橙商量过，他一直觉得自己能和朋友们待在一起，要比独自一人在国外潦草地读一个学位要更有益。

这件事情孟黎知道了也没什么，但万一她要去找叶橙质问就麻烦了。

他清了清嗓子，正色道："妈，你别生气，都是我的错，不关叶橙的事。"

"哦？你哪儿错了？"孟黎一脸怪异地看着他。

陆潇说："是我自己想留在国内的。我知道你们希望我出国，但我在国内也肯定能考上大学，而且国内有很多朋友，他们对我来说很重要。如果你在意这件事会影响叶橙自己的发展……我就和他暂时分开点，保证在考上大学之前不会太打扰他。"

糊弄孟黎和糊弄华旺春一样，只要不在她面前太嚣张，她一般是不会太插手陆潇自己的事的。以前他一天到晚和一帮人鬼混在一起，那时候她也只是偶尔提醒两句。

陆潇如意算盘打得很好，只是想暂且息事宁人，至少在高考结束之前，都不要有任何人去烦叶橙。

叶橙可是要考A大的，任何事情都不应该分散他的精力。

孟黎被他气到了，难以置信地说："你是这么打算的？我就问了几句，你就要和他绝交？"

陆潇眨了眨眼睛，不明所以道："也不算……绝交吧，只是减少来往？"

孟黎"唰"地站起来，抬起手就往他身上招呼，陆潇赶紧伸手去挡。

她气得胸口上下起伏，边揍他边骂道："你这孩子怎么变得这么没有责任心了？难不成这点也随你爸？小橙起早贪黑地给你补课，一年之内把你那破铜烂铁的成绩提到这么好，你居然因为别人一句话要和他绝交?！要不是他，你现在还不知道在哪个犄角旮旯里混日子呢！"

陆潇人都傻了，甚至忘了反抗。

孟黎震怒地瞪着他，说："出去别说你是我儿子，太丢人了！"她仍然不解气，拉扯着陆潇走到门口，"你跟我过来，去给小橙道歉！"

陆潇被她训得一脸蒙，一路被拽着踉跄走到了叶橙房间门口。

"咚咚咚——"

孟黎敲了敲房门，嫌弃且愤怒地瞥了一眼陆潇。

不一会儿，叶橙便拉开了房门。

他以为是陆潇过来问题目，随口道："你可别又……"话说到一半，看见了怒气冲冲的孟黎和满脸茫然的陆潇。

他愣了愣，下意识道："阿姨，有什么事吗？"

孟黎勉强对他笑了一下，搡了一把陆潇，温和道："小橙，还没睡哪，他有些话要跟你说。"

叶橙看见他手上的"五三"，顺口说："我知道，他是来问题目的。"

"不不，他犯了错误，是来和你道歉。"孟黎严肃道，"陆潇，你自己跟他解释吧。"

陆潇不知道自己是该点头还是该摇头。

孟黎握住叶橙的手，说："小橙，该狠心的时候绝不要心软，这是我给你的建议。"

叶橙很是迷惑，不过还是点了点头。

孟黎又看着陆潇冷哼了一声，转身离开了。

"怎么回事？"叶橙把陆潇让进房间，问道。

陆潇目光闪烁，告诉他："我妈知道我之前和你商量不想出国的事情了。"

叶橙微微睁大了眼睛，之前他连孟黎的面都没见过几次，因此并不了解她对自己的态度。

"她怪我了？"他问。

陆潇见他眉头紧皱，忙道："不，不全是，你别担心，她没有怪你的意思。"

"真的？"叶橙狐疑道，"那她说的道歉是什么意思，你还犯其他错了？"

陆潇欲言又止，踟蹰着说："……很难解释，我其实也不知道她究竟在气什么。我们还是做题吧，夜晚很短，抓紧时间。"

叶橙将信将疑，被拉到书桌前开始看题目。

陆潇按着他的肩膀让他坐下，翻到一页指着错题道："这道题我不太会。"

叶橙暂时把疑问抛到脑后，毕竟马上就要迎来第二次模拟考试了，叶橙很担心陆潇的状态。每当陆潇有哪道题不会，叶橙都会把这个系列的题目全部整理出来让他连刷几十道。

这也是陆潇怕他的地方。老师讲题目只是单纯讲题目，而叶橙会冷淡地挑着眼尾看着他，极具压迫性地说："这个知识点你是不是压根没掌握好？把公式和定理背一遍给我听。不准看，现在就背。"

每当这时，陆潇后背流的汗都堪比打了一整场篮球。

叶橙专注地在纸上写写画画，一边讲解一边把知识点列出来，随即提问："下一步该怎么写？"

陆潇早已经把这道题记得滚瓜烂熟，应对自如地说："建立直角坐标系，代入之后求距离。我说得对不对，班长？"

陆潇有那么点角色扮演爱好，喜欢在特定的场合叫他特定的称呼。

比如问题目的时候一定会叫"班长"，走心的时候一般叫"阿橙"，撒泼打滚的时候十有八九会叫"橙哥"。

叶橙丢下笔，眯了眯眼睛道："说得不错，你是会了装不会吧。"

陆潇才不会承认自己是想来找他玩："是啊，我都会。会就不能问吗，谁规定的？"

这小子。

叶橙想了想，还是很好奇，陆潇到底犯了什么错，被孟黎压过来向他道歉。

"你和阿姨来之前说什么了？你是不是做了什么对不起我的事？"

陆潇正沉浸在上一句话的胜利里，脱口而出："我和我妈说可以跟你减少来往一段时间。"

叶橙的脸沉了下去，冷笑道："所以这就是你顾左右而言他，死活不肯告诉我的原因？"

陆潇猛然清醒，抬起头看向他。

叶橙凉凉地注视着他："谁给你的胆子这么说的。"

陆潇慌了，连忙道："不是这样的，我那只是缓兵之计……"

他被叶橙推到门外，房门"砰"的一声甩在他眼前。

房间里，叶橙演技收放自如，大松一口气——总算把这烦人的家伙打发走了。

这边门前一秒甩上，后一秒孟黎的房门就打开了。

她站在几米开外的房门口，幸灾乐祸地看了陆潇一眼，然后也关门进去了。

陆潇："……什么意思？"

第19章
青春诗

那天之后，陆潇不知道自己是触动了什么奇怪的开关，他震惊地发觉孟黎和叶橙的关系比以前更好了。两人经常背着他讲小话，有的时候趁他不注意，叶橙还会去陪孟黎做美容美发。

陆潇得知这件事，还是在他去孟黎经常光顾的地方剪头发时，听那个翘着兰花指的造型师说的。

造型师还笑吟吟地问他，有没有上次陪孟女士来的那个帅哥的联系方式。

陆潇在惊讶之余，也产生了一点被亲妈和叶橙同时背叛的委屈和愤怒。

在他上前用肉身挡住枪林弹雨之时，叶橙这家伙居然已经背着他投敌了！还一举俘获了敌人的心！

他原本还沉浸于“Us Against World”的大型自我感动之中，脑子里每天盘旋着同名BGM，没想到这就翻车了。

原来局外人竟是他自己。

中午吃饭，陆潇出去帮叶橙买咖啡，谭晓琪端着餐盘坐到了叶橙对面。

她没什么胃口地戳着米饭，问道：“橙哥，你最近怎么不和潇哥天天厮混在一起了了？”

以前这俩人就像连体婴，干什么都要挤着去，是二十班走廊上一条靓丽的风景线。

“烦。”叶橙扒了口饭，只说了一个字。

谭晓琪瞬间像是找到了知音，放下筷子道：“你也到倦怠期了？”她这几天也在躲着李俊晓。

叶橙很少和别人吐槽陆潇，好不容易碰到这个机会，忍不住点头赞同：“真的很烦人，学习要一起，吃饭也要一起，上厕所都要一起，不回消息生气，多和别人聊几句也生气，朋友圈不点赞还要生气。总之丝毫没有个人空间可言，体验感极差。”

谭晓琪脸颊抽搐：“……哥，你这个‘烦’好像跟我的‘烦’不大一样。”

叶橙嫌弃地摇了摇头：“我现在很担心他的状态，马上高考了，他看书的时候还总是分心走神，所以不怎么想搭理他。”

谭晓琪夸张道：“可是他二模考了三百二十几分！都快到一本线了！他上一次才三百分吧，这才过了多久，华佗再世都没这么能救的，他的学习动力明显与日俱增啊！”

“或许吧。”叶橙恹恹地说。

鬼知道哪来的学习动力，还不是胡萝卜钓驴。他对陆潇的心思摸得堪比对历年真题，那叫一个透彻。

这次二十班总体进步相当大，陆潇的全校排名已经挤进了前一百名，前两天还嚣张地让他记得履行之前的承诺，每天冲他耳朵边唱“欠了我的你要还回来”……

陆潇最近还在朋友圈狂发动态，好像在为备考期间不能出去玩代偿发疯，去年这些动态里面还有篮球和游戏，今年完完全全变成了大型生活分享。

叶橙烦不胜烦，但总会有人喜欢看。比如谭萌萌，不仅不会屏蔽，还会每个礼拜定时点开陆潇的朋友圈。

叶橙不怎么发动态，更不爱发照片，谭萌萌每次只能通过陆潇的照片找其中叶橙的影子，得以在繁忙的高二生活中窥见一丝天光。

幸好有陆潇，还知道为广大女生朋友创造福利！

嫌疑人X

[一杯咖啡的照片] 真的有人喜欢喝苦橙味的拿铁吗？我怎么都喝不惯。

谭萌萌：好了好了，你虽然喝得苦，不妨碍我们觉得甜！我喜欢星爸爸的糖精[嘻嘻]

嫌疑人X

[手腕处用黑笔画着手表的照片]卡点成功，窗外在下雨[雨林][月亮]

谭萌萌：啊啊啊啊，男神520快乐！下雨天为什么还有月亮呢?

嫌疑人X

[对镜挡脸自拍照片]下课了。

谭萌萌：啊啊啊啊看到橙哥了！左边那个白色衣角对吧!!! 给我一根橙哥的头发丝我都能认出来[爱心]

谭萌萌在陆潇朋友圈底下发野疯的时候，一定没有细想，叶橙是她和陆潇的共同好友这回事。

叶橙默默地看着谭萌萌那些感叹号，没想到十八岁的陆潇孔雀开屏程度如此生猛，更没有想到那个看起来温柔内敛的学妹，在网上会是这么一副模样。

最关键的是，陆潇发朋友圈不屏蔽他妈！

有次叶橙点赞了一条他们好几个月前一起出去玩的照片，几个小时后，收到了相同动态点赞提示，在看清了那个昵称是孟黎之后，他整个人都要炸了。

别说高中时期了，就算是上大学时期和工作之后，他发任何私人动态也会屏蔽长辈好吗！

叶橙忍无可忍地揪着耳朵教育了陆潇一顿，陆潇老老实实屏蔽了孟黎。

第二天叶橙去陆潇家里，还听到孟黎疑惑地问："昨天那张小橙的照片呢，你怎么删了？"

陆潇幽怨地看向叶橙，而叶橙装聋作哑。

高三的最后一个月，陆潇的朋友圈动态越来越少了。

黑板上的倒计时天数也在逐渐减少，最后变成了"1天"。山海路再次响起蠢蠢欲动的蝉鸣，伴随着热浪，席卷了站满晨读学生的走廊。

高考前一天，刚好轮到叶橙值日。他戴着袖章走到要检查的班级门口，里面全是陌生面孔，但都笑着和他打招呼。

"早啊。"

"早。"

"高考加油！"

"你也是，高考顺利。"

沿路碰到了华旺春。华旺春满面红光地拍了拍叶橙，说："明天别紧张，正常发挥，一切顺利！"

叶橙笑着说："谢谢老师。"

直到从值日的地方回到班级，看见黑板上众人写的一段话，他才真正意识到，这是他在十三中的最后一天了。

黑板上的话是于坤写的。

亲爱的徐哥：

谢谢你两年的陪伴，因毕业，请求永久离校批准。

二十班全体

6月6日

虽然这种套路已经烂大街了，但真的看见这句话时，叶橙还是感到异常动容。他提醒大家徐超就要进来了，所有人都迅速坐回了位置上。

门口传来熟悉的笑声，徐超和隔壁班的班主任一边说着话，一边从前门走了进来。

叶橙做了个手势，所有人齐声道："徐哥，谢谢你，我们毕业啦——"

徐超愣了一下。

接着，大家唱起了《那些花儿》。

原本徐超还能忍，唱到后面，他直接把头转了过去，用一种拧巴的姿势将后脑勺对着大家。

可是，这一下他就看见了黑板上的"假条"，眼眶红得更加厉害。

女生们都哭了，男生也沉默了。

蒋进举起手摇了摇，喊道："徐哥，看我看我！"

徐超忍着眼泪转回来，看见蒋进那一头锡纸烫不见了，取而代之的是清爽利落的短发。

蒋进挠了挠头，笑着说："你不是老喊我拉直吗，这下我拉了。"

徐超再次转过头去，用手捂住了眼睛。

大家纷纷上前去抱徐超，谭晓琪哭得浑身发抖。

徐超又哭又笑地推开他们："行了，毕业了又不是永远见不到，以后有空多回来看看老师。明天好好考试，你们每个人都是老师的骄傲，明白吗？"

众人疯狂点头。

这天放学的时候，即使是素不相识的人，即使是平时结怨的人，看见对方也都会彼此道一句“加油”。

陆潇把叶橙送到家门口，两人使劲拥抱了一下。

叶橙拍了拍他的后背，微笑着鼓励道：“明天放轻松，不要多想，你一定会考上第一志愿的。”

陆潇紧紧地揽住他的肩膀，说：“你也是。”

叶橙的语气难得宽容：“考完试之后，你想干什么都可以了。”

天高海阔，任君行。

他以为陆潇会高兴不已，但陆潇浑身都发着抖，像是在极力隐忍着什么，不想让它们掉下来。

“阿橙。”

“嗯。”

“阿橙。”

“我在。”

陆潇静默了许久，还是把心里想说的话说出来了：“遇见你，我真幸运。”

叶橙没有再说什么，只是反手用力抱住他。

两人在门口待了快半个小时，才各自分开。

叶橙刚一进门，高秋兰就迎了上来。

“回来啦，肚子饿吗，我煮了点清淡的夜宵。”她脱下围裙道，“明天早上给你准备了一根油条和两个鸡蛋，我的乖孙高考一定一举夺魁。”

叶橙笑了起来：“奶奶，我们的满分早就不止一百分了。”

“哎呀，吃个吉利嘛，明天早上奶奶送你去学校。”高秋兰喜悦道。

“好。”叶橙答应道，“我先去洗个澡。”

高秋兰跟在他后面念叨着要注意休息，把他送进卧室，又去厨房端夜宵。

同样的场景，在每一个有高考学生的家庭里不约而同地上演着。

孟黎端着牛奶递给陆潇；蒋进和江怡蓉打电话打到一半，他妈妈敲门进来了；谭晓琪和李俊晓在江边放烟花，大声对着江面喊“我会考上的”；黄院长罕见地没有加班，早早下班回去陪黄胜安。

谭萌萌坐在桌前搓了半天的手，坐一会儿又站起来踱步。她妈妈一阵抱怨，说你姐高考又不是你高考，你紧张个什么劲儿。

瓜群里都在互道高考祝福语，大家都对自己最重要的人喊话。

迪迦是光：@再借十三中五百年，兄弟，爱你，高考加油！

久隆吴彦祖：@蓉蓉是甜妹，高考加油~

小豆包儿：@宝贝，高考加油！

小糖串儿：@宝贝，呜呜呜你也是。

谭萌萌一边感动含泪一边狠狠截图了混在其中的两条——

嫌疑人X：@克制一下，阿橙，高考加油。

克制一下：@嫌疑人X，高考加油，潇哥。

今天距离陆潇上一次在朋友圈发照片已经过去了整整五天，谭萌萌忍了很久还是没忍住，偷偷去跟陆潇私聊。

谭萌萌：一哥，今天有橙哥美图吗？我姐明天高考，我想她需要鼓励[卖萌]

陆潇一直没回她。

她等啊等，终于在睡觉之前，刷出了一条新动态。

嫌疑人X

转发这条叶橙，就会考上你心仪的大学。[图片]

配图是他PS了一个小时的，叶橙冷淡地看着镜头，双手插兜，而本该是腿的地方，变成了一条闪闪发光的人鱼尾巴。

评论区满屏全是“哈哈哈”。

周敏豪：哈哈哈哈哈哈哈，神经病啊!!

蒋进：哈哈哈哈哈哈，潇哥你死定了，现在快删还来得及！

谭晓琪：哈哈哈哈我笑呛着了，橙哥和这条尾巴该死的绝配，好像是他自己长出来的一样，哈哈哈哈。

江怡蓉：陆潇你怕不是有什么毛病[笑哭][笑哭]，我就不该点开的。

最后评论的是叶橙，一扫刚才他给陆潇打气时的温情脉脉。

克制一下：？谁在犯病。

叶橙原本以为不会有人理会这个傻子，但他还是低估了学生朋友们考试之前对幸运“锦鲤”的盲目崇拜。当天晚上，这张图刷爆了他的朋友圈，甚至还有人给他头顶又加了个“学神的光环”。

他忍无可忍地给陆潇发消息：你个智障，商用是要付费的，懂？

几秒后，陆潇迅速给他发起转账。

嫌疑人X：够吗，不够你自己明天拿我手机转[邪笑]

克制一下：……省省吧你！

高考前夜几乎没人看得进去书，大家在群里聊到快零点，才陆续安静下来。

这次十三中抽到的考点很近，就在对面的附中。同样在附中考试的，还有三中的学生。

去考场踩点的时候，叶橙被震惊到了，因为他的考场所在的教室刚好是他以前在附中时的班级。冥冥之中，一切仿佛又回到了起点。

六月七号当天，南都迎来了整个六月的最高温。

茂密的梧桐树下站着一排排摇着扇子的家长，整条山海路被堵得水泄不通，数名交警在路口维持秩序。

记者蹲守在校门口，随机采访了一位大爷：“这位先生，您是来送小孩高考的吗？”

大爷操着一口本地话乐呵呵地点头：“是的，我在等我孙子。”

“您孙子成绩怎么样，对这次考试有信心吗？”记者再次递上话筒。

大爷谦虚道：“他是三中的，一般般啦，哎呀，正常发挥就好。”

记者说：“三中可是市重点之一，您孙子肯定能马到成功！”

其他三中学生的家长短暂地看了看这边，很快又紧张不安地盯向大门。

相比他们而言，十三中的家长则要聒噪很多。一群大妈围在一起，聊这几年哪所技校毕业比较吃香。

两个多小时过去了，终于，大门缓缓打开。

第一个考生走出了考场。

记者们一窝蜂地冲了上去，话筒恨不得捣进那人嘴巴里。

“同学你好，请问你是三中的还是十三中的？”

“你感觉这次语文卷子难吗，作文是什么题目？”

“作为第一个出考场的人，你有什么话要对大家说吗？”

周围吵得不行，所有家长都踮着脚往这边望。

一只精瘦的手把记者拨开，刚才接受采访的大爷挤了进去，道："让一让，都让一让，让我孙子出来，我们得赶紧去吃饭，下午还要考呢。"

眼见着他把那个面色尴尬的少年拽出人群，刚才采访他的记者惊讶地说："这是您的孙子？"

大爷骄傲地看着镜头，比起大拇指道："对，我们孩子名字叫陈臻，三中的年级第一！"

记者呆了。敢情您老刚才搁这儿跟我"凡尔赛"呢！

陈臻脸红着扯了扯他："去吃饭吧，爷爷。"

上午考完语文之后，作文题目立马上了热搜，主题聚焦了当下社会热点问题，引起了众多讨论。

下午，记者依然坚守岗位，成功捉住了一个忘带身份证、被警车送来考场的女生。女生对着警察叔叔一顿千恩万谢，匆忙转身跑了进去。

考完数学，第一个出来的依旧是三中的。那个男生自信满满，对着镜头一通炫耀。

之后出来的学生有不下十个在抹眼泪，还有人边哭边问记者，哪里复读比较好。

经历了三天的残酷和炎热，高考在知了的喧哗声当中，轰轰烈烈地落下了帷幕。

考完当天，整个十三中都疯了。

走廊上回荡着男生们的咆哮，大家跑来跑去地欢呼。

栏杆前聚集着一群人，把书撕得粉碎往楼下扔。雪白的纸张"哗啦啦"飞舞而下，宛如炎炎烈日下飘荡起的雪花。

华旺春站在一号楼和二号楼之间，大声喊道："不要往下扔撕碎的纸！你们等会儿给我自己下来打扫！"

突然，一管赭红色的颜料砸在他脑袋上。

"二十班的蒋进！是你吧，别躲，我看见你了！"华旺春捂住头，避开上蹿下跳的学生，跑上楼去抓蒋进。

班里闹成了一锅粥。

徐超提了两个大袋子，里面是他这两年来没收的手机、游戏机、小说等物件，挨个儿分还给大家。

班上叽叽喳喳，许多被叶橙帮助过的人过来找他拥抱。

“谢谢班长帮我补课，辛苦你啦。”

“呜呜，班长，你大学要去A省吗，那是不是很难再见到你了？”

“贴贴叶神，希望我能上二本线！”

陆潇一下子把他拉过来，哼道：“班长，我也要抱抱！”

叶橙被他在大庭广众之下这么搂着，忍不住感到有点尴尬，伸手推了推他示意赶紧放开。

“干吗，他们都能抱，就我不能？”陆潇嚣张地把他揽得更紧。

其他人看他们在打闹，纷纷笑了起来。

“叶神，一哥这是拿你当亲兄弟了，我都没见他主动抱过谁。”

“是啊是啊，放叶神转学过来第一天，我可打死都不敢想你们俩人最后能玩得到一起去。”

这时，门口探出一个头来。

周敏豪问道：“你们班结束没有，结束我就叫车了。”

他们一群人订了郊区的轰趴馆，今晚集体在那边过夜。

陆潇对周敏豪比了个“OK”，松开了叶橙。叶橙赶紧闪身摆脱他，去找徐超道别。

全班都在毕业照反面签了名，把照片连同一个电动剃须刀当作小礼物送给了徐超，徐超非常感动，说过两天就请他们“搓一顿”。

喧闹的走廊逐渐安静了下来。叶橙帮徐超把礼物拿回办公室，路过荣誉墙的时候，两人不约而同地停下了脚步。

叶橙的照片高高地悬挂在第一个。

这面墙上原先只有他一个人是二十班的，现在有三个了。

徐超面露欣慰，说：“这上面还是第一次出现我的学生。”

“还会有很多次的。”叶橙对他笑了笑。

徐超转向他，眼神变得有些复杂：“其实有个问题，我一直觉得很疑惑，既然今天你考完了，我想当面问问你。”

“您说。”叶橙道。

徐超问道：“你到底为什么会转来我们学校？”

他其实没指望叶橙能正经回答，可没想到，叶橙笑了一下，一本正经地说："因为我最好的朋友在这里。"

"啊？"徐超愣住了，难以置信地看向他。

叶橙的面孔带上几分神秘，他压低声音道："老师，如果我说我是从未来回来找他的，你信不信？"

徐超睁大眼睛，屏住呼吸看着他。

空气仿佛凝固了，突然，叶橙"扑哧"一声笑了："开玩笑的，你不会被吓到了吧。"

徐超一口气这才提上来，干笑道："没有，我当然知道你在开玩笑。"

"我和陆潇从小就认识，我们当了一段时间邻居。"

叶橙云淡风轻地给出最合理的解释。

"我来十三中，很大一部分原因是因为他在这里。"

"哦哦，原来是这样。"徐超点了点头。

叶橙把徐超送到办公室，挥手道："老师，我走了。"

徐超叫住了他，犹豫了片刻，还是说道："那什么，老师祝福你们，以后也可以一直走下去，走到你说的那个未来。"

叶橙弯了弯嘴角："嗯。"

徐超看着他的背影消失在走廊尽头，总觉得哪里怪怪的，但是又说不上来。他摇了摇头，没让自己多想。

蒋进先他们一步打车走了，去外国语学校接江怡蓉。

众人浩浩荡荡地包了几辆车，去往郊区经营成轰趴馆的别墅。

陆潇一改平日里跩得鼻孔朝天的模样，身上挂了条碎花围裙，认认真真地在花园里给烤肉刷油。

江怡蓉被他这副样子逗得不行，拿拍立得给他拍了下来。

蒋进悄悄去拿盘子里的烤肉，被一巴掌抽了回来。

"这是给你橙哥的，你要吃自己烤。"陆潇毫不留情地说。

蒋进指着那一盘肉，叫道："这么多，你确定橙哥吃得完？我吃一口又不会怎么样！"

陆潇看了他一眼："老子烤的，想给谁吃给谁吃，怎么着?!"

“服了，我第一次见到这种男的。”江怡蓉转头想和身后的谭家姐妹吐槽，却见谭晓琪和谭萌萌狂掐彼此的胳膊肉，捂着嘴避免叫出声来。

江怡蓉：“……算了，你们开心就好。”

周敏豪和篮球队的几个人在里面打牌，叶橙在教陈臻打游戏。

快八点的时候，众人围着桌子涮火锅吃烤肉，桌上放了一堆奶茶和啤酒。

一顿饭从八点吃到十点，大家或多或少都喝了点酒。

中途黄胜安还投屏放恐怖片，一群人非强迫叶橙看不可。

叶橙捂着眼睛想逃，挣扎道：“不看，看了我晚上睡不着。”

蒋进和黄胜安齐声说：“睡不着让潇哥陪你！”

大家没心没肺地狂笑，陆潇在袖手旁观，嘴角看戏的笑意压都压不下去。

陈臻慢吞吞地从叶橙包里拿出眼镜，闷声做大事地说：“橙哥没戴眼镜，看不清楚的。”

于是大家又强行给他戴上眼镜。

叶橙简直要疯了，谁来管管这帮蠢货？

陆潇装作看不见，搓着手在客厅里晃来晃去。

终于熬到了十点半，蒋进看了眼表道：“十点半了！走走走，我们出去看烟花。”

负责代理这家轰趴馆的人和他们介绍过，这里十点半会有烟花秀，他们就是为了看烟花才选的这里。

众人转移阵地到花园，外面一片漆黑，花丛里露出矮矮的昏黄路灯。天上悬着一轮又大又圆的明月，几个人拿着手机拍照，放大可以拍到月球表面清晰的纹理。

十点刚过半，夜空中应约响起“砰”的一声，所有人抬头看了过去。

接着又是“砰砰砰”几声炸响，几簇蓝色烟火蹿上高空，在顶端轰然炸开来，碎成一片片绚丽的色彩。

“哇哦——”

“好漂亮，你看那朵花……那是南瓜吧，我去，还有南瓜形状的烟花！”

“啊啊啊，我要许愿，希望能和蓉蓉永远在一起！”

“你傻啊，许高考考好！”

“我不，就要许永远在一起！”

叶橙仰着头用手机拍视频，过了一会儿，感觉到旁边的人转过来在看他。他带着笑意看过去，说道："看我干吗，看烟花。"

五光十色的烟花照亮了他的脸，浅褐色的瞳孔中倒映着无比缤纷的夜空。

周敏豪嗷嗷地凑过来拽陆潇："快看快看，那是个降落伞吗？这个策划烟花秀的人也太好玩了。"

"是的吧。"陆潇被他拉过去，敷衍了两声。

叶橙转开视线。

"对着烟花许愿真的有用吗？"周敏豪发问道。

陆潇看了眼叶橙，两人目光相撞。

陆潇勾起唇角，心不在焉地回答："傻子才信。"

旁边的蒋进有被内涵到，不满地嚷嚷："潇哥，你别拐着弯骂人啊。"

"我骂谁了？"陆潇一挑眉，一副"你又没我把柄"的模样。

江怡蓉看见蒋进被欺负，若有所指地笑道："橙哥怎么突然安静了？"

闻言，周敏豪看了过去，担忧地问："怎么了，橙哥不高兴了吗？"

"他不好意思呢。"陆潇靠在椅背上，随口道。

江怡蓉和蒋进对视一眼，都笑了起来。

只有周敏豪还在傻兮兮地纠结："为什么不好意思啊？"

看完烟花之后，众人又围在一起聊天，从高中生涯聊到大学规划，从做过的"中二"勾当聊到学校里的各种陈年八卦。

大部分人选择留在南都，南都所在省份是高考大省，这里的高校也非常多。在座只有叶橙、陆潇、蒋进和于坤要去A省，江怡蓉会出国读设计，其他人都想考南都本地的学校。

蒋进说："我来爆个料吧，在知道潇哥要考理工大之后，我们年级好多女生跑来跟他告白，给我塞了几十封情书，说舍不得他……"

他话还没说完，就被陆潇提拳揍了几下："你放屁！"

蒋进边躲避边对着叶橙道："是真的，还有个女生都哭了。"

众人都哈哈大笑，叶橙也笑了。

"我觉得不夸张，潇哥的桃花向来是TOP级别的。"

"好羡慕，我也想有几十个女生舍不得我。"

陆潇一脸牙疼地看着叶橙，丝毫嘚瑟不起来。

“你怎么不开心啊，以前不是老喜欢炫耀这些了。”周敏豪搭着陆潇的肩膀调侃，却被他一把掀开了。

“炫耀你个头啊，我什么时候炫耀过了？”

一伙人在院子吵吵闹闹到凌晨两点，直到房主打电话过来说隔壁有人投诉了，才熄火回房间睡觉。

别墅里有三间大床房，还有一间可以容纳四五人的大通铺。

周敏豪睡不着，拎着酒去找陆潇打牌，结果被他揪住衣领扔了出来，并得到一句：“两点了还打牌，单身一辈子吧你。”

周敏豪呆愣地站在走廊上，想了十分钟也没明白，两点钟打牌和单不单身有什么关系，他们以前不是还打通宵的吗?!

他在轰趴群里吐槽了几句，顺便询问有没有人喝酒打牌。

然而没人理他，过了五分钟，一个叫“谭萌萌”的回复了他。

谭萌萌：两点还找潇哥打牌，你活该被扔出来。

周敏豪：?

本来前一晚，大家约了早上九点去湖边钓鱼钓虾，结果到了九点，没有一个人能爬起来。十一点过后，这帮夜猫子才陆陆续续挣扎着起床。

起床后，一群人点了外卖，都穿着睡衣蓬头垢面地坐在餐厅吃饭。

谭萌萌在桌子底下给小姐妹疯狂发消息直播。

谭萌萌：对，我们起来了！天啊，我真的不敢相信有人刚起床会这么帅！一哥的头发乱糟糟但是帅毙了好吗!!

谭萌萌：他们现在在说下午去钓鱼的事，钓完鱼我们就回市区。

谭萌萌：啊啊啊啊，那个二愣子篮球队的说橙哥脖子上红了一块，我竟然没发现!!

谭萌萌：哈哈哈，他说昨天晚上有蚊子，笑死，我信了。

蒋进嚼着汉堡，问陆潇：“潇哥，过几天我和蓉蓉打算去旅游，一起去吗？”

陆潇期待地转向叶橙：“你有没有想去的地方？”

四人讨论了起来，计划在暑假把大半个祖国都走一遍。

由于他们太过旁若无人，周敏豪委屈又不解：“你们怎么都不问问我！我暑假也没事干，想和你们一块儿出去玩。”

谭萌萌没忍住，顺嘴道：“你确定你要和他们一起？”

“怎么，有什么问题吗?”周敏豪转过头，上下打量这个一脸单纯的小姑娘。

他好像和她不熟吧，为什么这个女生老是针对他?!

谭萌萌咳了咳，拿起鸡肉卷啃了起来:“……没问题，你开心就好。”

这人果然是个二愣子。

从别墅回去后，陆潇很快就组织了旅游局。

周敏豪心有不甘，毅然决然地跟着四人去了。

三天过去了，他开始意识到当时那个女生不是在讽刺他。

五天过去了，他开始想回家。

十天过去了，他觉得谭萌萌是为了他好，好后悔没有听她的劝告!

周敏豪能清楚地察觉，自己已经不是和陆潇玩得最好的人了。

那个学神，抢走了他的兄弟。

怎么说，上一个有这么弱智想法的人，还是蒋进。但现在，蒋进飞升了。

他们旅游了一圈，都晒黑了不少。只有叶橙还是能看的，因为他不经晒，而且每天出门都被陆潇监督涂满防晒。

临近查分数的前一天，他们才返回南都。

孟黎亲自开车去机场接他们，笑着调侃道:“你们是知道明天查分，故意赶着今天才回来的吧?”

叶橙坐在副驾，好笑地回头指了指陆潇:“主要是他已经没有玩的心思了，怕得要死。”

从前几天开始，陆潇逐渐进入了紧张的情绪，干什么都要问一下“今天几号了”。

其实这种心理很好理解，以前他不怎么努力的时候，总觉得无所谓，不要紧，所以从来没在乎过，就算是考倒数都不带怕的。

可高三这一年，真的是他发狠用心，最认真读书的一年。

大家都说陆潇碰上叶橙这么个比老师还耐心的同桌，是他上辈子修来的福气。但只有叶橙知道，为了多考几分，陆潇私底下付出了多少时间和精力。

那个曾经整天上课睡觉、故意不写作业、和老师对着干的男孩，高三这一年每次都会在凌晨给叶橙发不会做的题目，防止自己第二天忘记问。

叶橙也记不清自己多少次在凌晨一两点收到他的消息了。

嫌疑人X：这题也不会，橙哥QAQ

嫌疑人X：好困啊，可是还有两页没写完。

嫌疑人X：学累了，班长大人。

嫌疑人X：明天早上吃什么，我给你带，大半夜的突然想吃早饭了。

嫌疑人X：这首歌好好听，适合写作文的时候听。

嫌疑人X：今天的物理题好难，我都怀疑自己是不是学理科的料了，可恶。

嫌疑人X：……完犊子，错了五题，太废物了。

嫌疑人X：真烦啊，学不下去了，但是我好想和你一起去A省。

陆潇想报的理工大就在A大隔壁，仅一条街之隔。

那些消息，叶橙大部分都没能及时回复，因为那个点他基本都睡着了，只有第二天早上才会看见。每天睁眼看见这些消息，他都能切身体会到陆潇的不安、焦虑和期待。

过去的陆潇狂妄，不可一世，完全不会在意这种在他看来婆婆妈妈的问题，但后来，他的言语里每一句都透露着一种向上的意气。

长此以往，高考成绩成了一个衡量他努力成果的标准。他的学习逐渐有了新的、积极的意义。

没有人不想看见自己的付出得到回报。

也没有人不热爱最终看见成功的那一刻。

回到家之后，陆潇怀揣紧张的心情又熬过了一天。

第二天，叶橙和高秋兰一起到陆潇家里来查成绩。

孟黎在楼下招呼高秋兰，陆潇和叶橙坐在电脑面前，手速飞快地刷新网页。和往年都会发生的一样，查分数的网站崩溃了好几个小时，才终于给他们刷了出来。

叶橙先查的是自己的分数，因为陆潇坚决不肯先查。

在成绩出来的那一刻，陆潇在他身后喊了一声，捂住了眼睛。

叶橙也感到手心冒汗，鼠标一点一点滑下去，露出了他的总分：431分，等级是双A+。

“我去，稳了！”陆潇从手指缝里看见分数，从后面激动地用力抱住他。

叶橙虽然早就意料到了，但也和陆潇一样激动。他短暂地高兴了几秒，马上返回查询页面输陆潇的准考证号。

陆潇一见这架势，立即转过身说:“你……你先别告诉我，让我冷静一下。”

叶橙盯着网页刷新，直到看见分数，表情才算出现了一丝松动。

陆潇背对着他，心脏“咚咚”狂跳，道:“你捂住分数，我要转过来了。”

叶橙依言，用手捂住总分，陆潇转回来，却还是扛不住地搭住他的肩膀，手指微微颤抖。

“准备好了没有?”叶橙看了他一眼道。

他紧紧地看着屏幕，屏住呼吸，点了点头。

来吧，是生是死就在这一刻了。

大不了复读一年。

叶橙的手往后移了一寸，露出第一个数字，是“3”。

陆潇终于吐出一口气，幸好不是“2”……成功一半了！他的心跳得更快，“怦怦怦”,“怦怦怦”，快要从嘴里蹦出来一样。

去年的一本线是335分，今年最多不会超过340分。

他不由自主地捏紧了叶橙的肩膀，一定要是“4”，一定要是“4”，最好是“5”！那样他就可以稳稳妥妥地在理工大选一个哪怕排名最低的专业就读了。

叶橙被他捏得有点疼，突然笑了出来，出声打破了紧张的氛围。

“陆潇，你可能从来没有想过有一天自己会考得这么好吧。”

叶橙彻底移开手指，屏幕上露出一个“6”，紧接着，是一个“3”。

363分，估计超出了一本线二十分。

两个等级分别是A和B，达到了去年理工大的最低标准线。

他含着笑意去看陆潇的反应，说实话，他也没想到陆潇能考得这么好。一模和二模，陆潇都在一本线边缘徘徊，稍微发挥失常一点就过不了；三模是最简单的，陆潇也只考了345分。

高考之前，高秋兰还特地给他们一人求了一个学运符。

他笑看着陆潇，却突然被拦腰抱了起来。

陆潇的脸都涨红了，抱起叶橙原地转了个圈，声音兴奋得带上了一丝轻颤:“考上了！我考上了！拥抱一下——”

叶橙哭笑不得地说:“这么开心吗?”

“开心死了！”陆潇放下他，眼底盛满了喜悦，“我每天翻墙去A大找你一起上课，好不好?”

叶橙忍不住大笑起来：“你傻啊，大学不用翻墙。”

“那你是答应了，以后每天都一起上课。”陆潇心有余悸地说，“我刚才都不能呼吸了，就怕我要复读。”

“一起上课，一起去图书馆，好吗?”

“嗯!”

两人兴奋了好一会儿，才想起来下楼去告诉高秋兰和孟黎。

孟黎比他们还要激动，当场就捂着嘴“哇”的一声哭了。她眼泪哗哗直流，哽咽道：“我们家终于出了个读书的了，呜呜，肯定是我爸坟头冒青烟，看来上次带小橙去扫墓是我最明智的决定!”

高秋兰本来也是高兴得眼泛泪花，结果回头一看，孟黎哭得衣领都湿了。

好家伙，哭不过哭不过。

她拍了拍孟黎，安慰道：“咱们应该给孩子们庆祝一下。”

“必须庆祝!”孟黎抹着眼泪说，“小橙，你们俩利用暑假去考个驾照，回头阿姨给你们一人买一辆车。”

高秋兰呆了呆，反应过来后连忙推拒：“不用不用，这多破费啊!”

孟黎现在对叶橙出手相当大方，自然是和过年时那几万块红包不能比的，立即坚持道：“要的要的。”

“不用不用，真不用。”

“要的要的，真的要。”

“不行，车太贵了，我坚决不同意。”

“我给小橙买，您老就别这么客气了!”

“还是不行，你给你儿子买就好。”

“那我现在认小橙做干儿子!”

…………

两人一场拉锯战整整持续了一个多小时，旁若无人地争得面红耳赤，最后把俩刚考上大学的孩子都忘了。

被遗忘的两位主人公面面相觑，不知道说什么好。

最后，她们商量的结果是：叶橙免费获得了一位干妈，以及孟黎给他俩共同买一辆车，可以直接开去A省，上学使用。

对此，高秋兰实在是拗不过，只得妥协。

A省距离南都并不远，开车几个小时的路程。

现在连志愿都还没填报，孟黎便眼泪汪汪地对陆潇说："周末记得和小橙开车回来看我，你一个人在A省也没个照应……哦对，你表叔的公司好像就在A省，我晚点打个电话给他让他好好照顾你。"

"他会把我照顾去酒吧的，妈。"陆潇看了眼正在和高秋兰说话的叶橙，小声道。

陆占阳三番五次想让他带着叶橙一起去酒吧，都被他无情拒绝了。

几天之后，分数线出来了。

陆潇稳妥地超了一本二十四分，被徐超在群里封了个"医学奇迹"的头衔。

好巧不巧，大家都知道叶橙报的专业是临床医学，纷纷调侃他第一个医好的就是他同桌。这件事也一度成了联校论坛的一段佳话。

在收到录取通知书之前，叶橙先收到了A大招生办的电话。

果然如徐超所说，对方礼貌地询问他要不要再考虑一下别的专业，叶橙没什么犹豫地坚持了第一志愿。

陆潇的专业选择则没有叶橙那么顺利。

他本来计划选一个理工类专业，但陆金南听说他竟然考上大学了，连夜从国外赶了回来。

在得知陆潇要报理工大后，陆金南当即脸色一变。陆金南是打算把他当接班人来培养的，而不是要给自己养个理工学咖或者技术打工人。张秘书建议陆潇选个A省好一点的学校读管理，毕业后再出国读研究生。

陆潇自然不会听他们的。

这件事讨论了整整两天，后来以陆潇报考理工大的管理类专业收场。

他还信誓旦旦地表示自己要读A大的研究生，陆金南闻言，差点两眼一翻晕过去，指着他的鼻子说："你要是能读得了A大，你要什么我给你什么！当下你少吹牛，少做梦，别整这些不现实的！"

陆金南死活不愿意相信陆潇是凭实力考上大学的，总觉得他是误打误撞。

叶橙倒不反对陆潇学管理，理工大的经管类虽然不算很好，但也不是学校里排名最末的专业。如果陆潇读了一年之后发现不喜欢，还可以申请转到其他专业。

孟黎和叶橙持一样的态度，在她心里，陆潇能老老实实高考，就算考上大专，都是莫大的恩赐了。

七月一过，蒸腾的热气覆盖了整个南都。

酷暑真正来临了。

暑假期间大家都很忙，旅游的旅游，打工的打工，学车的学车。

陆潇陪着叶橙学了一个月科目二，眼看着自己的学神同桌在科目二上面挂了三次，还险些被打回去重新来过。

这一个月以来，驾校的操场到处回荡着教练的声音。

“叶橙，碰线了！”

“叶橙，别聊天了，快来练车！”

“叶橙，侧方位停歪了！”

叶橙本人并不能理解这件事，就像他不能理解陆潇为什么英语听力能错那么多。他自认为车技虽然不是秋名山车神，但好歹也能基本过关吧。

可是科目二这玩意，不看你车技，大部分看你考试当天是否“欧皇附体”。

陆潇这厮开车相当野，练习的时候基本都是踩着线横冲直撞，有一次还把驾校的花坛撞翻了。教练完全拿他没办法，甚至已经放弃他了，认为他考试必挂无疑。

然而，人家一次过！

陆潇考过的当天，叶橙生平第一次考试挂了，气得脸色铁青。他用小拇指比了个尖尖，严肃地对陆潇说：“就差这么一点，我就过线了。”

陆潇看着他认真的样子，笑得浑身发抖。谁能想得到，高考全省第六的叶橙栽在了科目二上面。他笑得越来越大声，直到脸皮薄的叶橙气到抡起拳头揍他，他才勉强停了下来。

叶橙第二次考试，碰到了黄胜安。

黄胜安过了，他依然没过。

叶橙第三次考试，碰到了蒋进。

蒋进过了，他还是没过。

第四次，已经快要开学了，陆潇也去他大伯的公司实习了，叶橙才终于通过了考试。

此事在瓜群传得沸沸扬扬，大家一致认为，叶橙的运气全部花在了高考上，以至于他第二次考试轮胎打滑，第三次考试刹车失灵。

而陆潇顺理成章地成为群里第一个拿到驾照的。

从此，锦鲤图又多了一个人。

求考试，拜叶橙；求驾照，拜陆潇。

第20章
新篇章

随着叶橙的驾照到手，高中的最后一个暑假也正式到了尾声。

蒋进的艺术院校和他们的开学时间不一样，早早就已经到了A省。

孟黎开着新买的卡宴，亲自把陆潇和叶橙送了过去，也准备顺便在A省玩几天。

A大坐落在郁格路，周遭和南都倒是有几分相似，两旁栽种着香樟树。

不远的另一条街就是理工大。

孟黎在路口把陆潇丢下车，说:“你报到完来找我们，我们去周边转一转。”

她和叶橙戴着同款墨镜，活像亲母子。

陆潇:“你先把我送去对面啊！学校那么大，你要累死我？还有，你都不想参观一下你儿子的大学?”

孟黎拨下墨镜看着他:“理工大有什么好参观的？这两个选择摆在我面前，但凡有脑子都会去参观A大的好吗。”

叶橙对他挥了挥手:“一会儿见。”

陆潇当场哽住了。

学校里车来车往，通行不便。叶橙也担心孟黎开车太累，就让她找了个地方停下歇一会儿，自己下车去新生报到处。

踏上A大地面的那一刻，他有一种恍惚的感觉。

到处都拉着社团的宣传横幅，其中就有他过去参加过的中医社和网球社。学长学姐们在报到处门口摆了一条长廊,抓到一个新生就拼命向他们推荐社团。

叶橙一路走过去，心情出奇地愉悦。

由于他表现得太过于轻车熟路，还被几个新生问了路，他一一指了方向。

报到处接待他的学姐叫韩梦佳，一直在偷瞄他，笑着问:“你就是一班那个南都的吗，我弟弟也在南都读大学，我加你个微信吧？”

叶橙点了点头：“好。”

加上他之后，韩梦佳的笑容消失了：“你有女朋友了？”

她看着头像上交握的两只手，有点一言难尽，心想，帅哥果然都被人先下手了。

显然真实情况并不像学姐想的那样，但叶橙不想过多解释，笑笑说：“嗯，以后麻烦学姐多多关照。”

韩梦佳察觉到失态，忙找补：“那是肯定的，对了，你往里面走，那里校学生会在招人。”

众所周知，校学生会是个一手资源甚多的地方。学校大大小小的活动项目、工作介绍，乃至导师联络、绩点加分，都和这个神秘组织颇有关联。

叶橙以前不爱社交，从来不参加学生会这种组织，后来想想其实还是有必要的。毕竟大学不完全是以学习为主，也要提升人际交往能力，为以后的工作奠定基础。

“谢谢学姐。”他礼貌地道谢，转身走了过去。

韩梦佳可惜地摇了摇头，在学生会群里惨叫。

韩梦佳：难受，想哭，南都弟弟名草有主了。

底下马上有人追问。

A：你看见他了？长得有证件照上那么帅吗？

韩梦佳：比证件照帅一百倍，自带高岭之花、冰山美人气场。

A：哇，亏大发了，你让他来会议室没有？这会儿应该有人。

韩梦佳：跟他说了，正过去呢，@毁灭吧累了，星星出来接客了，任何一个帅哥都别想逃得出学生会。

那人没有回她，她又一连“@”了好几遍。

毁灭吧累了：让他滚，烦，爷我正失恋呢，能不能消停一下？

韩梦佳：你又失恋？这次你家那位是没给你洗衣服，还是把你网线拔了？

三分钟后。

毁灭吧累了：劈腿。

韩梦佳：？

下面跟着一连串问号。

叶橙走到走廊尽头，看见会议室旁边摆了个学生会的立牌，这会儿下午一点多，他在门口都闻到了一股饭菜香味。

他敲了敲敞开的门，走了进去。

里头坐着一个男生，顶着一头褐色卷曲的头发，正在吃麻辣烫。

“这里不招人，要填表去大门口。”他吧唧吧唧咀嚼着，随口说道。

在抬头看见叶橙之后，他愣住了，抹了下嘴道：“我去，你这么帅？”

叶橙：“……啊？”

说话的男生用两根指头夹着筷子，大大咧咧地跷着二郎腿，因为抬头的缘故，嘴角的汤汁都流了下来。他的一只裤脚卷得老高，另一只垂落在脚面，T恤的袖子掀到肩膀处，看起来十分不修边幅。

然而这么邋遢的姿态，却配了一张精致绝伦的脸。

不能说有多帅，只能说相当可爱。大大的眼睛，尖细的下巴，眼底除了卧蚕还有黑眼圈，一看就是昨晚熬大夜了，但皮肤很好，奶白且光滑得看不见毛孔。

明明是拉出去可以冒充高中生小弟弟的脸，可惜主人没什么自知之明，叼着筷子从上往下打量叶橙，眼神堪比调戏良家少女的臭流氓。

他咂了下嘴，说：“不错不错，以后拉赞助绝对能把那帮老阿姨哄得服服帖帖。”

叶橙：“……啊？”

那人清了清嗓子，放下筷子道：“你好，我叫李星河，是校学生会宣传部部长。”

叶橙点了点头：“我叫叶橙，是来报名的。你这里……”

他指了一下李星河的嘴角，然而话还没说完就被打断了。

“好嘞，你先填一下表格，今晚八点，在求真楼一楼有个宣讲面试会。”李星河以为他要和自己握手，顺势起身握住他的手晃了晃，抽了张表格递给他。

叶橙很少见到变脸这么快的人，上一秒还让他去门口填表，下一秒就从一堆废纸里变出了一张空白表格。

他想了想，还是指着自己的嘴角提醒说：“你这里有汤汁。”

一般正常人此时已经尴尬地拿纸巾擦拭了，李星河却毫不在意地伸出红彤彤的舌头，努力往他指的地方够着舔，含糊地问：“这里吗？”

叶橙觉得他脑袋再偏一点，大概就可以申请去戏剧学院演脑瘫患者了。

“你还是拿纸擦擦吧。”叶橙忍不住道。

李星河从善如流地听取了他的建议，从A4纸里拿了一张新的，随手擦了擦，团成一团扔掉了。

“……”叶橙落笔的手肉眼可见地犹豫了。

这……学生会不会都是这种画风吧？

“你一边写，我一边给你介绍一下。”李星河喋喋不休地说，“正如让你过来的人说的那样，本校学生会乃是A大的中心，宇宙的起源。几乎大半校内活动都能看到我们的身影，运动会、音乐节、联谊会……最近的就是迎新晚会，可以说是十项全能，多才多艺。在这里你永远不用担心寂寞，就算你在我们群发一个‘啊’字，都会有人免费陪聊一小时。

“除此以外，我们还负责组织大大小小的讲座。你应该知道吧，讲座是加分利器。哦，对了，如果你喜欢热闹的话，可以来我们宣传部，我们部门专出颜值爆表的‘857选手’。”

叶橙在纸上“唰唰”写字，冷酷地说：“我比较喜欢安静，学长。”

李星河丝毫不介意，双手一击掌，说：“喜欢安静就更要来我们宣传部了！我们部门有专属办公室，你没事可以过来写写稿子看看书。”

“忘了说，我是经管的，你呢？”李星河问道。

他记得他们在群里讨论过叶橙的专业，但他当时忙着应付那个劈腿的贱人，完全没过眼。

“医学院，我学的临床。”叶橙说。

李星河夸张地捂住嘴：“劝人学医，天打雷劈！哪个王八蛋让你去临床的？好好的一帅哥，八年之后不会变秃吧?!”

叶橙：“……我可以保证，十年之内的话，可能性不大。”

李星河趁着叶橙写字的工夫，逮住机会和他吹捧了一通宣传部。

其实叶橙已经动了心思打算去宣传部了，只是从来没见过这种一口气讲十分钟不带停的人，故意逗李星河说考虑考虑。

李星河怕叶橙溜了，便掏出手机加他企鹅。

加上好友之后，叶橙才发现这个李星河是那个新生群的名人。那个群也就刚建了两个月，他硬是聊天聊到了60级，简直是个聊天机器。

原先他的昵称是“看什么看孙子”，现在变成了“毁灭吧累了”。

他们正说着话，有个戴眼镜的男生进来了。

“星哥，招人呢?”眼镜男提着盒饭，打了个招呼道。

李星河立马把叶橙的表格藏到身后，对叶橙说:“你知道宿舍在哪里吗?走，我带你去。”

眼镜男看了他一眼:“你防贼都不至于这么防吧，我又不跟你抢!”

李星河不由分说地把叶橙推着出了门。

叶橙好笑地说:“学长，我认识路。”

“别叫我学长了，我今天对这个词有点过敏，叫我星哥就行。”李星河像是想到了什么似的，打了个哆嗦道。

他们走到门口，外面的社团招新处已经挤满了人。今天并不是招新日，但不少社团都选择在新生报到的时候出来摆摊，提前给优质新生发传单，试图“广撒网”。

李星河往人堆里看了看，视线突然停顿住了。

“不是吧，他还没走?”他喃喃道。

叶橙问道:“什么?”

李星河又快速地往那边看了眼，说:“帅弟弟……不对，小橙，你不是认识路吗，那你自己过去吧。我还有点事，先走一步。”

他变卦的速度堪比火箭，叶橙莫名其妙地看着他留下一句“你也可以看看中医社团，应该很适合你”，然后脚底抹油跑路了。

这人太好玩了，叶橙摇着头笑了笑。

他正要离开招新的地方，忽然被人撞到了。

那人个子很高，叶橙只听到一声“抱歉”，便和对方擦肩而过。他转头看过去，只见那个男生染了一头奶茶灰，一边低头看手机一边离开了。

大学果然和高中不一样，随处可见花花绿绿的发色。

从报到处出来，叶橙叫上孟黎一起去了宿舍。

孟黎看着他们宽敞的四人间和独立卫浴，拿出陆潇刚才给她发的照片感慨:“你看他们宿舍破的，淋浴间还是几个宿舍共用的，要不是怕你们大一就搬出去和同学关系不太好，我都想给你们在这附近买套房子了。”

话音刚落，一个男生就推着行李箱走了进来。

“你们好。”他怯生生地挥了挥手道。

这个男生留着西瓜头，穿着条纹短袖，看起来憨厚老实。

“你好啊，小同学。”孟黎热情道，“这是叶橙，我是他妈妈。我们是从南都来的，同学你叫什么，是哪里人呀？”

男生不好意思地挠了挠头：“我叫宋浩然，是闽城人。”

叶橙刚刚听孟黎自称是“妈妈”，又看着孟黎主动拿水给自己这位室友喝，突然有一种感觉——如果余恬还在世的话，应该也会和她做一样的事吧。如果她能看见自己考上A大，还学了临床医学，一定特别开心。

他们和宋浩然聊了一会儿，陆潇打电话说他过来了。

三人会合后，开车在A大转了一圈。陆潇嫉妒得眼睛都绿了，阴阳怪气道：“哼，这么大，每天从宿舍去教学楼跟进城一样。”

“你看不见那些电动车吗？前面左转。”叶橙说。

陆潇奇怪道：“你这什么脑子，地图都不看，居然记得这么熟，我都要迷路了。”

孟黎在后座给陆占阳发微信，一听这话，嗤笑道：“考上A大的脑子，能和你一样吗？开慢点！你还不如让小橙开。”

一提到这个，陆潇就激动了。

“孟女士，”他认真地说，“你儿子考科二一次过，‘考上A大’的‘小橙’可是挂了三次哦。”

叶橙还没来得及说话，孟黎从后面抽了张纸塞进陆潇嘴里：“闭嘴吧你，中午别吃了。”

下午陆占阳来接他们，带他们在周边逛了逛。

毕竟是A省中心城市，周围能逛的地方太多。吃完晚饭后，孟黎被陆占阳带去了他新开的店，陆潇则陪着叶橙去听学生会的宣讲。

学生会占了求真楼一楼的大教室，叶橙进去的时候，里面一百多个座位几乎全满了。教室里开了空调，吵得如同进了菜市场，女生们东张西望，时不时讨论哪一排有帅哥。

主席团的人都坐在第一排，李星河在讲台上开投影和PPT。

叶橙环顾四周，只有最后一排有空位了，他走过去坐下来。

坐在他旁边的正是白天撞到他的那个灰头发男生，戴着口罩和耳机，两耳不闻窗外事地抱着手臂听歌。

前排的女生偶尔回头看看灰头发，看见叶橙后，又小声和同伴耳语。没过一会儿，同伴也转了过来，同样看看那个灰头发，再看看叶橙，然后转回去偷笑。

学生会主席讲完话之后，各个部门的部长上去介绍自己部门的情况。

灰头发先前一直低着头玩手机，玩累了就把手机一角抵在桌子上转。他的手骨节分明，转起手机来很是好看。直到李星河上台，他才抬起头，赏了个眼神。

叶橙也没怎么认真听，反正都是陈词滥调。

等他们讲完之后，每个部长找位置坐下，开始挨个面试。

叶橙没有抢着排队，跟灰头发一起排在了最后面，站在靠近后门的地方。

光是排队，就排了一个多小时。

快要到他的时候，他被东西砸了一下。

叶橙回过头，看到陆潇站在后门口，小声问："到你了吗？"

前面在面试，大家都很安静。

"快到了。"叶橙也小声回答。

这时，他听到旁边的女生在窃窃私语。

"快看后门那个男生，啊啊啊，好帅！"

"我去这身高……体育生？妈呀，他刚才看着他朋友笑了，给我帅惨了。"

"我们这一届好多帅哥啊，救命，我感觉大学四年会充满快乐。"

"嘿嘿，是的。他朋友是刚才最后一排那个很好看的男生，果然帅哥只跟帅哥玩。"

叶橙没忍住笑，咳嗽了几声。这就是大学生活的开始啊。

李星河离后门口很近，显然也听到了讨论，转过去看了看陆潇。

陆潇马上收起笑意，对李星河挑了下眉，双手插兜看着他，企图发送"你怎么还不赶紧结束，老子还等着出去玩呢"的信号。

面试进行得很顺利，李星河一早就打算要叶橙了，其他部长都对他投来羡慕的眼光。

走之前，叶橙问了句："军训的时候我需要拍照写稿吗？"

李星河露出亲切的笑容："不用，你暂时什么都不用做，你是我们宣传部的门面，站着当花瓶就好了。"

“噗。”他旁边的摄影小哥没忍住笑了出来。

叶橙都不知道该做什么表情。

“你可以走了，”李星河冲他挥挥手，“下一个，赵……倾北。”

叶橙从后门走了出去。

这两天晚上他暂时不住宿舍，和陆潇一起陪孟黎住酒店。

陆占阳给陆潇发了个定位，让他们开车来店里。

当天晚上，他们玩到凌晨才回酒店，叶橙困得眼皮直打架，抢在陆潇前面去洗澡。

陆潇趴在床上打游戏，玩了一会儿自己的号，想顺便给叶橙也上个分，于是打开了他的手机。

他刚打开锁屏，上方就弹出来几条消息。

李星河：我拉你进群了。

李星河：我们部门有很多美美学姐哟，你得提前给你女朋友打个预防针，让她别吃醋。

李星河：今天晚上在门口等你的那个哥们是学体育的？有人让我打听他联系方式。

陆潇猛地从床上坐了起来。

什么玩意儿？

陆潇还没来得及说什么，那个李星河就把叶橙拉进了一个群聊，名为“加群看清纯男大学生洗澡”。

清纯：@叶橙，欢迎新人！

男大学生：欢迎南都弟弟，我们是老乡，哎嘿嘿。

洗澡：欢迎欢迎！

好家伙，群名原来是这个意思。

叶橙：学长学姐好，以后请多多关照。

清纯：弟弟嘴真甜，嘻嘻。

爆你狗头：怎么着，你觊觎？

清纯：滚吧你。

此时消息左上方多了个“1”，李星河的私聊插了进来。

李星河:“清纯”和“男大学生”是副部长,“洗澡”是“男大学生”的女朋友,其他人都是我们部门的干事或者家属。

叶橙:还可以带家属的?

李星河:这个不是正式群,人会杂一点。我又拉你进了两个群,一个是学生会大群,一个是宣传部工作群,那两个只聊正事。

叶橙:……

陆潇翻了翻叶橙的聊天记录,发现他一天下来加了七个群,通过了五十个好友申请,并且还不断有新的申请。

叶橙的三个舍友轮流给他发消息,问他今晚是不是不回去了,可见他有多受欢迎。

一想到叶橙第一天就认识了这么多人,他就要被苦涩淹没了。

好气啊,但是又没办法。

不行,他觉得他得融入这个圈子。

陆潇是个行动派,当场撸起袖子说干就干。

他掏出自己的手机给谭晓琪发了条消息。

陆潇:谭姐,给我一张你的侧脸照。

谭晓琪:干吗?你都叫姐了,不会要拿我的照片上网骗人吧?

陆潇:当头像,装一下。

谭晓琪:???

一番交涉后,谭晓琪给他发了一张自己的侧脸照片。

陆潇把照片设置成头像,把昵称改成“秋恋の殇、”,然后拿起叶橙的手机给李星河发消息。

叶橙:学长,我可不可以把我女朋友拉进来?

李星河:可以啊,还有,不是说了叫我星哥吗?话说你女朋友也是个醋精转世?群里那几个家教都相当严,真可怕。

陆潇认真地打字:她吃醋的样子很可爱。

李星河:……行吧,你开心就好。

他又问叶橙要那个“体育生朋友”的联系方式,陆潇有点窃喜。

叶橙:他们是不是都觉得我朋友帅炸了?

李星河:不光他们觉得,我也这么觉得,就是太狂了,他还瞪我来着。

叶橙：他不光长得帅，篮球打得也很好，玩游戏还能带我飞。

李星河：别说了，联系方式交出来！

叶橙：他有对象了。

李星河：……那你说个锤子?!

李星河：我发现你闷不作声的，其实是个废话学大师啊。

叶橙擦着头发从浴室出来，看见陆潇抱着手机笑得一脸欠揍的模样，不由得问："你在干吗?"

陆潇说："没什么，你们部门说要弄个聚餐，可以带人。"

"唔，你要一起去吗?"

"去啊，为什么不去！"

第二天早上，陆潇去浴室淋了个凉水澡，然后打开叶橙的手机开始"巡视"。

男大学生群里，早起的情侣们正在彼此道早安。

叶橙：@秋恋の殇、宝贝，早安。

秋恋の殇、：早呀，亲爱的。

陆潇露出恶作剧成功的窃喜笑容。

孟黎这会儿正在门口东张西望，发微信跟闺密吐槽。

孟黎：怎么办，他们还没醒，我到底要不要敲门啊?

闺密：要不你再等等？先吃口面包垫一垫。

孟黎：我把他们放在门外的早餐吃了……等下再买一份。早知道昨天我就在我弟的店里泡着别回来了。

叶橙睡意蒙眬地睁开眼睛，陆潇的声音不由自主降了八个度，问："醒了?饿不饿，早餐放在门口了，我去给你拿。"

"嗯。"叶橙应了一声。

"你睡得可真够沉的，这才醒。"

叶橙的神志逐渐恢复，坐起身看了眼手机："几点了？十二点半！你怎么不叫我？干妈要等急了！"

孟黎在A省待了三天才回家，等她回去，陆潇和叶橙也各自忙着军训去了。

军训开始没多久，学生会就通知大家聚餐，准备迎接这次的新人。

清纯：@全体成员，宣传部拟定和学生会一起聚餐，本周三晚上六点，地

点是华裕饭店206包间，欢迎携带你的家属以及帅哥美女朋友~

秋恋の殇、：收到[可爱]

叶橙担任了班上的学习委员，这一周都在忙班上的事，已经好几天没接触宣传部的人了。他收到群通知，也回了个“收到”，并看了眼上面那个昵称，心想真土，这年头怎么还有人起这么非主流的名字。

虽然军训期间没有文化课程，但总有些学霸提前开始泡图书馆，尤其是医学专业这帮眼镜比酒瓶底厚的学生。

叶橙以前接触专业方面的知识比较少，所以，每天军训结束后，他都会去图书馆翻一翻相关书籍。他不太喜欢一样东西在自己的掌控之外游离太久，况且还是他感兴趣的专业。

理工大比他们提前半个小时收训，陆潇一结束训练就来A大图书馆帮他找书占座，雷打不动地坚持了一整个军训期间。

叶橙和宋浩然一起，刚到图书馆一楼就收到了李星河的消息。

李星河：听说你那个朋友还开卡宴？已经好几个女生问我他什么时候跟他女朋友分手了。

叶橙一愣，陆潇这家伙还真是招蜂引蝶。他往周围看了看，没有看到李星河的身影。

叶橙：你也在图书馆？

李星河：我像是会看书的人吗？刚才路过，看见他下车，一群女生围着他尖叫。

叶橙看到这条消息，一时不知道该是什么表情。

宋浩然很少见他表情这么绚烂多彩，茫然地问道：“我们还不上楼吗？”

叶橙说：“你先自己到处看看吧，我约了朋友聊点事情。”

“哦，好。”宋浩然点了点头，乖乖走了。

叶橙上电梯到四楼，按照陆潇照片里发的位置找了过去。

图书馆内一片安静，大家都在埋头学习，有考研的，有考资格证的，几乎没人开小差。

走了几步，叶橙就看见陆潇戴着头戴式耳机，盯着屏幕打游戏。

叶橙走过去，陆潇立马抬头看了过来，眼睛亮晶晶的：“总算来了，我等你半天了。”

他的声音压得很低，因为每张桌子之间间隔比较远，并没有引起其他人的注意。

叶橙淡淡地“嗯”了一声，在他旁边坐下来。

陆潇伸头过去看他，敏锐道：“怎么一脸不高兴，教官训你了？我帮你揍他。”

他将手背上的冰贴贴在叶橙的后脖颈上，帮他把晒得发红的皮肤降降温。

叶橙被冰得一哆嗦，脸色渐渐缓和下来。

“没有。”他维持着没什么表情的样子说，“你开车过来的？”

陆潇说：“是啊，你不是说今晚聚餐吗，我就开车来了。”

叶橙忍不住道：“以后你还是别开车了，骑共享单车吧。”

陆潇疑惑地问：“为什么？”

叶橙看了陆潇一眼，眼神凉凉的。陆潇灵机一动，试探道：“刚才有人在楼下围观？”

叶橙不搭话，而是义正词严地说：“你来学校是为了学习的，不是研究怎么吸引女生的，懂？而且还开卡宴，当心别人说你炫富，把你挂到网上去。”

叶大学神难得语气不豫，陆潇瞬间反应过来，嘴角不受控制地上扬：“哦嚯，你脾气好大。”

“我只是觉得你太高调。”叶橙说。

陆潇掏出手机对着他的脸录视频，笑得十分开心：“你这样太少见了，我得把这段珍贵视频录下来。”

叶橙：“……滚！”

旁边有几个人看了过来，他实在觉得丢人，一把将陆潇的手按下去。

“你好双标。”陆潇嬉皮笑脸地抱怨，“上次你还录我来着。”

“我什么时候录了？”叶橙矢口否认。

陆潇并不过多刁难，只是嘴里啧啧有声，表示对这种行为的谴责。叶橙恶狠狠地瞪了他一眼，掏出课本，准备看书。

然而这个人既然来了，他就注定无法安生。

果然陆潇安静了几秒钟，又开始在桌子底下捣鼓，一会儿打游戏发出倒吸冷气的声音，一会儿装作橡皮掉了去捡，打了一下他的腿。

片刻后，此人抬起头说：“阿橙，你觉不觉得你脚腕上缺个什么东西？比如，一个精彩纷呈的文身。”

叶橙今天穿的白T和宽松五分裤，小腿洁白笔直，脚腕上空荡荡的。他挑着眼尾看陆潇，心想这货又开始了，他为什么就那么执着于让自己去搞文身？试毒吗？

陆潇说："你别这样看着我，瘆得慌。"

"那你自戳双目吧。"叶橙冷哼道。

"你好狠的心。这样吧，文身和脚链你选一个，不过我建议你选前者。脚链看起来娘兮兮的，你应该不会太喜欢。"

叶橙学不下去了，放下笔："怎么就轮到二选一了？"

陆潇无辜地眨眨眼睛："还有二十天就是我生日了，生日礼物呀！"

你生日为什么要我文身？叶橙哑口无言。

只有在这种时候，陆潇的思维逻辑才会如此无懈可击。

他想了想，最终无奈道："我选脚链。"

陆潇点头，故意说："我会给你买个粉水晶的，由十几颗爱心组成的那种，你就戴着这个上课下课，上台演讲。"

叶橙挥手去揍他，被气得没办法，破罐子破摔地抽出手说："文身，文身，行了吧！"

陆潇非常满意地点点头，脸上写满了"反正我最近没犯错你抓不到我把柄""马上就要到我生日了你再生气又能拿我怎么样"，又好笑又欠抽。

从图书馆出来时，也到了部门聚餐的时间。

华裕饭店离他们学校只有十分钟脚程，本来走路很快就能到，然而因为陆潇开了车，他们硬是在路上堵了二十几分钟，最终双双迟到被罚酒。

李星河把叶橙和陆潇拉到自己这一桌，搭着叶橙的肩膀和他交代接下来布置迎新晚会的事情。陆潇则被韩梦佳缠住了，分身乏术地应付那帮学姐，时不时往这边看一眼。

叶橙对办晚会这种事情很轻车熟路，李星河只说了个大概，他就表示明白了。李星河端起酒杯和他碰杯，赞道："跟聪明人说话就是简单。对了，你女朋友怎么没来？"

叶橙怔了怔，这才想起来韩梦佳之前问过自己是不是有女朋友，当时他没澄清，以至于现在他们都以为自己有女朋友了。

“她……忙。”他为了避免麻烦，随便找了个理由。

“她很忙吗？我看她天天在群里冒泡，还答应要一起聚餐来着。”李星河不明所以地喝了口酒道。

叶橙愕然：“群里？”

李星河拿起手机翻记录给他看：“你不是说这个是你女朋友吗，头像看着挺好看的，是她本人吗？虽然昵称土了点哈哈哈……不是，我开玩笑的，没有说弟妹不好的意思。她性格挺开朗的，和大家都聊得来。”

叶橙向来不怎么看群聊，除了有人“@全体成员”的时候会看一眼，此时看见那个昵称“秋恋の殇、”，脸颊抽了抽。

这语气……

仔细一看头像，好眼熟……叶橙这才发现是谭晓琪。

他登时脑袋嗡嗡作响。之前他还奇怪，为什么自己和李星河的聊天记录被删了，原来，原来！

还“秋恋の殇、”，没个十年脑血栓都干不出来这种蠢事。

叶橙忍耐地咬了咬牙，对李星河说：“不好意思，让你见，笑，了。”

李星河没听出他语气里的咬牙切齿，大方地说：“不会啊，她挺可爱的！”

众人吃过饭，商量着去酒吧，叶橙找了个借口，拎着陆潇溜了。

叶橙冷漠地说：“你拿小号加我们群了？”

空气安静了，静得吓人。

陆潇的脸沉下来，硬邦邦地说：“我只是关心你，想融入你的社交圈。”

“你还觉得自己是对的？”叶橙皱眉看向他。

陆潇倔强地说：“反正我没错。”

他用一副“如果你再给我一次选择的机会，我依然会这么干”的表情看着叶橙，顽固中带着一丝心虚。

叶橙揉了揉太阳穴，觉得很是头疼。

陆潇每次做错了事情，认错都很积极，但认完错坚决不改，导致他说了也白说，起不到任何效果。

“把你的小号退了。”叶橙说。

陆潇的眼神一变，张了张嘴欲言又止。

叶橙又说：“用大号加进来。”

“啊?”陆潇傻了。

叶橙漫不经心地说:“总不能一直让别人认为我真的有个女朋友吧，撒一个谎就要用另一个谎来圆，隐瞒越久越麻烦。”

陆潇在原地足足愣了小半分钟，突然瘪了瘪嘴，几步上前凑到他面前。

“你真的打算让我融入你的圈子吗?”

叶橙好笑道:“说得好像你是个什么地痞流氓，见不得人似的。”

陆潇感动得不行:“我真的很担心你上大学以后接触的优秀的人越来越多，就和我绝交了……我看见你加了七个群，还有好几个人天天跟你早安晚安，虽然你都不理他们……”

叶橙深吸一口气，再次对他的逻辑感到无言以对。

除了“智障”，他想不出任何形容词。

那天之后，陆潇以叶橙朋友的身份正式加入他们的聊天群，受到了群友们的热烈欢迎。随后，他就开始频繁出入A大。

陆潇每周三和周四下午没课，这两天他都会跟叶橙一起去蹭公共课。两人坐在最后一排，叶橙记笔记，他负责睡觉。

公共课的教授好几次点陆潇的名，后来才知道他并不是医学院的。

陆潇很会拍马屁，说自己是因为仰慕教授才来听课的，教授被他哄得心花怒放，一见到他就要笑着说上两句。

有一个“社交悍匪”般的朋友是怎样的体验?就是和他走在路上的时候，上到学院副院长，下到食堂阿姨，全部认识他。

叶橙迷惑地问他，到底是怎么跟副院长勾搭上的。

——因为陆潇，副院长兼任上思修课的时候也“关爱”了叶橙好几次，人人都说副院长的思修课最难拿高分，偏偏他经常给叶橙加平时分。

陆潇无所谓地说:“哦，老杨啊，上次在停车场认识的。他倒车倒不进去，我帮他倒进去了，他还给我一支烟。但我没抽，给门口的保安大叔了。”

叶橙:“……我真是服死你了。”

国庆假期结束后，很快就到了陆潇的生日。蒋进叫了几个同样在A省的高中同学，一起给他办了个生日聚会。

晚上，蒋进喝得酩酊大醉，抱着陆潇号啕大哭："呜呜呜，潇哥，我好想蓉蓉！我已经很久没体会抱着别人睡觉的感觉了，你让我抱一晚上吧！"

陆潇客气地给了他一脚："滚远点哭。"

蒋进："你有没有心?!"

"你有没有心？别碍事。"陆潇甩开身上的累赘，无情地说。

蒋进哽咽了半天，愤怒地骂了句脏话。

酒局结束后，叶橙本着"他寿星他最大"的原则，老老实实地跟陆潇去做了文身。脚腕上的图样是找人专门设计过的，花体的"FOREVER"后面跟着一轮弯月，月亮轻巧地托住最后一个字母R，四周缠绕着纤细的花藤。

"好看。"陆潇眨了眨眼睛说。

接下来又是左边肩胛骨上方。肩膀上的皮肉比脚踝上薄，动针的感觉要疼得多。叶橙揪住枕头角的手越来越紧，直到陆潇说："别怕，结束了。"

陆潇用镜子反射给他看，叶橙看见了左边肩胛骨上方的那朵蓝玫瑰。

"我也陪你文一个，怎么样?"陆潇说。

"文什么?"

"蛇吧。"

两人窃窃私语地讨论着，新奇地尝试并不熟悉的东西。

第21章 假相亲

大学生活平静而有趣地度过着，有一天，陆占阳突然给叶橙打来电话。

叶橙问道:“有事吗?”

陆占阳不紧不慢地说:“你们快期末考试了吧，考完一起回南都吗？正好老爷子回来了，我去看看他。”

叶橙一愣，瞬间想起来该到陆家老爷子第二次回国的时间了。

之前这会儿陆潇辍学已有一年多，陆金南为了他特地从国外回来调解，好说歹说把这祖宗送出国读书。

这次陆金南回国之后，应该就不会再出去了。他已经慢慢把主要产业转移回国，打算在国内养老退休。

然而叶橙想到了另外一个问题——陆金南向来觉得陆潇桀骜不驯，需要有个人约束他，才能改改他的暴烈性子。所以从陆潇出国的第一年，就开始给他物色相亲对象。后来叶橙听陆家的人说，每年陆潇回国，都会被逼着去见几个名媛。陆潇本身对此异常反感，甚至因此和陆金南闹得很不愉快。

叶橙握着手机的手紧了紧，不知道等他们回到南都后，陆金南会不会故技重施。

“小叶，小叶，在听吗?”陆占阳叫了他两声，“不是吧，你不会是在紧张吧?你担心见到老爷子?”

叶橙无奈道:“不瞒你说，是挺担心的。”

陆占阳笑了笑，说:“这样好了，你请我吃顿饭，我告诉你老爷子喜欢什么……”

他话音未落，叶橙手上的手机就被夺走了。

陆潇说:“你吃屁吧。”随后粗鲁地挂掉电话。

“你怕我爷爷?”挂断电话后，陆潇问叶橙。

上次叶橙和蒋进他们一起参加陆家的家族聚会时，并没有近距离接触陆家老爷子，也没跟他说过一句话。

陆潇想当然地认为叶橙对这种比较有威严的长辈心有抵触。

其实叶橙担心的并不是这个，因为除了陆潇之外，他大概是最了解老爷子的人了。老人家喜欢喝太平猴魁，喜欢钓鱼、下棋、养猛禽，以及看别人滑雪。陆金南本来就很喜欢自己这种沉着稳定的晚辈，总让叶橙录滑雪或者蹦极的视频给他看，倒是从来不亲自上阵。

过去陆金南之所以欣赏叶橙，一是因为他的大学导师跟自己是故交，第二则是因为他在公司里出类拔萃的业务能力。现在叶橙改学了医，又没进公司，着实有点无从攀亲。如果单单从喜好入手，反而显得像是提前打听过他一样，更加不礼貌。

陆潇笑了笑:“既然你怕，那就不用见他了，也不是什么大不了的事情。”

“躲得了初一躲不了十五，总要接触的。”叶橙好笑道。

陆潇说:“我们卷了钱逃跑就行，不管这帮难缠的家伙。”

叶橙忍不住大笑:“别贫了，你不是说有不会的题目吗，我帮你看看。”

陆潇从书包里拿出《西方经济学》的课后作业，崇拜地看着他说:“你怎么什么都会啊?我上了一学期都迷糊，你一节课没听，居然还会看财务报表。”

“这些都是基础，你好好听课，免得以后进公司还得再学。”叶橙说。

陆潇听话地点了点头。

叶橙知道陆潇以后要接手陆家的产业会有多不容易。用最直白的话来说，就是欠的所有债都要还。

陆金南不可能把这么大的家业交给一个商业小白，一开始会让人带着陆潇做，但陆潇完全是个文盲，除了会糊弄人之外，别无其他所长。以至于叶橙在接手内部事务之后，发现他这个陆总当得实在憋屈，手底下不知道多少心怀不轨的老油条在给他下绊子。

在自己的辅佐下，陆潇的事业才渐渐有了起色。而当他真正掌权之后，做的第一件事就是把非自己心腹的人裁了个干净。

叶橙不希望陆潇以后还要重复一遍这样的辛苦，所以从现在开始严抓他的基础。

“你仔细看需求曲线……”他一边讲解一边看向陆潇，却看见陆潇拿着手机在拍自己。

“你干吗呢？”叶橙莫名其妙地问。

陆潇一本正经地说：“把你教我做题的样子拍下来，发给我爷爷看，他最喜欢搞学术的。你继续，不用理我。”

叶橙：“……行。”

学期末永远是图书馆爆满的时候，医学类的期末考试简直就是噩梦本身，叶橙忙得抽不开身，已经整整一周没有和陆潇见面了。

而陆潇比叶橙还要崩溃，他不明白自己当时为什么脑子一抽就选了管理。

他最畏惧的不是期末考试，而是大大小小的期末论文。连同选修在内，他一共要写六篇论文，其中两篇还需要手写，另外四篇则要查重。

手写！查重！手写！查重！

要早知道文科会这么痛苦，他打死都不报管理类专业。

陆潇叼着笔头从日出憋到日落，宿舍其他三个哥们儿也没好到哪里去，有一个头发掉了十几根，一个劲儿嚷嚷着自己快秃了。

“陆哥，你朋友不是A大的吗，让他帮咱写两篇呗？给个友情价！”有人说道。

陆潇心想，我哪怕只是找别人代写，他都能让我血溅郁格路好吗？

但他们宿舍都是些在班上成绩垫底的，跟他们讲诚信道理肯定要被揶揄。

以前陆潇遇到这种人，都是你不服我就打到你服为止，现在他脾气收敛了许多，转着笔含蓄道：“不好吧，再说他很忙，肯定没时间。”

那人嗤笑了一声，不太客气，但也没再说什么。

陆潇其实也挺想让叶橙帮他看看论文，给点建议的。可是，早在几天前，叶橙就跟他说过了，晚上十点前他都在图书馆，任何消息一概不回。

陆潇百无聊赖地打开朋友圈刷了起来。

临近过年，大家的生活都无比热闹。

蒋进他们学校比理工大放假早，这会儿已经回南都了，发了一张和江怡蓉在雪地里合影的照片；徐超春节回了东北老家，一大家子围在一起包饺子；谭晓琪带李俊晓回去见父母了，李俊晓吓得跟什么似的。

最快活的还是孟黎，她带着高秋兰飞三亚去了，两人玩得不亦乐乎。

看了一圈，陆潇更加没有心思学习了。

宿舍里的空调很干燥，混合着泡面和黄焖鸡的味道。

为什么全世界都在玩，自己却还在应付论文和考试啊?!

正在这时，他的电话响了。

陆潇一溜烟儿跑到楼下，提上来四杯奶茶和一大包烧烤，招呼道:“过来一起吃啊，我朋友点的。”

舍友纷纷围了过来，那个刚才被他拒绝的舍友搓了搓手，羡慕地说:“他人也太好了吧，刚好我学饿了。”

陆潇跟叶橙说过几次宿舍里的事。

大学同学和高中的不太一样，很多时候一个班上的人彼此都不认识，大家很多是按宿舍分开行动的。他们的辅导员没有叶橙的辅导员那么贴心，基本上一个学期只能见到她三四次，班级的氛围也很冷漠。

他们宿舍有一个人要学习考证，有一个人沉迷网游，还有一个就是刚刚那个混子。考证的和打游戏的作息时间不同，长此以往，矛盾加剧，终于在上个月打了一架，惊动了宿管和辅导员。这也是陆潇本学期得以第四次见到辅导员的原因。

这几个人，简单来说就是道不同不相为谋。

陆潇从小就在家庭教育下养成了眼力，目标明确，知道什么人能结交，什么人不应交心，极大程度避免了无用社交。显而易见，他和这三个室友关系都一般，最多在打架的时候懒洋洋地劝个架，避免影响年末的宿舍评级。

上周去A大的时候，陆潇跟叶橙提了几句，说糊弄一下这段时间，打算下学期搬出去住。没想到叶橙记在了心里，今天就给他们宿舍的人都买了吃的。

俗话说吃人嘴软，三个人再也没说什么，都高兴地吃了起来。

陆潇咬着肉串给叶橙发消息:

嫌疑人X：收到外卖了[爱心]

嫌疑人X：感谢你[哭]

可能是他逐渐掌握了表情包在聊天中能够发挥超越语言的妙用，他最近越来越爱发各种表情包，语气也嗲里嗲气，为此还遭到了蒋进的吐槽。

蒋进：潇哥，我很爱你，但是能不能请你不要每句话都带表情包？还有，不要再说叠词了，谢谢。

叶橙倒是不太在乎这种小事，还回了个“摸摸头”的表情。

克制一下：坚持住哦，还有一个礼拜就考完回家了。

嫌疑人X：好！[星星眼][小爱心]

经过一星期的考试折磨，两人最终顺利存活到了回南都的那一刻。

陆潇和叶橙推着行李箱回家时，孟黎和高秋兰叫了两个邻居正一起搓麻将。

看见他们回来，孟黎和高秋兰同时站了起来。

“天哪，宝贝，你怎么瘦成这样了？”孟黎捂着嘴夸张地说。

陆潇放下行李箱，怪不好意思的：“没有吧，我这学期经常去健身房……”

话音未落，孟黎就走向叶橙，上下打量道：“太瘦了，妈妈给你做点好吃的补一补。”

高秋兰也说：“肯定是那边的饭菜不合胃口，我们家这孩子，从小就挑食。”

陆潇：……Hello？有人看看我吗？

孟黎拉着叶橙说了好一会儿话，终于想起了自己还有个亲生儿子。

“潇潇，你上去洗个澡换身衣服，等一下去你爷爷那儿。”她说道。

陆潇诧异道：“我一个人去？”

孟黎翻了个白眼：“不然呢，谁陪你去？难道小橙想去老宅，还是我想去？”

陆潇哽住了。

好在叶橙及时打圆场，说：“阿姨，要不我陪他去，你和奶奶一起吃饭吧。”

虽然孟黎已经认了叶橙当干儿子，也一直都是把叶橙当亲生孩子一样疼爱的，但叶橙有时还是改不掉口，会喊她阿姨，孟黎也没有计较这些小事。

孟黎犹豫着说：“虽然也不是不可以见一见老爷子，但这刚舟车劳顿回来就……”

陆潇听不下去了：“妈，我不舟车不劳顿？全程都是我开的车好不好！”

叶橙又解释了几句，孟黎这才放他走。

“小橙去那边会不会不大好？”高秋兰还有点不放心。

孟黎笑着说：“没什么不好的，都是一家人，老爷子也喜欢他们年轻人。”

陆潇上楼换了件大衣，和叶橙一起出了门。

南都下雪早，周围已是白茫茫一片。叶橙穿着高帮靴子，踩在雪地里发出“咯吱咯吱”的声音，陆潇还往他身上踢雪。

“我妈也太偏心了。”陆潇笑着说。

叶橙回道：“阿姨是担心爷爷对你不满，说到底还是很爱你的。”

陆潇说：“不，我宁愿她更爱你一点。”

“傻话。”叶橙觉得好笑。

陆潇却一本正经道：“你以后就把她当亲妈，你不是说小时候没有吃过妈妈做的饭吗，回家让她给你做。我的一切，都是你的。”

尽管气温已经到了零下，陆潇的话还是让叶橙心里一暖。小学生一样的陆潇会和他抢吃的，抢游戏位置，为了一个沸羊羊玩偶争得不可开交，却愿意把自己最珍贵的家人，拿出来和他分享。

他看着逐渐成熟的陆潇，用力点了点头。

从久隆到老宅的路上，叶橙一直很紧张。好在他们到达老宅时，陆占阳的车已经停在门口了。这家伙一出现，便意味着所有火力都会集中在他身上。

陆占阳看到他们，热情地挥手打招呼：“潇潇，小橙，这么巧，你们也今天来看老爷子。”

陆潇不咸不淡地叫了声“表叔”，让人把车停好。

陆占阳凑过来，不怀好意地笑道：“小橙，你不害怕了？”

“你一会儿也用这种语气跟爷爷说话试试。”叶橙不买他的账。

“除非我不想活了。”陆占阳打了个哆嗦，“话说老爷子为什么那么不待见我啊？我前几天还给他送了两瓶好酒和一箱雪茄，就差把我们公司的小明星送过来了。”

叶橙被呛了一下，心想你还问为什么不受待见，没被连人带礼物全扔出来都不错了。

三人进门的时候，陆金南正戴着眼镜在写毛笔字。

他写得很专注，几人都没敢打扰。直到他放下笔，陆潇才喊了声“爷爷”。

陆占阳摸了摸鼻子，说：“大伯好兴致。”

陆金南抬头看了他一眼，嫌弃地摆了摆手道：“要谈事，正厅等着去。”

“也不是什么正事儿，就是前两天我的那个项目……”

陆占阳说到一半，被无情打断了。

“不是正事儿就回去。”陆金南油盐不进地说。

茶室内很安静，一旁研墨的人大气都不敢喘。

陆占阳深吸一口气，只得道："那我去正厅等着，大伯。"

赶走了一只苍蝇，陆金南看了看陆潇和叶橙，问道："不介绍一下？"

陆潇光顾着看热闹，回过神来，说："这是我朋友，叫叶橙，上次家宴您见过的，现在还是我妈认的干儿子。爷爷，您不是说我去公司实习的时候可以带上同学吗，我想带的就是他。"

闻言，陆金南正色，多看了几眼叶橙。

"爷爷好。"叶橙礼貌地略低头道。

陆金南点了点头，对陆潇说："你三叔给我带了些茶回来，你去仓库帮我拿过来。"

他支开陆潇的意味很明显，陆潇也不好推辞，只能给了叶橙一个眼神，跟研墨的人一起退了出去。

叶橙静静地站在原地，等待陆金南开口。

他应该是陆潇第一个正式带回来见陆金南的朋友，陆金南理所当然会盘查他一番，看看陆潇身边都是些什么人。

"小叶，随便坐。"陆金南对他做了个手势道。

叶橙在陆金南对面坐下，说："爷爷也喜欢瘦金体？"

陆金南有些惊讶，他以为跟陆潇走得近的年轻人，哪怕看起来稳重，实际上也应该是比较喜欢玩乐的，而不是会热衷于书法。

"写得不好。你练过字？"他问道。

叶橙探头看了看，说："已经很好了，只练了几个月都能写成这样。我小学学过书法，教我的老师是书法协会的梁老师。"

陆金南更惊奇了。梁齐是他的老朋友，正是因为几个月前，梁齐给他看了一幅瘦金体字帖，他才突发奇想要练瘦金体的。

叶橙看见陆金南的表情，心里微微放松了些许。看来这个马屁没拍错，陆老爷子果然比较喜欢研究字画。

"看不出来啊，你年纪小小，懂的倒是不少。"陆金南看叶橙的眼神带了几分欣赏。

叶橙舔了舔嘴唇，看见旁边摆着的象棋残局，再接再厉："不是我懂得多，只是刚好喜好和爷爷很相近。咦，这个残局好精巧，我可以看看吗？"

“当然。”陆金南做了个“请”的动作。

叶橙和他坐得靠近了一点，两人挨着头讨论怎么破局。讨论了半天虽然也没有结果，但陆金南和他说话的语气慈祥了不止一星半点。

叶橙顺着陆金南以前的经历聊，聊到他年轻时当兵，后面又下海创业的部分，陆金南更像是打开了话匣子，一发不可收拾起来。

在陆潇取得茶叶回来之前，两人已经迅速从陌生人变成了有着诸多共同喜好的长辈和晚辈。

末了，话题回到了陆潇刚才说的事情上，陆金南表示答应叶橙来公司实习，并让他帮忙照看陆潇。

在陆金南眼里，叶橙已经完全是个品学兼优、沉稳大气的孩子了。

陆金南捏了一个“象”在手里揉了揉，说道：“哎，我现在担心的除了他的业务能力，就是他能不能找到个良配了。你们还小，不明白在大家族里面有个贤内助是多么重要。”

叶橙心里一凛，该来的果然还是来了。

陆金南叹了口气道：“像你孟阿姨，曾经是我最器重的儿媳妇，可惜啊可惜。小橙，你和陆潇玩得来，知不知道他喜欢什么样的女人？”

陆金南给陆潇安排的几次相亲，都成了亲戚圈茶余饭后的谈资，不因为别的，只因为每次都闹得洋相百出。

第一次，陆金南安排的是合作伙伴的女儿陶雪，就是之前家庭聚会叶橙他们在客厅遇到过的，一位集“公主病”和“矫情症”于一身的大小姐。偏偏不幸碰上辣手摧花的陆潇，两人吃完一顿饭后，她是哭着跑出来的，妆都哭花了。随之，她老爸和陆金南几十年的交情也到此止步，甚至连在谈的项目都黄了。

第二次是一个小家碧玉，书香门第，在外国语学院当英语老师，人家姑娘回去之后说了，建议陆潇重新读一读高中，拯救他岌岌可危的脑子。

第三次陆金南学聪明了，物色了个和陆潇一样爱玩的女孩，几天后这女孩的男朋友带人来砸场子，被陆潇揍得打120抬进医院。

这三次相亲，两次让陆金南赔了大笔钱财，一次让他在搞学术的朋友面前颜面尽失，沧桑了好几岁。

以陆潇的性格，相亲多半是不会有什么好结果的。叶橙看了看陆金南半秃的头发，觉得就这样直接说出真相的话，对老人家怪残忍的。

于是他清了清嗓子，回答道："陆潇喜欢那种独立一点的，不要太黏人，有自己的事业和爱好。最好能陪他玩游戏，打篮球，能跟他的朋友打成一片。还有必须是白皮肤，大眼睛，长腿，头发黑短直。"

陆金南随着他的描述逐渐详细，眼神开始有点茫然，等他说完才回过神，略带尴尬道："唔，还要会打篮球，这样的女孩子不好找啊，真没想到，他喜欢的……这么具体？"

他本以为叶橙会答一些笼统的，比如善良、孝顺之类的，结果竟如此明确而恳切，并且恳切中透露出一丝敷衍，陆金南疑心只是自己的错觉。

叶橙谨慎地点了点头："确实不好找。"

潜台词就是您干脆放弃，让他自己找吧。

陆金南若有所思地摸摸下巴，说："行，那我琢磨琢磨。谢谢你了，小叶。"

"爷爷您太客气了，举手之劳而已。"叶橙谦逊地说。

陆潇拿着茶叶回来时，陆金南和叶橙正在商量过几天去海钓。

陆家上下没有一个人跟陆金南有相同的喜好，他们这一辈都锦衣玉食的，也完全不能理解陆金南说的一些事。

比如平时陆金南突发奇想地吃个馄饨，饭后说，记得小时候，巷子口会有卖馄饨的小推车，那种加了辣油的馄饨可香了。

每逢这时，他大儿子会木讷地继续吃，陆尧山会假惺惺地敷衍几句"是啊好怀念"，三儿子会边剔牙边说"今晚只吃馄饨？"只有叶橙会认认真真听他说完，并询问是哪个巷口，改天去看看还有没有在卖，给他打包回来。

再身处高位的人，也是需要关心和慰藉的。除开身份地位不说，陆金南也只是个花甲之年的普通老人罢了。

从老宅回来后，陆潇挺疑惑的，咕哝了一句："奇怪，爷爷怎么没让我……"

"让你干什么？"叶橙没听清。

陆潇慌张地瞄了他一眼，说："没什么，话说你居然不怕我爷爷，我那些叔伯都怕他怕得要命。"

叶橙说："我又没做亏心事，为什么要怕？"

陆潇开玩笑："你撺掇我别出国，这还不叫亏心事？"

车正好在家门口停了下来，叶橙拍了拍他的脸颊，道："当然不叫，你爷爷还得感谢我才是。"然后潇洒地推开门下了车。

当天晚上，陆潇依依不舍地挽留叶橙和高秋兰住下来，但高秋兰要回去给新买的鱼苗喂食，婉拒了他的邀请。

第二天中午，孟黎起床的时候，发现陆潇竟然还在家待着。

她贴着面膜坐在餐桌前，只见陆潇目光呆滞地戳着王嫂做的红烧肉，面前的饭一口没动。

孟黎疑惑地问道:“你不是约了小橙吃中午饭吗，怎么还不出门?”

陆潇缓缓地抬起头，盯着她脸上黄灿灿的面膜，哀伤地说:“妈，你说他这是什么意思?”

孟黎被吓了一跳，连忙揭下面膜安抚道:“怎么了怎么了?”

陆潇打开手机屏幕给她看，上面是他和陆金南的聊天界面。

爷爷：给你安排了个女孩子，你有空去见一见。

接着是几张资料图和生活照。

夏冉，二十岁，B大服装设计专业。家世良好，有自己创业的计划。爱好打篮球、游戏和飙车，一头黑直短发，戴着墨镜，看上去十分酷飒。

“这风格不可能是爷爷找的，肯定是叶橙建议的。”陆潇悲愤欲绝地说，“八成就是昨天他们支开我那阵子聊的，太过分了!”

他嚷嚷的时候牵动了嘴角新长的泡，疼得龇牙咧嘴。

孟黎睁大眼睛，知道他很不喜欢相亲。她支吾道:“真的是小橙建议的吗，要不我打个电话问清楚?”

陆潇马上把她的手机推过去，说:“你现在打，就说我很生气，问他要不要今晚来我们家。”

孟黎:“……”

她忍着把面膜扣在陆潇脸上的冲动，极度无语地拨通了叶橙的电话。

陆潇靠了过来，贴在旁边偷听。

“喂，小橙啊，是我，干妈。”孟黎对着手机道。

“有什么事吗，阿姨?”叶橙问，“我正在准备出门，中午约了陆潇吃饭。”

陆潇捂着嘴角的泡，小声说:“没有饭了！问他正事!”

孟黎只得说道:“那个，你昨天是不是跟他爷爷说了什么呀？陆潇收到他爷爷的消息，说是要给他介绍相亲对象呢。”

陆潇说:“告诉他我很生气。”

孟黎："他……他很生气。"

叶橙记起昨天的事，诧异道："爷爷这么快就找到了？我还以为按照那个标准，少说也能拖一段时间。"

陆潇从椅子上跳了起来，恼火地压低声音："你看，就是他说的！让他今天晚上必须过来，否则后果很严重！"

孟黎忍无可忍地把陆潇按了回去，忽视他的无理要求，对那头道："是啊，老爷子操心这事儿好久了。不过既然他问你话，你也得回答，这件事不怪你。"

陆潇眼底喷火，在旁边低吼："让他给我道歉！他出卖了我，我是不会轻易原谅他的！"

孟黎终于不耐烦了，直接将手机拍在他脸颊上，大声道："陆潇说他有话对你讲，你自己讲吧。"

在手机贴脸的一刹那，陆潇瞬时闭嘴了。

孟黎翻了个白眼，转移阵地去客厅敷面膜了。

"啊？"叶橙在电话那头发出疑问。

陆潇噎了一下，沉默了片刻，闷闷地说："你出门没有？"

"还没，你快到了吗？我正要出去。"

"你先别出来，"陆潇没好气道，"在家等着，外面冷，别又感冒了，我二十分钟后到。"

半小时后，陆潇开车带叶橙去吃一家私房菜。

这家餐馆离市区比较远，叶橙抱着暖手抱枕坐在副驾，没事儿人似的"喀嚓喀嚓"啃坚果。

陆潇忍了半天，还是没忍住，出声道："你没觉得哪里不得劲吗？你都撺掇我爷爷给我安排相亲了，还吃得下去？"

叶橙送到嘴边的杏仁一顿，这才察觉到，从上车开始，陆潇整个人就显得很暴躁。他咬了口杏仁，安慰道："没事啦，只要你不愿意，爷爷不会逼迫你的。"

陆潇"砰"地捶了下方向盘，脸色难看到了极点："这是重点吗？我讨厌相亲！"

因为他爸妈就是相亲认识的。叶橙后知后觉，杏仁卡在了嗓子眼里。

车内安静了几分钟。

趁着等绿灯的工夫，陆潇深呼吸了几次，压着脾气道：“作为补偿，你今晚去我家，陪我打游戏。”

他特地用了命令的语气，使得这个提议不容拒绝。然而叶橙面露难色，说：“可是黄胜安今天晚上要去我家吃晚饭，奶奶让我六点之前回家。”

陆潇难以置信地看向他：“你就不能吃完晚饭来找我吗？你做了如此无耻之事，居然对我一点抱歉都没有！”

叶橙总算明白了，这家伙阶段性发癫了。

细看之下，陆潇眼底的黑眼圈都出来了，而且嘴角还长了一串水泡。

叶橙忍着笑说：“这样吧，我明天去你家，顺便帮你为相亲搭配衣服。”眼看着陆潇又要爆炸，他忙补上一句，“争取一次性把那女的劝退，让你在相亲圈里臭名远扬，从此没人敢和你见面。”

“这还差不多。”陆潇斜了他一眼，“你明天一定要来，要是敢放我鸽子……”

他用手在脖子上做了一个割过去的动作，轻声且坚定地说：“我搞死你。”

两人吃完饭，在农庄里消磨了一下午。晚上陆潇把叶橙送回去之后，给蒋进发消息。

嫌疑人X：明天来我家，阿橙说需要你帮个忙。

蒋进：[不解]你早上不是还和我说，你们可能要绝交了吗？

嫌疑人X：呸呸呸，你才绝交，你全家都绝交！

蒋进：……??

叶橙设定的计划详细且周密，他从夏冉的性格角度做了分析，认为她最讨厌的应该是“普信男”“妈宝男”和“海王”这三种类型。

陆潇看起来明显不“普”，相反，他身上的傲气还会吸引女生，所以第一条路行不通；夏冉的父亲跟老爷子是合作伙伴，在平时拉家常之间自然能得知陆潇是没有谈过恋爱的，“海王”人设也立不住。

唯一靠谱的，就是懦弱无能的“妈宝男”。

本次计划需要蒋进和叶橙的全方位配合演出，蒋进负责唱白脸，叶橙负责唱红脸，以便与陆潇形成鲜明对比。

“搞黄相亲三人组”目前在逛商场挑衣服。

陆潇表示有点担心：“万一那女的喜欢上你怎么办？”毕竟叶橙的姿色摆在

这里，人姑娘也不是瞎子。

叶橙轻松应敌："简单，我退场前翘个兰花指就行。"

"…… 不愧是我橙哥，够豁得出去。"蒋进对他竖起大拇指道。

"就这套吧，看起来不错。"叶橙拿起一条背带牛仔裤，道，"'妈宝男'都这么穿。"

陆潇："……行。"他咬牙切齿。

蒋进哈哈大笑："对对对，再配上白衬衣和黑框眼镜，纯纯的'妈宝'！"

叶橙将衣裤在陆潇身上比了一下，拍了拍他，道："去吧，换上看看。"

陆潇嫌弃得受不了，抗议道："我可以换一套吗？这不像'妈宝'，像白痴。"

"不行，这套最合适。"

半个小时后，陆潇从头到脚焕然一新。

油光光的大背头和黑框眼镜，条纹衬衣以及背带裤，看上去不仅"妈宝"，还有点智障，如同智商停留在三岁的巨婴。

蒋进笑得肚子疼，在旁边偷偷拍了几张照片，陆潇发现之后，追着蒋进满商场抢手机，勒令他把照片删了。

次日下午四点，陆潇和叶橙准时出发，前往约好的一家法式餐厅。

陆潇下楼的时候特地戴了帽子和墨镜，生怕被孟黎看到嘲笑，然而楼下并没有孟黎的身影。

陆潇跟夏冉约的是五点，因为要提前做准备工作，他们先一步抵达餐厅。

叶橙给了经理一点好处，对经理说他们在录制一个街头访谈节目，自己需要在这家餐厅扮演两个小时的服务员。

经理一看有这么帅的服务员，还能顺带宣传店铺，忙不迭同意了，还告诉叶橙哪几个角落适合放置机位。

他们的计划是这样的——首先，陆潇要通过言行举止，展现自己懦弱、守旧的一面；接着，蒋进藏在角落里假扮陆潇妈妈给他打电话，强化这一人设；然后，蒋进登场调戏夏冉，陆潇吓得缩在角落里不敢吱声，此时叶橙登场，化解矛盾。

这个计划的宗旨在于，让夏冉发现，一个富家少爷的胆识，竟然还比不过一个餐厅服务员小哥。

一切安排就绪，时间刚好快到五点。

餐厅陆续进来几桌客人，陆潇也选了个边角的位置坐下，静静地等待着。

叶橙换上衬衫马甲，端着托盘笔挺地在餐厅里穿梭。蒋进躲在一张桌子下面，对他比了个“OK”的手势。

万事俱备，只等女主角闪亮登场。

时钟转过五点的那一刻，门外一声轰鸣，瞬间吸引了数名顾客的眼光。

叶橙也看了过去，只见一辆黑色铃木停在了店门口。

一个身穿皮裙、身材高挑的女孩从摩托上下来，利落地取下头盔，推门而入。短发和裙摆随着门铃响动而摇晃，连经理都看呆了。

她踩着长靴从叶橙身边经过，个头竟然跟叶橙差不多高。

“你好，请问29号桌在哪里？”她开口问经理，声音不似大多女生的尖细甜美，比较中性醇厚。

“在里面，您这边请。”

经理一听桌号，心想，原来这就是参与拍摄的网红吗，难怪长得这么好看。

叶橙也拿着菜单跟了上去，桌底的蒋进呆呆地张着嘴巴望着夏冉的背影。

夏冉走到29号桌，直接坐了下来，打了个响指，问：“嗨，是陆潇吗？”

陆潇肉眼可见地顿了顿，刚想挑眉招呼回去，看见叶橙才想起来自己现在是个“妈宝男”，于是唯唯诺诺地伸出手道：“你好，小姐姐。”

夏冉嚼着口香糖，“吧嗒”吹了个泡泡，在他手心手背各拍了一下。

她上下打量陆潇的衣着，表情那叫一个一言难尽。念在不好以貌取人，她暂时摒弃了吐槽的想法，爽快地说：“点菜吧。”

叶橙把菜单递到她面前，刚要介绍，就见她随手点了几下：“这个，这个，还有这个，再来瓶……算了，我不能喝酒。兄弟，你喝吗？”

她对着陆潇抬了抬下巴，那语气嚣张得不像是问话，像是要干架。

陆潇的好胜心被激了起来，条件反射地想以牙还牙，被叶橙一个眼神瞪了回去。他默默地端起杯子喝了口水，说：“我妈妈不让我喝酒。”

夏冉嚼着口香糖的动作停了下来。叶橙离她比较近，感觉她的手动了动，似乎是想举起杯子干点什么。

最终，她只是举起杯子灌了口水，深吸一口气，微笑道：“好的，你妈妈说得对。”

叶橙勾起嘴角，看来这个雷点踩得异常精准。酷Girl最反感这种男生。

夏冉点完菜，服务员叶橙拿给陆潇看点好的单，并暗暗捣了捣他的胳膊。陆潇心领神会，捂住嘴惊呼："你点了蜗牛？天哪，蜗牛那么可爱，你怎么能吃蜗牛?!"

夏冉正在喝水，听到这话，"噗"的一下喷得到处都是。

陆潇戏精上身，慌乱地擦拭着背带裤，道："哎呀，你都喷到我衣服了，我妈妈会骂我的。"

叶橙低下头，肩膀微微颤抖，憋笑憋得快疯了。

半个餐厅的客人都看了过来，经理以为他们在按照剧本演，甚至还叫人拿了盘瓜子过来，边嗑瓜子边看得津津有味。

夏冉呛得直咳嗽，眼泪都咳了出来。

叶橙趁机递上餐巾纸，低声问她有没有事，她含着泪摆了摆手，满脸写着"这是什么品种的傻子"，胸口上下起伏。

点完餐之后，叶橙暂时退了下去。路过桌底时，他踢了一脚下面的蒋进，小声说："一分钟后，给陆潇打电话。"

蒋进捂住嘴："不行！橙哥，我不敢调戏她，她比我还高！不会直接给我来个过肩摔吧？"

叶橙说："不会，她穿着裙子呢。"

"可是……我怎么感觉她的表情像要揍潇哥。"蒋进目睹了刚才的那一幕，亲眼看着夏冉拿起刀叉又放下，仿佛在竭力忍耐。

叶橙安慰他："没事，反正她要打也是打陆潇，我会在她打你之前出场的。"

蒋进："真的吗，你可别骗我。"

叶橙："真的。现在，打电话给陆潇，快。"

强化刻板印象需要趁热打铁，借着夏冉恶心的劲儿还没散去，火速再给她当头一棒。

蒋进战战兢兢地拨通了陆潇的手机。陆潇正敬业地扮演痴呆，眨着眼看着夏冉，眼看她的脸色越来越黑，黑得跟外面那辆摩托有得一拼。

这时，手机振了振，他接通了放在耳边，用无比开朗的语调说："喂，妈妈，我在和爷爷介绍的小姐姐相亲呢。"

夏冉忍不住打了个哆嗦，一脸恶心地瞪向他。

蒋进蹲在桌子底下，原本怕得要命，在听见陆潇喊“妈妈”之后，嘴角瞬间控制不住地咧到了耳朵根。

“乖儿子，嘿嘿嘿。”他顺手点下录音，“再叫两声来听听。”

陆潇桌下的左手快把桌布撕烂了，他咬牙切齿地微笑道：“嗯，我有乖乖穿秋裤，不会冻着的。我还给小姐姐拉开椅子了，我是不是很棒，妈妈？”

夏冉的叉子狠狠地捅进餐前面包，看得旁边的叶橙都不由得捏了把汗。

她的面部表情逐渐扭曲，脑海里响起老爸的叮嘱——只要不给我出岔子，我就允许你搬出去住，久隆的房子随你挑。

蒋进“扑哧”一声笑了出来：“不行了，太傻了，哈哈哈哈。”

陆潇竭力忍耐：“好的，知道了，我会送她回家的。先不聊了妈妈，拜拜。”

在他挂断电话的那一刻，夏冉干笑着说：“不用送我回家，我骑车来的。”

吃完饭你就给老娘滚吧，哪儿来的滚哪儿去。

叶橙端着盘子上菜，顺便轻飘飘地递了个眼神。陆潇收到他的暗示，再接再厉：“那怎么行，我妈妈说一定要送女孩子回家的，我不放心你一个人回去。”

求求你了，大哥。夏冉想用餐前面包把他嘴给堵住，你看我俩谁更不让人放心？

不过她还是忍辱负重地没有骂人，笑得脸都要僵了：“没必要，我学散打的，一个人回家很安全。”

蒋进刚刚从桌子底下爬过来就听见这句话，又默默地钻了回去，只剩屁股撅在外面。

叶橙绕过来把他拽出来，低声斥责道：“还不快上，他们都已经开始吃了。”

蒋进哭得屁滚尿流，道：“她说她学散打的！我不行，真的不行！我好久没打架了，而且她是个女的，我怎么下手啊?!”

关键时候掉链子。叶橙感到非常无语：“不是让你打架！说几句混账话不会吗？她不会拿你怎么样的。”

“呜呜呜，你保证不让她打我。”

“……我保证，快去。”

叶橙的耐心被彻底磨没了，拎着蒋进的衣领把他用力推了过去。

夏冉看了看陆潇吃饭的姿势，把肉切得比她还小份，别别扭扭地塞进嘴里。她按捺不住地猛灌几口水，勉强压住胸口翻腾的火气和不适。

真的绝了。

每次都听人说相亲不靠谱，傻子多，没想到第一次就遇上这种货色。

正在这时，一个穿得流里流气的男生走了过来，一边吊儿郎当地摇晃，一边小腿肚子瑟瑟发抖。

夏冉本来就没心思吃饭，莫名其妙地看了他一眼。

蒋进深呼吸了几次，鼓足勇气上前道："哟，小美女，看什么看，爱上哥哥我了？"

一开口就是老流子了，夏冉立刻会意，气得笑了出来——今天出门真是忘了看黄历，什么人都碰上了。

得，刚好一肚子火无处发泄。她随手脱掉皮衣外套，卷起袖口露出左手的花臂，双手交握活动了一下筋骨。

陆潇本来还在心里盘算着怎么用"我妈"开头教育蒋进这个"小混混"，结果一看见她的花臂，瞬间愣住了。

蒋进仓皇地后退了两步，硬着头皮哆哆嗦嗦背台词："你……你不要不识好歹，爱上哥哥我是你的荣幸，女人，现在把你的微信交出……"

"来"字还没说出口，夏冉的凳子就发出刺耳的拖地声，然后，她迅速起身，一拳招呼在了蒋进脸上。

整个餐厅的人都看了过来，客人们发出阵阵惊呼。

事情发生得太过突然，叶橙急忙扔了托盘上去挽救。

刚走过去，一条长腿凌空横扫过来，"砰"的一声把蒋进扫到地上。叶橙迅速后退，险些被那条腿误伤。

蒋进一声不吭地趴在地上，夏冉淡定地收回腿，理了理裙摆。

叶橙："……啊。"

陆潇："……啊。"

经理在柜台后面拍手鼓掌："太帅了！这就是传说中的一条过吧，现在街头访谈的剧本都这么刺激了？"

这顿饭已然吃不下去了，夏冉抄起桌上的钥匙，对陆潇说："慢慢吃，这顿我请。"说完，就头也不回地转身离开了。

经理追了出去，给了她一张尊贵的会员卡，又留了她的联系方式，围着她叽叽喳喳说了一堆有的没的。

黑色铃木发出轰鸣声，扬长而去。

叶橙赶紧把蒋进扶起来，让他坐到座位上。

经理走进来安抚大家："没事没事，网红拍综艺呢，你们继续吃。哎呀，你也太敬业了，都流鼻血了，我去给你拿点冰块。"

蒋进呜咽着靠在陆潇肩膀上，捂住鼻子委屈得要命，哭道："她打我脸！她居然打我脸！呜呜，我鼻子好疼，不会骨折了吧？"

陆潇把蒋进推开，认真地看了看他的鼻子，伸手压了几下，惹得蒋进又是一阵惨叫。

"没骨折。"陆潇说。

叶橙一脸惨不忍睹的表情，接过经理的冰块帮蒋进敷脸。

蒋进流着泪看向他："橙哥，你保证过不会让她伤害我的呢！你说你会第一个冲上来保护我的呢！"

叶橙尴尬地咳了两声："当时蒙了一下，没反应过来，不好意思啊。"毕竟谁能想到她站起来就动手，一拳不够还要补一脚。

这个夏冉也是够野的，不知道陆家老爷子上哪里找来的人。

陆潇倒是对最终结果很满意，胃口很好地切了块肉分给叶橙，说："我演得怎么样？"

叶橙点了点头，嚼着肉道："发挥超常，她看起来很生气。这样的话，她就会回去跟家里说，算起来也是女方先拒绝你的，爷爷应该不会责备你。"

陆潇得到表扬，高兴地对蒋进说："别哭了，随便点，反正她请客。"

蒋进含着泪，狠狠地吃了一大口肉。

夏冉顶着风骑车骑到一半，突然发现别在领口的墨镜不见了。一定是刚才揍人的时候弄掉了，真倒霉。

她想起送自己墨镜的那个人，骂了句脏话，只得掉头回去。

刚回到餐厅附近，她就从落地窗看见刚才那个调戏她的"流氓"，正和"妈宝男""服务员"坐在一起吃饭。"妈宝男"一改刚才唯唯诺诺的样子，给"服务员"递了张纸巾，脸上又酷又冷，仿佛换了一个人。

夏冉眯起眼睛，趴在摩托车上望着他们。

看上去这个陆家少爷可不简单啊，事情变得有意思起来了。

第22章 如往昔

夜幕降临。

陆潇洗完澡打开电脑，接收了张秘书发过来的邮件。附件里面有一些总公司的基础资料，方便他实习的时候了解情况。

他头发上的水珠还未擦干，顺着若隐若现的胸肌流入浴袍领口，跟白天那身低龄儿童的背带裤装束截然不同。要是被那个餐厅经理看见了，估计都认不出他来。

放在桌上的手机振了振，陆潇抽空看了一眼——

陌生号码，他顺手挂了。

过了一会儿，手机又振动起来，还是那个号码。他皱了皱眉，又挂了。

一般不知道是谁打来的，他都懒得接。

还没过一分钟，那号码再次打了过来。

陆潇不耐烦了，接通了放在耳边，道："干吗？"

那头明显被他的语气镇了一下，片刻后，传来略微耳熟的笑声："哦哟，原来陆少脾气这么暴躁啊，真看不出来。"

陆潇一顿，认出来这是夏冉的声音。

她怎么打过来了，难道白天没把她恶心够？陆潇捂住额头，过了几秒，捏着嗓子欣喜地说："小姐姐是你呀，不好意思，我刚才在忙，你这么晚找我有什么事吗？"

谁知，夏冉笑得更大声了："陆少，你是个聪明人，说话就别兜圈子了吧。"

"什么意思？"陆潇脸色一沉，猜到她应该是知道什么了。

夏冉说："我回家后思来想去，觉得你人其实挺好的，我不该抗拒家里的安排。"

啧！陆潇心里暗骂，没想到这女的还挺精。

那边继续说："不巧的是，我刚好知道你跟你朋友在谋划什么了。哎，陆少，相亲还演戏，这就显得不真诚了嘛。"

听见她的话，陆潇的声音当即冷了下来。

"你想怎么样？"他面无表情地问道。

夏冉说："你别这么凶啊，我没想怎么样，我们来做个双赢的买卖如何？"

陆潇冷笑一声："没得谈。"

他最忌讳别人威胁他，正要挂断电话，就听到夏冉继续说："先别挂，我坦白了，其实我也讨厌相亲。"

陆潇怔了怔，握着手机的手一紧。

夏冉道："这次相亲是我爸安排的，原因……很复杂，总之他说了，起码先处几个星期看看。如果我扭头就跟他说黄了，他绝对会关我禁闭。"

陆潇听懂了，哂笑道："这么说，你是有求于我？我们很熟吗，我为什么要帮你？"

夏冉说："我拍照了。"

陆潇："……啧。"

"没有没有，我开玩笑呢。"夏冉忙道，"又不用你跟我装情侣，只是想麻烦你在你爷爷面前美言几句，就说我温柔大方、知书达理之类的。过两个星期，再说处了一阵子觉得不合适就行。我祝你一辈子都这么帅还不行吗！"

陆潇冷哼道："冲你最后那句话，我可以昧着良心夸你两句。不过别指望我跟你约会或者见家长，我不是慈善家。"

夏冉开心了，说："不会，我跟人谈恋爱就想吐。没夸张，今天白天我差点吐了。"

陆潇脸颊抽了抽，一时间不知道她是不是在拐弯抹角骂自己。他又想起了什么，说："不过，这件事我得先跟我两个朋友说一声，别到时候穿帮……"

夏冉兴奋地打断他："你朋友叶橙，对不对？我在打给你之前就问过他了，他完全没有意见。多谢啦，陆少，再见。"

"嘟嘟嘟……"

陆潇郁闷了。

夏冉挂了电话，快乐地给叶橙发微信：他同意了，太感谢你们了。

原来这个夏冉通过经理加了叶橙微信，一把鼻涕一把泪地述说自己是怎样被前任抛弃，又闹自杀又闹绝食，最后被家里关起来，还逼着出来相亲的。

简直见者伤心闻者落泪，叶橙听得如同在看三流虐心剧，虽然知道是假的，但还是不由自主地被她打动了。

相亲完的第二天，陆金南果然把陆潇叫了过去。

祖孙俩在茶室聊天，叶橙去花园里闲逛，打算折几支新开的梅花来插瓶。

"那姑娘怎么样？"陆金南喝了口茶，问道。

陆潇一板一眼地说："温柔大方，知书达理。"

陆金南被茶水呛着了，心道对方的父亲不是这么说的啊！他明明说自己女儿性子有点乖张，让他们多多包涵。

不过，也许情人眼里出西施，陆金南了然道："这么说你挺有好感的？不着急，先处着看看吧。"

陆潇含糊地"嗯"了一声。

陆金南挥了挥手："你先下楼去把你张叔叔叫进来，中午留在这儿吃饭。"

"是，爷爷。"

陆潇出了门，让门口等着的张秘书进去。

张秘书抱着文件袋进门，双手递上去道："陆老，这是需要您签字的。"

陆金南接过文件袋，从胸前取下钢笔，边签名边对他说："你去查查夏家那闺女，潇潇说对她感兴趣，还是知根知底好，省得再弄出来一个麻烦。"

"知道了。"张秘书毕恭毕敬地说。

陆潇在陆金南面前夸完夏冉后，陆金南就开始每日一问。

"今天跟那姑娘吃饭了吗？"

"爷爷找个飞机送你们滑雪去吧，攀岩太危险了，尽量别去。"

"最近进展如何了？没有吵架吧？"

对此，陆潇统统用"温柔大方、知书达理"敷衍了事，都不愿意动动脑子重新编。

好在年前他需要去国内的总公司实习，三天两头借口开会、加班。由于陆金南之前特地嘱咐过，张秘书并没有在公司里表明他的太子爷身份，上头领导也就拼了命地压榨陆潇这个新人。一来二去，陆金南的注意力更多放在了他在公司的表现上，也不催问他夏冉的事了。

每隔一个星期，陆潇就要在老宅住上几晚。陆金南要查阅他的工作汇报，每天干了什么，见过了什么人，处理了什么状况，都要一一报告。

这在陆潇看来是极为痛苦且无法逃避的事，但是陆潇的叔叔伯伯却嫉妒得连打量他的目光都变了——至此可以看出，老爷子是打算手把手地培养他了。

老宅地段偏远，外面下着大雪，时不时响起“噼里啪啦”的鞭炮声。

保姆带着小孩子在楼下打雪仗，年味十分浓厚。

群聊也热闹得不行——

蒋进：姐妹们，大年三十出来喝通宵不？

谭晓琪：要要要！我在家都不敢喝酒，憋死了！

周敏豪：我潇哥呢？潇哥上次说要请我喝的。

蒋进：潇哥必须请啊，人家现在都飞黄腾达了，那个热搜怎么说来着，陆氏太子爷浮出水面……

大家都在嬉闹聊天，而陆氏太子爷却苦兮兮地对着一堆报表和合同发愁。

他委屈地给叶橙发消息。

嫌疑人X：阿橙，我明天又不能去找你玩了，老头子说明天要我一起去筹备年会。

过了好半天，那边才敷衍地回复。

克制一下：那你好好工作。

陆潇立马扔下手里的纸。

嫌疑人X：你在干吗呢？

又过了五分钟，叶橙回复。

克制一下：陪你妈和夏冉逛街，你妈好像挺喜欢夏冉的样子，还给她买了条围巾。

嫌疑人X：……

陆潇低头看了看合同，又看了看聊天记录，心里瞬间不平衡了。

嫌疑人X：你们离那女的远点！给她买什么围巾，我妈怎么不给我和你买东西？

克制一下：她给我提了辆兰博，让我在南都的时候开一开。

嫌疑人X：……

这世道是怎么了?!

叶橙察觉到他的烦躁，主动过问起他的情况。

克制一下：是又遇到不懂的了吗？发来给我看看。

陆潇本来不想麻烦他的，这段时间他拿在事务上遇到的问题骚扰了叶橙不知道多少次，但是一想到他在陪两个女人开开心心地逛街，就觉得他还不如帮自己解决问题，于是拍了个照片发过去。

嫌疑人X：红圈里的我不太懂，你帮忙看一下吧。

叶橙那头显示“正在输入”，几分钟后，一大段解释的话发了过来。

陆潇埋头仔细看了，不禁感慨：你太牛了，居然连法……

打字打到一半，陆金南敲了敲半开的书房门，走了进来。他迅速把打的字删了，将手机倒扣在桌面，起身规规矩矩道：“爷爷。”

陆金南看了眼他的手机，哼了一声：“怎么，还是这么坐不住？”

“不是，”陆潇解释道，“遇到一点不太懂的问题，正问叶橙呢。”

“小叶？”陆金南的眼中闪过一丝惊奇，“他不是学医的吗，怎么会这些？”

陆潇说：“可能以前跟着他父亲耳濡目染，我那些圈出来的地方都是问过他才明白的。”

他说的“圈出来的”，是指陆金南考察他的那些方案，他给出的意见无一不得到了陆金南的认可。这下也等于坦白了那些方案大部分都是叶橙教他的。

听他这么说，陆金南露出几分赞许道：“小叶是个很聪慧的孩子，这一点我早就发现了。这样吧，你也把他一起叫来总公司，让他帮帮你，我给他开正式员工的两倍工资。”

不愧是给太子找伴读，开口就不同凡响。

陆潇惊喜道：“真的吗?”

“不过你得问问他的意思，既然他选了医学专业，没准就是对这些不感兴趣。”陆金南说。

不感兴趣也得来，陆潇幸灾乐祸地想。正好趁着叶橙才刚大一，还没法进医院实习，他得赶紧把人弄过来给自己帮忙。

陆金南检查了他的进度，然后转身走了。

他前脚刚走，后脚陆潇就迫不及待地通知了叶橙这一“喜讯”。

结果他亲爱的同桌回了他一句：没门儿，滚。

嫌疑人X：随你哦，如果你选择来公司，欠我的十四次赌注就不用还了。

克制一下：……可是公司太无聊了。

嫌疑人X：你什么都不用做，窝在我办公室的沙发上打王者就行了。

克制一下：你不是小职员吗，哪来的办公室？

嫌疑人X：……现在暂时是没有，以后会有的！

在陆潇的坑蒙拐骗和威逼利诱下，叶橙最终还是无奈地答应了。

没想到绕了一大圈，还是回到了老本行。但是按这个起点来看的话，陆潇上手应该会比过去快不少。

得到叶橙的许可以后，陆潇代替他出面去找陆金南谈工资。

“爷爷，我认为两倍太少了，”陆潇振振有词地说，“人家可是A大的，A大，我国双一流A类，重点985、211大学。区区两倍工资，换精英栋梁一个珍贵的寒假，您觉得合适吗？”

陆家向来崇拜知识分子，尤其是在陆金南的三个儿子都靠买来的大学文凭唬人的情况下，他更尊重叶橙这样货真价实的名校大学生了。

听完陆潇的话，陆金南点头赞成道：“确实不合适，你让他自己开个价吧。这孩子能力和人品都是一流，日后如果他想转行，陆氏也随时欢迎他。”

陆潇伸出五根指头：“他不好意思开价的，不如给五倍吧。”

“行。”陆金南痛快道。

就这样，叶橙以普通员工的五倍工资，在寒假期间当上了“太子伴读”。

每个周末，陆潇需要住在老宅的时候，叶橙也不得不和他一块过来。

这天也是个周六，来接他们的不是司机，而是张秘书。

今天是年会前的最后一次考察，开完年会，陆金南就会给他们放假了。

陆潇系上安全带，问道：“张叔，怎么是你来接我们？”

张秘书咳嗽了两声，看了看后视镜里面的叶橙。

叶橙跟他四目相对，反应过来道：“我需要先下车回避吗？”

张秘书面露尴尬。

“不用，张叔，我向来不瞒着他的。”陆潇皱了皱眉，说道。

张秘书说：“好吧，少爷，我过来是想提醒您一句，老爷今天很不高兴。”

叶橙没由来地呼吸一窒，陆潇拍了拍他的手背，问：“因为什么事？”

张秘书的脸色更难堪了，支吾道："老爷让我去查了……夏小姐，他知道您这段时间是在应付他，早上发了很大的脾气。"

后座的两人对视了一眼，立刻心照不宣。

果然，这个猪队友只会惹事，陆潇在心里暗骂。

张秘书又说："少爷，您一会儿别跟老爷犟，前几天医生过来检查，说他心脏不大好。"

"什么？"陆潇立刻坐直了身体，"爷爷怎么了？"

张秘书说："心……心律不齐。"

叶橙移开视线，看向窗外，逐渐理清楚了。

如果他猜得没错，这些话八成是陆金南让张秘书说来震慑陆潇的。

什么心律不齐，陆金南年轻的时候当过兵，后来也一直保持着晨跑的运动习惯，身体不知道比同龄人好多少。而且张秘书向来话不多，闷头做事，并不是那种会主动和陆潇说这些的人。

看来，老爷子的小心思，这么多年都没变。

叶橙眯起双眼，想起了他以前一模一样的套路——安排相亲，说自己有心脏病……倒回几年前，竟然连流程都没换。

说起来也很离谱，后来陆潇是怎么发现他没有心脏病的呢，因为陆金南闲不住报了个马拉松，跑到一半被人拍照传到网上。

文案标题是"六十岁老人鏖战马拉松！"……

陆潇开始有点担心了，催促张秘书开快点。

叶橙没说什么，只是暗暗地用手机搜了一下南都最近的马拉松比赛，寻思着怎么让老爷子看见报名通知。

到达老宅后，在他们门口碰见了陆月林，对方正笑着上下打量他们。

果不其然，闻风而动看热闹来了。

陆潇连"大伯"都没喊，直奔楼上茶室。

叶橙对陆月林点了点头，也跟了上去。

陆潇到了茶室，敲门走进去，留下叶橙和张秘书面对面站在门外。

俩人面面相觑了一阵，里面传来一声响动，叶橙忙透过门缝看过去。

张秘书见状，紧张地小声问："老爷不会动手吧？"

叶橙疑惑地看向他："你都不知道，我怎么知道。"

茶室内，陆金南将一沓照片扔在了陆潇身上，暴怒道："你说的约会，就是这样约的?!"

陆潇顺着脚尖看过去，照片上，夏冉在酒吧门口，怀里搂着一个人……她的衣襟半敞开，手还在摸人家的屁股。总而言之，跟"温柔大方""知书达理"沾不上一星半点。

看时间，刚好是前几天他和陆金南说出去约会的那天。

为什么会这样?! 她不是被甩了还割腕来着吗?

陆潇满脸无语，张了张嘴。

"别说你不知道！就你这聪明劲儿，能让她瞒你这么久？除非你们早就串通好了!"陆金南气道。

陆潇哑巴了。

陆金南痛心疾首地看着他："你不愿意相亲，可以跟爷爷说，我强迫你了吗？我告诉过你什么，不要弄这些小把戏骗人！我……"他捂住胸口，吸了一口气。

陆潇慌了，连忙扶住他："爷爷，你没事吧？我打电话叫医生过来。"

陆金南摆了摆手，慢慢平复下来，叹息道："你竟然和外人联合起来……"

茶室内传来阵阵说话声，叶橙看了眼张秘书，说："你都不担心吗？陆老刚才差点昏过去了。"

张秘书听墙脚听得正开心，一时间忘了表演，慌乱道："我……我准备冲进去来着，不过看老爷没事，就没推门。"

叶橙冷笑了一声。

里面又窸窸窣窣地说了一会儿，然后，陆潇灰头土脸地出来了。他看了看叶橙，说："你先去吃饭吧，我领了罚，要在祠堂跪一夜。"

祠堂，又是祠堂。提起这个地方，叶橙就毛骨悚然。他也不好说什么，只得同情地点了下头，目送陆潇离开。

陆金南说："小叶在外头吗？你进来。"

叶橙瞬间觉得还不如跟着陆潇一起去跪祠堂，但老爷子都叫他了，他只能硬着头皮走了进去。

陆金南将陆潇捡起来的照片放在茶桌上，指了指它们，问叶橙道："你也知道这件事?"

叶橙和陆潇几乎天天待在一起，张秘书说他们连吃饭上厕所都要结伴，公司还有人调侃他们不是亲兄弟，胜似亲兄弟。

叶橙没法摇头，承认道："对不起，爷爷。"

陆金南重重地叹了口气，失望地看着他，说："我以为你是个不会说谎的好孩子，你这样让我说什么好。"

叶橙默默地低下头，没接话。

"你对我说实话，陆潇到底是不喜欢这姑娘，还是在外面已经有喜欢的人了？"陆金南观察着他的表情，似乎察觉到了什么。

叶橙有些犹豫，正在这时，陆金南的手机响了。

他看了眼屏幕，接通了放在耳边道："喂，小黎，有什么事吗？"同时，对叶橙挥了挥手，示意他出去。

叶橙松了口气，躬身退出房间。

不知道孟黎跟陆金南说了什么，总之，陆金南挂断电话后，下楼跟陆月林和叶橙打了声招呼，便匆匆地出门了。

陆月林做了个邀请的动作，道："小叶，家里也没其他人了，一起吃饭吧。"

除了宴会之外，家里吃饭和活动都是在后面的老楼。

老楼跟前面不同，风格更偏向于古派建筑。

亭台楼阁，飞檐走壁，花园里泉水叮咚作响。阿姨领着他们穿过回廊，院子里有一方池塘，从这段路开始，光线比前院暗了不少。

叶橙看了看池塘的另一边，那里就是祠堂。

陆月林丝毫没有关心他的大侄子，客气地请叶橙在圆形餐桌前坐下，等待厨师陆续端菜上来。

叶橙几乎没怎么和他独处过，此时也觉得哪里都别扭。

陆月林倒是吃嘛嘛香，热情地介绍菜品，并探叶橙的口风："潇潇犯什么错了？是搞漏了账款，还是发脾气惹恼客户了？"

叶橙面色淡淡的，说："大伯问这些，是在心疼侄儿吗？要不，我挑些菜用碗装了，您给他送过去？他一定会感谢您的。"

陆月林被噎了一下，讪讪地摸了摸鼻子："不是我不愿意给他送饭，老爷子不让，有什么办法。"

陆家的规矩是不能在祠堂里面吃饭的，那是大不敬。

说白了，就是罚你跪还要你挨饿。

陆月林见叶橙不愿意透露消息，无所谓地抄起一根帝王蟹的蟹腿啃了起来。

一顿饭吃完，叶橙擦了擦嘴，开口道："陆叔叔，听爷爷说，婶婶有喜了？"

"嗯？对啊，刚怀上不久。"陆月林放下筷子，乐呵道。

叶橙说："那恭喜。对了，孕妇最好吃点叶酸。"

"什么？"陆月林不明所以。

叶橙没再多说，起身离开了。

下午，叶橙在书房把文件都处理好，然后插着兜去厨房闲逛。有着啤酒肚的厨师跟他聊得高兴，顺手给了他几块雪花酥。

晚饭时，陆金南回来了，脸色看起来乌云密布。餐桌上没人敢吱声，连陆月林这二愣子都收敛了不少，闷头扒饭吃。

陆金南吃到一半就回房间了，只留下叶橙和陆月林大眼瞪小眼。叶橙被陆月林看得食难下咽，也找了个借口溜回了房间。

叶橙每次来老宅，住的都是靠南面的客房。

时钟已经转过了十一点，宅子里一片安静。陆金南睡眠质量不好，因此一到晚上家里就没人随便走动。

叶橙掏出厨师给的雪花酥，从枕头底下翻出中午没喝的袋装牛奶，熟门熟路地摸黑下楼。

他先是找到冰箱，结果发现里面没有剩菜。接着他又打开厨房柜子，不料除了各种没加工过的食材，连包泡面都没有……

好在锅里还有点没喝完的银耳粥，他用空的矿泉水瓶装好，小心翼翼地往祠堂方向走去。

叶橙对老宅非常熟悉，唯一阻碍他的就是周围太黑了。

为了配合后院的建筑群，连走廊上的吊灯都是仿制的古代灯笼。风一吹，灯影摇晃，怪瘆人的。

他裹紧身上的毛毯，加快脚步走到祠堂。

隔着门缝，里面飘来燃香的味道。

叶橙忍着不适，悄悄在门口喊道："陆潇，陆潇？"

——没有丝毫回应。

这个狗东西，八成又睡着了。

他只得推门而入，心里默念“无意打扰，抱歉抱歉”。

厚重的木门发出“吱呀呀”的声音，在寂静的黑夜里显得尤为刺耳。池塘边传来野猫的嚎叫，水滴“滴答”落了下去。

祠堂里昏暗的光线照了过来，叶橙毛骨悚然，毅然决然地冲了进去，边跑边喊：“陆潇!!”

陆潇正坐在蒲团上打瞌睡，朦朦胧胧听到有熟悉的声音在叫自己。他恍惚地睁开眼睛，一个人影撞在他身上。

“啊啊啊，门口就不能装个灯吗!”

陆潇：“……啥玩意儿。”

“你怎么来了?”他惊奇地看着叶橙，“不对，你是怎么找到这儿的?”

叶橙吸了一口气，努力平复乱跳的心脏，无语道：“家里那只野猫就不能抓起来送去做绝育吗，每个月都要来那么几次。”

陆潇有点蒙。

叶橙晃了晃手里的袋子，“饿了吧，给你带了吃的。”又回身双手合十道：“列祖列宗，你们也不忍心你们的小重孙忍饥挨饿吧。”

“噗——”陆潇一个没忍住，笑了出来。

他们第一次被一起罚跪的时候，陆潇经验丰富地藏了一个烤红薯在兜里，晚上拿出来给叶橙吃。那时叶橙还是很守规矩的，不好意思地说：“爷爷不是说不准在祠堂吃东西吗?”

陆潇把红薯皮剥开，将中心的瓤给他，自己啃皮上的肉，含糊道：“他故意这么说的，就是想让我们饿肚子。我爸我叔叔他们都吃，列祖列宗舍不得我们挨饿的。”

“不愧是大学霸，真机灵。”陆潇嘿嘿一笑，拿起雪花酥咬了一口。他饿了一天，吃得满嘴是渣。

叶橙看着他，仿佛看到了记忆中的陆潇，不管多大年纪，还是一如既往的孩子气。忍不住伸手给他擦了擦嘴，说：“邋遢。”

陆潇把咬了一半的雪花酥递到他嘴边，说：“是乔师傅的手艺，我从小就爱这口，你也尝尝。”

“我不饿。”叶橙避开他的手，肚子却“咕嘟”叫了一声。

他晚饭没怎么吃得下去，这会儿肠胃也开始罢工了。

陆潇哈哈大笑，吓得叶橙赶紧涨红了脸去捂他的嘴。

迫不得已，叶橙就着吃了一口，没想到味道确实很好，连他这个不爱吃甜食的人都觉得好吃。

但甜食终究是甜食，叶橙吃了几口就腻了，可是，有一种饿叫“陆潇觉得你饿”。

陆潇还坚持要和他平分剩下的银耳粥。叶橙已经快被腻死了，抗拒地表示自己并不想再吃。陆潇为了“哄不听话的人好好吃饭”，提议他们猜拳，谁赢了谁喝一口银耳粥。

“为什么不是输的喝?”叶橙说,“我根本不想喝好吗!”

陆潇从善如流:“行啊，那就输的喝呗，来吧。”他卷起袖子，兴致勃勃地伸出右手。

叶橙:“……你好无聊啊，你能不能自己喝了它?”

“不能，快，别闹。”

“……我真的不想喝。”

于是两人剪刀石头布，谁输了谁喝一口，就这么一口接一口，把一瓶银耳粥喝完了。

叶橙打了个饱嗝，摸着肚子，觉得自己快吐了。

“我回去睡觉了，晚安。”他拖着身体站起来道。

陆潇扯了扯他的衣角，恨不得抱着他的大腿恳求他留下陪自己受罚:“我们继续猜拳嘛。”

叶橙终于忍无可忍，当着列祖列宗面给了他们的小重孙一脚:“滚——!”

第23章 夏终曲

第二天一大早，笼子里的鸡都还没叫，外面就响起了“呼呼喝喝”的声音。

叶橙睡意蒙眬地睁开眼听了一会儿，知道是陆金南在晨跑。

他第一次住进老宅的时候，还不知道陆金南这个习惯。那天早上，叶橙被陆潇逼着喝牛奶，他本来就不喜欢喝奶，加上前一天输给陆潇，叛逆心隐隐作祟，趁着陆潇转身的当口推开窗户把牛奶倒了下去。

后果可想而知，准备晨跑的陆金南刚走出大门，就被泼了一脑袋牛奶。

寒冬腊月的天气，陆金南穿了件中山装“呼哧呼哧”地围着院子跑步。跑到祠堂门口的时候，他停了下来，想去看看自己的宝贝孙子。

陆金南推门跨了进去，只见他孙子倒在毛毯上，睡得四仰八叉、口水横流，嘴角还沾着糕饼碎屑，藏蓝色的外套上凝固了几块银耳粥。

陆潇翻了个身，滚到陆金南脚底下，扯了扯他的裤脚说：“我好困啊，再睡会儿。”

陆金南：“……你给我起来！”

五分钟后，院子里鸡飞狗跳。

陆金南拿着随手折的树枝，追着陆潇满院子跑。

“你这个臭小子！我让你反省，你在里头胡吃海喝！”

“爷爷！我错了！有话好好说，别动手！我去，你怎么跑得这么快……”

保姆阿姨拿着扫帚站在门边看热闹，笑嘻嘻地对刚下楼的叶橙打了个招呼：“小叶同学，醒了啊！老爷正在晨练呢，你要不要一块儿来？”

陆月林从一楼的房间冲出来，满嘴牙膏沫，边套衣服边问：“怎么了怎么了，我一早就听见外面惊天动地的。”

“哎哟，老爷子，那可是我种了快十年的桃树啊，您好歹拿鸡毛掸子打嘛！”

厨房的乔师傅挺着大肚子，蹲在旁边惋惜道。

一番闹腾后，茶室里，陆潇乖巧地垂着手跪坐在陆金南面前。

叶橙尴尬地站在一边，不知道该做点什么。

陆月林在门口探头探脑，被陆金南一茶壶扔了出去，吼道：“滚远点！”

茶室里复又安静下来。

叶橙暗中用脚碰了碰陆潇，示意他主动开口认错，陆潇一脸倔强，没好气地别过头去。陆金南看见这一幕，眼神变得更加深沉了。

叶橙捕捉到了陆金南眼中的异样，出声道：“爷爷，是我把吃的送……”

陆潇的身体动了动。

叶橙还未说完，陆金南便抬起手，阻止了他接下来的话。

“陆潇，你还记不记得你答应过我什么？”陆金南阴沉着脸问道。

室内静默得吓人，只能听见挂钟“滴答滴答”的声音。

陆潇下意识看了一眼叶橙，皱着眉说：“记得，但我不认为二者之间有什么关系。”

叶橙似乎明白了他们在说什么，让他感到诧异的是，陆金南竟然没有支开自己，而是丝毫不顾忌地当着他的面说这些。

陆金南摇了摇头，说：“当我陆家的继承人，绝不能在感情问题上有差错。你母亲跟我谈过，说你现在已经有交往对象了。既然如此，为什么不带来见我？还是说，你也知道我不会同意，所以不敢带回家来？”

陆潇垂在身侧的手数次握紧，额角青筋暴起，几次欲言又止。

叶橙也低着头，手心出了一层汗。

不知道孟黎和陆金南说了什么，但估计是他心里有了计较，才有意搞这么一出来试探陆潇。

叶橙想到这里，难免有些不安起来。

陆金南见陆潇不说话，冷哼一声，转向叶橙道：“小叶，你也知道这件事，是不是？”

陆潇马上抬起头，解释道：“爷爷，跟他没有关……”

“闭嘴，我在问他话。”陆金南彻底怒了。

陆潇扭头看向旁边，胸口上下起伏，不住喘气。

“我知道，是我做得不妥。”叶橙垂下眼眸。

陆潇终于忍不住了，对叶橙道："不用道歉，你先出去。"

陆金南一拍桌子："你有没有把我放在眼里?!"

陆潇站了起来，沉声道："爷爷，我想单独和您聊一聊。无论我做了什么，叶橙都是无辜的，您不应该把他牵扯进来。"

陆金南气得手扑簌簌颤抖，指着他说不出话来。

"阿橙，出去等我。"陆潇偏过头，轻声说。

他的声音压得很低，语气却异常坚定。叶橙对陆金南点了点头，转身走出了房门。

刚走到门口，差点撞上张秘书。

"叶先生。"张秘书尴尬地对他躬身道。

叶橙看见他手里的文件，提醒他："陆老和陆潇在里面，气氛不大好。"

张秘书点头道："陆老从昨天开始，心情就不是很好。我晚点再进去吧。"

叶橙拦住他，问道："张秘书，你知道是因为什么吗?"

张秘书愣了一下，随即说："不清楚，我昨天没敢过来碰壁，特意等到今天才来，没想到他气还没消。"

叶橙："……这样。"

陆潇在里面足足待了一个多小时，出来之后，就叫叶橙去房间收拾东西准备回南都。

陆金南把自己关在茶室，谁去敲门都没理。陆月林不信邪地非要去"关心一下"，结果被泼了一身茶水，灰溜溜地出来了。

回南都的一路上，陆潇周身低气压，碍于有司机在，叶橙不方便问什么。

下车后，他问："你跟爷爷说什么了?"

陆潇摇了摇头，默不作声。

叶橙看了看他，又问："你没事吧?"

陆潇又摇了摇头，进屋后说："我去冲个澡。"然后头也不回地上楼去了。

孟黎正在跟王嫂学做包子，面粉撒了一桌。看见他们回来，她诧异道："小橙，你们怎么这么早就回来了? 吵架了?"

叶橙想了想，说："干妈，你能跟我出去走走吗? 我有点事想问你。"

孟黎这才注意到他脸色有些发白，应了一声，赶紧脱掉围裙去洗手。

他们走出小区，找了家便利店坐着。

临近过年，南都城空荡了许多，不少外来务工的人都回了老家。街上的梧桐树光秃秃的，树干缠着防冻的草皮，枝丫挂着彩灯和彩带。便利店里没什么人，店员在柜台后面看剧。

叶橙给买了两杯热咖啡，孟黎喝了一口就不喝了，抱着暖手。

“他真的这么说？这老头也忒精了。”听完叶橙的话，她啧啧道。

叶橙问：“所以你和爷爷说什么了，让他这么生气？”

孟黎不自然地说：“我……我没说什么啊，只是告诉他，潇潇有对象了，别老给他安排乱七八糟的相亲。以后他愿意的话，会带回家来的。”

“就这些？”叶橙怀疑地看着她。

如果就这么几句，应该不至于激得老爷子不顾形象地发火。

孟黎说：“好吧，我跟他吵了一架，说陆潇是我的儿子，叫他别多管闲事，信不信我马上让我儿子改名叫孟潇。”

叶橙嘴角抽了抽，继续问：“还有吗？”

孟黎捂住额头，破罐子破摔地坦诚道：“我还说，他要是还想要我手里的股份，就别继续做老顽固，否则咱们走着瞧。他骂我忘恩负义不讲道理，我问‘那您就是不想要咯？’……他就让司机开车走了。”

叶橙哭笑不得。难怪老爷子气成那样，又是被欺骗，又是被要挟的，能忍住才怪。

孟黎满脸荒唐。自打陆金南劝她跟陆尧山复合，她就对这老家伙再无好感，现在连假惺惺的和谐都做不到了。

叶橙无奈道：“然后呢，他还说了什么吗？”

孟黎眼神闪躲：“没……没有。”

“妈，既然都说这么多了，你就完完整整告诉我吧。”叶橙说。

孟黎叹了口气道：“小橙，本来我是不想说的，因为这些话只会给你徒增烦恼。”

“没事，您说吧，我不介意。”

孟黎拍了拍他的手背道：“我说了你可别不高兴。老爷子被我激了一顿，说话有点难听。他大概意思是，潇潇这么抗拒出国，都是因为你教唆他。”

她一边说，一边观察着叶橙的脸色，直到确认他没有生气，才接着道：“他说他不着急，也不担心我帮着你们玩什么花样。他了解陆潇是什么样的人，总会看清你并不是什么事都能面面俱到，三年五年，迟早有一天，他会有自己的打算。”

难怪陆金南让他从今天开始，不用再去公司了。叶橙脸上淡淡的，看不出情绪变化。

孟黎担忧地说：“小橙，你还好吧？我觉得不该让他的话影响你来着，虽然潇潇他……不是很靠谱，但是……但是我相信他是对你真诚相待的。”

她搭在叶橙手背上的手有点发抖，叶橙冲她露出有点复杂的笑容，淡淡地说：“不，妈，你不信。”

孟黎立即缩回手，紧张地张口想解释。

叶橙摆了摆手，说：“其实你和爷爷一样，都认为他不会信任别人，认为他会像陆叔叔那样我行我素。”

孟黎被戳中了心事，不作声了。

她心里就是这么想的，不愿意承认罢了。在她印象中，十几年来，陆潇就是个十恶不赦的小混球、小霸王。小时候爱恶作剧，调戏邻居小姑娘；长大了爱打架斗殴，成绩稀烂，好不容易碰运气考上了大学，但改不了纨绔的本性。

“你是不是觉得，他遇到我之后，改变了很多？”叶橙温和地说。

孟黎犹豫了片刻，点了下头。

叶橙转动咖啡杯，盯着里面渐起的旋涡，说：“你们总说是我改变了他，却不愿意相信他的本性就是如此，我只不过是那个激发他本性的诱因而已。”

孟黎抬头看向叶橙。

叶橙看着窗外的落雪，像是陷入了某种柔软的回忆中。

“小时候他会因为素不相识的人挨揍，而奋不顾身地上去帮忙；会为了安慰一个陌生小朋友，每天故意绕道从他家门前经过。”叶橙慢慢地回忆道，“陈臻说他们一起去爬树，陆潇把掉下来的小鸟送了回去，还说妈妈说过要关爱小动物，小鸟掉下来了，它的妈妈也会伤心。”

孟黎的身体猛地一震。

“很久之后，他跟我说，他妈妈说她前半段的人生过得很混乱，感情也是一团乱麻，所以希望自己可以好好对身边的人，不要留下任何遗憾，世界上没有后悔药。

“干妈，你看，你说的每句话他都记得，都会认真去思考，去做。

“他没有你们想的那么糟。”

孟黎捂住嘴，眼眶泛红。

叶橙拍了拍她，心想，三年五年？我和他认识又何止三年五年。

很多事他不能说，不代表别人可以肆意揣测。

回到家后，半天没见到陆潇下楼来。叶橙上去看他什么情况，果不其然，陆潇正对着窗外惆怅。

叶橙走过去，突然一个起跳，蹦到了陆潇背上。

陆潇一早就知道是他，迅速伸手捞住他的腿，才没让人掉下去。

叶橙问:“怎么，不开心?”

陆小狗肉眼可见地萎靡不振，连那撮不羁的刘海儿都塌了下去。

陆潇摇了摇头，说:“没有。”

“撒谎，你都快用四十五度角仰望天空了。”

叶橙揪着陆潇脸颊肉往两边扯。陆潇佯装上嘴，逼迫他把猫爪子撒开。

“爷爷是不是跟你说，我们过几年必定分道扬镳?”叶橙笑了一声，又问。

陆潇身体一僵，没有转头，问:“你怎么知道?”

“你呢，你也这么觉得吗?”叶橙问。

“当然不了。”陆潇立马回过头,“我只是不喜欢听这样的话，谁说都不行。”

他用一种别扭的姿势注视着叶橙，眼底满是伤感和沮丧，没有因为脖子酸而移开视线，就这么坦然又坚决。

这样的眼神不应在他这张脸上出现，看着碍眼。叶橙手动将他的脑袋转过去，说:“别理他们，我们出门，我想去个地方。”

他很少说出这样任性的话，有一种肆意妄为，要逃离全世界的感觉。

陆潇手紧了紧，嗓音松懈了些许:“去哪里?”

“去了你就知道了，走。”

陆潇从不拒绝叶橙，也为他欢快的语调，嘴角微微上扬，眼中染上了笑意。

“走是可以走，不过你得让我穿件外套，外面下雪呢。”

片刻后，陆潇换好衣服，两人从楼上“噔噔噔”跑下去，冲进飘飘洒洒的细雪里。

孟黎正在楼下和王嫂哭诉儿子苦兮兮的遭遇，抹着眼泪说："我们家就没一个顺顺利利的，你说我是不是该抽个空去拜一拜？"

王嫂正拿冰袋给她敷眼睛，就看见两人风风火火地跑出去，冰袋都吓掉了。

他俩就这么冲进雪中，让人想到高中时的运动会，和山海路的银杏树。

好在两人还未完全失去理智，临时问门口保安借了一把伞。叶橙撑着伞遮风挡雪，身后的雪地里，留下一串蜿蜒的脚印。

"那条路往右边走，就是我的初中。那时候我妈常年住院，每天都是司机接送我。

"这家店的馄饨特好吃，我以前天天跑来吃，等下回去给你打包一份。

"看见那个草坪没有，初中那会儿我经常跟人在那里踢球，一言不合就打得不可开交。"

叶橙一路上就听着陆潇絮絮叨叨，时不时夸一句"真厉害"。

"我小学在白泽待过几年，初中的时候我们还不认识。"陆潇说。

叶橙以为他要感慨，谁知他却笑着说："但是高中就遇见你了，真好。"

不知道为什么，叶橙忽然想起了那个很多年后的陆潇。

是不是也在遗憾，为什么没有在高中遇见他。

是不是也在遗憾，没能发现那个从小就玩得很好的"小妹妹"其实就是他。

是不是也在遗憾，没陪着他走这段路，跟他说这些话。

陆潇感到身后的人在抽鼻子，脚步一顿，问道："怎么了，阿橙？"

叶橙摇了摇头，嗓音有点哑，轻轻地说："困了，打了个哈欠。"

陆潇揪住的心这才放松下来，笑着说："吓我一跳，我还以为哪里惹你生气把你弄哭了，刚刚脑子里想了不下十种道歉的姿势。"

叶橙没说话，只是继续撑着伞。

雪花顺着透明雨伞滑落，像坐滑梯一样"砰砰"弹跳几次，又轻飘飘地融入已经覆着一层薄薄落雪的斑马线上。

仿佛能听见陆潇的心跳声，在茫茫雪地里显得格外清晰和沉稳。

一如很多年后的他。

叶橙在心里默默地想，我会到那个时候，再亲口问一问你。

——这些遗憾，最后都圆满了，你开心吗？

叶橙只是大概指了个方向，陆潇就知道他想去哪儿了。

年前的山海路比往日冷清了不少，但一些小店铺完全不缺客人，还是人满为患。“一品小龙虾”的老板娘在门口嗑瓜子，看见他俩经过，笑着打了个招呼。

两个人穿过大街小巷，最终来到了十三中门口。

十三中的大门只有两三米宽，平时还只开一半，只有车辆出入时才会全部打开。旁边悬挂着砖红底的烫金字体，上面写着“南都市第十三中学”，那个“三”最下面一横摇摇欲坠，估计来阵强风就能变成“十二中”。

对比对面附中气派的大门和校匾，这边简直又破旧又萧瑟。

高一和高二已经放假了，只有高三那栋楼还在上课，教室里白炽灯的光芒在白天并不明显。

两人径直走到门卫室，陆潇扬声道：“有人吗？”

门卫室的门从里面被推开，响起一个中气十足的声音：“哟，又是你这臭小子。”

叶橙抬头看去，门卫大叔刚吃完加餐，叼着牙签用手指了指他们道：“陆潇是吧，旁边那是谁来着？”

陆潇爽快道：“魏师傅，您还记得我。”

“当然记得了，你小子逃课被抓的次数我两只手都数不过来，能不记得吗。”魏师傅笑道，“不过你旁边那个小帅哥我真没印象了，也是我们学校的吗？”

陆潇说：“当然，这可是我们学校的年级第一，我同桌叶橙。”

魏师傅想了想，一拍手掌道：“想起来了，表彰墙见过。”

“你俩感情还挺好啊，都上大学了吧？在哪儿读书呢？”他打开一半的校门，放两人进去。

陆潇说：“在外省，谢啦，回头来给你捎包烟。”

魏师傅笑骂：“小混蛋，别大声吵吵，高三还没放假。”

“好嘞，明白。”

陆潇和叶橙一路走到高二的教学楼，停了下来。

好久不见的一号楼。两人并肩往楼上走，荣誉墙上换了陌生的面孔，好几个班级的位置也进行过调整，教室也做了翻修。

走廊一片安静，地面铺着一层粉笔灰。

到拐角处的时候，叶橙远远地望向走廊的另一头，冷漠地一指那个拐角：“还记得我们在那里打过一架吗？你当时就像个智障，口口声声说要一挑六。”

陆潇怒道：“要不是你拖后腿，我能打得过好吗！”

“扯犊子，要不是我在，你头都被打破了。”

他们小声吵嚷着上了五楼，陆潇惊奇道：“我去，我们班那个破牌子居然换了新的……你看，教室里还装了空调！凭什么我们在的时候不装？夏天都热死了！”

听他这么一说，叶橙也有点生气了，跟他一起贴着玻璃窗从外面偷看里面，恨恨道：“饮水机和电视机也换了新的，凭什么?!”

“便宜那帮小兔崽子了……”陆潇吐槽的时候，突然发现窗户开了个缝，他赶紧喊叶橙来看，“快看，窗户没锁！”

话音刚落，陆潇果断拉开窗户，利落地翻身进去，然后从里面给叶橙开门。

叶橙毕业后就没有回过学校，只是偶尔约几个老师同学出来吃饭，因此感到很奇妙。他摸摸桌子，又摸摸椅子，最后回到自己以前的座位上坐下，心里有种说不出来的感觉。

“看这里——”陆潇在讲台上喊了一声，只见他用粉笔在黑板上写了两个人的名字，还非常无聊地画了一把伞，把他们俩的名字并列在下面。

叶橙笑了出来，故作严肃道：“这位同学，不准老盯着你同桌，要好好学习，争取考上理想的大学。”

陆潇垮下脸说：“可是那就是我的理想，怎么办？”

“第一志愿是，第二志愿也是。”他走下讲台，向叶橙走来，“没有他的话，你要我怎么努力？”

这位男同学，是那年夏季末的雨，是树上喧嚣的蝉鸣，是书页中密密麻麻的往事。

是理想，是热爱，是挥之不去的依眷。

缠绕在微醺的风里，盘旋在枯黄的梧桐叶下。

陆潇在他面前躬身，抬起眼眸：“同桌，夏天结束了——”

叶橙眼睛一眨不眨地注视着他，笑了笑，正想开口。

后门处突然响起一个捏着嗓子的声音：“我准备好了，你说吧。”

两人转过头，只见后门被一下子撞开，外面站了一群人。

蒋进和周敏豪站在最前面，后面还有江怡蓉、谭晓琪、谭萌萌、李俊晓和其他两个之前篮球队的同学，一帮人的脸上都挂着笑容。

周敏豪阴阳怪气地说："你行啊兄弟，背着我们偷偷来。"

陆潇捂住额头。叶橙笑得不行，问他们道："你们也来看老师？怎么不叫我们一起？"

"不是看老师，老徐已经放假了。"蒋进撇了撇嘴，"我们想在年前聚个餐来着，路过这里就顺带进来看看。前几天就叫潇哥了，他说公司年底太忙，你俩抽不开身，等年后再出来。"

叶橙转头去看陆潇。

陆潇他耸了耸肩，无奈地说："现在不忙了，随时都可以。"

大家在讲台上拍了一张合影，几个女生又拉着彼此互相拍照，为了等她们，男生们三三两两地在走廊上闲聊。

叶橙和江怡蓉下了楼，她说想去升旗台拍张照，几个妹子都嫌室外太冷不想去，叶橙只好陪她下来。

江怡蓉拍完照，顺手帮叶橙也拍了几张。

正在这时，旁边匆匆走过一个抱着一摞书的男生。江怡蓉看了一眼，放下手机道："咦，这不是以前你们班那个跳……"

她的话戛然而止，叶橙也认出了那个人，惊讶地喊了一声："胡家伟。"

那人停下脚步看了过来，果然是胡家伟。

他依然戴着厚厚的酒瓶底眼镜，只是看起来瘦了许多，头发也剪短了，比以前显得更精神。

"叶橙，是你。"胡家伟惊喜地冲他们打了个招呼。

"你又回来上学了？"叶橙问道。

胡家伟点了点头："我现在身体已经好多了，所以想回来读完高三。"

叶橙由衷地说："恭喜你，加油。"

胡家伟笑道："我先去班上了，还要给他们发作业。回头联系。"

他走了之后，江怡蓉感叹道："没想到他之前那么糟糕，现在都缓过来了。有时候人的意志力真的很顽强，一株小草都能在峭壁上开出花来。"

叶橙笑着说："怎么突然文艺起来了。"

江怡蓉面露忧伤："我只是觉得做人太两难了，生活中不如意十有八九。"

"我们江大小姐还有不如意？"叶橙调侃她。

她说："我爸妈不同意我和蒋进的事，今天我是偷溜出来见他的。"

叶橙沉默了片刻，拍了拍她的肩膀道："慢慢来，叔叔阿姨可能还不太了解他，没有什么是时间解决不了的问题。"

江怡蓉只得点了点头："我不想放弃的，像你教我的那样。"

"这没什么，能再次相遇，就是奇迹了。"叶橙淡淡地说。

江怡蓉有点没明白他说的"再次"是什么意思，但她还没问出口，叶橙就轻松地问道："一会儿去吃火锅吗？"

江怡蓉立即被勾起食欲："必须火锅，天冷人多，就得吃火锅。走，我们去叫他们下来。"

两人走到教学楼的庭院，抬头看见五楼走廊上站着的人。

陆潇还在和周敏豪侃侃而谈，大吹特吹自己是如何用他那张帅得惨绝人寰的脸和百里挑一的人格魅力让叶橙向他俯首称臣的，周敏豪听到这个和蒋进嘴里完全不一样版本的故事，人都听傻了，目光呆滞地看着他手舞足蹈。

叶橙将手收拢放在嘴边，喊道："陆潇，叫他们下来，我们去吃火锅——"

陆潇听见声音，在楼上对他挥了挥手，大声说："好的——"

楼上的人一听说要吃火锅，全部轰轰烈烈地跑了下来。

冰天雪地里，一群人浩浩荡荡地向火锅店进发。

正如数年前，一群穿着校服的学生，大摇大摆地顶着炎炎烈日去吃小龙虾。

十三中附近的门店一如既往地拥挤，白泽湖的风终于吹到了山海路。

（正文 完）

番外

新年快乐

凌晨两点半，301宿舍灯火通明。

“橙哥，上次导师发的那篇神经学论文，你发我一下呗。”

“天啊，我感觉我写不完了，我要猝死了。”

“你写多少字了橙哥？”

叶橙戴着眼镜打字，另外三个舍友都眼巴巴地望着他。

他看了眼左下角的字数统计：“三万八，在收尾了。”

舍友们纷纷发出羡慕的哀鸣。

A大临床硕士的毕业论文，堪称夺命利器。他们需要在年前提交论文初稿，否则这个年就难过了。

初稿交上去之后，还会被要求返工两到三次，直到改到导师满意为止。叶橙的导师是临床的院长，对他的要求自然比其他导师更高。从两个月前开始，叶橙就一直泡在实验室和图书馆，整个人都瘦了一圈。

放在电脑旁的手机振了振，有新的微信消息。

叶橙摘下眼镜，打开屏幕。

谭晓琪：男神，你又跟我潇哥吵架啦？

叶橙不明所以地回了个问号。很快谭晓琪就回复了。

谭晓琪：哇，你居然还没睡！难道你们真的在吵架……

克制一下：赶ddl，没吵。

他跟陆潇前几天确实因为一件事闹得不愉快，但也算不上吵架。

谭晓琪：哦对，你研究生都快毕业了，时间过得可真快……啊不对，我不是来感慨的。咱就是说，有没有一种可能性，潇哥觉得你和他吵架了呢？

她甩过来一张截图，是陆潇的朋友圈。

12月24日，文案：一个人的平安夜。

评论区，蒋进问他怎么了。

陆潇回，某人在实验室，没空。

12月25日，文案：有无D区辅助，上线玩通宵。

1月1日，文案：新年快乐，阿橙。

那天他俩连麦跨年来着。

1月5日，emo表情。

1月8日，酒精配emo表情。

…………

叶橙看得都快emo了。

克制一下：……

谭晓琪：男神，你要不理理他吧，我觉得他快自闭了。

她实在是不想再半夜三更被醉鬼骚扰了。

叶橙沉默了半天。

克制一下：没事，他太小题大做了，我明天去找他。

谭晓琪这才放下心来，和他东拉西扯了几句，就去睡觉了。

前两天，叶橙和陆潇就过年怎么回家这一问题，产生了一些矛盾。

起因是这样的。高秋兰今年要回四川过年，陆潇怕她一个老太太孤独，执意要和叶橙一起陪她回四川；然而叶橙却觉得她经常坐飞机来回，并且老家有一堆老太太陪她，不存在孤独的问题，反倒是陆潇的妈妈孟黎今年一个人过年，他想回南都陪孟黎一起。

两人在这个问题上不肯做出让步，各有各的理由和论据。

陆潇当然说不过叶橙，经过一番无谓的辩论赛后，最终不欢而散。

那天本来他们约好了去滑雪场玩来着，结果因为这事，滑雪计划泡汤了。

这几个月叶橙一直在忙毕业论文，陆潇也知道他辛苦，每天不敢打扰他，只有下班后才会给他发消息。

大学毕业之后，陆潇接管了陆氏在A省的分公司。公司离A大十分钟车程，他索性在附近买了套房子，让叶橙周末过来住得舒服点。

这段时间叶橙都没有来住过，态度冷淡了很多，甚至经常顾不上回消息。

陆潇一遍遍跟自己说要理解要谅解，但在这回争执之后，他潜意识还是希望叶橙能主动来找他说话的。

结果等了几天，叶橙像是忘了这回事一样。

混蛋，太混蛋了。陆潇气愤地想。

气归气，他还是主动打了个电话给高秋兰。

除了孟黎之外，这几年属高秋兰最关心他，俨然把他当成了亲孙子，隔三岔五地给他寄自己做的泡椒什么的。

在高秋兰眼里，陆潇是个爹不疼爷不爱的小可怜。因此她给叶橙什么东西，都要顺带捎上陆潇那一份。

出于对她的感激，陆潇硬是以不能吃辣的体质收下不少泡椒和麻辣兔头。

他向秘书交代完下午的会议，挥了挥手示意对方出去，然后拨通了高秋兰的电话。

平时高秋兰都是很快接通，今天却慢了半拍。

好一会儿后，对面响起熟悉的慈祥声音，“喂，是潇潇啊。”

陆潇：“奶奶，是我。”

他还没来得及说什么，那头就传来一阵麻将牌翻滚声，“哗啦啦”的，气势如虹，并伴随着一句嘹亮的“碰！”。

“奶奶，您在打麻将吗？”

“喂，你说什么？”高秋兰扯着嗓子道，“啊对，我在……等一下，八万是吧，我胡了！”

陆潇：“……没什么。”

他张了张嘴，又闭上，终于等到高秋兰兴高采烈地收完钱，才插进去一句：“那个，奶奶，我有事想跟您说。”

高秋兰一边数钱一边乐呵：“嗯，你说。”

陆潇：“是这样的，我和阿橙这几天就要回去了，我想的是如果您……”

他的“觉得一个人孤独”还没说出口，那头传来一声巨响。

有人拍桌子喊道：“老高！你都连胡五把了，今天必须请客！”

“就是就是，你得请我们吃地锅鸡！”

陆潇噎了一下，感到这句话好像不太恰当了。

高秋兰笑骂：“别得寸进尺，你们这帮老家伙。”她凑得离手机更近了点，“潇潇，你要说什么来着，继续说，不要理他们。对了，奶奶今天赢了好多钱，回头让我侄女儿教我用微信给你发红包。”

陆潇赶紧道：“不用不用。”

“要的，你们在南都，我又没法当面给红包。”高秋兰娴熟地抓牌，说，“等初三我就回去，给你们带好吃的。”

陆潇突然有点哑口无言。他开始犹豫要不要说想去四川过年这件事了。

“奶奶，您一个人在那边真的不要紧吗？”

高秋兰再次大喊一声：“碰！”

好吧，陆潇觉得不用问了，她是真的不孤独。

“没事，那我不打扰您打牌了。”他叹道，“您回来的时候，我和阿橙去机场接您。”

高秋兰笑着说：“哎哟，我这手气，你们可别羡慕……啊，好好好，你跟阿橙注意身体，出门多穿点，别感冒了。我先挂了，拜拜。”

“嘟嘟嘟……”

电话那头传来忙音，看来高秋兰的耐心已经用完了。

陆潇揉了揉眉心，觉得这件事好像可以按叶橙的意思来了。

微信界面一片平静，叶橙还是没有主动找他。

陆潇心里渐渐涌起一丝火气，去他的，每次都是老子主动找他，他连老子在干吗都不关心。

他越想越郁闷，在找了助理三次茬，骂了四次销售经理后，终于忍无可忍，拎起外套和车钥匙，跑到A大去了。

今天一早，叶橙就昏昏沉沉地去实验室收拾。

他导师已经回家了，留下一片狼藉，幸好有个小师妹帮他一起。

昨晚熬到太晚，他今早起来的步伐还有点飘忽。

“我哪是来读研的，就是来打工的。”师妹把小白鼠关进笼子里，哀怨道。

叶橙将器材一一摆好，安慰她：“明天就可以回去了，坚持一下。”

师妹说：“师兄，你买了几点的票？我回家坐高铁，要路过南都，没准儿我们一辆车呢。”

叶橙这才想起来，他还没买票。

糟了，他心里一紧，本来想今天去找陆潇的，结果收拾实验室又给耽搁了。

那家伙平时看着大大咧咧，其实心眼跟芝麻一样小，不知道会不会气得一夜都没睡。

他刚想掏出手机，忽然感到一阵眩晕，下意识用手掌撑了下桌子。

小师妹察觉到了，忙过来问道："怎么了，师兄，你不舒服吗？"

叶橙探了探自己的额头，从早上起床开始，就感到头疼发冷，现下看起来应该是有点发烧了。

"没事。"他摇了摇头，继续收拾器皿。

小师妹不安地说："看你脸色很不好，要不你还是歇着吧，剩下的我来就行。"

"不用。"叶橙说道，让女孩子一个人干活总归不大好。

小师妹挺会察言观色，伸手就过来抢他拿的器皿，叶橙避无可避。

正在两人拉扯的时候，门口传来一声低沉的质问。

"你们在干什么？"

两人同时回过头，看见陆潇一脸阴郁地站在门口。他穿着黑色外套，那脸色看起来比外套还要黑上几分。

"你怎么来了？"叶橙愕然，看向他道。

陆潇冷哼了一声，并不搭理他，而是目不转睛地看着那女生。

小师妹被他看得胆怯起来，急忙松开手，后退了一步，小声道："师兄……"

叶橙想起他们并没有见过，于是简单地做了介绍。

陆潇不耐烦地打断他："好了没有，还有哪些要帮忙的？我帮你搞完，赶紧跟我回家。"

小师妹抬起眼睛，在他俩之间看来看去。

叶橙大概知道他想聊什么，皱了皱眉，不动声色地说："快好了，你在门口等一会儿吧。"

陆潇烦躁地看了他几眼，居然没再发难，而是乖乖转身出去了。

小师妹的眼神更好奇了。

"师兄，这就是你那个从小认识的朋友吗？"她八卦欲爆棚地问道。

叶橙含糊地点了点头："也不算从小，高中认识的。"

小师妹嘿嘿一笑："果然帅哥都跟帅哥玩，你们关系真好啊。"

叶橙没再接话，她也不好意思多问，闷头干起活来。

半个小时后，叶橙锁上实验室，和小师妹挥手道别。

陆潇站在角落里，等到他们分道扬镳，才晃悠出来道："终于有空了？"

叶橙瞬间就捕捉到了他的阴阳怪气，刚想解释，太阳穴又传来阵阵刺痛。

"唔。"他忍不住低吟了一声，捂住额头。

陆潇这才发现不对劲，三两步走上来拉下他的胳膊道："怎么了，不舒服？"

当看见叶橙烧得发红的脸颊时，他立马忘了自己还在怄气，伸手贴了贴他的脑门，眉心拧在了一起："我去，这么烫，你搞什么？"

从他出现到现在，虽然算不上高兴，但都没有真的生气。而此刻他的语气听起来是真恼了。

"跟我去医务室。"他拽住叶橙就走。

叶橙只得跟在他身后，一路上听他不停碎碎念。

"你多大的人了，发烧都不知道？"

"打扫实验室这种事，你们导师不会让保洁做吗？真把你们当打工人了。"

"我真是无语，你能不能说句话？"

叶橙又好气又好笑："说什么？"

陆潇被他气得脑袋疼，瞪着他道："这几个月你就是这么糟蹋身体的？亏你还是学医的，先把自己照顾好再说吧。"

"你来找我就是为了对我发火？"叶橙淡淡道。

陆潇的声音瞬时小了一个度，手足无措地看着他："……我没有发火好吧，你别污蔑人。你……你表情这么严肃干什么，都生病了，就不要生气了。我来找你，其实是想告诉你，我决定还是听你的，回南都过年。"

他一开始塑造起来的气焰就像被泼了水的火堆，"滋啦滋啦"地熄灭了。

叶橙终于崩不住，笑了出来："哦？你怎么突然改变主意了？"

陆潇仔细端详他，察觉到他是故意戏弄自己，险些又破防："你这人怎么这样……算了，我懒得和你一般见识，就这样吧，过年一起回我家。"

两人之间的矛盾来得快也去得快，一两句话的工夫，就跟没事人似的了。

陆潇把他按在医务室的床上量了体温，又让医生开了药，监督他喝下去。

叶橙灌了几口药，觉得没那么眼花缭乱了，便拿出手机道："既然要回南都，那我和干妈说一声。"

"嗯。"陆潇还有点别扭，头也不抬地回答。

叶橙发现自己的手机快没电了，于是问他要了手机拨通电话。

那边响了两声，被挂断了。

叶橙疑惑地再次拨了过去，这回等了很长时间，孟黎才接起来。

“干吗，有事快说，你妈我困在黄山上下不来呢。”她那头听着人声嘈杂。

叶橙怔了怔，说：“干妈？”

听到是他的声音，孟黎的语气立马温柔起来，“是小橙啊，打电话给妈有什么事吗？我和闺密出来玩，谁知道人这么多，我们现在正在排队下山呢。”

陆潇抬头看了过来，神情带着狐疑。

叶橙眨了眨眼睛：“您不在南都吗？”

“不在，下一站去三亚。你们俩过年要去四川对吧？”

她声音比较大，这回陆潇隐约听清了，挑了挑眉，似笑非笑地看着叶橙。

叶橙也没法解释，只好说：“那您注意安全，玩得开心。”

孟黎又和他说了几句，便匆匆挂断了电话。

陆潇忍不住嗤笑出声：“得，敢情最惨的是我们俩，先前还在为她们考虑，现在被同时嫌弃了。”

叶橙还不知道他和高秋兰通过电话的事，懵懵道：“嗯？”

他的脸上还带着低烧的余韵，苍白的皮肤此时红彤彤的，显得比平时多了几分呆呆的感觉。“那我们过年怎么办？”他缓缓地问。

陆潇看着他，忍不住发笑：“还能怎么办，你说点好听的，我来做年夜饭，总不会饿着你。”

叶橙回味过来，也觉得好笑，问他：“你要听什么好听的？”

“叫声潇哥来听听。”陆潇说。

“去你的。”

“那不给你做饭了。”

叶橙从床上跳下来，往门口走去。陆潇忙跟上：“喂喂，我开玩笑的。”

“别走那么快，你还在生病呢。”

“我做总行了吧，现在就去买食材……”

两人的身影在夕阳下的校园里渐行渐远，慢慢融入落日的余晖中。

（番外完）